Maria Wachter
Café Hawelka

PIPER

Maria Wachter

CAFÉ HAWELKA

Roman

PIPER

Mehr über unsere Autorinnen, Autoren und Bücher:
www.piper.de

Wenn Ihnen dieser Roman gefallen hat, schreiben Sie uns unter Nennung des Titels »Café Hawelka« an *empfehlungen@piper.de*, und wir empfehlen Ihnen gerne vergleichbare Bücher.

Von Maria Wachter liegen im Piper Verlag vor:
Cafés, die Geschichte schreiben:
Café Hawelka
Café Buchwald

Unser Versprechen für mehr Nachhaltigkeit
• Klimaneutrales Produkt
• FSC®-zertifiziertes Papier
• Hergestellt in Europa

FSC www.fsc.org
MIX
Papier | Fördert gute Waldnutzung
FSC® C083411

Originalausgabe
August 2024
ISBN 978-3-492-32084-9

Redaktion: Christine Neumann
Satz: Satz für Satz, Wangen im Allgäu
Gesetzt aus der Adobe Garamond
Druck und Bindung: CPI Books GmbH, Leck
Printed in the EU

»Was ein Caféhaus sein soll:
Bekannt, aber nicht berühmt, beruhigend, aber nicht erregend, besucht, aber nicht bummvoll.
Nicht gut gelüftet, aber nicht stinkend.
Angenehm beleuchtet, aber in keinem Fall sonnig.
Kellner, die ihre Gäste ein klein wenig überschätzen, aber nie verachten.
Ein Gespräch führen können, aber niemals müssen.
Einen guten Bekannten am Nebentisch haben, aber ohne Beleidigung mit diesem stundenlang kein Wort wechseln.«

Wolfgang Hutter (1928–2014), Maler und Grafiker, Gründungsmitglied der Wiener Schule des Phantastischen Realismus, Stammgast

PROLOG

Wien, im September 1939

Wieder drang ein Schrei durch die Wohnung. Ächzend begann er, hob an zu einem Stöhnen, erreichte schrille Höhen, bevor er in schmerzerfülltem Wimmern endete. Es war das Wehklagen einer Frau, die seit den Morgenstunden in den Wehen lag. Dem Ehemann, der im Nebenzimmer sein Frühstück einnahm, ging es durch Mark und Bein. Jeder Schrei durchfuhr sein Innerstes. Doch er verzog keine Miene. Erstens, weil er den gemeinsamen Sohn, der zu seinen Füßen mit Klötzchen spielte, nicht beunruhigen wollte; und zweitens, weil er wusste, dass er sich nicht zu ängstigen brauchte: Gebären war die natürlichste Sache der Welt. Zudem waren eine Beraterin für Hausgeburten von der Mütterschulung der NS-Frauenschaft sowie eine Hebamme bei ihr.

Mehr Sorgen bereitete ihm sein Junge: Seit Stunden sprach er kein Wort. Dass er nichts redete, war zwar nicht außergewöhnlich – er sprach generell wenig, obwohl er klug, manchmal sogar erstaunlich klug war. Rechnen konnte er wie keiner in seinem Alter, und über Schlager wusste er alles: Interpreten, Komponisten, Tonlagen. Doch die stumme Konzentration auf seine Klötzchen in Krisenzeiten war oftmals ein Vorbote wie die trügerische Ruhe vor einem Sommergewitter. Auf die Stille konnte ein Tobsuchtsanfall folgen. Dann hielt er alle in seinem Bann, scheuchte die Nachbarn auf und erzeugte unnötiges Gerede im Stiegenhaus.

Im Moment reihte er seine Klötzchen nach den Farben des Re-

genbogens, bis er beim letzten, dunkelblauen angelangt war. Danach betrachtete er sein Werk, holte unvermittelt aus und zerstörte ohne sichtbare Gefühlsregung den ganzen Regenbogen. Umgehend begann er von Neuem: gelb, orange, rot, violett, Klötzchen an Klötzchen. – Wie lange, bis ihn das Klagen der Mutter bis zum Anschlag ängstigte?, sorgte sich der Mann. Wie lange noch, bis er die Anspannung nicht mehr aushielt und zu toben anfing? – Seine Gattin und er hatten mit den Anfällen des Jungen zu leben gelernt. Aber im Frühsommer hatte er beim Schuleinschreibungsgespräch im Zimmer des Direktors wieder einmal losgeplärrt, dass die Wände wackelten, und am Ende hatte der Direktor die Aufnahme um ein Jahr zurückgestellt. Das Verhalten des Jungen wäre auffällig, hatte er gesagt. Er wäre zurückgeblieben, möglicherweise schwachsinnig. Zurückgeblieben?! Schwachsinnig?! … Puhh! Der Mann schüttelte sich vor Unbehagen. Er, ein aufrechter Mann, der erfolgreich die Karriereleiter erklomm, und seine kerngesunde Gattin sollten ein zurückgebliebenes Kind gezeugt haben?! Das, was Leute mit minderwertigem Nachwuchs meinten?! Minderwertig. Es war das erste Mal, dass er dieses schreckliche Wort formuliert hatte. – Nein, sein Sohn war nicht zurückgeblieben. Keinesfalls. Schon gar nicht minderwertig. Auch wenn er sich zugegebenermaßen ab und zu seltsam benahm – aber er war doch noch ein Kind.

Nach dem Erlebnis beim Schuldirektor hatten sie ein ernstes Wort mit dem Sohn gesprochen: Dass er sich zusammennehmen müsse, auch in schwierigen Situationen; dass er lernen müsse, seine Launen zu beherrschen. Sie hatten ihm erklärt, dass er nicht in die Schule gehen dürfe, wenn er wie ein Kleinkind einfach losplärrte, wenn ihm danach war. Reumütig hatte der Kleine versprochen, es niemals wieder so weit kommen zu lassen, und seither waren sie zuversichtlich, dass sie das Schuleinschreibungsgespräch im nächsten Herbst gut über die Runden bringen würden. Doch weitere Anfälle müssten unter allen Umständen vermieden werden.

Wieder hallte Wehklagen aus dem Nebenzimmer. Leiden bei der Geburt war ein Opfer, das eine gute Mutter bereit war zu erbringen, rief sich der Mann ins Bewusstsein. Für eine Frau gab's keinen größeren Adel, als Mutter zu sein, sagte der Führer.

Wenn nur der Kleine die Nerven behält! In der Hoffnung, es würde das Jammern seiner Frau übertönen, drehte der Mann das Radio auf. Nach viel Krächzen und Kratzen trällerte eine Frauenstimme: »Du hast Glück mit den Frau'n, Bel Ami! Soviel Glück bei den Frau'n, Bel Ami …« Der Mann sang mit: »Bist nicht schön, doch charmant …«

»Lizzy Waldmüller«, brummte der Junge trocken vor sich hin. »Aus dem neuen Film von Willi Forst.«

»Wie schlau du doch bist!«, rief der Mann, höchst erfreut, dass der Kleine ein paar Worte von sich gegeben hatte. Egal, was der Schuldirektor meinte: In Wahrheit war er doch ein wandelndes Lexikon. »… sehr galant …«, sangen sie beide gemeinsam mit der Waldmüller.

Der nächste Schrei war so schrill, dass nicht einmal die Waldmüller ihn übertönen konnte. Der Junge schreckte auf. Seine Miene war schmerzverzerrt.

»Es ist bald vorbei. Beruhige dich …« Der Mann strich ihm zärtlich übers blonde Haar.

Aber der Junge duckte sich weg und warf den roten Klotz in die Ecke. Dann hielt er sich die Ohren zu, presste die Augen zusammen und rollte sich ein wie ein Igel. Der Mann kannte dieses Verhalten. Es war die nächste Stufe, ein weiterer Vorbote der sattsam bekannten Anfälle. – Wenn's nur nicht zum Äußersten kam! Wenn er nur nicht losplärrt! – Er dachte vor allem an die Nachbarn.

»Dein Geschwisterchen wird bald da sein«, versuchte er dem Kleinen zum wiederholten Male zu erklären. »Du musst dich be-

herrschen. Nicht losplärren. Du hast's Mutti und mir doch versprochen!«

In diesem Moment betrat die Frau von der Mütterschulung das Speisezimmer, mit leeren Krügen in den Händen.

»Macht er das öfter?«, fragte sie mit erhobenen Augenbrauen und Blick auf den Jungen.

»Nur wenn er sich aufregt. Sie müssen verstehen: Er sorgt sich sehr um seine Mutti.«

»Aha.« Ihre Lippen waren schmal. In der Küche wechselte sie noch ein paar Worte mit der halbwüchsigen Tochter des Mannes, dann ging sie ins Stiegenhaus und kam wenig später mit vollen Krügen wieder.

»Dieses Rollen auf dem Boden …« Sie zupfte ihre rote Hakenkreuzbinde zurecht. »Das ist nicht normal in seinem Alter. Ich werde das melden. Für die Statistik. Der guten Ordnung halber«, sagte sie und verschwand wieder im ehelichen Schlafzimmer, das über Nacht zum Kreißzimmer geworden war.

Vielleicht hätte seine Gattin ihr drittes Kind doch besser in der Klinik auf die Welt bringen sollen?, überlegte der Mann, aber verwarf den Gedanken sogleich. Die deutsche Frau gebärt zu Hause, hatten ihnen die NS-Frauen bei den wöchentlichen Treffen erklärt. Alles andere zeuge von Schwäche und würde die Spitäler unnötig belasten. Seine Frau war kerngesund, kräftig und rechtschaffen. Sie war eine starke Frau, die alles richtig machte. Der Chef hatte ihm auch auf die Schulter geklopft: »Dass deine Gattin sich zur Hausgeburt entschlossen hat, ist heroisch. Jedes Kind, das sie zur Welt bringt, ist eine Schlacht, die sie besteht für das Sein oder Nichtsein unseres Volkes.« – Für den Tag der Geburt hatte er ihm freigegeben. So saß er nun nach der schlaflosen Nacht am Frühstückstisch, beim inzwischen erkalteten Kaffee, und war stiller Zeuge der Leiden seiner Gattin.

Wieder jammerte seine Frau, diesmal leiser. Es begann mit Stöhnen und Ächzen und endete mit Wimmern. Und … hatte er da auch noch ein leises Ächzen vernommen? Ein verhaltenes Flehen, das er bisher nicht wahrgenommen hatte? – Die Kräfte würden sie doch nicht verlassen?! – Ihm wurde nun doch ein wenig bang. – Sie war doch so stark! Und so tüchtig! Nur ein Kind noch, und sie wäre geeignet fürs Mutterkreuz. Voller Stolz würde sie es sich an die Brust heften, das wusste er.

Als ihm ihre Schmerzenslaute abermals bis ins Mark drangen, sprang er auf und klopfte an die Schlafzimmertür.

»Ist alles in Ordnung?«

»Beruhigen Sie sich. Ihrer Gattin geht's gut. Sie müssen sich nur ein wenig gedulden«, antwortete die Frau aus der Mütterschulung durch die geschlossene Tür. »Männer …«, fügte sie noch genervt klingend hinzu. – Er konnte sie förmlich vor sich sehen: Wie sie mit gehobenen Brauen und schmalen Lippen den Kopf schüttelte. Er mochte diese Frau nicht.

Er drehte das Radio lauter und sah zu, wie sein Sohn mit den Händen auf den Ohren auf dem Boden hin und her rollte. Aber fürs Stillsein wollte er ihn loben:

»Guter Junge …«

Keine Reaktion. Er suchte weiter Ablenkung durchs Radioprogramm.

Irgendwann hielt er das Wehklagen der Gattin nicht mehr aus.

»Ich lauf Zigaretten holen«, rief er seiner Tochter zu, die nach wie vor Geschirr spülte. »Schau derweil auf dein Brüderchen.«

»Was mach ich, wenn er losbrüllt? Er ist kurz davor. Das sieht man doch. Du bist der Einzige, der ihn in seinem Wahnsinn beruhigen kann.«

»Er ist nicht wahnsinnig! Wie oft soll ich dir das noch erklären?! Er hat einfach schwache Nerven. Es ist seine Art, mit Überreizung

umzugehen. Dass die Hausgeburt eine Belastung für ihn sein würde, ist wohl allzu verständlich, oder nicht?«

Er schlüpfte ins Jackett, das er immer trug, wenn er nicht im Dienst war, und nahm seinen Hut. »Er wird ruhig bleiben. Er hat's mir versprochen. Bin ja auch gleich wieder da.« Er lief die Treppen hinab und hinaus auf die Straße.

Vom Kanal wehte schwacher Wind herauf. Der Luftzug trieb ein paar gelbe Ahornblätter vor seinen Füßen her – ein Zeichen, dass der Herbst bevorstand. Zillen schaukelten auf dem Wasser, Lachmöwen kreisten über ihm. Er querte die Schwedenbrücke und erreichte den Quai. Fahrer hupten, Fuhrwerke klapperten, Lastwägen brummten. Auf der anderen Seite, in der Innenstadt, tummelten sich Frauen mit gefüllten Einkaufstaschen, Boten mit Leiterwägen beladen mit Holz, Eisengeräten und Stoffballen, Geschäftsleute mit Aktentaschen. Die Häuser waren hoch und stattlich, die Fassaden stuckverziert und gepflegt. In den oberen Etagen lagen die begehrten Wohnungen mit Blick übers Wasser in Richtung Leopoldstadt. Immer mehr davon wurden von Juden gesäubert und konnten gemietet werden. Auch ihr neues Zuhause auf der anderen Kanalseite befand sich in so einer ehemaligen Judenwohnung, die ihnen dank seiner hervorragenden Beziehungen und seines makellosen Rufes komplikationslos zugewiesen worden war.

Ohne nachzudenken, ging er den Weg, den seine Frau und er allabendlich einschlugen, wenn sie sich nach getanem Tagwerk die Füße vertraten. Er vermisste ihre Gesellschaft, ihr fröhliches Lachen und ihren scharfen Verstand. Zwischen einem Spitzen- und einem Schirmgeschäft war ein Kasten, hinter dessen Glas ein Plakat prangte. Es zeigte einen jungen Mann in Soldatenuniform mit einer blonden Schönheit im Arm. Beide strahlten übers ganze Gesicht. »Frauen helfen siegen. Gleiches Blut, gleiche Pflicht, gleiche Ehre«, stand darunter. – Ja, meine Frau ist genauso schön und stark wie die auf dem Bild, dachte der Mann. Er war stolz auf sie.

Majestätisch und Ehrfurcht gebietend ragte das steile Dach des Stephansdoms aus dem Häusermeer, und die Spitze des Turms reichte tief in den blauen Himmel hinein. Seit fünfhundert Jahren stand er da, unumstößlich, gebaut für die Ewigkeit. Er querte den Platz davor, passierte die Geschäfte auf der gegenüberliegenden Straßenseite und fügte sich in den Menschenstrom am Graben ein, wo die eleganten Geschäfte aus der Kaiserzeit nach wie vor florierten. »Freiwillige für die Wehrmacht!«, forderte eine Überschrift von einem Plakat auf einer Litfaßsäule. »Deutsche meldet Euch!« – Zwei Drittel der Kollegenschaft hatten es bereits getan, auch sein Chef. »Komm mit! Sei ein Mann!«, lagen ihm viele seit Wochen in den Ohren.

Aber er wollte davon nichts wissen. Er war kein Held.

Sein Weg führte ihn in eine Seitengasse. Neben der Trafik, wo er normalerweise seine Zigaretten kaufte, war ein Café. Es war gerade neu übernommen worden, ein Schild zeugte davon: »Café Hawelka« *stand darauf seit Neuestem geschrieben. Die Tür stand offen, und der Duft von frisch gebrühtem Kaffee wehte ihm in die Nase. Vielleicht war's das, was er brauchte? – Eine Tasse heißen Kaffee, nicht abgestanden und kalt wie zu Hause. Nur kurz, dachte er, nur kurz innehalten, um neue Kräfte zu sammeln. Das Leiden seiner Gattin, die Sorge um den anstrengenden Jungen … Eine Tasse wird mir guttun, eine Zigarette dazu …*

Er trat ein und landete in einem Raum, der nur wenig größer als sein Wohnzimmer in der neuen Wohnung war. Ein Kellner, vermutlich der Cafetier selbst, balancierte vernickelte Tabletts von Tisch zu Tisch. »Einen Mokka«, rief der Mann, noch während er sich an einem der Tische niederließ. »Und eine Packung Da Capo. Aber schnell. Meine Frau kriegt grad' ein Kind. Ich hab's eilig.«

Der Kellner, verständnisvoll grinsend, lief zur Theke.

Am Nebentisch lagen Zeitungen auf. Der Mann überflog die Überschriften: »Allgemeine Mobilmachung in Polen – letzte Herausforderung des Reiches«.

»Möglicherweise kommt wieder Krieg«, brummte der Kellner, als er eins dieser kleinen Tabletts mit dem Mokka abstellte und ihm die Zigarettenpackung reichte. »Als hätten die Leut' nicht genug vom letzten.«

»Möglicherweise …«, antwortete der Mann. Er hatte mit dem Weltgeschehen nichts am Hut. Für ihn gab's Wichtigeres: Zu Hause war die Geburt seines dritten Kindes in Gang. Und sein Sohn war möglicherweise … zurückgeblieben, gar minderwertig. Unwillkürlich schüttelte er sich vor Missbehagen. Jedenfalls war der Kleine anstrengend, so viel gestand er sich ein. Er brachte ihn oftmals an die Grenzen. Ebenso wie seine Gattin und den Rest der Familie. Das konnte man ruhig so sagen.

Er trank vom Kaffee, klopfte eine Da Capo aus der Packung, entzündete sie und sog daran, während er noch weitere Zeitungsüberschriften überflog, ohne den Inhalt richtig zu erfassen. Die ganze Zeit dachte er nur an seine Frau, die daheim das Opfer einer schmerzhaften Geburt erbrachte. Sie war die Heldin, nicht er. Noch bevor er die Zigarette zur Gänze geraucht hatte, drückte er sie aus und winkte den Kellner herbei.

»Das war aber ein kurzer Besuch bei uns.«

»Sie wissen doch … meine Frau. Was macht's?«

»Drei Reichsmark.«

Er besah die Münzen, die er aus dem Hosensack gekramt hatte. Noch immer hatte er sich nicht recht ans neue Geld gewöhnt, das seit dem Anschluss kursierte.

»Stimmt schon …«

Zu Hause empfing ihn wieder Gesang aus dem Radio.

»Gibt's was Neues?«, fragte er seine Backfisch-Tochter.

»Nichts.«

»Und der Kleine?«

Sie zuckte mit den Schultern. »Siehst du doch: Er spielt weiter Igel.«

Im selben Moment erschien die Hebamme aus dem Schlafzimmer. Sie gab ein schauriges Bild ab: Die Schürze voll von Blut, das Gesicht dunkelrot vor Anstrengung, und aus dem grauen Haardutt hatten sich Strähnen gelöst.

»Das Kind ist gesund«, sagte sie. »Herzliche Gratulation.«

Wie gut, dachte der Mann dankbar. Und war in Gedanken sofort bei seiner Gattin.

»Kann ich zu ihr?«

»Nur kurz. Ihre Frau ist erschöpft. Sie hat viel Blut verloren.«

Abgestandene Luft schlug ihm entgegen, als er den Raum betrat. Weiße Laken stapelten sich auf der Kommode, Lavoirs und Wasserkrüge standen auf dem Nachttisch, Schwämme, Tücher und andere Utensilien füllten jede freie Oberfläche.

Mit wenigen Schritten war er bei ihr. Wie bleich sie war …

Sie hielt das Neugeborene in ihren Armen, das kleine Gesicht lugte rosig aus dem Steckkissen.

»Ein Wunder …« Ergriffen bewunderte er das Kind. »Noch eins.« Er küsste seine Frau auf die Stirn. Er liebte sie so sehr. Sie war sein Lebensmensch. Er war so glücklich mit ihr. »Du brauchst Ruhe …«

Bevor er das Zimmer wieder verließ, warf er noch einen Blick zu den beiden Frauen.

»Machen Sie sich keine Sorgen«, sagte die Frau aus der Mütterschulung mit der roten Armbinde. »Das wird schon wieder. Wir kümmern uns um sie.«

Draußen tönte jetzt Marlene Dietrich aus dem Radio: »Ich bin von Kopf bis Fuß auf Liebe eingestellt …«. Vermutlich hatte seine

Tochter lauter gedreht, sie mochte den Schlager. Wahrscheinlich träumte sie vom Tanzen, wie sie vom Leben träumte. Ein Backfisch eben. – Langsamer Dreivierteltakt, wüsste sein Sohn.

Der Mann überbrachte der Tochter die erfreuliche Nachricht über die überstandene Geburt.

Im selben Moment wurden die letzten Klänge von Marlene Dietrich abgewürgt. Stattdessen schnitt Hitlers Stimme aus dem Kasten, mächtig und allgewaltig, wie man sie seit Monaten kannte. Der Mann hörte die Worte, aber er begriff sie nicht. Er wollte sie gar nicht begreifen. In seinem Leben gab's Wichtigeres: Er war gerade zum dritten Mal Vater geworden; seine Gattin hatte diese Geburt ungewöhnlich mitgenommen; und sein Junge rollte noch immer hin und her wie ein Igel.

»Seit 5 Uhr 45 wird zurückgeschossen! Von jetzt ab wird Bombe mit Bombe vergolten!«, bellte der Führer.

Der Mann beugte sich zu seinem Sohn hinab.

»Horch«, sagte er sanft. »Alles ist ruhig. Es ist vorbei.« Es gelang ihm, eine Hand vom Ohr zu nehmen, und endlich öffnete der Junge die zugepressten Augenlider. »Deiner Mutti geht's gut.« Behutsam strich er über den blonden Schopf. »Die ganze Zeit bist du ruhig geblieben. Ich bin stolz auf dich!«

Ein zartes Lächeln erschien auf den Lippen des Kindes.

»Dein Geschwisterchen ist angekommen«, versuchte er, ihm zu erklären.

Der Junge entdeckte wieder die Klötzchen, nahm das gelbe auf und das orange, reihte sie wieder wortlos aneinander, als wäre nichts geschehen.

»Guter Junge …«, lobte ihn der Mann. Wenn er das Baby sieht, wird er's begreifen.

Aus dem Radio brüllte Hitler: »Ich werrrde diesen Kampf so lange führen, bis die Sicherheit des Reiches gewährleistet ist!«

Frenetischer Applaus. Es mochten Hunderttausende sein.

Der Mann verbrachte eine unruhige Nacht auf dem Kanapee. Früh am nächsten Morgen, als sein Sohn noch schlief, klopfte er wieder an die Schlafzimmertür. Die Expertin von der Mütterschule öffnete mit dem Neugeborenen im Arm. Sie hatte tiefe Ringe unter den Augen, die Schürze war zerknittert, das Haar zerzaust. »Wir benötigen Nahrung für das Kind«, sagte sie mit Grabesstimme. »Muttermilch ist niemals zu ersetzen. Aber in diesem Falle …« Sie drückte dem Baby den Sauger eines Fläschchens in den Mund. »Ihre Frau ist zu schwach …«

Flaschennahrung?! – Der Mann war alarmiert. Niemals hätte seine Gattin Flaschennahrung für ihr Kind zugestimmt. Selbstverständlich wollte sie das Neugeborene, wie die beiden anderen Kinder auch, selbst nähren. Er lief zu ihr.

Mit blassen Lippen und hochroten Wangen lag sie in den weißen Laken.

»Wasser … Wasser«, wisperte sie. »Sag meinem Mann, ich will Wasser!« Schweiß stand auf ihrer Stirn, ihr Blick war wirr.

»Aber ich bin's doch!« Er strich über ihre glutheiße Wange.

»Weg!« Sie schlug mit den Armen um sich.

»Einen Arzt!«, rief der Mann aufgeregt. »Holen Sie sofort einen Arzt! Wieso ist nicht längst ein Arzt bei ihr?!«

»Ich dachte …«, stammelte die Hebamme. »Die Expertin von der Mütterschulung … Sie hat die Verantwortung.« Sie riss die Schürze von sich und lief hinaus, während die Frau von der Mütterschule seelenruhig den Säugling ins Bettchen legte, sich der Säuberung des Babyfläschchens widmete und murmelte: »Die Hebamme soll sich mal nicht so aufführen.«

Der Mann setzte sich ans Bett seiner Gattin. Er trocknete ihre schweißnasse Stirn und hielt ihr einen Becher mit Wasser an die Lippen. Sie schlug ihn weg – sie erkannte ihn noch immer nicht.

»Um Gottes willen, verlass mich nicht!«, wisperte er verzweifelt.

Endlich kam die Hebamme wieder, mit einem Doktor im Schlepptau.

Der Mann wartete im Speisezimmer. Die Hände vergraben in den Hosentaschen, ging er auf und ab, außer sich vor Sorge.

»Was ist mit Mutter?«, fragte die Tochter.

»Ich weiß nicht ... es geht ihr nicht gut«, presste er hervor. »Kümmere dich bitte um deinen Bruder«, wies er sie an.

Nach einer Weile, die endlos schien, kam der Doktor wieder.

»Endometritis«, stellte er fest und nahm den Hut vom Garderobenständer. »Kindbettfieber. Eine uralte Plage.«

»Was kann man dagegen tun?«

»Nicht viel. Chlorwaschungen und abwarten.«

»Gibt's denn keine Medizin?«

»Nein, leider. Nur beten.« Der Arzt warf dem Mann einen betrübten Blick zu, dann verließ er die Wohnung.

Der Mann wich nicht mehr vom Lager seiner Frau. Er redete ihr gut zu, beschwor sie, liebkoste sie. Sie war seine zweite Hälfte, seine große Liebe. Wie könnte er je ohne sie sein? – Die Angst, sie zu verlieren, trieb ihn fast in den Wahnsinn. Er bedeckte sie mit Küssen und Wolldecken, legte kalte Fußwickel an, trocknete die schweißnasse Stirn, reichte ihr den Wasserbecher. Er sorgte dafür, dass sie die verordneten Chlorwaschungen bekam. Er bangte, hoffte und betete.

Aber es half alles nichts.

Drei Tage später war sie tot.

Am selben Tag berichtete der Nachrichtensprecher im Radio vom Sieg der deutschen Wehrmacht gegen Polen an allen Fronten.

SEPTEMBER 1968

1

Jutta spazierte über den Graben, eine der luxuriösesten Einkaufsstraßen im Herzen Wiens, mit einem zarten Lächeln auf den Lippen, sie spürte es. Alles erschien ihr heute schöner, lichter, friedlicher als sonst. Goldener Schimmer überzog die graue Stadt, ließ das Straßenpflaster flimmern und die Engel auf der barocken Pestsäule vom blauen Himmel leuchten. Die Häuserfronten wirkten sauber, die Auslagen bunt und die Mienen der Passanten freundlich.

Beschwingt lief sie in Richtung Dom. Im Vorbeigehen sah sie exotische Delikatessen in den Auslagen vom Meinl, kunstvolle Confiserien bei Altmann & Kühne, feines Porzellan bei Rasper & Söhne, doch sie nahm die kostbaren Güter kaum wahr, denn in Gedanken war sie bei Bodo. Schon seit einiger Zeit war sie in ihn verliebt, aber seit heute Morgen schwebte sie auf einer rosaroten Wolke.

Zwischen Damen mit Pillbox-Hütchen und Kroko-Taschen am Arm passierte sie das marmorne Entrée des Kaufhauses Braun. Im Schaufenster war die neueste Herbstmode ausgestellt: ein dunkelgrünes Twinset zum Rock im Schottenkaro. Ein hübsches Ensemble war's, wenn auch ziemlich konservativ – vielleicht jedoch passend für die angehende Rechtspraktikantin, die sie war? Nun ja, das musste sie jetzt nicht weiter überlegen. Das Kaufhaus Braun war eine der teuersten Adressen Wiens, ein Geschäft, wo Mutter einkaufte, nichts für sie. Schon wieder hatte sie Bodos Gesicht vor Augen, sein verschmitztes Lächeln und seine wasserblauen Augen hinter der Nickelbrille.

Von Gewohnheit gelenkt, bog sie in die schmale Dorotheergasse ein. Der Spätsommerwind trieb ein dürres Ahornblatt in den Rinnstein.

Zwischen einem Wirtshaus und der *Casanova Bar* versteckte sich der Eingang zum *Café Hawelka*. Mutter nannte es ihr »verlängertes Wohnzimmer«. Seit Jutta denken konnte, kamen sie jeden Nachmittag hierher, alle – außer Vater, der zwischen Privatordination, Dienst im Krankenhaus und Ärztekammersitzungen keine Zeit für Muße hatte. Aber Mutter, Fritzi – eigentlich ihre *Tante* Fritzi, aber wegen des geringen Altersunterschieds immer nur die Fritzi – und sie kamen täglich her. Sie waren mit den Hawelkas vertraut, beinahe familiär verbunden. Herr und Frau Hawelka waren wie Onkel und Tante und deren Tochter Herta, die dann und wann vorbeikam, eine gute Bekannte. Den Sohn der Hawelkas, Günter, hatte Jutta schon länger nicht gesehen, denn er lebte als Konditor in Madrid. Seltsam war zwar, dass sie alle, sogar Mutter, trotz der alten Verbundenheit das Ehepaar Hawelka förmlich siezten, während die beiden sie umgekehrt duzten. Aber darüber hatte Jutta nie weiter nachgedacht. Es war einfach immer schon so gewesen.

Sie erklomm zwei Stufen und öffnete die Tür. Ihre sonnenverwöhnten Augen benötigten ein paar Sekunden, um sich an die vom Tabakrauch vernebelte Dunkelheit zu gewöhnen. Dann trat sie ein in die schummrige Atmosphäre, ins gedämpfte Klirren von Porzellan und Besteck, ins unaufgeregte Plaudern der Gäste und ins Aroma von Kaffee, vermischt mit Tabak und Mehlspeisen, erdig, herb und süßlich warm.

Das Café war wie ein verwunschener Ort. Rauchschwaden

stauten sich vor dem Spiegel oberhalb des Kamins, als beweihräucherten sie die altertümlichen Bronzefiguren auf dem Sims. Die Luft stand still, ebenso wie die Zeit. Die abgegriffenen Thonetstühle, die durchgesessenen Bänke in gestreiftem Plüsch und die marmornen Tische standen auf den ölig-schwarzen Dielen, und die vom allgegenwärtigen Zigaretten-, Zigarren- und Pfeifenrauch ergrauten Vorhänge verhingen wohl seit Ewigkeiten die Fenster. Alles wirkte irgendwie schmuddelig, aber das war Jutta gerade recht. Zu Hause sorgte Mutter für kühle Eleganz – hier hingegen war's schon immer gemütlich gewesen.

Während in anderen Kaffeehäusern früher oder später Tapeten gewechselt, Möbel erneuert und Böden geschliffen wurden, blieb im *Hawelka* immer alles beim Alten. Das galt nicht nur fürs Inventar, sondern auch für die Gastgeber. Seit Jahr und Tag hielten sich Herr und Frau Hawelka an denselben Ablauf: Herr Hawelka sperrte in der Früh auf, servierte und sah nach dem Rechten. Am Nachmittag übernahm seine Frau das Regiment, buk gegen sechs ihre stadtbekannten Buchteln, die sie nie vor zehn servierte, und irgendwann, routinemäßig, aß sie eine Portion rohe Leber. Um Mitternacht, nach der offiziellen Sperrstunde, setzte sie sich an den Personaltisch, zählte die Abrechnungszettel, sackte das Geld ein und trug es nach Hause. Am nächsten Tag begann dasselbe Regime von Neuem. So war's Tag für Tag. Als regelmäßiger Gast wusste man, wann man womit zu rechnen hatte. Das *Hawelka* war für Jutta wie für alle eine Oase der Vertrautheit, ein Zuhause außerhalb der eigenen vier Wände.

Am »Logentisch« saßen ein paar klug aussehende Herren hinter Zeitungen, am »Fenstertisch« Musiker mit Geigenkästen neben sich, am Tisch »Unter der Uhr« eine Gruppe Aristokraten, erkennbar an Lodenmänteln und handgenähten Schuhen, und am Tisch »Vis-à-vis« ein paar Studenten. Mutter stand hinter der Theke bei der Kaffeemaschine, brühte Kaffee und tratschte mit Frau Hawelka und Herta. Fritzi, die halbtags in einem Reisebüro in der Kärntner Straße arbeitete, bevölkerte mit Freundinnen einen Tisch nahe beim Kamin. Mit ihren grellbunten Minikleidchen und großen Glitzerketten stachen die Mädels als bunter Haufen aus der verrauchten Umgebung hervor. Dass bei ihnen am Tisch kein Platz frei war, war Jutta gerade recht: Heute wollte sie alleine bleiben, vielleicht ein paar Seiten aus dem Manuskript lernen, jedenfalls weiter in Erinnerungen an die vergangene Nacht schwelgen, die sie so glücklich machten. Fröhlich winkte sie Mutter, Frau Hawelka, Herta und Fritzi zu und sah sich nach einem freien Tisch um. Im selben Moment schwirrte Engelbert, der Kellner, mit fliegenden Rockschößen und Silbertabletts balancierend herbei.

»Servus, Jutta!« Tassen klirrten auf den Tabletts in seiner Hand. »Drüben ist noch Platz.« Er deutete mit dem Kinn zum Tisch beim Kamin neben Fritzis. Es war Heimito von Doderers Stammtisch gewesen. Jutta sah ihn noch vor sich, wie er mit Stecktuch in der Brusttasche, Mascherl und Pfeife im Mund dort Tag für Tag gesessen hatte. Sie hätte es niemals gewagt, an ebendiesem Tisch Platz zu nehmen, noch heute hatte sie Respekt davor. Aber Engelbert hatte sie überzeugt, und sie ging hin.

»Wie immer?«, fragte er.

»Gern.« – Sie wussten beide, was er meinte.

Jutta holte ein Skriptum aus der Tasche. »Verfassungsrecht«, stand in großen Lettern darauf geschrieben. In wenigen Wochen war die große Klausur. Obwohl dieses letzte Examen noch ausstand, hatte sie wegen ihrer guten Noten bereits eine Stellenzusage vom Bezirksgericht Innere Stadt in der Tasche, wo sie Anfang nächsten Jahres eine Ausbildung zur Richterin beginnen wollte. Gleiches Recht für alle – das war ihre Passion: Schon in der Volksschule hatte sie geschlichtet, wenn beim Gummihüpfen Streit ausgebrochen war. Nicht nur einmal hatte sie sich für Mitschülerinnen eingesetzt, die von der Lehrerin in ihren Augen ungerecht bestraft worden waren. Dann hatte sie zwar wegen frechen Verhaltens nachsitzen müssen, aber das war's immer wert gewesen. Sich für Gerechtigkeit unter Mitmenschen zu engagieren, lag ihr im Blut. Während die meisten ihrer Mitschülerinnen nach dem Abitur als Sekretärinnen oder Bankangestellte gutes Geld verdienten und sich aufs Hausfrauen- und Mutterdasein vorbereiteten, hatte sie sich in den Kopf gesetzt, Jura zu studieren. Sie wollte auf eigenen Beinen stehen. Eine Familie wollte sie, wenn überhaupt, erst in weit entfernter Zukunft versorgen. Nie und nimmer wollte sie ein langweiliges Hausfrauenleben führen wie Mutter.

Im Hintergrund klapperte Porzellan auf vernickelten Tabletts, kratzten Stuhlbeine auf den Dielen, verloren sich Stimmen im diffusen Lärm, dazwischen das Klopfen zum Entsorgen des Kaffeesatzes, das Zischen der Espressomaschine, das Gemurmel von Frau Hawelka, Herta und Mutter. Normalerweise war es ebendiese zurückhaltende Geräuschkulisse, in der Jutta auch die trockensten Paragrafen leicht lernte. Aber heute störte sie das Geklapper, das Gelächter am Nebentisch, das Klirren des Löffels auf dem Marmortisch. Die Buchstaben tanzten vor ihren Augen, die Gedanken schweiften ab.

»Bitte sehr.« Engelbert stellte ein Tablett mit einem Verlängerten, Zuckertazzerl und Wasserglas ab, dazu ein Stück Apfelstrudel mit Schlag. »Wie immer.«

Jutta lächelte ihn an, noch sonniger als sonst. Der Duft von Kaffee, Zimt und warmen Äpfeln zog ihr in die Nase. Sie nahm einen Bissen vom Strudel und schwelgte in Erinnerungen an die vergangene Nacht. Schlussendlich schob sie das Skriptum zurück in die Tasche – Lernen war gerade unmöglich.

Lieber belauschte sie Fritzi und deren Freundinnen am Nebentisch.

»Großartig waren die …« Fritzi sog an ihrer Zigarette.

»Wen meinst du?«, fragte Hilde.

»Otto Mühl und Günter Brus.«

»Finde ich nicht. Ich war damals im Hörsaal der Universität, und ich weiß, was ich gesehen habe. Schweinisch war's, sonst gar nichts«, schimpfte Hilde. »Wie die sich da zur Bundeshymne mit Exkrementen beschmiert haben …« Sie schüttelte den Kopf. »Das soll Kunst sein?!«

»Eine mutige Aktion, über die man immer noch spricht«, warf Fritzi ein. »Das ist, was sie wollten: Aufmerksamkeit. Revolution gegen die Etablierten.«

Noch immer war die »Uni-Ferkelei« vom vergangenen Juni Thema. Danach waren die Aktionskünstler wegen Herabwürdigung österreichischer Symbole in Haft genommen worden, inzwischen gingen sie in Erwartung ihres Prozesses im *Hawelka* wieder ein und aus. Die Zeitungen waren noch immer voll mit Kommentaren. Von den einen wurde die Aktion gelobt, von den anderen als skandalöse Sexorgie verteufelt. Fritzi gehörte zur ersten Gruppe – natürlich: In bunten Schlaghosen oder ultrakurzen Röcken, und ein Fan der freien Liebe, war sie ein verrücktes Huhn. Sie beteiligte sich an allen Demonstrationen, ob gegen Vietnamkrieg oder den Schah von Persien. Sie war überall, wo junge Leute zusammenkamen, bei Sit-ins oder auf Rockfestivals. Ein Button mit der Aufschrift *Make Love Not War* steckte auf ihrer Beuteltasche, dazu ein buntes Friedensabzeichen. Peace war eins ihrer Lieblingsworte und die Beatles ihre Lieblingsgruppe.

»Der Günter Brus will nach Berlin auswandern«, erzählte sie.

»Kein Wunder, nach dem vernichtenden Gutachten vom Gerichtspsychiater«, meinte Hilde.

»Der übrigens ein alter Nazi sein soll, sagt man. Mit ganz schön viel Dreck am Stecken.« Fritzi schüttelte angewidert den Kopf.

»Trotzdem ist er der zuständige Psychiater und trägt zur Entscheidung des Richters bei. Er kann Brus hinter Schloss und Riegel bringen.«

»Der sollte selbst eingesperrt werden. Es wundert mich, dass es noch nicht längst passiert ist.«

Hilde zuckte mit den Schultern.

»Er hat halt gute Beziehungen ...«

Plötzlich verstummte das Geplapper. Alle Augen starrten zur Tür. Fritzi vergaß vor Aufregung sogar die Zigarette zwischen den Fingern, und Asche fiel auf den Boden. Da sah Jutta sie auch, die überirdische Erscheinung: Ein sagenhaft schöner Mann kam gerade durch die Tür, lässig, gut gebaut und gekleidet im Anzug mit amerikanischem Flair. Seine rehbraunen Augen schweiften durchs Lokal. Wenn sie nicht dermaßen in Bodo verliebt wäre, hätte sie schwach werden können. Dazu erschien ihr der Fremde vertraut, sie verwarf den Gedanken aber gleich. Woher sollte sie diesen Feschak kennen?

Da alle Tische besetzt waren, machte er Anstalten, das Café wieder zu verlassen.

In diesem Moment sprang Frau Hawelka hinter der Theke hervor.

»Jutta!«, rief sie in dem ihr typischen Ton, der keinen Widerspruch duldete, über alle Tische hinweg. In Sekundenschnelle stand sie auch schon da, ergriff das Tablett mit der Kaffeetasse und dem Apfelstrudel und befahl: »Mach Platz für Herrn Werner!«

Oskar Werner – Erst letzte Woche hatte Jutta ihn im Kino

gesehen. *Der Spion, der aus der Kälte kam.* Die Szene, in der er mit einem einzigen Augenaufschlag vom Beobachter zum Liebhaber geworden war, fiel ihr ein. Ehrfürchtig packte sie ihre Tasche und räumte den Doderer-Tisch. Das Tablett mit dem Apfelstrudel stand schon neben Fritzi.

»Rückt mal ein bisschen.«

»So attraktiv …«, hauchte ihre Tante und starrte ungeniert den neuen Gast an. »Mein Schwarm ist zwar nach wie vor Alain Delon, aber *der!*«, wisperte sie. »Der kommt ihm ziemlich nahe.«

»Alain Delon ist dunkel, Oskar Werner blond«, kicherte Hilde.

»Na und? – Fesch sind sie beide.«

»Schönheit ist nicht alles«, sagte Hilde. »Obwohl …«

Lachend wandten sich die Mädels wieder ihren Tassen und Zigaretten zu.

»Streberin«, neckte Fritzi Jutta, als sie deren Skriptum sah, und strich eine losgelöste Strähne ihrer Mähne unters knallrosa Haarband. »Ich werde nie verstehen, warum du dich mit einem Studium quälst.« Sie senkte die Stimme: »Viel lustiger fände ich's, Oskar Werner kennenzulernen.«

Die Mädels kicherten wieder viel zu laut. Frau Hawelka warf einen rügenden Blick von der Theke herüber. Alle wussten: Frau Hawelka wachte nicht nur über die guten Sitten, sondern auch den Komfort der Gäste, vor allem natürlich der prominenten. Mit Frau Hawelka war nicht zu spaßen.

Nach einem Blickwechsel beschlossen Fritzi und ihre Freundinnen, weiterzuziehen.

»Bis bald, Jutta. Man sieht sich …«

Sie erhoben sich, zupften am Saum ihrer Miniröcke, warfen ihre Beuteltaschen über die Schulter, rückten die Sonnenbrillen zurecht und defilierten an Oskar Werner vorbei. Der weltberühmte Schauspieler aber hatte, wie Jutta amüsiert feststellte, keinen Blick für sie.

Jetzt saß sie allein an deren Tisch, vertilgte in Ruhe das letzte Stück Apfelstrudel und trank ihren Kaffee. Das Skriptum lag wieder vor ihr. Sie blätterte darin, aber bald ertappte sie sich beim gedankenversunkenen Spiel mit den Zuckerwürfeln im Tazzerl, anstatt zu lernen.

Sie kannten einander schon länger, aber gestern waren sie und Bodo zum ersten Mal richtig verabredet gewesen. Zuerst hatte es sich komisch angefühlt, dieses künstlich herbeigeführte Tête-à-Tête. Sie waren die Rosenallee im Volksgarten auf und ab spaziert, die Hände tief in den Manteltaschen vergraben, und sie hatte das Unbeschwerte, die Leichtigkeit, die bisher zwischen ihnen geherrscht hatte, vermisst. Aber dann, als sie im Schatten eines Rosenbusches auf einer Parkbank saßen, hatte Bodo seinen Arm um sie gelegt. Da war das Unbehagen wieder weg gewesen, und sie hatten über alles geredet: ihre Pläne, Sehnsüchte, die Zukunft. Bodo wollte als Mathematiker die akademische Laufbahn einschlagen. Forschen und Lehren wollte er und als Uniassistent bald eigenes Geld verdienen. Jutta hatte ihm von ihrem Traum erzählt, Richterin zu werden, und Bodo hatte verstanden, dass sie für diesen Beruf brannte. Auf einmal war beiden sonnenklar gewesen: Die Zukunft wollten, nein, würden sie gemeinsam verbringen, obwohl es keiner von ihnen ausgesprochen hatte. Auch jetzt erschien dieser Gedanke nach wie vor gut und richtig und selbstverständlich.

Letztlich – letztlich waren sie zu Bodo nach Hause gegangen. Dort war sturmfreie Bude gewesen: Bodos Vater war bei einer Veranstaltung seines Büros, die Mutter bei der Großmutter gewesen. Als sie sich daran erinnerte, was danach passiert war, schoss Jutta das Blut in den Kopf. Was soll's, sagte sie sich jetzt. Es war wunderschön gewesen. Ich liebe ihn, und er liebt mich. Er ist der Mann meines Lebens. Fritzi, mit ihrem Mantra für die freie Liebe, hätte das, was in Bodos Zimmer passiert war, sowieso richtig gut gefunden. So bald wie möglich wollte sie Fritzi nach diesen neuen Verhütungspillen fragen.

Sie schaute auf die Armbanduhr. Es war bald drei. Bestimmt würde Bodo gleich auftauchen. Bis dahin wollte sie doch noch ein paar Seiten im Skriptum studieren.

2

Ungeduldig spähte Bodo durch einen Spalt zwischen den Gardinen. Draußen auf der Straße führte eine Frau ihren Dackel Gassi, und jemand zwängte seinen Ford in eine Parklücke. Ein Motorrad knatterte vorbei. Es erinnerte Bodo wieder an Jutta, die zu ihrem letzten Treffen auf einem Mofa angebraust gekommen war. Da hatte sie noch selbstbewusster als sonst gewirkt. Er bewunderte sie dafür.

Von Vaters VW Käfer war noch immer nichts zu sehen. Dabei war der übliche Termin des täglichen Mittagessens längst überschritten – und nur noch eine Stunde Zeit bis zur Verabredung mit Jutta im *Café Hawelka* in der Innenstadt. Er war noch nie dort gewesen. Er würde mit der Stadtbahn fahren müssen, dann laufen.

Solange Vater nicht kam, würde Mutter das Essen nicht servieren. Und solange sie nicht gegessen hatten, konnte er nicht weg, ohne sich groß erklären zu müssen. Juttas Existenz hatte er bisher für sich behalten, sie war sein gut gehütetes Geheimnis, und wenn es nach ihm ginge, sollte es möglichst lange so bleiben. Denn sobald die Eltern von Jutta wüssten, würden sie ihn mit Fragen löchern, mit gut gemeinten Ratschlägen bombardieren, mit Maßregeln quälen und sich womöglich in ihre Beziehung drängen. Er liebte seine Eltern, aber mit ihrem besserwisserischen Gehabe konnten sie auch recht anstrengend sein.

Seufzend setzte er sich ans Piano. Seit seiner Kindheit stand es im Wohnzimmer, zwischen Kredenz, Lampe und Philodendron hatte Mutter einen Platz dafür gefunden. Geistesabwesend klimperte er ein paar unzusammenhängende Akkorde, um sich die Zeit zu vertreiben. Dann warf er wieder einen Blick auf seine Armbanduhr, zum dritten Mal innerhalb der letzten zehn Minuten. Es war fünf nach zwei, die Zeit wurde immer knapper.

»Warum bist du denn so nervös?«, fragte Mutter.

»Mir knurrt schon der Magen.«

»Ich weiß auch nicht, wo Vater heute so lange bleibt.« Mutter strich letzte Frühstücksbrösel vom Tischtuch. »Wahrscheinlich wurde er im Amt aufgehalten.«

Das glaube ich kaum, dachte Bodo bei sich. An Vaters Arbeitsplatz ging jeder um eins zum Mittagessen, es war wie ein ungeschriebenes Gesetz. Und laut Vater kam selten einer wieder.

»Spiel weiter«, sagte Mutter, während sie das Geschirr auftrug. »Aber ordentlich. Eine Etüde oder ein deutsches Lied. Nicht dieses Geklimper.«

Bodo schloss den Deckel des Pianos, nahm eine Zeitung vom Stoß und überflog die fette Überschrift: »Das Unfassbare ist geschehen: Sowjetpanzer überrollen die CSSR.« Ein Blick aufs Datum bestätigte seine Vermutung: Das Blatt war zwei Wochen alt, denn inzwischen hatten die Sowjets den Prager Frühling gewaltsam beendet. Lustlos blätterte er darin. Wenn Vater nur endlich käme …

Mutter näherte sich in geschäftigen Schritten und murmelte vor sich hin: »Hoffentlich ist nichts passiert … Sonst ist er doch immer so pünktlich.«

Eben, dachte Bodo. Warum ausgerechnet heute nicht?!

Mutter legte eine Schallplatte auf: *Ich zähle täglich meine*

Sorgen ..., trällerte Peter Alexander so laut, dass ihn bestimmt auch die Nachbarn hörten. Bodo schaute wieder auf die Uhr. – Wie lange würde er für den Weg zum *Hawelka* benötigen? Wie lange würde Jutta auf ihn warten? Ob's dort ein Telefon gab? Sollte er anrufen und sie ausrufen lassen? – Es war das Letzte, das er wollte. Er hasste es zu telefonieren, überhaupt wenn Mutter zuhörte. Lieber redete er mit Menschen persönlich, von Angesicht zu Angesicht.

Gerade als er nochmals zum Fenster gehen wollte, kam endlich die Erlösung: Das vertraute Klacken des Schlüssels im Schloss, das Quietschen der Eingangstür in den Angeln. Höchste Zeit, dachte Bodo, und ein nochmaliger Blick auf die Uhr bestätigte: Wenn alles glattging, könnte er doch beinahe pünktlich im *Hawelka* sein. Er erwartete das übliche Klirren von Vaters Schlüsselbund im Taschenausleerer, dessen gewohntes »Ich bin's. Wir können essen!«, und wollte sich schon an den Tisch setzen.

Aber all das passierte nicht. Stattdessen kam lautes Ächzen aus dem Flur. Bodo lief hin – und war verblüfft von dem Anblick: Vater, umständlich mit einer enormen Pappkartonschachtel hantierend. Seine lederne Aktentasche, die normalerweise nichts als sein Jausenbrot beinhaltete, lag obenauf.

»Hilf mir doch!«

Mit wenigen Schritten war Bodo bei ihm.

»Ins Wohnzimmer damit«, befahl Vater schnaufend.

Der Karton hing schwer in ihren Armen. Schließlich hievten sie ihn mit viel Kraft neben den Plattenspieler auf die Kredenz.

Mutter schlug die Hände über dem Kopf zusammen.

»Was bringst du uns da ins Haus, Heribert!?«

»Eine Überraschung ...« Vater entfernte seinen Schlips, holte ein Taschenmesser aus dem Hosensack und machte sich am Karton zu schaffen. »Ihr werdet staunen!« Er durchtrennte das Klebeband und öffnete den Karton. Mit leuchtenden Augen, wie die eines Kindes unter dem Weihnachtsbaum, brachte er einen grauen Kasten zum Vorschein.

»Ein Fernsehgerät!« Mutter fiel vor Schreck in den Fauteuil. »Bist du von allen guten Geistern verlassen?! Der ist doch viel zu teuer!«

Dass sie nun ein Fernsehgerät besaßen, war tatsächlich sensationell. Aber Bodo dachte nur an seine Verabredung mit Jutta.

»Steh nicht rum wie ein Ölgötze, hilf mir lieber!«, rief Vater. »Wenn einer das Ding in Betrieb nehmen kann, dann bist's du, unser Techniker.«

»Ich studiere Mathematik, nicht Elektrotechnik«, korrigierte Bodo ihn.

»Bis heute verstehe ich nicht, wozu dieses Studium gut sein soll. Es ist fast so unnütz wie Kunst«, schimpfte Vater vor sich hin, und Bodo seufzte leise. Zwar war er Vaters Unverständnis für sein Fach gewohnt, dennoch spürte er, wie ihm das Blut in die Wangen stieg wie immer, wenn ihn etwas aufregte. Zu dumm, dass er immer noch rot wie ein Grünschnabel wurde. Es war ihm peinlich. Was alles noch schlimmer machte, denn das ließ ihn noch röter werden.

Bodo schob den Ärger beiseite und nahm die Betriebsanleitung auf. Auch wenn er nichts als wegwollte, musste er sich nun mit dem nagelneuen Fernsehgerät befassen. Vorher würde es kein Essen geben. Möglichst flink baute er die Zimmerantenne zusammen und verband sie mit dem Gerät. Vater drehte den Fernseher auf. Gebannt starrten sie auf die Bildfläche, aber es kam nur Flimmern und Rauschen.

»Es muss doch funktionieren! Wahrscheinlich hast du beim Zusammenbauen einen Fehler gemacht.« Vater kämmte den

Scheitel mit den Fingern, bis sein Haar wieder akkurat saß, verrückte nochmals die Antenne und betätigte mehrmals den Ein- und Ausschalter. Endlich erschien ein Standbild.

»Es wird gerade nichts gesendet. Wir müssen wohl bis zum Abendprogramm warten.«

»Schade«, bedauerte auch Mutter.

»Dann können wir ja endlich mittagessen«, entfuhr es Bodo.

»Oha. Der Herr Student klingt, als hätte er's furchtbar eilig. Dabei möchte man meinen, Studenten hätten alle Zeit der Welt?«

Mutter kam zu Hilfe, wenn auch unbeabsichtigt, indem sie Gulasch und Knödel auf den Tisch stellte.

»Zu Tisch«, rief sie. »Bevor das Essen kalt wird.«

Eine Zeit lang war nur das Klappern des Bestecks auf den Tellern zu hören, als hätte es allen die Sprache verschlagen – Bodo aus Eile, Vater aus Freude über seine Anschaffung und Mutter vor lauter Aufregung. Sie legte es als Erste beiseite.

»Jetzt sag, Heribert: Wo kommt dieses Gerät her? Du hast doch hoffentlich nicht unser Urlaubsgeld geopfert?!«

»Ach was! Du solltest mich besser kennen.« Vater schmunzelte. »Wir haben heute einen Elektrohändler exekutiert. Er hatte im Hinterzimmer zwei Geräte gelagert. Da haben Theo und ich zugeschlagen. Eins für ihn, eins für uns.«

»Theo hat mitgemacht?«

»Er hatte die Idee.«

»Was sagt denn euer Chef dazu?!«

»Sorg dich nicht, Trutscherl.« Vater machte eine wegwerfende Handbewegung. »Die Geräte wären sowieso im Verkauf von Altwaren gelandet. Wir haben sie ganz offiziell erstanden. Zum fairen Marktpreis.« Er lachte zufrieden. »Aber natürlich günstig.«

»Fair … für Altgeräte …« Der Einwand war Bodo rausgerutscht. Er kritisierte seinen Vater nur ungern, normalerweise behielt er seine Gedanken für sich. »Dieses Gerät war doch brandneu, sogar noch original verpackt.«

»Exekutionsware wird immer als Gebrauchtware verkauft, sagt Theo.«

»Nicht gerade vorteilhaft für den armen Exekutierten.«

»Das war schon immer so. Als Exekutor den ersten Zuschlag zu haben, ist eine inoffizielle Lohnnebenleistung zu unserem mageren Beamtengehalt, wenn du so willst … Finden wir jedenfalls, Theo und ich. Wenn wir die Geräte nicht gekauft hätten, hätt's wer anderer getan. Außerdem war der Elektrohändler ein Italiener. Ich würde mich nicht wundern, wenn die Fernseher ohnehin Diebesgut waren.« Vater kratzte letzte Gulaschreste vom Teller. »Jetzt gehört er jedenfalls uns. Rechtzeitig vor der Übertragung der Mondlandung nächstes Jahr. Freust du dich, Trutscherl?«

»Wir könnten die Nachbarn zum Zusehen einladen.« Mutter hatte ihre Fassung wiedergefunden. »Bestimmt sind wir die Einzigen mit einem Fernseher im Haus.«

»Das meine ich auch.« Vater reinigte seinen Schnauz mit der Serviette. »Das Gulasch war übrigens ausgezeichnet.« Er lehnte sich zufrieden in die Lehne. »Gibt's Nachtisch?«

»Kompott.« Mutter räumte den Tisch ab und verschwand in der Küche. Bodo schaute wieder auf die Uhr, es war schon fast drei.

»Du wirkst unruhig. Hast du etwa noch etwas vor?«, fragte Vater.

Bodo entdeckte einen Brösel auf dem Tischtuch, schnipste ihn auf den Boden. Er schluckte.

»Eine Verabredung zum Kaffee.«

Vater schaute auf.

»Darf man fragen, mit wem?«

Bodo schluckte wieder. Seit gestern war das mit Jutta eine ernste Sache. Sollte er nun doch von ihr erzählen? Mutter war inzwischen wiedergekommen und stellte jedem eine Schale mit Birnenkompott hin. Bodo nahm den Dessertlöffel auf, legte ihn wieder ab, schob die Kompottschale von sich. Vielleicht war's tatsächlich an der Zeit.

»Mit einer jungen Dame. Jutta.«

»Soso.« Vater hielt zwischen zwei Bissen vom Kompott inne. »Das klingt ja richtig förmlich. Was Ernstes?«

Bodo nickte.

»Ahaa«, sagte Vater lang gezogen.

»Du musst sie uns vorstellen!« Mutter hatte plötzlich glänzende Augen.

»Bei Gelegenheit. Jetzt muss ich mich aber beeilen. Sie wartet auf mich.« Bodo sprang auf. »Entschuldigt mich bitte.«

Hatte er richtig entschieden, den Eltern von Jutta zu erzählen?, fragte Bodo sich, während er die Wohnung verließ. Was soll's. Er hatte ohnehin vor, bald auszuziehen. Dann wäre er endlich außerhalb ihrer Reichweite und weg von ihren kleinkrämerischen Fragen und lästiger Bevormundung. Er schaute auf die Uhr. Es war knapp, aber eine Viertelstunde würde Jutta doch sicherlich auf ihn warten, hoffte er. Er lief in Richtung Wien-Fluss zur Stadtbahnstation. Zum Glück fuhr gerade eine Bahn ein. Er sprang hinein.

Quietschend setzte sie sich in Bewegung, ratternd fuhr sie das Flussbett entlang, mit Stopps alle paar Minuten. In der Station Oper stieg er aus. Er durchlief die unterirdische Passage, querte den Ring, lief die Kärntnerstraße entlang in Richtung Dom. Lauter glänzende Automobile fuhren vorbei. Ob er auch einmal so eines sein Eigen nennen würde?, fragte er sich. – In der Hoffnung, den Weg abzukürzen, lief er nicht weiter geradeaus, sondern bog in eine Seitengasse. An der Ecke befand sich ein kleiner Juwelier. Er verlangsamte seine Schritte und warf einen schnellen Blick ins Fenster. Lauter edle Stücke lagen da, allerdings ohne Preisangabe. Bestimmt waren sie viel zu teuer für sein Budget.

Jutta war eine Klassefrau. Er liebte sie, weil sie lebensfroh, großmütig und mutig war – auch wenn sie manchmal über die Stränge schlug. Ihre Unerschrockenheit war ansteckend. Mit ihr würde er das Leben meistern. Er wollte ihr einen Verlobungsring schenken, der ihr gebührte. Vielleicht der Ring, der ganz hinten in der Auslage lag: Er war ungewöhnlich, mit einem kleinen Brillanten, der in einer geschlungenen Goldfassung steckte. Ob er erschwinglich war? Bodo beschloss, in den nächsten Tagen nochmals vorbeizukommen, bevor er weitereilte.

3

Bodo wusste, dass das *Café Hawelka* eine Institution in Wien war und als Treffpunkt von Malern, Literaten und Intellektuellen bis nach Zürich, Paris und Berlin bekannt. Aber er hatte es noch nie betreten. Im *Hawelka* zu sitzen, bedeutete nämlich, ein anerkannter Kunstmensch zu sein oder zumindest zur künstlerischen Elite gehören zu wollen. Er war Mathematiker. Er hätte es anmaßend gefunden, sich unter diese Elite zu mischen. Nur heute galt sein Besuch ja Jutta.

Als er die Tür öffnete, stellte er fest, dass das Café kleiner war, als er erwartet hatte. Fast alle Tische waren besetzt. Zigarettenrauch vernebelte seinen Blick, dennoch entdeckte er sie schnell: das blonde Haar, die blauen Augen, der Teint wie Porzellan … Er fand sie wunderschön. Sie saß an einem Marmortisch beim Kamin, vertieft in ein Skriptum. Auch das liebte er an ihr: Diese Hingabe, mit der sie ihr Ziel verfolgte; diese Begeisterung, die sie für ihr Fach aufbrachte. Sie war nicht wie andere Mädels, die lediglich Kleider, Frisuren und das nächste Rockfestival im Kopf hatten. All das interessierte sie zwar auch, aber vor allem wollte sie ihren Traum, Richterin zu werden, verwirklichen. So wie er sich in mathematische Probleme vertiefte, ging sie in Rechtsthemen auf.

Er passierte einen Tisch mit einem Berg von Zeitungen. Jutta bemerkte ihn nicht, so sehr war sie im Skriptum versunken. Nicht einmal, als er schon knapp vor ihr stand, hob sie ihren Blick. Er lief um den Tisch herum und hielt ihr sanft die Augen von hinten zu.

»Bodo!«, rief sie nach einem kurzen Schreckmoment. Sie ergriff seine Hände. »Ich weiß, dass du's bist!«

»Ich dachte schon, ich schaff's nicht mehr.« Lachend nahm er Platz neben ihr. »Tut mir leid, dass ich mich verspätet habe, aber mein Vater hat ein Fernsehgerät angeschleppt.«

»Das scheint wohl jetzt unvermeidlich. Auch bei meinen Eltern hat die allabendliche Nachrichtensendung einen fixen Platz im Tagesablauf eingenommen.«

Der Kellner kam.

»Der Apfelstrudel ist wunderbar, ich kann ihn dir wärmstens empfehlen.«

»Da bin ich aber gespannt. In Sachen Apfelstrudel bin ich Spezialist.« Bodo bestellte, bevor er weitererzählte: »Nachdem ich das Ding in Betrieb genommen habe, hat sich das Mittagessen in die Länge gezogen. Dann habe ich meinen Eltern von dir erzählt. Jetzt wollen sie dich kennenlernen.«

»Sehr gern.« Jutta deutete in Richtung Theke. »Meine Mutter … Sie weiß noch nichts von uns.«

Bodo betrachtete die zwei Frauen, die hinter der Theke standen. Beide trugen Schürzen über den Kleidern, beide standen an der Kaffeemaschine, als gehörten sie hierher, nur die Aufmachung der einen war viel zu elegant, um als Servierfrau durchzugehen: Ihr Haar war perfekt toupiert, das Kleid bestimmt aus einem der teuren Geschäfte der Innenstadt. Bodo nahm an, dass sie Juttas Mutter war.

»Willst du, dass ich mich bei ihr vorstelle?«

»Um Gottes willen! Ich möchte ihr davor von dir erzählen, sonst fällt sie aus allen Wolken. Aber nicht hier und jetzt. Vielleicht heute Abend, wenn sie und ich unter uns sind.«

»Ist das Frau Hawelka neben ihr? Sie scheinen sehr vertraut.«

»Sie kennen einander, seit ich denken kann.«

Der Kellner kam mit dem Apfelstrudel. Bodo nahm einen Bissen.

»Erstaunlich gut.« Er vertilgte noch ein paar Bissen, während er sich umsah. »Ich dachte immer, das *Café Hawelka* wäre ein reines Künstlerlokal.«

»Du meinst, weil's im Moment nicht danach aussieht?« Jutta lachte. »Weil nicht alle in Jeans und mit langen Haaren herumlaufen? – Diese Leute kommen auch, aber später. Sie kommen nach zehn und bleiben bis zur Sperrstunde, manchmal sogar darüber hinaus.«

Bodo wandte sich wieder seinem Apfelstrudel zu.

»Mhm …«, rief er mit vollem Mund. »Er ist tatsächlich einer der besten in ganz Wien.«

Sein Blick glitt zum Nebentisch.

»Ach du meine Güte! Ist das nicht …?!« Er rückte seine Nickelbrille zurecht.

»Oskar Werner«, bestätigte Jutta mit gedämpfter Stimme.

Drei Mal hatte er den *Spion, der aus der Kälte kam* schon gesehen. Vor Aufregung schoss ihm schon wieder das Blut ins Gesicht. Wenn er sich nur dieses Rotwerden abgewöhnen könnte!

»Frau Hawelka erzählte mir vorhin, dass Oskar Werner öfter vorbeikommt, seit er im Burgtheater spielt«, sagte Jutta, und er war dankbar, dass sie sein Erröten nicht kommentierte. »Er unterhält sich gern mit anderen Gästen aus New York, wie mit Arthur Miller beispielsweise und dessen Freundin Inge Morath.«

Arthur Miller – *The Misfits* fiel ihm ein, dann der deutsche Titel *Nicht gesellschaftsfähig* mit Marilyn Monroe und Clark Gable. Arthur Miller hatte das Drehbuch geschrieben. Auch wenn er sich für den Klatsch und Tratsch nicht interessierte – den Namen Arthur Miller kannte sogar er.

Sie plauderten noch eine Weile, bis Bodo gehen musste.

»Ich habe einen Termin bei meinem Professor zur Besprechung meiner Abschlussarbeit.«

»Ich komme mit!«, sagte Jutta kurz entschlossen und packte ihre Sachen. »Ich habe noch ein wenig Zeit, bevor ich zur Arbeit muss. Außerdem interessiert mich deine Wirkungsstätte.« Sie grinste.

4

Nach Bodos aufschlussreichen Erklärungen in seinem Institut und der skurrilen Begegnung mit einem Professor für Quantenphysik, der modischer gekleidet war als die meisten Studenten, aber ausgerechnet Adolf mit Vornamen hieß, erreichte Jutta eine Stunde später das prächtige Gründerzeithaus hinter dem Parlament, in dem sich die Rechtsanwaltskanzlei von Doktor Wolf befand. Wenige Wochen zuvor hatte sie die Stelle als Sekretärin angetreten. Mit dem Gehalt besserte sie ihr Taschengeld auf, beispielsweise auch, um das nagelneue Mofa zu finanzieren, gleichzeitig gewann sie Einblicke in die Welt der Juristerei.

Das Haus stammte aus Kaiser Franz Josefs Zeiten und hatte im Krieg kaum Schaden erlitten. Die Fassade war noch immer opulent gegliedert, das Eingangstor aus schwerem Holz, das Stiegenhaus herrschaftlich mit Marmor und Stuck ausgestattet.

Da Jutta dem knarrenden Lift nicht traute, nahm sie die Stiege. Im Mezzanin angekommen, sperrte sie die Eingangstür auf und trat in den Vorraum, der gleichzeitig als Garderobe, Rezeption und Sekretariat diente. Die Tür zum Chefzimmer war geschlossen. Dahinter war gedämpft die Stimme von Doktor Wolf zu hören, er telefonierte wohl. Sie räumte ihre Tasche in den Schrank und setzte sich an ihren Schreibtisch, wo sich die Akten türmten. Ablegen war eine ihrer Aufgaben. Allein damit war sie jede Woche mehrere Stunden beschäftigt.

Sie nahm den ersten Stoß auf, wo Doktor Wolf in kaum leserlicher Schrift in die rechte obere Ecke »Ablage« gekritzelt hatte. Während sie den Papierstapel lochte, überflog sie die Überschrift. Es ging um einen Verkehrsunfall, offenbar ein Sachschaden. Wie langweilig! Als Richterin wollte sie einmal über bedeutsamere Fälle urteilen. Über Fälle, die gesellschaftliche Auswirkungen hatten, nicht solchen Kleinkram wie Verkehrsunfälle. Sie suchte den Namen des Mandanten, dann den passenden Ordner im Aktenschrank und legte den Stapel dazu. Sie nahm den nächsten Stoß auf und versorgte ihn auf dieselbe Weise. Bald war sie darin versunken, Protokolle, Gesprächsnotizen und Urteile im Akt der jeweiligen Mandanten abzulegen.

Schließlich war sie beim letzten Schriftstück angelangt. Diesmal handelte es sich um eine Anklageschrift. Der Beklagte hieß Josef Wendlmaier. Während sie die Ordner mit »W« suchte, überflog sie das Deckblatt des Schriftsatzes.

Tatvorwurf: *Teilnahme an Massenmorden an österreichischen und sowjetischen Jüdinnen und Juden in Minsk und Mogilew, 1942/43*
Verbrechenskomplexe: *Massenvernichtungsverbrechen in Lagern*
Tatorte: *Minsk und Mogilew/Weißrussland*
Opfer: *Jüdinnen und Juden (österreichische, sowjetische, u. a.)*

Ein Schauer lief über ihren Rücken. Sie sah genauer hin, mit geschärftem Blick.

Gaswagenfahrer.

Ihr Herz klopfte jetzt bis zum Hals. Sie hatte immer gedacht, dass diese grauenhaften Taten längst gesühnt und die Verantwortlichen im Rahmen der Nürnberger Prozesse und von Volksgerichten zur Rechenschaft gezogen worden waren. Immerhin war alles mehr als zwei Jahrzehnte her, länger, als sie auf der Welt war. Niemand sprach mehr über den Krieg, schon gar nicht über die Gräueltaten, die die Nazis damals begangen hatten. Das Thema interessierte niemanden. Niemand sprach darüber, und in der Schule hatte der Geschichtsunterricht mit dem Ersten Weltkrieg geendet und den Zweiten nur gestreift.

Aber kurz nach Beginn ihres Studiums, als Studenten gegen Professor Taras Borodajkewycz protestiert hatten, weil er durch antisemitische Äußerungen aufgefallen war, hatte sie eigenständig zum Thema recherchiert. Sie hatte alte Zeitungsberichte gelesen und Dokumentarfilme angesehen und unbeschreibliche Details über Judenverfolgungen, die Reichskristallnacht, Enteignungen, Deportationen und Konzentrationslager erfahren. Kaum zu glauben, dass vor dem Krieg 200 000 Juden in Wien gelebt hatten, etwa jeder zehnte war Jude gewesen. *Zweihunderttausend* – die Einwohnerzahl einer mittelgroßen Stadt. Die wenigsten von ihnen hatten fliehen können, die meisten waren umgekommen. Es war unbegreiflich. Heutzutage lebten kaum noch Juden in Wien. Vielleicht sagte deshalb der Schriftsteller Friedrich Torberg, ein häufiger Gast im *Hawelka*, spaßeshalber manchmal, er sei der »Jud' vom Dienst«.

»Wie hat es so weit kommen können?«, hatte Jutta damals die Eltern gefragt.

»Wir haben nichts mitbekommen. Erst die Engländer und die Amerikaner haben uns über die Massenermordungen in den Konzentrationslagern aufgeklärt. Wir konnten es nicht glauben. Erst als wir die Filme gesehen haben.«

»Aber das Hetzen gegen Juden und die Deportationen … Habt ihr all die Jahre nicht bemerkt, dass jüdische Mitbürger verschwunden sind?«

»Ja … schon … Eine Mitschülerin ist eines Tages nicht mehr in die Schule gekommen. Sie war einfach weg. Wohin und wieso – darüber hat niemand gesprochen. Die Leute seien ausgewandert, hat man gesagt. Das haben wir nicht infrage gestellt«, hatte Mutter erzählt.

Jutta hatte es dabei belassen. Es war doch alles schon so lange her.

Jetzt lag dieser Akt des Josef Wendlmaier in ihrer Hand. Wie ein Gruß aus der Vergangenheit. *Gaswagenfahrer*. – Wie konnte es sein, dass Doktor Wolf so jemanden beriet? Das Konvolut zitterte in ihrer Hand.

In diesem Moment klickte das Telefon, wenig später betrat Doktor Wolf das Vorzimmer. Wie immer war er gekleidet in einen grauen Anzug, der schon bessere Tage gesehen hatte. Er legte keinen Wert auf Äußerlichkeiten, offenbar gab's auch keine Ehefrau, die für die Pflege seiner Garderobe sorgte.

»Guten Tag, Fräulein Jutta!«, rief er ihr schon von der Schwelle entgegen. Seine Augen blitzten fröhlich, er war ein lebensfroher Mensch.

Jutta grüßte nicht zurück. Stattdessen hielt sie ihm den Akt Josef Wendlmaier entgegen. Sie war gerade schrecklich unhöflich, sie wusste es, aber sie musste ihrem Entsetzen Luft machen.

»Dieser Bestie helfen Sie? Einem Gaswagenfahrer in einem Konzentrationslager?!«

Doktor Wolf schälte sich aus seinem Jackett und hing es auf den Garderobenständer.

»Gemach, gemach, Fräulein Jutta. Noch ist er nicht verurteilt.« Er machte sich daran, die Hemdsärmel aufzukrempeln. »Sondern sitzt im Grauen Haus in Untersuchungshaft und wartet auf seinen Prozess.«

»Nach fünfundzwanzig Jahren! Ich habe Filme gesehen … Als Gaswagenfahrer hat er Hunderte, wenn nicht Tausende Menschenleben auf dem Gewissen. Das ist grauenhaft. Unvorstellbar.«

»Mein liebes Fräulein Jutta«, fiel Doktor Wolf ihr ins Wort. »Jetzt sind Sie schon beinahe drei Wochen bei mir. Inzwischen sollten Sie zwei Dinge gelernt haben: Erstens, wir dürfen unsere Mandanten nicht verurteilen. Das tun auf Erden die Gerichte und im Himmel der liebe Gott. Und zweitens steht jedem Menschen Rechtsberatung zu. Auch dem schrecklichsten Mörder.«

Jutta schluckte. Das hatte sie auch so auf der Universität gelernt, aber der Ratschlag widerstrebte ihr. Menschen wie dieser Josef Wendlmaier waren keine Menschen, sondern Bestien. Einer wie er sollte in der Hölle schmoren. Deshalb wollte sie auch lieber Richterin als Anwältin werden. Sie wollte für Gerechtigkeit sorgen.

»Geben Sie mir den Akt«, sagte Doktor Wolf. »Ich bin demnächst bei ihm, um das weitere Vorgehen zu besprechen.«

Voller Abscheu reichte sie ihm die Papiere.

Dann bat Doktor Wolf sie in sein Büro, um ihr einige Schriftstücke zu diktieren. Jutta nahm alles grollend auf. Während der Bleistift halb automatisch Doktor Wolfs Worte in Stenoschrift schrieb, war sie empört. Noch immer konnte sie es nicht verwinden, dass ihr Chef, den sie bisher hochgeschätzt hatte, jemanden wie diesen Wendlmaier beriet. Nach dem Diktat kehrte sie ins Vorzimmer zurück und hämmerte das Notierte in die Schreibmaschine. Als sie die Briefe Doktor Wolf vorlegte, fand sie ihn vertieft in den Akt Wendlmaier.

»Lassen Sie's mir da«, sagte er beiläufig. »Ich seh's mir später an. Sie können gehen. Angenehmes Wochenende.«

5

Der Abend war lau. Jutta ging zur nahen Universität, wo sie das Mofa am Morgen nach der Vorlesung stehen gelassen hatte, und brauste nach Hause.

Auf dem Weg kam sie auch an zwei Flaktürmen vorbei, den Luftschutzanlagen aus Stahlbeton mit aufmontierten Flugabwehrgeschützen aus dem Krieg. Sie waren unverwüstlich. Notgedrungen hatten sich die Wiener an deren Anblick gewöhnt, auch Jutta nahm sie kaum wahr. Nur heute, nachdem ihr der Akt Wendlmaier untergekommen war, stachen sie ihr ins Auge. Wie hässlich sie waren! Grässliche Relikte aus dem Krieg.

Wie gewohnt, parkte sie das Mofa im Innenhof. Bubi, der Wellensittich, zwitscherte aus der Küche. Mutter liebte Vögel, deshalb bekamen sie immer, wenn einer starb, schnell einen neuen. Jutta fand sie im Wohnzimmer, in den Fauteuil gelehnt. Die Schuhe hatte sie abgestreift, und die mit Nylons bestrumpften Beine – trotz ihres Alters und der ansonsten vollschlanken Figur noch immer wohlgeformt – ruhten auf dem zur beige-samtenen Sitzgruppe passenden Hocker. Die Vorhänge, die den Blick auf die Flaktürme verbargen, waren zugezogen, die mondäne Trompetenlampe leuchtete. Im Fernsehen liefen die Abendnachrichten. Jutta bezweifelte, dass Mutter tatsächlich die Worte hörte, vielmehr schien sie die

Zuwendung des blonden Grandseigneurs mit der smarten Brille zu genießen, während sie ihren allabendlichen Gin Tonic trank.

»Wie war dein Tag?«

»Na ja, geht so …«, kam Mutters Antwort mit lustloser Stimme zwischen zwei Sätzen des Grandseigneurs. Jutta horchte auf. Im Allgemeinen besaß Mutter ein fröhliches Naturell, nur in letzter Zeit wirkte sie ab und zu niedergeschlagen.

»Wo ist Vater?«

»Nicht da.« Mutter drehte den Fernseher leiser. »Wieder einmal. Er ist auf einem Kongress in Deutschland und kommt erst morgen wieder.«

»Aha.« Jutta wollte sich auf den Weg in die Küche machen, um etwas zu trinken.

»*Aha?* … Das sagst du so leicht!« Mutter starrte grantig ins Gin-Tonic-Glas. »Mich stört das, und zwar ziemlich. Ständig ist er unterwegs, im Spital, in der Ordination, in der Kammer, auf Kongressen.«

»Was ist denn so schlimm daran? Er geht eben auf in seinem Beruf.« Womöglich ging dieses Auf und Ab von Mutters Stimmungslage mit hormonellen Schwankungen einher, überlegte sie. Hoffentlich ging dieser Zustand bald vorüber.

»Im Sommer war nicht einmal ein Familienurlaub drin«, schimpfte Mutter weiter, während die Stimme des Nachrichtensprechers sie leise im Hintergrund begleitete.

»Ja, der hat mir auch gefehlt«, pflichtete Jutta bei und erinnerte sich wehmütig an die alljährlichen Ferien in Italien, an lange Tage am Meer und herrliche Pastagerichte. »Aber inzwischen haben die Vorlesungen wieder begonnen, meine Abschlussprüfung steht bevor, und ich kann nicht mehr weg. Vielleicht könnt wenigstens ihr beide euch noch ein paar Tage Urlaub gönnen?«

»Pff, ein paar Tage …«, schnaubte Mutter. »Für einen Urlaub in Italien bräuchten wir mindestens zwei Wochen.«

»Ihr müsstet ja nicht bis nach Italien. Ihr könntet auch aufs Land fahren – ins Salzkammergut beispielsweise.«

»Wie kommst du jetzt ausgerechnet aufs Salzkammergut?!«

»Ich weiß nicht …«, überlegte Jutta. »Ich glaube, ich habe auf dem Weg ein Werbeplakat gesehen.«

»Das *Salzkammergut* …« In der Art, wie sie das Wort aussprach, klang Sehnsucht. »Als Kind war ich öfter dort.«

»Davon hast du mir nie erzählt.«

»Es ist ewig her. Ich war sehr jung. Ein Kind. Es ist schön dort … malerische Berge und Seen …« Mutter schien sich gefasst zu haben und nippte wieder an ihrem Gin Tonic.

»Das wäre doch eine Idee! Sprich mit Vater. Bestimmt wird er sich zumindest für ein paar Tage freinehmen können.«

Mutter klimperte mit den Eiswürfeln im Glas.

»Ich weiß, ich sollte dich mit meinen Problemen nicht belasten«, sagte sie leise. »Es ist nur …« Sie starrte in das halb volle Glas. »Manchmal denke ich, ich habe Fehler gemacht in meinem Leben.«

»Was für Fehler?«

»Vielleicht … vielleicht …« Sie stockte. »Vielleicht falsche Entscheidungen getroffen …«

»Du bist aber trübsinnig heute«, wischte Jutta über sie hinweg.

»Vielleicht den Falschen geheiratet.«

Jutta lachte auf. Der bloße Gedanke war absurd. Vater und Mutter gehörten zusammen wie Topf und Deckel.

»Na, das sind ja Töne! Gab's denn mal einen anderen?«, fragte sie scherzhaft.

»Nein. Natürlich nicht!« Mutter winkte ab. »Ich habe immer nur deinen Vater geliebt.«

»Eben.«

In diesem Moment verabschiedete sich der Grandseigneur mit der Brille und wünschte einen guten Abend.

»Ihnen auch«, sagte Mutter scheinbar ermuntert.

Jutta holte nun endlich das ersehnte Glas Milch aus der Küche und ließ sich auf dem Kanapee neben Mutter nieder. Aus dem Fernseher ertönte jetzt die Wettervorhersage: Schön sollte es werden, besonders mild für September. Mutter trank den letzten Schluck ihres Gin Tonics, knabberte ein paar bereitstehende Erdnüsse und war wieder ganz sie selbst. Der Zeitpunkt schien günstig.

»Ich habe Neuigkeiten für dich.«

Mutter schaute vom leeren Glas auf.

»Erinnerst du dich an Bodo?«

»Der junge Mann mit dem außergewöhnlichen Namen, mit dem du heute im *Hawelka* verabredet warst?«

»Genau der.«

»Was ist mit ihm?«

»Wir sind … nun ja, wir sind uns nähergekommen.« Jutta spürte dieses Kribbeln, das sie seit der vergangenen Nacht immer wieder überkam. »Ich glaube, er ist der Mann meines Lebens. Vielleicht … vielleicht wird er mich fragen, ob ich seine Frau werden will.«

»Hättest du das gern?«

»O ja!«, schoss es aus Juttas Mund.

Das mittlerweile leere Gin Tonic Glas klackte, als Mutter es auf den Couchtisch stellte. Aber sie sagte kein Wort. Keine Zustimmung, keine Freudenbekundung, die Jutta erwartet hatte. – Mochte sie Bodo nicht? Blödsinn! Sie kannte ihn doch noch gar nicht. Endlich erschien ein Lächeln auf Mutters Gesicht.

»Liebes! Ich freue mich!«

Juttas Bedenken verflogen in dieser Sekunde.

»Ich mich auch … Ich bin so glücklich!«, quetschte sie aus Mutters plötzlicher Umarmung hervor. »Ich denke, so muss es zwischen dir und Vati gewesen sein.«

»Natürlich. Nur …« Mutter löste sich, ihre Arme sanken. »Dann wirst du bald ausziehen … Was mach ich nur ohne dich?«

»Ach, Mutti!«, hauchte Jutta erleichtert. Aha, ihr Zögern vorhin war nicht wegen der Heirat, sondern wegen der Sorge ums Ausziehen, ging es ihr durch den Kopf. »Auch wenn ich eines Tages nicht mehr bei euch wohne, bin ich doch nicht aus der Welt.«

»Er hat dir noch keinen formellen Heiratsantrag gemacht?«

»Nein, noch nicht.«

»Ja, dann … fließt ja noch viel Wasser die Donau hinunter.«

War da Erlösung durchgeklungen? Jutta schob den Gedanken beiseite. Bestimmt irrte sie sich. Mutter wollte immer nur das Beste für sie. Und das Beste – *der Beste* war Bodo. Garantiert.

Sie saßen noch eine Weile beisammen. Else hörte Jutta gern zu, wenn sie über die Arbeit bei Doktor Wolf erzählte, und nahm regen Anteil am Schicksal der Klienten. Aber als Jutta über diesen Kriegsverbrecher Wendlmaier zu reden begann, wollte sie nichts mehr hören. Geschichten, die mit dem Krieg zusammenhingen, interessierten sie nicht. Die Zeit war schrecklich gewesen. Besser nicht daran denken. Besser das Grauen schlafen lassen. Zum Glück waren die meisten Erinnerungen verblasst, auch wenn deshalb Jahre in der Lebensgeschichte fehlten.

Nachdem Jutta sich in ihr Zimmer zurückgezogen hatte, drehte Else wieder den Fernseher auf. Peter Alexander sang fröhlich, tanzte leichtfüßig und bezauberte mit seinem Charme. Else liebte es, ihm zuzusehen. Sie stellte sich vor, wie das Leben mit ihm an ihrer Seite wäre. Natürlich wusste sie, dass das Hirngespinste waren. Sie kannte ihn ja nicht persönlich, und sie war ja nicht dumm. Sie wusste, dass er nicht wirklich durch ihr Wohnzimmer tanzte wie die alte Dame über ihr. Außerdem wusste sie aus den Hochglanzmagazinen, die beim Friseur auslagen, dass Peter Alexander glücklich verheiratet war. Aber der Mensch durfte doch träumen und sich ausmalen, wie's wäre, wenn …

Die Show war zu Ende. Eine nette Dame wünschte gute Nacht, das Standbild erschien. Else schaltete ab.

Sie ging ins Schlafzimmer und knipste die Nachttischlampe an. Angesichts des leeren Ehebetts holte sie der Gedanke wieder ein, dass sie die Nacht allein verbringen würde. Wieder einmal. Je öfter es vorkam, desto mehr ärgerte es sie. Curt reiste in der weiten Welt herum, sein Leben war voller Abenteuer, und sie? – Als Jutta klein gewesen war, hatte sie alle Hände voll mit Kind und Haushalt zu tun gehabt, aber inzwischen war Jutta flügge und Curt immer seltener zu Hause. Die Tage wurden leer und immer leerer. Zwar ging sie nach wie vor täglich ins *Hawelka*, aber seit dort die intellektuelle Prominenz ein und aus ging, fühlte sie sich nicht mehr so zu Hause wie früher. Und zum Kaffeekochen brauchte man sie schon lange nicht mehr.

Jetzt auch noch das: Jutta hegte Heiratspläne. Diese Ankündigung hatte sie aufgewühlt, mehr als ihr lieb war, und viel mehr, als sie ihrer Tochter gezeigt hatte. Nicht wegen der Heirat an sich – Bodo war scheinbar ein netter Kerl. Es waren die Konsequenzen, die Else fürchtete. Das Dickicht an Erinnerungen, das sich auftat. Die Gedankenstränge ohne Anfang, ohne Ende. Die Kindheit, die Jugend, die Eltern, der Krieg … Das wilde Gestrüpp von Verirrungen und Verwirrungen.

Ein Hitzeschub, der womöglich nichts mit den Wechseljahren zu tun hatte, überkam sie. Sie riss sich die Bluse vom Leib und fächelte sich Luft zu. Sie schlüpfte aus dem Rock und tastete nach den Knöpfen im Strumpfbandgürtel. Nach und nach wurden ihre Bewegungen langsamer. Der Schnipsel einer Erinnerung drängte sich auf, vage und kaum zu fassen. Ein stiller Moment in der Dunkelheit, vor langer Zeit … Atem an ihrem Ohr, warm und heftig, sein volles Haar in ihren Fingern … seine Hände am Strumpfbandgürtel, kraftvoll und ungeduldig.

Die Erinnerung verblich, verschwand im Nichts.

Else ließ den Nylonstrumpf zu Boden fallen. Die Haut darunter fühlte sich beinahe so seidig an wie der Strumpf. Sie wiederholte die Prozedur beim rechten Bein, faltete beide Strümpfe, legte sie zur Seite und setzte sich auf die Bettkante. Schön, dass Jutta sie und Curt so innig sah. Aber in Wahrheit kriselte es schon lange zwischen ihnen. Nein, das war falsch, korrigierte sie den Gedanken, während sie den Strumpfhalter ablegte. Vielmehr hatten sie sich auseinandergelebt. Und Curt bemerkte es nicht einmal. In seinen Augen war ihre Ehe glücklich wie seit eh und je. Er lebte ja nur für den Beruf. Ab und zu hatte er ein offenes Ohr für seine Tochter, aber das war's. Er besaß keine Freunde, kein Hobby, kein Interesse an ihr. Sie schluckte. Sie wohnten unter einem Dach, teilten aber weder Tisch noch Bett – zumindest im übertragenen Sinne des Wortes. Er ging nie aus, weder mit ihr noch allein, nur ins Krankenhaus, in seine Ordination oder fuhr zu medizinischen Kongressen.

Else blickte in den Spiegel des Schminktisches und sah sich darin selbst halb nackt auf der Bettkante sitzen. Sie hatte noch immer eine passable Figur, fand sie. Obwohl sie natürlich voller geworden war seit damals. Vollschlank würde man sagen. Die Brüste saßen prall im Büstenhalter, die Beine reichten gut geformt bis zur weißen Spitze der Hose.

Wie anders wäre das Leben mit einem lebenslustigeren Mann an ihrer Seite, fragte sie sich. Wie anders wäre das Leben, wenn damals … Sie wand sich aus dem Büstenhalter, griff nach dem seidenen Hemd unter dem Kissen und stülpte es über. Hach, seufzte sie. Es hätte alles auch ganz anders kommen können.

APRIL 1945

6

Stille. Nach drei Tagen Pfeifen, Zischen, Poltern und Dröhnen herrschte Stille. Diese Stille war noch Angst einflößender als das Getöse zuvor. Die Bombenangriffe der Alliierten waren so unerbittlich gewesen, dass sie drei Tage am Stück im Luftschutzbunker tief unter den mittelalterlichen Häusern beim Schwedenplatz verbracht hatten. Drei lange Tage und drei noch längere Nächte waren sie auf Gedeih und Verderb einander ausgeliefert gewesen. Zuvor Wildfremde hatten sich Brot, Wasser, Decken und Funzeln geteilt, sich gegenseitig bei den elementarsten körperlichen Bedürfnissen zugesehen und einander gut zugeredet. Während oben Sirenen heulten, Kampfflieger brummten und Bomben die Stadt zerstörten, hatten die Bewohner in ihrem Verlies gezittert. Bei jedem Einschlag war feuchter Staub von den Ziegeln gerieselt, hatte der Boden gebebt, hatten Menschen gekreischt, die Kinder geweint. Jetzt aber herrschte Stille. Keiner sagte auch nur ein Wort. Nur Atmen war zu hören.

Else tastete nach ihrem Nachbarn, fand eine kalte Hand, schweißnass wie ihre, und klammerte sich daran. Irgendwann hörte man im Hinteren des Raums ein Scharren von schweren Schuhen, danach ein Räuspern.

»Es scheint vorbei zu sein.« – Else meinte, die Stimme von Herrn Hochfellner, dem kriegsversehrten Leutnant aus dem zweiten Stock ihres Wohnhauses, erkannt zu haben. Wie Fritzi und sie war er beim Fliegeralarm von der Leopoldstadt über die Brücke in den Luftschutzbunker auf die Innenstadtseite des Kanals geflüchtet. »Wir können die Lichter wieder anzünden.«

Das Zischen eines Zündholzes war zu hören. Bewegung kam in den Raum. Nach und nach erschienen Gesichter im schummrigen Licht. Else sah sich nach Fritzi um, spähte zwischen den fremden Menschen und über deren Köpfe hinweg in jede Ecke. Seit Fritzi nach hinten zu den Klokübeln gegangen war, hatte sie sie aus den Augen verloren. Sie wollte nach ihr rufen. Doch kein Laut kam über ihre Lippen, sie wagte es nicht.

Draußen erschallte der Entwarnungston.

»Hast recht g'habt, Hochfellner«, brummte jemand. Dann war es wieder still, als alle warteten, was weiter geschehen würde.

»Meinst, wir können dem Frieden trauen?«

»Um sicher zu sein, müsst einer raus und nachschauen.«

Betretenes Schweigen. Keiner wollte es wagen. Sicher nicht Else, nichts läge ihr ferner.

»Ich geh rauf«, sagte Hochfellner. »Ich mach's.« Er umklammerte seine Krücken.

»Bist sicher?«, brummte ein anderer.

Hochfellner humpelte wortlos zur steilen Stiege, klemmte seine Krücken unter einen Arm und schleppte sich mit der freien Hand auf den eisernen Handlauf gestützt hinauf. Oben angekommen, stieß er mit einer Krücke gegen die eiserne Tür. Nichts geschah. Er schlug nochmals dagegen. Diesmal erschien ein Spalt. Grelles Licht drang hinunter in den Bunker. Hochfellner warf die Krücken voraus, hievte sich ins Freie, und in der halbhohen Öffnung sah man jetzt die Schuhe und Hosenbeine des Herrn Hochfellner auf den Pflastersteinen. Es dauerte eine Weile, aber schließlich tauchte sein Gesicht auf, grinsend von einem Ohr zum anderen.

»Der Krieg ist aus!«, rief er in den Bunker hinunter. »Stellt euch vor! Ich glaub, der Krieg ist aus!«

»Wirklich?«, hauchte jemand dicht an Elses Ohr.

»Die Russen sind da!«, rief Hochfellner von oben. »Kolonnen von Soldaten marschieren mit Gewehren im Anschlag den Quai entlang, und keiner hält sie auf!«

Ein Raunen ging durchs Kellergewölbe.

»Seht selber!« Hochfellners Stimme überschlug sich. »Eine ganze Division Russen und von der Wehrmacht weit und breit nichts zu sehen!«

Ein alter Mann zwängte sich durch die Menge und wieselte die Stufen hinauf.

»Der Krieg ist aus!«, bestätigte er wenig später vom Ausgang hinunter. »Leitl'n, der Krieg ist aus!« Lachend suchte er das Weite.

Eine junge Frau folgte.

»Alles ist ruhig«, rief sie, bevor sie sich ebenfalls aus dem Staub machte.

Auf einmal hatten es alle eilig. Die Menschen suchten ihre Habseligkeiten zusammen, die sie bei der Flucht mitgebracht hatten, und drängten zu den Stufen. Jeder wollte so schnell wie möglich ins Freie.

Else hielt sich im Hintergrund. Sie sorgte sich um Fritzi und suchte sie weiterhin in der Menschenmenge. Da rempelte sie eine Frau unsanft im Rücken.

»Geh schon!«

»Steh nicht da wie angewurzelt!«, keifte eine andere.

So viele Menschen drängten nach, dass Else nichts anderes übrig blieb, als sich ebenfalls in Richtung Aufgang zu bewegen. Fritzi zu finden, war im Moment unmöglich. Außerdem würde sie wohl von der Menge ebenso die Stufen hinaufgespült werden wie sie selbst. Sie erreichte den schmalen Stiegenaufgang. Der eiserne Handlauf klebte an den seit Tagen ungewaschenen Händen, nasser Ziegelschotter bröselte unter den Sohlen, aber sie bemerkte das alles kaum, denn sie hatte nur mehr das Licht, das von oben in den Keller drang, vor Augen.

Stufe für Stufe kletterte sie in Richtung Ausgang. War der Krieg tatsächlich aus, wie der Mann gesagt hatte? War's möglich, dass sie nicht mehr ums blanke Überleben fürchten mussten? Dass Fritzi mit ihren sechs Jahren im Herbst ganz normal eingeschult werden könnte? – Else wagte es kaum zu hoffen. Vor ihr war Frau Warwra, die Nachbarin aus der Wohnung unter ihnen, mit der kleinen Elfriede an der Hand, und von hinten drängten fremde Menschen, deren Gesichter nach den vergangenen drei Tagen allesamt vertraut erschienen. Nur wenige Stufen noch. Das Licht wurde immer greller. Else kniff die Augen zusammen. Sie erreichte die Luke. Endlich fand sie sich am Schwedenplatz wieder, am Rande der Innenstadt, nur durch den Kanal von der Leopoldstadt getrennt.

Der Himmel war blau, die Sonne tat in den Augen weh. Schützend hielt sie die Hand vors Gesicht und ging einen Schritt zur Seite, um Platz für den von unten kommendem Menschenstrom zu machen. Die Luft im Freien war wärmer als im Keller, dazu dunstig von allgegenwärtigem Staub. Ein widerlicher Geruch von Feuer und Asche schwelte, dennoch fiel ihr das Atmen leichter als im Gewölbe. Sie wagte nicht, sich umzuschauen – sie brachte es nicht übers Herz, sich die Zerstörung der Stadt durch die Fliegerbomben, die vor allem während der letzten Tage die Gegend durchlöchert hatten, zu vergegenwärtigen. Vielmehr ließ sie den Schacht nicht aus den Augen, der einen Leidensgenossen nach dem anderen ausspuckte und durch den auch Fritzi bald auftauchen müsste.

Nichts war gerade wichtiger, als dass sie und Fritzi wieder vereint waren.

»Der Krieg ist aus!«, riefen die Menschen, die aus der Kelleröffnung traten, und man sah die Erleichterung in ihren Gesichtern. Sie umarmten einander, drückten dem einen oder anderen einen Kuss auf die Wange und wünschten einander alles Gute. Vom Quai war Getrampel zu hören. Ein Bataillon russischer Truppen marschierte die Straße entlang, das von niemandem aufgehalten wurde.

Else wandte sich wieder dem Abgang zum Bunker zu. Gerade zwängte sich Adelheid, mit der sie während der letzten Tage eine Wasserflasche geteilt hatte, durch die Eisentür.

»Ich kann's kaum fassen«, schnaufte sie außer Atem vom Stiegensteigen. »Dass die Bomben ein Ende haben.«

»Es sieht so aus«, sagte Else, während sie suchend umherblickte.

»Ein neues Leben beginnt.«

Einige der Umstehenden begannen zu singen:

»Wien, Wien nur du allein …«

»*… sollst die Stadt meiner Träume sein*«, stimmte Adelheid ein, wischte Freudentränen von ihren Wangen und legte einen Arm um Elses Taille. Bald tanzten sie, umringt von klatschenden Zuschauern, über den Platz. Ein paar Halbwüchsige, die der Rekrutierung des Volkssturms entgangen und mit ihnen im Luftschutzkeller gewesen waren, feuerten sie noch weiter an, und Adelheid hörte nicht auf zu tanzen. Aber Else dachte nur an Fritzi.

»Hast du Fritzi gesehen?« Sie löste sich aus Adelheids Armen.

»Nein, aber sorge dich nicht! Bestimmt kommt sie gleich. Wo soll sie denn sonst hin?« Adelheid tanzte weiter mit ein paar Jungen, die etwas abseits standen.

Else ging wieder zum Eingang des Bunkers. Weitere Menschen traten heraus, vor allem Alte, Frauen und Kinder, auch sie mit zusammengekniffenen Augen. Als sie sich davon überzeugt hatten, dass die Gefechte tatsächlich vorbei waren, beglückwünschten sie sich gegenseitig, bevor sie sich auf den Weg nach Hause machten. Immer wenn Nachbarn kamen, fragte Else nach Fritzi. Doch sie interessierte in diesem Augenblick nur, ob der Krieg tatsächlich aus war. Und ob Wien jetzt russisch sei.

»Russisch, deutsch – egal. Hauptsache, Frieden«, sagte einer.

Else starrte weiter in den Abgang.

Frau Professor Bleibtreu aus dem dritten Stock kam.

»Ach, Else, glaubst du wirklich, dass der Krieg jetzt aus ist?«, keuchte sie atemlos nach den steilen Stufen.

»Zumindest ist Ruhe, Frau Professor. Kein Flieger, kein Alarm, keine Bomben. Wie's weitergeht, werden wir sehen«, antwortete sie. »Haben Sie Fritzi gesehen?«

»Ich meine, sie war mit Frau Proksch auf dem Weg zu den Kloxkübeln.«

Als Else das hörte, war sie erleichtert. Die Hausmeisterin, eine derbe Frau, die im Haus ein strenges Regiment führte, hatte selbst eine kleine Tochter, Hanni. Es war gut möglich, dass die beiden Mädchen zusammensteckten.

»Ich mach mich mal auf den Weg«, sagte Frau Professor Bleibtreu. »Hoffentlich steht die Brücke noch … und unser Haus.«

Ob die Brücken noch standen, war tatsächlich fraglich, aber im Moment hatte Else keine Zeit, sich darum zu sorgen, sondern starrte weiter in den Bunkerabgang. Jetzt traten nur noch einzelne Leidensgenossen durch die eiserne Luke ins Licht. Eine alte Frau kletterte behäbig heraus, schließlich ein Greis.

Dann niemand mehr.

Else ging näher und schaute die Stiegen hinunter. Ein einziger Kriegsversehrter humpelte noch herauf, schwer aufs Geländer gestützt.

»Haben Sie ein kleines Mädchen gesehen?«, fragte sie ihn wie die anderen zuvor.

»Hinter mir ist niemand mehr. Ich bin der Letzte.«

Aber … das ist unmöglich! Das kann doch nicht sein!, schoss es Else durch den Kopf. »Fritzi?«, rief sie in den Schacht. »Fritzi!«

Nichts regte sich. Ohne zu überlegen, stieg sie die Stufen wieder hinunter in den Bunker, den sie am liebsten nie mehr betreten hätte. Im ersten Kellerraum brannten noch immer zwei Funzeln.

»Fritzi!«, rief sie in den Gang, der zu den hinteren Räumen führte. »Fritzi? Frau Proksch? – Seid ihr da?«

Nichts. Else nahm eine der Funzeln auf und durchmaß den Raum. Jetzt, da er leer war, sah er noch grusliger aus als die letzten Tage mit den vielen Menschen. Die Luft war feucht, der Boden lehmig, Spinnweben klebten an den Ziegelwänden. Es roch schrecklich. Hunderte Menschen hatten hier drei lange Tage und noch längere Nächte ausgeharrt, zusammengepfercht wie Ölsardinen in der Dose. Für Kinder, Alte und Kranke war's besonders schlimm gewesen. Auf dem Boden lagen eine schmutzige Mütze, ein kleines Spielzeug, weiter hinten eine verlassene Tasche. Else ging in den zweiten Raum.

»Fritzi?!«, schrie sie, so laut sie konnte, obwohl sie bereits ahnte, dass sie keine Antwort bekommen würde. Auch im nächsten Raum war nichts, nur zwei vergessene Taschen am Boden. Sie erreichte den Raum mit den Klokübeln. Es stank erbärmlich. Habe ich Fritzi verpasst?, fragte sie sich. Sie übersehen, als ich mit Adelheid tanzte? – In diesem Falle müsste sie doch oben sein! Else lief zurück und die Stufen wieder hinauf ins Freie, zwei auf einmal nehmend.

Die Menschenmenge hatte sich inzwischen aufgelöst. Jeden zog es wohl nach Hause oder dorthin, wo er vor drei Tagen gewesen war.

»Fritziii!«

Else rannte über den Platz. Die ehemals herrschaftlichen Häuser entlang des Quais waren allesamt Bombenruinen, manche bis auf die Grundmauern zerstört. Ausgebrannte Militärfahrzeuge standen auf Bergen von kaputten Ziegeln. Sie stieg durch Schlaglöcher und über Schutt, vorbei an zwei toten Pferden und mehreren toten Soldaten, es waren junge Burschen, manche noch Kinder, in viel zu großen Wehrmachtsuniformen. Sie sah schnell weg – es tat zu weh. Glasscherben knirschten unter den Sohlen. Staub lag in der Luft und ließ sie husten.

»Ich suche meine Schwester, haben Sie ein kleines Mädchen gesehen?«, fragte sie Entgegenkommende. Sie schüttelten die Köpfe.

Else war außer sich vor Sorge. Der Bauch krampfte, der Kopf drohte zu zerbersten. Aber sie weinte nicht. Das Weinen hatte sie sich abgewöhnt in den letzten Jahren. Deutsche Mädchen waren tapfer. Deutsche Mädchen weinten nicht.

Auf einmal kam es ihr: Womöglich war Fritzi mit Frau Proksch nach Hause gegangen und wartete dort auf sie.

Sie kehrte um und lief wieder zurück, über Schutt und Schotter, zwischen verlassenem Kriegsgerät hindurch in Richtung Brücke. Ein abgemagerter Hund bellte, Menschen suchten Angehörige wie sie, Fliegen kreisten über dem toten Pferd.

Dann lag die Schwedenbrücke vor ihr – oder das, was davon übrig war. Else erschrak. Die Brücke gab's nicht mehr. Trübes Wasser umspielte das eiserne Gestell, das der Gehweg gewesen war. Er ragte jetzt schräg von oben hinunter in den Kanal, Sperrholz und abgebrochene Äste verursachten Strudel im trüben Wasser. Das Wohnhaus auf der anderen Seite – es war unerreichbar.

Else sank auf einen Mauervorsprung. Bombenschutt und Brandruinen – rundum Apokalypse. Und Fritzi weg. Sie fühlte sich unendlich hilflos und allein.

7

Wie gelähmt saß sie auf dem Mauervorsprung und starrte ins Leere. Sie war mit den Kräften am Ende, körperlich wie nervlich. Die Beine gehorchten nicht, die Arme hingen bleiern an ihr herab, und es fiel ihr schwer, die Augen offen zu halten. Sie hatte drei Tage und Nächte im Luftschutzbunker überlebt, aber jetzt ertappte sie sich beim Wunsch, tot zu sein.

»Der Krieg ist aus!«, rief ihr jemand freudig zu. »Keine Fliegerbomben mehr!«

»Komm mit! Alle gehen zum Stephansplatz!« Ein junger Mann packte sie am Arm. »Wir feiern!«

»Lass mich«, versuchte Else möglichst freundlich zu sagen, und er zog allein weiter. Aber seine überschwängliche Freude hatte sie aus ihrer Starre geweckt und ihre Gedanken wieder angestoßen. An Ort und Stelle sitzen zu bleiben, würde Fritzi nicht wiederbringen. Sie musste weitersuchen. Sie ballte die Hände zu Fäusten, kniff die Augen zusammen, öffnete sie, und langsam wurden die Gliedmaßen wieder ein Teil von ihr. Mit Mühe erhob sie sich.

Aus der Entfernung sah sie, dass auch die Marienbrücke zerstört war, ebenso wie alle Brücken von der Innenstadt in die Leopoldstadt, soweit sie es erkennen konnte. Sie schaute hinunter zum Kanal, der hinter einer Baumzeile ruhig dahinfloss. Das Wasser war verdreckt, strömte aber beständig wie eh und je – als hätte die Stadt nicht gerade drei Tage lang im Bombenhagel stillgestanden. Oben, auf der Straße, wo sie ging, war alles verwüstet: Die Dächer der Häuser waren eingestürzt, Fassaden fensterlos, das Trottoir wie die Fahrbahn voller Scherben, Schutt und Asche. Rauch qualmte aus Ruinen. Der allgegenwärtige Staub schmeckte schal im Mund. Während Hunderte Menschen durch die Schutthaufen in Richtung Stephansdom strömten, taumelte sie wie in Trance über Geröll und Gerümpel, in der irrationalen Hoffnung, der kleinen Schwester zufällig über den Weg zu laufen. Zögerlich mischte sie sich unter die Menschenmenge.

Irgendwann erreichte auch sie den Dom – und erschrak abermals: Wie die schönen Häuser an der Westfront des Platzes davor war das mächtige, mittelalterliche Gotteshaus ausgebrannt. Aus den Resten des verkohlten Dachstuhls dampfte Rauch, Teile des Kreuzgewölbes waren eingestürzt, die mittelalterlichen, bunten Glasfenster zerborsten. Nur der Südturm ragte augenscheinlich unversehrt gen Himmel. Von der Feier, die der junge Mann angekündigt hatte, war weit und breit nichts zu sehen.

Kein Wunder, der Anblick des verbrannten Wahrzeichens erschütterte wohl jeden Wiener. Sie spähte durch das offen stehende Riesentor. Rauch und Staub vernebelten ihren Blick, doch das Innere des Doms war erschreckend hell. Anstelle des hohen Dachs klafften Löcher, durch die man den blauen Himmel sah. Steinerne Stützpfeiler, filigrane Heiligenfiguren und geweihte Altäre bedeckten als Schutt den Marmorboden, kostbare Ölgemälde waren verkohlt, und alles war mit einer dicken Schicht Asche überzogen. Feuerwehrleute und Freiwillige versuchten, mit Wasserkübeln letzte Glutnester zu löschen. Die Pummerin, die große Glocke, die immer zu Weihnachten geläutet hatte, lag mitsamt dem Glockenstuhl zerschellt auf dem Boden. Der Anblick war schrecklich.

Die Beine noch schwerer als zuvor, schleppte sie sich in Richtung Graben.

Die letzten Tage forderten ihren Tribut. Sie war ausgehungert, durstig, aber vor allem ausgelaugt, leer und unendlich müde. Bei der Pestsäule oder vielmehr beim Holzgerüst, das das barocke Kunstwerk vor Kriegsschäden schützen sollte, wollten ihre Beine nicht mehr. Sie sank auf den nächsten Schutthaufen und lehnte sich gegen das Holzgerüst. Sechs lange Jahre hatte sie nicht nur für sich, sondern für ein kleines Kind gesorgt und die letzten Tage im Bunker ausgeharrt. Jetzt konnte sie nicht mehr. Sie war als junges Mädchen in die Mutterrolle geraten, hatte früh Verantwortung schultern müssen, die viel zu groß für sie war. Vaters Sold kam zwar jeden Monat – aber was nützte das Geld, wenn es nichts zu kaufen gab? Wenn man ein kleines Kind ernähren und einkleiden musste, wenn man Medizin und vielleicht ein kleines Spielzeug kaufen wollte, aber auch für gutes Geld nichts bekam? Sechs lange Jahre hatte sie für Fritzis Überleben gekämpft. Und jetzt … jetzt war Fritzi weg.

Ach, Fritzi, wo bist du? Else war zum Heulen zumute, aber sie konnte nicht weinen. Geweint hatte sie zum letzten Mal mit sechzehn, seither nie mehr. Diese bleierne Müdigkeit überkam sie wieder, wie immer, wenn sie meinte, es wäre alles aus. So war's gerade wieder. Die Beine gehorchten nicht, die Arme hingen wie Säcke an ihr herab, und die Lider wurden schwer, immer schwerer. Der Tag, an dem die Bombenangriffe geendet hatten, sollte ein Freudentag sein, sie aber saß auf einem Schutthaufen mitten am Graben, am Ende ihrer Kräfte, und war kurz davor einzuschlafen.

»Der Krieg ist weg!«, ertönte da plötzlich eine helle Kinderstimme. »Tanz mit uns!«

Else hob mühsam den Kopf, voller Hoffnung. Aber es war nicht Fritzi. Ein fremdes Mädchen stand da und zeigte fröhlich seine Zahnlücke.

Else wandte sich ab. Nein, ihr war nicht zum Feiern zumute. Doch das Mädchen ließ sich nicht abweisen und streckte Else die Hände entgegen.

»Komm!«

»Ja, komm doch mit!« Ein Junge, etwas kleiner als das Mädchen, der gerade angerannt gekommen war, bestärkte sie.

Else zwang sich zu lächeln, denn sie wollte die Freude der Kinder nicht enttäuschen.

»Der Krieg ist weg. Wir tanzen!«, riefen die Kinder.

»Es scheint, dass er vorbei ist … wenigstens bei uns. Hoffentlich bleibt's auch so«, sagte Else mit müder Stimme.

»Warum bist du dann so traurig?«, fragte die Kleine.

»Ich habe meine Schwester verloren. Sie ist etwa so alt wie ihr. Habt ihr sie vielleicht gesehen?« Die Frage war weit hergeholt, aber Else hatte gelernt, die Aufmerksamkeit kleiner Kinder nicht zu unterschätzen.

Das Mädchen schüttelte den Kopf. »Hmm …« Sie legte einen Finger auf den Mund, als würde er beim Nachdenken helfen. »Vielleicht ist sie bei euch zu Hause? Das würde ich nämlich tun, wenn ich verloren ginge: nach Hause laufen.«

»Das kann sie nicht. Die Brücken sind kaputt.«

»Ohh …« Die Kleine kickte einen Ziegelbruchstein übers Straßenpflaster. »Das ist aber dumm.« Sie spielte ihrem Bruder den Stein zu, und er versuchte, damit zu dribbeln.

»Warte«, sagte sie. »Ich hole meine Mutti. Sie weiß immer Rat.«

Mit wehenden Zöpfen lief sie davon, der Junge hinterher.

Elses Blick sank wieder zu Boden, ihre Lider bleischwer. Diese Starre, die sie zur Untätigkeit zwang … Sie fürchtete sie wie die Pest. Sie konnte kaum aufschauen, so handlungsunfähig war sie. Sie überblickte nur mehr den winzigen Bereich rund um ihre Füße. Geröll, Sperrholz und Scherben lagen da im Staub.

Doch dann tauchten zwischen den Scherben zwei solide Lederschuhe auf. Ihre Neugier besiegte die Schreckensstarre. Es gelang ihr, den Kopf zu heben, und sie sah ins Gesicht einer jungen Frau mit roten Wangen.

»Du suchst ein kleines Mädchen?« Die Stimme klang resolut. Vertrauenserweckend.

»Fritzi … meine Schwester«, stieß Else hervor. »Sie ist gerade sechs Jahre alt geworden. Wir waren im Luftschutzkeller … Beim Rausgehen habe ich sie … verloren.«

»Wenn sie die letzten Tage mit dir im Keller war, lebt sie«, stellte die Frau nüchtern fest. »Das ist erst einmal das Wichtigste. Insofern kannst du also beruhigt sein. Am wahrscheinlichsten ist, dass sie jemand mitgenommen hat. Jemand, der sie kennt. Oder jemand, der selbst Kinder hat.«

»Die Hausmeisterin, Frau Proksch. Fritzi ist immer wieder zu ihr gelaufen.«

»Dann hat sie sie sicher aufgegabelt. Unkraut verdirbt nicht. Es ist nur eine Frage der Zeit, bis ihr euch wiederfindet.« Die Frau nahm die Hände aus den Manteltaschen. »Der offensichtlichste Treffpunkt ist euer Zuhause.«

»Wir wohnen auf der anderen Seite vom Kanal. Die Brücken sind zerstört.«

»Genützt hat's nix, dass die Wehrmacht sie gesprengt hat. Jetzt sind die Russen trotzdem da. Bis eine der Brücken so weit instand gesetzt ist, dass man sie benutzen kann, kannst du nichts tun als abwarten und Gott vertrauen. Das wird dauern.«

Else spürte, dass wieder Leben in ihre Glieder kam.

»Deiner Fritzi geht's bestimmt gut«, sagte die Frau. »Mach dir nicht allzu viele Sorgen.« Sie streckte Else eine Hand entgegen. »Ich bin übrigens Frau Hawelka. Und diese beiden Racker sind Herta und Günter.«

8

Du bist ja ganz blass, Mädel!«, rief Frau Hawelka, als sie Else aufhalf. »Du brauchst jetzt erst einmal etwas zu essen. Wie wir alle nach den Aufregungen der letzten Tage. Nicht wahr, Kinder? Mir kracht jedenfalls der Magen. Kommt, wir gehen ins Café. Ich wollte ohnehin grade nachsehen, ob's noch steht.«

Das Mädchen mit der Zahnlücke ergriff Elses Hand, Günter die seiner Mutter. Sie kletterten durch Granattrichter und stiegen über umgestürzte Lichtmasten. Dann setzten sie an, den Graben zu queren, mussten aber anhalten, weil wieder eine russische Panzerkolonne vorbeiratterte. Die Walzen knirschten auf den Pflastersteinen, es tat in den Ohren weh. Aus den Luken schauten rotbackige Soldaten mit grünen Helmen und inspizierten die Umgebung. Russische Fähnchen flattern im Fahrtwind. Ein Passant winkte ihnen zu, sie winkten zurück. Bisher waren die Russen Feinde gewesen, aber jetzt hießen die Wiener sie als Befreier willkommen.

»Sie haben die Wehrmacht vertrieben«, murmelte Frau Hawelka halb zu sich selbst. »Aber trauen tu ich ihnen trotzdem nicht.«

»Warum nicht?«, fragte Else.

»Auf dem Land, wo sie ganze Landstriche eingenommen haben, kursieren schlimme Geschichten. G'fraster sind's, nicht alle, aber manche.«

Sie bogen in die schmale Dorotheergasse ein. Beim Eckhaus, einem soliden Bürgerhaus, fehlten die oberen Stockwerke. Vom Dach des barocken Hauses gegenüber waren nur mehr verkohlte Balken übrig, und im ersten Stock konnte man zwischen zerborstenen Fensterscheiben und Resten von verbrannten Vorhängen bis zum inneren Lichthof schauen. Sie stapften über Schutt und Steine und passierten einen mit Brettern verbarrikadierten Wirtshauseingang. Schließlich hielten Frau Hawelka und die Kinder vor einem Schild an: *CAFÉ, Leopold Hawelka* stand darauf in geraden Lettern geschrieben. Frau Hawelkas Blick glitt über die Fassade hinauf bis zum Dach und wieder hinunter.

»Jessas na, so ein Glück!« Sie schlug schnell ein Kreuzzeichen, und ein Strahlen erschien in ihrem Gesicht. »Unser Haus ist unbeschädigt. Nicht einmal eine Fensterscheibe ist gesprungen!«

Sie holte einen dicken Schlüsselbund aus der Manteltasche und öffnete eine unspektakuläre Tür. »Im Mai 1939, vor mittlerweile sechs Jahren, haben der Herr Hawelka und ich dieses Café übernommen. Kein halbes Jahr später haben wir zugesperrt, weil er zum Militär musste. Wenn wir gewusst hätten, dass sich der Krieg so lange hinziehen würde …« Sie seufzte. »Unsere Zukunft haben wir uns wahrlich anders vorgestellt. Aber ich glaub, jetzt wird alles wieder gut.«

Sie betraten einen kleinen, muffigen Raum. Nur wenig Tageslicht drang durch die schmutzigen Fenster, das elektrische funktionierte nicht. Im hinteren Bereich befand sich eine Theke, davor standen runde Marmortischchen und schwarze Bugholzstühle dicht an dicht. Bänke in den Nischen waren mit rot-gold gestreiftem Samt bezogen. Die Wände waren mit Blümchentapeten tapeziert und vermittelten die Behaglichkeit eines Wohnzimmers.

Angesichts der Zerstörung draußen auf der Straße wirkte die Gemütlichkeit im Raum utopisch. Ebenso wie die Patronin selbst, dachte Else. Denn Frau Hawelka wirkte auf sie, als könne sie nichts umhauen.

»Lasst die Tür offen zum Lüften!«, wies diese ihre Kinder an und schlüpfte aus ihrem Wollmantel. Darunter kamen ein blaues Arbeitskleid und eine weiße Schürze zum Vorschein.

Augenblicklich stürmten Herta und Günter hinter die Theke, wo sich eine kleine Küche verbarg. Sie rissen eine Schranktür auf und holten einige Päckchen hervor. Als sie das Jausenpapier entfernten, traute Else ihren Augen kaum: Speck, Dauerwurst und Rauchschinken kamen zum Vorschein. Seit Monaten hatte sie keine Fleischerwaren mehr zu Gesicht bekommen, geschweige denn gegessen.

»Von unserer Oma«, verriet Herta stolz.

»Meine Eltern haben eine Metzgerei in Oberösterreich, wo wir auch die letzten Monate verbracht haben«, erklärte Frau Hawelka. Sie zauberte noch einen Laib Brot aus ihrer Tasche und legte ihn auf den am nächsten bei der Theke gelegenen Marmortisch. Dann griff sie nach einem Wasserkrug.

»Jetzt wird's noch mal spannend.« Sie hielt den Krug unter den Wasserhahn und drehte ihn auf.

»Na also«, stellte sie mit Genugtuung fest. »Es fließt. Ganz normal. Das heißt, dass die Hochquellwasserleitung intakt geblieben ist. Wenn die zerbombt worden wäre – o weh …«

Sie füllte vier Gläser, entzündete eine Petroleumlampe, stellte sie in die Mitte des Tisches, und alle nahmen rundum Platz. Dann schnitt sie den Speck und das Brot in Scheiben und richtete alles auf einem Brett an. Else meinte zu träumen.

»Greif zu!«, ermunterte Frau Hawelka sie.

Das ließ sich Else nicht zwei Mal sagen. Alles duftete verführerisch und schmeckte so himmlisch. Auch wenn sie gerade eben noch furchtbar niedergeschlagen gewesen war – langsam spürte sie, wie ihre Lebensgeister zurückkehrten.

Frau Hawelka bemerkte es. »Nur zu, Mädel. Kriegst ja wieder Farbe im Gesicht.«

Else schlug sich den Bauch voll, ebenso wie Herta und Günter. Als das Brett leer war, half sie beim Wegräumen. Frau Hawelka verstaute die übrig gebliebenen Lebensmittel und spülte die Gläser in der Spüle hinter der Theke. Dann klatschte sie in die Hände.

»Zur Feier des Tages trinken wir zwei jetzt auch noch einen Bohnenkaffee.«

»Echten *Bohnenkaffee?*« Elses Augen weiteten sich, unwillkürlich öffnete sich auch ihr Mund.

»In einer Dose habe ich noch ein paar Bohnen. Sie sind nicht mehr frisch, aber allemal besser als dieser grässliche Muckefuck.«

Frau Hawelka ging wieder hinter die Theke, und wenig später ertönten das ratternde Geräusch einer Kaffeemahlmaschine und das Blubbern von kochendem Wasser. Als Else das würzig-erdige Aroma von echtem Bohnenkaffee in die Nase zog, meinte sie endgültig, sie wäre im Schlaraffenland. *Der Krieg ist aus.* Die Neuigkeit sickerte langsam ein. Und Fritzi ist bestimmt bei Frau Proksch. Sie sollte glücklich sein.

»Wie trinkst du deinen Kaffee?«, holte Frau Hawelka sie aus ihrer Gedankenwelt. »Milch kann ich dir keine anbieten, nur Pulver und Zucker.«

»Danke, ich nehme beides gern.«

Wenn es so etwas wie Glück gab, woran sie in den letzten Jahren immer öfter gezweifelt hatte, war Else in diesem Moment glücklich. Der echte Bohnenkaffee rann warm die Kehle hinunter, schmeckte herrlich, und erstmals seit Langem war sie wieder richtig satt. Sie fühlte sich zurückversetzt in die Zeit vor dem Krieg – als das Radioprogramm ohne Kuckucksruf, der Himmel ohne Kampfflieger, die Stadt heil und sie selbst noch mütterlich umsorgt gewesen war. Sie seufzte tief, erfüllt von Dankbarkeit.

9

Draußen wurde es finster und damit auch im Café. Im schummrigen Licht der Petroleumlampe konnte man nur noch die unmittelbare Umgebung erkennen. Die Kinder wurden stiller, Günter gähnte.

»Die Kinder müssen ins Bett.« Frau Hawelka griff nach ihrem Mantel.

»Herta, Günter, sucht eure Hauben. Wir gehen!«

Else sank das Herz: Der Zauber ist vorbei, das Schlaraffenland schließt seine Pforten. Auch sie nahm den Mantel vom Garderobenständer.

»Wo wohnt ihr denn?«, fragte sie, während sie in den Mantel schlüpfte.

»In der Köllnerhofgasse, nur wenige Minuten von hier zu Fuß«, antwortete Frau Hawelka. »A so a Glück«, rief sie und schüttelte den Kopf, als könnte sie es selbst noch immer nicht fassen. »Stell dir vor, auch dort ist alles heil geblieben.«

Else dachte an die kaputte Schwedenbrücke. Sie konnte nicht nach Hause. Wo sollte sie jetzt hin? Während sie den Mantel zuknöpfte, musterte Frau Hawelka sie von Kopf bis Fuß.

»Wo willst denn hin, Mädel? Wenn die Brücken doch alle gesprengt sind?«

»Ich weiß auch nicht, ich …«, stammelte Else.

»Aber ich!«, fiel Frau Hawelka ihr ins Wort. »Du bleibst hier. Kannst in der Nacht aufs Café aufpassen. Bis du sicher bist, dass euer Haus noch steht, kannst unten im Kammerl schlafen.«

»Hier gibt's ein Kammerl?«

Frau Hawelka ging zum Kamin. Daneben war eine Tür, die Else bisher nicht aufgefallen war. Der geschnitzte Türstock mit dem eingesetzten, in der Mode der Jahrhundertwende golden bemalten Glasfenster war plan mit der Wand und wirkte wie ein Teil der Blümchentapeten. Frau Hawelka holte ihren dicken Schlüsselbund aus der Manteltasche, entsperrte das kaum sichtbare Schloss und stieß die Tür auf.

»Bitte sehr. Unser wichtigster Raum.«

Else schaute in ein dunkles Loch. Es war kaum größer als die Toilette zu Hause. Die Mauern waren mit Wasserrändern und Spinnweben überzogen. Von einer eisernen Plattform führte eine verrostete Wendeltreppe in die Tiefe.

»Unten ist das Lager. Jetzt ist's leer. Das ist unser Kammerl. Dort kannst du dein Bett aufschlagen, bis du wieder in deine Wohnung kannst«, sagte Frau Hawelka.

Ein kalter Luftzug drang herauf und roch modrig wie im Luftschutzkeller.

»Es ist nicht luxuriös, aber sicher«, sagte Frau Hawelka. »Die Tür sieht aus, als wäre sie nur Zierde. Dabei ist sie von beiden Seiten gut absperrbar. Und der Keller unten ist weitläufig mit den Kellern der Nachbarhäuser verbunden. Es ist ein Netz von unterirdischen Gängen, die ganze Innere Stadt ist von dort unten erreichbar. Seit Kriegsbeginn müssen die Hauseigentümer in der Inneren Stadt nämlich Verbindungstüren und Kellerabgänge für das Luftschutz-Raum-Netz offen halten«, erklärte sie. »Überall gibt's Aufgänge ins Freie.« Frau Hawelka grinste. »Da bist sicher, Mädel, auch vor den Russen.«

Else schaute sie fragend an.

»Schau nicht so … Als hübsches Mädel musst du dich in Acht nehmen.« Warnend hob sie den Zeigefinger. »Wenn wider Erwarten doch einer die Tapetentür findet und eindringt, läufst du unterirdisch einfach davon. Der kriegt dich nie!« Während Frau Hawelka redete, legte sie ihren dicken Wollmantel wieder ab. »Da, nimm. Er ist eine gute Unterlage. Ich brauche ihn eh nicht mehr, denn bald kommt der Sommer. Und morgen bringe ich dir Kissen und Decken.«

Else stammelte ein Dankeschön.

Nachdem Frau Hawelka versprochen hatte, möglichst früh am nächsten Morgen wiederzukommen, verließ die Familie das Café, und Else blieb allein zurück.

Es war still. Wie im Bunker. Zuerst empfand Else diese Stille als beängstigend. Aber dann fiel ihr Frau Hawelkas Versprechen ein, und sie war wieder beruhigt. Ein Mensch kümmerte sich um sie. Außerdem war sie wohl gesättigt und würde im Kellergewölbe in Sicherheit schlafen. Der Krieg war aus, es gab keinen Bombenalarm, und zum ersten Mal seit Tagen musste sie nicht ums Überleben fürchten. Fritzi kam ihr in den Sinn. Wo sie wohl die Nacht verbrachte? – Als Else sich in der Toilette wusch, schätzte sie sich abermals glücklich: Im Luftschutzkeller hatte es die Annehmlichkeit von Fließwasser nicht gegeben.

Sie nahm Frau Hawelkas sowie ihren eigenen Mantel und die Petroleumlampe, öffnete die Tapetentür und trat auf die eiserne Plattform. Von dort versperrte sie die Tür hinter sich und kletterte hinunter in den Keller.

Die Wendeltreppe quietschte, der eiserne Handlauf lag kalt in der Hand. Unten angekommen, eröffnete sich ein geziegeltes Gewölbe. Else leuchtete den Raum aus. Er war etwa so groß wie ihr Schlafzimmer zu Hause. Der Boden aus nacktem Lehm, Spinnweben hingen von der Decke, die Luft muffig und kalt.

In einer Ecke stand ein kleiner Tisch, darauf zwei Schnapsflaschen mit vergilbten Etiketten, die wohl noch aus der Zeit vor dem Krieg stammten. Am anderen Ende des Raums stand ein schiefes, hölzernes Gestell. Es war leer. Else ging näher und machte dahinter eine Öffnung aus, die in einen schwarzen Gang reichte. Vermutlich war das der Gang in weitere Kellerräume, die Frau Hawelka erwähnt hatte. Jemand hatte das Gestell an dieser Stelle platziert, um den Lagerraum notdürftig zu blockieren.

Else wählte den Platz an der entfernt liegenden, längeren Wand. Sie breitete Frau Hawelkas Mantel auf dem Lehmboden aus, legte sich darauf und bedeckte sich mit ihrem eigenen Mantel. Als sie dalag und auf den Plafond starrte, entdeckte sie in der Kante mit der Wand dicke Kanal- und Wasserrohre. Im selben Moment rauschte Wasser durch eins der Rohre. Sie löschte die Petroleumlampe und hörte dem Rauschen zu, wie es blubberte, strudelte und strömte. Das Wasser kam von den Geschossen über ihr, wo deren Bewohner offenbar ebenso zu Bett gingen wie sie. Das Rauschen war ein Zeichen, dass sie nicht allein war. Sie fand es tröstlich.

Im Finstern tastete sie nach dem Goldkettchen mit dem Schutzengel an ihrem Hals, das Mutter ihr zur Firmung geschenkt hatte, umfasste es, und es dauerte nicht lange, bis sie einnickte. Erstmals seit Tagen war ihr Schlaf fest und erholsam.

10

Früh am nächsten Morgen tauchte Familie Hawelka wie versprochen auf. Wieder gab es nahrhaftes Essen, wieder genoss Else die Gesellschaft der fröhlichen Kinder und half Frau Hawelka beim Aufräumen. So war es auch am nächsten Tag und am folgenden, und langsam erholte sich Else von den Strapazen im Bunker und schob ihre Sorge um Fritzi ein wenig beiseite.

Allerdings wusste niemand so recht, was los war. War der Krieg tatsächlich aus? Russische Panzer fuhren nach wie vor ungehindert durch die Innenstadt. Gehörte die Ostmark jetzt zur Sowjetunion? War Wien jetzt russisch? Die Leute sagten, dass die Alliierten an allen Fronten siegten, die deutsche Wehrmacht überall Terrain verlor und sich auflöste. Manche sagten, dass Hitler verschwunden und das Deutsche Reich am Ende wäre. Aber niemand wusste irgendetwas sicher, denn es gab weder Radioempfang noch Zeitungen.

Else ging jeden Tag zur kaputten Schwedenbrücke, in der Hoffnung, dass irgendwer einen Behelfssteg errichten würde. Nach wie vor ragte die Brücke in zwei Teilen ins Wasser, umspült von gebrochenen Holzteilen und Dreck. Von einem Behelfssteg gab's kein Anzeichen. Sie hielt auch Ausschau nach einer Fähre oder einer Zille, aber umsonst.

Auf ihren alltäglichen Wegen nahm sie das Ausmaß der Zerstörung der Stadt immer intensiver wahr: Schuttberge, gesplitterte Fassaden, zerschossene Fahrzeuge, herrenlose Helme, spitze Scherben, zerborstene Fensterscheiben, stinkende Müllablagerungen und streunende Haustiere waren allgegenwärtig. Nur die Toten waren inzwischen geborgen worden, manche allerdings nur notdürftig verscharrt in den kleinen Grünflächen entlang des Kanals oder rund um alte Kastanienbäume, derer es in der Rotenturmstraße einige gab. Frau Hawelka hatte erzählt, dass nicht nur die Alliierten diese verheerenden Schäden angerichtet hatten, sondern auch die Wehrmacht. Den Rest hätten Plünderer besorgt. Die ausgeräumten Schaufenster, aufgebrochenen Türen, entfernten Schlösser, verlassenen Handwagen mit gebrochenen Achsen gingen wohl auf deren Konto.

Else hoffte, dass ihr Wohnhaus in der Leopoldstadt heil und Fritzi in der Obhut von Frau Proksch war und vielleicht sogar auf einem ihr unbekannten Weg zum Haus finden würde. Die Aussicht auf die Häuserzeile auf der gegenüberliegenden Seite des Kanals verhieß allerdings nichts Gutes: Auch dort reihten sich Brandruinen an Bombenüberreste. Frau Hawelka hatte erklärt, dass die Soldaten der Wehrmacht gerade entlang des Kanals besonders erbittert gegen die russischen Truppen gekämpft hätten, es wäre ein letztes Aufbegehren vor der Kapitulation gewesen. Else tröstete sich aber mit der Tatsache, dass ihr Wohnhaus im hinteren Teil eines Grätzls lag, das vom Schwedenplatz aus nicht einsehbar war. Es war ein schönes Haus, solider gebaut als die meisten in der Umgebung.

Als Else sich erneut auf den Weg zum Schwedenplatz machte, zog ihr der Geruch von verbrannter Munition entgegen. Dazu war die Luft getrübt von Staub und kratzte im Hals. Hatten die Bombardements etwa wieder begonnen? Aber da keine Flugzeuge brummten, keine Sirenen heulten und die Menschen augenscheinlich ungestört ihrer Wege gingen, ließ sie sich von ihrem Weg nicht abbringen.

Wenig später sah sie das Desaster: Das Hotel Metropol, das seit dem Anschluss die Zentrale der Gestapo gewesen war, stand nicht mehr. An seiner Stelle erstreckte sich ein enormer Schutt- und Ziegelhaufen, aus dem Staubwolken und Rauchsäulen aufstiegen. Kaum ein Mäuerchen war vom eleganten Gebäude übrig geblieben. Feuerwehrleute in voller Montur und freiwillige Helfer in Alltagskleidung kletterten über die Mauerreste und gossen Wasser auf letzte Glutnester.

Rundum stand eine Traube Schaulustiger.

»Was ist denn da passiert?«, fragte Else in die Menge.

»Gebrannt hat's«, antwortete ein Mann mit einer Schieberkappe auf dem Kopf. »Und da im Keller Munition gelagert war, ist das ganze Gebäude explodiert.«

»Das müssen ziemliche Deppen gewesen sein, diese Gestapo-Bonzen«, bemerkte eine Frau kopfschüttelnd.

»Ein Funke hat genügt und dann …« Der Mann mit der Schieberkappe schnalzte mit den Fingern. »Rrrums! Ist alles in die Luft geflogen!«

»Schon schad' ums schöne Haus«, raunte die Frau.

»Na, so schad' auch wieder nicht«, brummte der Mann. »Die Gestapo-Zentrale hätt man sowieso in die Luft jagen müssen. Lauter Verbrecher waren die. Weh dem, der hier vorgeladen war. Hunderte Menschen haben sie im Keller gefoltert und eingesperrt. Es war ein schreckliches Haus. Gut, dass es weg ist.«

»Vielleicht hat's jemand mit Absicht in die Luft gejagt?«

»Gut möglich … damit von denen, die hier ihr Unwesen getrieben haben, keine Beweise übrig bleiben.«

Wie sich die Zeiten doch geändert haben, dachte Else. Als

die NSDAP im März 1938 die Macht übernommen und die Zentrale der Gestapo im Hotel Metropol einquartiert hatte, hatten alle, auch sie, die schneidigen Männer und schicken Frauen bewundert, die in dem imposanten Gebäude ein und aus gegangen waren. Jetzt waren die Leute froh, dass das Gebäude in Schutt und Asche lag, und den damals so verehrten Männern und Frauen traute niemand mehr über den Weg. Sie schenkte den Helfern, die Glutnester löschten, noch einen Blick, dann ging sie weiter.

Doch bald kehrte sie um. Denn auch an diesem Tag war die Schwedenbrücke noch immer unpassierbar, und eine Fähre gab's auch nicht.

Den Rest des Tages verbrachte Else wieder im Café, half Frau Hawelka bei den Aufräumarbeiten und spielte mit den Kindern. Das Staubwischen nahm kein Ende: Kaum hatten sie alle Oberflächen geputzt, den Dielenboden gewischt und die Plüschbänke ausgeklopft, mussten sie am nächsten Tag schon wieder von vorne beginnen, denn der Staub, der in der Luft lag, setzte sich nur langsam ab. Am Nachmittag lud sie Frau Hawelka wieder ein, mit ihr eine Tasse Kaffee zu trinken. Inzwischen waren allerdings die Kaffeebohnen ausgegangen. So war's nun auch für sie, wie für alle Wiener, Ersatzkaffee. Anschließend spielte sie mit den Kindern Mensch ärgere Dich nicht, Domino und Rummy.

Ihre Gedanken schweiften immer wieder zu Fritzi. Frau Hawelka versuchte, sie zu beruhigen.

»Sie lebt, du wirst sehen. Bestimmt werdet ihr bald zusammenfinden.«

Frau Hawelkas Nüchternheit tat gut.

Die Nacht verbrachte Else wieder im Kammerl, wo sie es sich inzwischen mit Matratze, Decke und Polster, die Frau

Hawelka angeschleppt hatte, so gut wie möglich eingerichtet hatte.

Eines Tages wusste Frau Hawelka Neuigkeiten:

»Am Schwedenplatz ist was los. Sie haben riesige Holzbalken von weiß Gott wo angeliefert.«

Else lief sofort hin. Tatsächlich lagerten an der Stelle, wo die Reste der Brücke in den Kanal reichten, dicke Balken und Holzlatten. Eine Menschenansammlung stand davor. Als sie näher kam, entdeckte sie auch einen Anschlag, auf dem die Arbeiten für einen Behelfssteg angekündigt wurden. Von da an verfolgte sie jeden Morgen den Baufortschritt. Bald würde sie den Kanal queren können, freute sie sich, und dann würde sie vielleicht auch Fritzi wiedersehen.

Eine Woche später war der Steg fertig gebaut, allerdings mit einem Band abgesperrt. Unzählige Menschen standen davor und warteten ungeduldig auf die offizielle Eröffnung, weitere kamen hinzu. Else hatte Mühe, ihren Platz ganz vorne zu verteidigen. Sie wollte eine der Ersten sein, die den Kanal querte. Während sie wartete, entdeckte sie im Grünstreifen entlang des Wassers ein provisorisches Grab – ein schlichtes Holzkreuz mit einem Soldatenhelm obendrauf. War's ein Freund? Ein Russe? – Das Grab war namenlos.

Schließlich kamen zwei Polizisten, gemahnten zur Ruhe, und ein Beamter vom Rathaus erschien, der eine feierliche Ansprache zur Eröffnung des Steges hielt. Else hörte gar nicht hin. Sie konnte es nicht erwarten, auf die andere Seite zu kommen. Sie hoffte so sehr, dass sie Fritzi dort wiedersehen würde. Endlich wurde das Band entfernt. Die Menschen drängten zum Steg.

Als Else ihn betrat, war sie Teil einer langen Kolonne. Der

Steg schwankte, die Balken quietschten, und das Holz roch frisch. Während sie sich vorwärtshangelte, warf sie einen Blick hinunter zum Kanal, wo sich die schmutzigen Wassermassen flussabwärts bewegten. Bei dem Anblick wurde ihr schwindlig, aber letztendlich erreichte sie wohlbehalten die andere Seite.

Sie bog in die Straße ein, die in ihr Grätzl führte. Kurz vor Kriegsbeginn, als Mutter mit Fritzi schwanger war, hatte Vater die Wohnung im ersten Stock für die größer werdende Familie organisiert. Verschwommen erschien ihr Vaters Antlitz, wie er strahlend, mit wachem Blick in den blauen Augen die Neuigkeit verkündet hatte. Polizisten hatten ein Vorrecht auf Wohnungen, deren jüdische Bewohner ausgewandert waren. Inzwischen munkelte man, dass sie nicht freiwillig gegangen wären. – Vielleicht hatte es sie gestört, dass sie Judensterne tragen mussten?, kam es Else jetzt. Oder vielleicht, dass die Kinder aus dem nahen Gymnasium ausgeschlossen worden waren. Vielleicht auch, dass sie das Lebensmittelgeschäft im Erdgeschoss hatten schließen müssen. Diffus erinnerte sie sich auch an einen alten Mann mit Judenstern, der kniend die Straße schrubben musste, angefeuert von Leuten aus der Umgebung, die gegen ihn hetzten. Die Stimmung war grässlich gewesen, Else war damals schnell nach Hause gelaufen. Jetzt hörte man manchmal von Lagern, in denen Juden Zwangsarbeit leisten mussten, aber sie wischte den Gedanken weg. Über all das wollte sie nicht nachdenken. Sie hatte ihre eigenen Sorgen. Immerhin hatte sie sich um ein Kind zu kümmern … Viel lieber erinnerte sie sich daran, wie glücklich sie gewesen waren, als sie die damals neu renovierte Wohnung bezogen hatten, die viel größer als die vorige gewesen war – so groß, dass sie ein eigenes Zimmer und Mutter eine richtige Küche bekommen hatten.

Else passierte eine Straßenzeile mit unzerstörten Häusern.

Als sie in »ihre« Gasse einbog, atmete sie auf: Die Häuser waren allesamt ohne grobe Schäden, nur die Scheiben zerborsten. Weiße Leinentücher wehten von den Fenstern. Auf einem Balkon hatte jemand ein Transparent aufgehängt: »Es lebe das freie Österreich«. Sie beschleunigte ihre Schritte. Ihr Haus war weiter vorn, ein wenig von der Häuserzeile zurückversetzt, daher konnte sie es noch nicht sehen. Sie hoffte so sehr, dass Fritzi bei Frau Proksch war und auf sie wartete. Sie fiel in den Laufschritt. Bald erreichte sie die Ecke, von wo aus man ihr Haus sehen konnte.

Else erblickte es. Und die Beine drohten ihr zu versagen.

Bleierne Schwere überkam sie wie immer in solchen Schockmomenten. Sie fiel auf den nächsten Mauervorsprung. Die Beine spürte sie nicht mehr, die Arme hingen reglos an ihr herab. Fassungslos starrte sie auf ihr Wohnhaus.

Die oberen Stockwerke waren weg. Einfach weg. Als Ziegelschutt und Mörtelschotter lagen sie in einem stockwerkhohen Haufen auf der Straße, und die Fenster der unteren Stockwerke waren schwarze Löcher ohne Scheiben. Kein Mensch war da. Keine Nachbarn, keine Frau Proksch, keine Fritzi. Alle, die hier gewohnt hatten, waren obdachlos. Auch sie selbst. Es war zum Weinen. – Nur, sie weinte nicht. Deutsche Mädchen weinen nicht.

Es ist lediglich ein Schicksalsschlag. Sie schluckte. Ein herber Schicksalsschlag. Aber nicht das Ende der Welt. Ich lebe, redete sie sich gut zu. Und Fritzi auch, wenn auch weiß Gott wo. Sie schluckte noch einmal und hielt sich an ihrem Mantra fest: … nur ein Schicksalsschlag. Nicht unüberwindbar.

Langsam kam wieder Leben in ihre Glieder. Sie sah sich um. Der Schutthaufen reichte bis zum Halbstock, wo ihre Wohnung lag. Da war auch der blaue Vorhang, hinter dem Fritzis Zimmer lag. Else wusste, dass die Mauern instabil waren und das Haus jederzeit einstürzen könnte, dennoch musste sie retten, wenn es noch etwas zu retten gab. Die Dokumentenmappe, beispielsweise, die sie bei der Flucht in den Luftschutzkeller vor Schreck vergessen hatte. Allein um Fritzi in der Volksschule einzuschreiben, benötigte sie deren Geburtsurkunde, die sie in dieser Mappe aufbewahrte. Vielleicht könnte sie auch noch ein altes Fotoalbum und ein paar Habseligkeiten sicherstellen.

Das Fenster zu Fritzis Zimmer lag oberhalb des Schuttberges. Elses Beine waren noch schwach, aber mit größter Willenskraft gelang es ihr, sie anzuwinkeln und sich auf die Hände zu stützen. Schließlich schaffte sie es, sich zu erheben. Vorsichtig begann sie, den Schutthaufen zu besteigen. Dieser verhielt sich wie ein Schotterfeld im Gebirge: Die Steine rutschten unter den Füßen weg, sie kam kaum vom Fleck. Auf allen vieren hangelte sie sich von Brocken zu Brocken. Endlich erreichte sie den Fenstersims. Als sie einen sicheren Tritt gefunden hatte, schob sie den halb herabhängenden Vorhang zur Seite. Dahinter sah sie Fritzis Bett und Kleiderkommode. Alles war mit einer dicken Staubschicht bedeckt.

Else zog sich hoch, schwang sich über den Sims und stieg wie eine Einbrecherin in die eigene Wohnung ein. Vorsichtig tappte sie zum Bett. Schutt knirschte unter den Sohlen, die Dielen krachten. Unter Ziegelresten und rötlichem Staub lag noch alles da, wie sie es verlassen hatten: Kissen, Tagesdecke, Fritzis Schlafrock. An der Wand hing das Muttergottesbild, zu dem sie allabendlich gebetet hatten. Auf dem Bett saß auch Fritzis Teddybär, den Else ihr aus eigenem Bestand zum fünften Geburtstag geschenkt hatte. Er war traurig zur Seite gekippt, die Augen waren stumpf vom Staub, das zottelige Mohairfell war zerzaust. Else nahm ihn an sich, ebenso wie das Bildnis der Muttergottes von der Wand. Dann stand sie vor der Kommode. Die oberste Lade war offen. Mit schnellem Blick stellte sie fest, dass Nachthemden und Blusen fehlten. Plünderer, dachte sie gleich. Ihr Herz klopfte, als sie die zweite Lade öffnete. Da fiel ihr ein Stein vom Herzen: Die lederne Dokumentenmappe war noch da. Sie nahm sie auf und blätterte darin. Gottlob, sie war augenscheinlich komplett. Erleichtert drückte sie die Mappe an sich.

Weiter in die Wohnung vorzudringen, getraute sie sich jetzt nicht mehr. Sie raffte noch ein paar Teile Unterwäsche aus der untersten Lade an sich, aber Kleider, Fotos, Andenken, Ziergegenstände mussten bleiben. Dann stand sie eine Weile lang still da und versuchte zu begreifen, dass sie kein Zuhause mehr hatte. Die schöne Wohnung gab's nicht mehr. Es ist nur ein weiterer Schicksalsschlag. Nichts, das nicht zu bewältigen wäre, redete sie sich erneut zu.

Mitsamt Teddy, Muttergottesbild, Ledermappe und dem Bündel Wäsche kehrte sie zum Fenstersims zurück, schwang die Beine hinaus und kletterte mit ihren Schätzen, teils stolpernd, teils auf dem Hinterteil rutschend, wieder hinunter auf die Straße.

Auch jetzt weinte sie nicht. Vielmehr schätzte sie sich glücklich, dass sie Fritzis Teddy, das Bildnis der Muttergottes und die Dokumentenmappe gerettet hatte. Sie warf einen letzten Blick auf die Reste des Hauses. Dann kehrte sie um und ging zurück über den Steg in die Innere Stadt.

Frau Hawelka empfing sie mit der Nachricht, dass Hitler tot sei. Angeblich hatte man seine verkohlte Leiche identifiziert. Der Nachrichtensprecher im Radio, das mittlerweile wieder funktionierte, hatte es verkündet.

»Heißt das, dass der Krieg jetzt tatsächlich zu Ende ist?«, wollte Else wissen.

»Ich nehme an, aber sicher wissen wir es noch immer nicht«, antwortete Frau Hawelka.

Dann erzählte Else von ihrem Unglück: Dass ihr Wohnhaus eine Ruine und Fritzi nach wie vor verschollen war. Frau Hawelka tätschelte ihre Hand.

»Fritzi ist bestimmt irgendwo in Sicherheit. Und du bleibst natürlich im Café und schläfst unten im Kammerl.«

11

Die Tage vergingen. In den Straßen schaufelten die Leute den Schutt auf Haufen, um Gehwege frei zu räumen. Es gab wieder Zeitungen, in denen man Neuigkeiten nachlesen konnte. Am Morgen kamen die Hawelkas, am Abend gingen sie wieder nach Hause in die Köllnerhofgasse, und Else schlief weiterhin im Kammerl.

Eines Abends blätterte sie noch ein wenig durch eine Zeitung, die Frau Hawelka liegen gelassen hatte.

Die erste Liste der Wiener Opfer des Naziterrors, stand in großen Lettern auf der ersten Seite. *Nachstehend bringen wir 206 Namen von Opfern des Naziterrors in Wien. Die Angehörigen dieser Toten erhalten nun endlich die Möglichkeit, die Grabstätten auf dem Wiener Zentralfriedhof aufzufinden. Gegliedert ist die Liste nach dem Hinrichtungs- bzw. Begräbnisdatum.* Ein anderer Artikel begann: *Alle Mitglieder der ehemaligen NSDAP müssen sich beim Arbeitsamt melden.*

Diese Nachricht sandte Else einen Schauer über den Rücken. Waren Parteimitglieder jetzt die Bösen? – Soweit sie wusste, waren viele Nachbarn Parteigänger. Frau Proksch, Herr und Frau Warwra und der kriegsversehrte Leutnant, beispielsweise. Vater und Mutter hatten auch öfter über Parteiveranstaltungen erzählt. Und Else selbst war Mitglied im Bund Deutscher Mädchen gewesen – zählte das?

Sie legte die Zeitung beiseite. Dann kletterte sie die Wendeltreppe hinunter zu ihrem Schlaflager, das es wohl für die nächste Zeit bleiben würde. Wie gut, dass sie inzwischen den feuchtkalten Lehmboden mit ein paar Brettern, die sie im Stollen gefunden hatte, isoliert hatte. Wasser plätscherte durchs Rohr, wie immer, wenn in den oberen Geschossen jemand die Klospülung betätigte. Inzwischen hatte sie sich ans Rauschen gewöhnt.

Sie entzündete die Petroleumlampe, die auf dem Holztisch neben ihrem Lager stand, knipste das elektrische Licht aus, das inzwischen funktionierte, und ließ sich auf der Bettstatt nieder. Im milden Lichtschein ließ sie den Blick gleiten.

Neben der Petroleumlampe lehnte jetzt das aus der Wohnung gerettete Bild der Muttergottes gegen die Ziegelwand, daneben saß Fritzis Teddy auf der ledernen Dokumentenmappe. Abgesehen vom Goldkettchen um ihren Hals, das Mutter ihr zur Firmung geschenkt hatte, war das alles, was sie aus ihrem bisherigen Leben gerettet hatte. Die letzten Souvenirs aus der Kindheit und Jugend. Die letzten Andenken an die heile Familie, die sie einmal gewesen waren. Sie seufzte.

Dann sah sie das Gestell, hinter dem der Stollen in den nächsten Keller führte. Sie wusste von Frau Hawelka, dass alle Keller unter den Häusern der Innenstadt meist sogar auf mehreren Ebenen verbunden waren. Seit Jahrhunderten, manche sagten, sogar seit der Römerzeit, gab es diese unterirdische Welt von Wien. Im Laufe der Geschichte war sie immer wieder von Nutzen gewesen: Während der Türkenbelagerungen hatten Spione sie für Botengänge genützt, und um 1900, als die Wohnungsnot besonders groß gewesen war, hatten Menschen in diesen Kellern geschlafen wie jetzt sie selbst.

Sie erhob sich, nahm die Petroleumlampe auf und ging zum Gestell. Es waren drei Holzbretter, dazwischen leere Zwischenräume, durch die der Stollen dahinter sichtbar war. Erstmals, seit sie hier unten schlief, leuchtete sie hinein. Der Gang bestand aus demselben alten Ziegelgemäuer wie das Kammerl. Weit hinten entdeckte sie einen phosphoreszierenden Pfeil, der den Weg zur Oper wies. Sie nahm sich vor, Frau Hawelka nun doch zu bitten, die Öffnung mit Tüchern zu verhängen. Nicht, dass sie sich fürchtete, dass jemand in der Öffnung auftauchen könnte, aber sie würde sich sicherer fühlen.

Dann kehrte sie zur Bettstatt zurück und rollte sich in Frau Hawelkas dicker Steppdecke ein. Wenn ihr jemand vorhergesagt hätte, dass sie einmal in einem Kellerverlies Schlaf finden würde, hätte sie es nicht geglaubt, aber seltsamerweise fürchtete sie sich nicht. Unter Frau Hawelkas Decke fühlte sie sich geborgen wie zuletzt vor Mutters Tod. Es war die mütterliche Fürsorge, die ihr Frau Hawelka entgegenbrachte: So lange hatte sie diese vermisst. Dankbar, dass ihr der Herrgott Frau Hawelka über den Weg geschickt hatte, sandte sie ein Gebet in den Himmel. Und obwohl sie Fritzi schrecklich vermisste, machte sie sich keine Sorgen. Bestimmt hatte Frau Hawelka recht, und sie war in guten Händen. Wieder rauschte Wasser in den Rohren, stetig plätschernd und blubbernd, und das Rauschen, Gluckern und Rinnen schläferte sie ein.

Sie träumte vom Wasser. Vom dunklen See. Weit draußen, der Steg des Bootsvermieters war kaum mehr zu sehen. Zarte Wellen glitzerten im Sonnenlicht, die Ruder plätscherten beim Eintauchen, eine sanfte Brise spielte in ihrem Haar. Curts Gesicht war ganz nah. Verschämt betrachtete sie den markanten Leberfleck zwischen den Brauen, der ihn immer ernsthaft aussehen ließ, auch wenn er lachte. Sie beobachtete ihn, wie er mit leicht vornübergebeugtem Oberkörper über den See ruderte. Die Aufhängungen der Ruder quietschten, Tröpfeln wechselte sich ab mit sattem Klatschen.

Curt. Seit einer Polioerkrankung als kleines Kind musste er orthopädische Schuhe tragen, aber das hatte sie nie daran gehindert, Sommer für Sommer die ländliche Welt zu erkunden. Doch in diesem Sommer war alles anders: Er war einen Kopf größer, Flaum zeigte sich auf seiner Oberlippe, seine Stimme war ungewohnt tief. Und obwohl sie die Haare noch immer in Zöpfen trug, behandelte er sie anders als bisher: nicht kumpelhaft, sondern ritterlich und galant. Der hemmungslose Übermut zwischen ihnen war weg, stattdessen Kribbeln im Bauch und Erröten.

Als in der Ferne Donner grollte, dachte sie an die Warnung des Bootsvermieters.

»Wir müssen zurück.«

»Hab keine Angst!« Curt zog die Ruder weiter durchs Wasser. Er wusste immer, was zu tun war. Auch wenn in diesem Sommer alles anders war – das Vertrauen in ihn, gewachsen seit der Kindheit, war weiterhin unerschütterlich.

Das Donnergrollen wurde lauter. Eine schwarze Wand näherte sich von den Bergen her.

»Na gut, jetzt wird's doch Zeit«, lachte er.

»Meinst du, wir schaffen es noch rechtzeitig?«

»Sorg dich nicht.«

Gerade als die ersten Tropfen vom Himmel fielen, erreichten sie den Steg. Mit vereinten Kräften zogen sie das Boot an Land, und da sie die Leutseligere von ihnen beiden war, regelte sie die Modalitäten mit dem Bootsvermieter.

Im selben Moment öffnete der Himmel seine Schleusen. Dicke Tropfen klatschten herab. Die Wasseroberfläche war aufgewühlt wie auf See, und wenig später goss es in Strömen. Sie fanden Schutz in einer verlassenen Jausenhütte. Dort saßen sie auf der Holzbank unter der Überdachung, dicht an dicht. Sie fühlte seine Wärme. Irgendwann lehnte sie den Kopf an seine Schulter. So sahen sie dem Regen zu und hofften, dass es endlos weiterregnen würde.

Else schreckte auf. Plätschern hatte sie geweckt. Aber es war nicht der Regen im Ausseerland – sondern das Wasser in den Kanalrohren. Der See – das Ruderboot – Curt – es war alles nur ein Traum gewesen.

12

Am nächsten Morgen war Else die Erste im Café. Als sie mutterseelenallein in der Küche Kaffee braute, wirkte der Raum auf sie gespenstisch leer. Aber bald kam Frau Hawelka mit den Kindern und verwandelte den Raum wieder ins gemütliche Wohnzimmer mit Kaffeehausmobiliar. Frau Hawelka wedelte schon von Weitem mit einer Ausgabe von *Neues Österreich*.

»Da schau her!« Sie hielt Else das dünne Blatt unter die Nase. »Bedingungslose Kapitulation«, las sie vor, was da in großen Lettern geschrieben stand, und stieß einen Seufzer der Erleichterung aus. »Es gibt wieder Frieden auf Erden.«

»Was heißt das?«, fragte Günter mit großen Augen. Er kannte ja keinen anderen Zustand.

»Keine Sirenen und keine Fliegerbomben mehr«, sagte seine Mutter.

»Wir müssen nicht mehr in den Bunker?«

»Nein.«

»Nie mehr?«

»Hoffen wir's.«

»Kommt Vati dann heim?«, fragte Herta.

»Gewiss. Hoffentlich bald.«

»Vati kommt, Vati kommt!«, sang Herta, packte den kleinen Bruder an den Händen und drehte sich mit ihm im Kreis.

»Ihr habt recht, Kinder. Das muss gefeiert werden.« Frau Hawelka ging zur Theke, kramte im obersten Fach des Regals und holte eine Schnapsflasche hervor. »Dieser besondere Augenblick in der Menschheitsgeschichte verlangt nach einem besonderen Tropfen. Darauf stoßen wir zwei an, Else.«

Sie füllte je einen Fingerbreit Schnaps in zwei kleine Gläser. »Von meinem Vater gebrannt«, erklärte sie augenzwinkernd.

Else hatte noch nie im Leben Alkohol getrunken, geschweige denn Schnaps. Vater und Mutter hatten, als ihre Welt noch heil gewesen war, hin und wieder ein Glas Wein zum guten Essen getrunken, aber da war sie zu jung gewesen, um mitzutrinken, und später hatte sie keine Gelegenheit mehr gehabt.

»Auf den Frieden!« Frau Hawelka kippte mit Schwung den Inhalt ihres Gläschens hinunter. Vorsichtig, um ja nichts zu verschütten, schenkte sie nach.

Else steckte vorsichtshalber zuerst die Nase ins Glas. Der Schnaps roch nach Himbeeren. Es war zwar Jahre her, dass sie welche gegessen hatte, aber sie liebte Himbeeren. Erwartungsvoll nahm sie einen Schluck und – schüttelte sich. Mit der Schärfe hatte sie nicht gerechnet.

»Schmeckt er dir etwa nicht?«, fragte Frau Hawelka.

»Doch, doch, er ist wirklich wunderbar!« Else wollte Frau Hawelka nicht kränken. Um ihre Aussage zu unterstreichen, nippte sie nochmals daran, überlegte jedoch gleichzeitig, wie sie ihn möglichst unauffällig loswerden könnte.

»Vaters Schnaps ist was ganz Besonderes.« Frau Hawelka goss noch einen Fingerbreit in ihr Gläschen. »Möchtest du auch noch ein wenig?«

»Danke, nein.«

Als sich Frau Hawelka wieder über die Zeitung beugte, kippte Else den kostbaren Himbeerschnaps in die Spüle.

Frau Hawelka drehte das Radio auf, und sie saßen zu viert am Marmortisch und lauschten dem Sprecher, der zwischen Krächzen und Krachen immer wieder die Neuigkeit verkündete:

»Heute erklärte das Oberkommando der Deutschen auf Geheiß von Großadmiral Dönitz die bedingungslose Kapitulation aller kämpfenden Truppen. Die deutsche Kapitulation erfolgte in aller Form in General Eisenhowers Hauptquartier in Reims um 2 Uhr 41 nachts.«

»8. Mai 1945. Kinder, merkt euch dieses Datum«, sagte Frau Hawelka und leerte endgültig ihr Gläschen. »Heute beginnt ein neues Leben. Das ganz normale Leben.« Sie seufzte vor Glück, verschloss die Schnapsflasche und verstaute sie wieder im obersten Fach des Regals.

»Jetzt aber an die Arbeit!« Sie klatschte in die Hände. »Vati wird bald nach Hause kommen. Und dann wird das *Café Hawelka* wieder aufgesperrt!«

Bevor sie sich nochmals in die Zeitung vertiefte, wies sie jedem eine Aufgabe zu: Günter sollte die Zeitungsständer sortieren, Herta die Besteckladе auswischen und Else die Bilderrahmen an den Wänden putzen.

Während Else sich an die Arbeit machte, fragte sie sich, wer in diesen Zeiten in ein Kaffeehaus kommen sollte, wo es doch nicht einmal Bohnenkaffee gab. Sie bewunderte Frau Hawelkas Zuversicht. Aber sie war dankbar für die Arbeit, die sie ihr zugewiesen hatte, denn sie lenkte sie von ihren eigenen Sorgen ab. Liebe Muttergottes, hoffentlich ist Fritzi in guten Händen, sandte sie wieder einmal ein Stoßgebet gen Himmel.

Nach einer Weile schaute Frau Hawelka von der Zeitung auf.

»Da steht, dass ab nächster Woche Heimkehrerzüge kommen. Ich werde jeden Tag zum Bahnhof gehen, um meinen Mann abzuholen«, sagte sie. »Ich wette, dein Vater wird auch dabei sein, Else. Wirst sehen!«

13

Sie sind ein guter Mann, Kofler.« Doktor Wilfert klopfte Curt auf die Schulter. »Und ein begabter Mediziner. Alles Gute für die Zukunft. Vielleicht sehen wir uns ja eines Tages wieder.«

»Vielleicht.« Curt steckte die Hände in die Hosensäcke und sah seinem Chef beim Packen zu. Der Krieg war aus, die Kampfhandlungen beendet, das Lazarett wurde geschlossen. Während der letzten Wochen hatten sie alle Patienten, sogar die Schwerverletzten, so weit versorgt, dass sie abtransportiert werden konnten. Inzwischen waren auch die letzten Krankengeschichten geschrieben, Berichte notiert, Inventarlisten verfasst. Nach zwei Jahren Dienst in Lazaretten der Wehrmacht, wo er unmittelbar nach Beendigung seines Studiums eingesetzt worden war, begann ein neues Leben.

»Was sind denn Ihre Pläne?«, fragte Doktor Wilfert, während er das Stethoskop in seine Arzttasche packte.

Curt zuckte mit den Schultern. »Ich weiß noch nicht.«

Statt Zukunftsaussichten fiel ihm nur die letzte Beinamputation ein, bei der er assistiert hatte. An einem jungen Mann, etwa gleich alt wie er, den der Krieg zum Krüppel gemacht hatte. Er hasste Amputationen. Es waren Operationen, während deren Durchführung er an seiner Berufswahl zweifelte. Dann hatte sich der Stumpen auch noch entzündet, obwohl sie so steril wie immer gearbeitet hatten, und das Todesurteil

»Sepsis« hatte mehrere Tage lang über dem Armen gehangen. »Bisher hatte ich keine Zeit, um über meine Zukunft nachzudenken.«

»Verstehe.« Doktor Wilfert schlüpfte in die Uniformjacke. Er ächzte, denn es war viel zu heiß für die Wolljacke, aber sie hatten alle nur diese eine, obwohl ihr Dienstort in Italien lag. »Sie klingen ja beinahe niedergeschlagen. Freuen Sie sich denn nicht auf zu Hause?!«

Zu Hause … wo war *zu Hause?* – Innsbruck, die Stadt, in der er aufgewachsen war und in der seine Alma Mater stand, war's jedenfalls nicht, seit beide Eltern nicht mehr lebten.

»Doch, doch, natürlich freue ich mich. Ich bin nur ausgelaugt von der vielen Arbeit in den letzten Tagen.« Curt dachte wieder an den jungen Mann mit dem Beinstumpen, die eitrige Wunde ging ihm nicht aus dem Sinn. Hoffentlich würde sie sich während des Transports nicht wieder entzünden.

»Neue Zeiten brechen an. Für alle, auch für Sie.« Doktor Wilfert klopfte ihm schon wieder auf die Schulter. »Mein Rat: Machen Sie was aus Ihrem Leben. Sie sind jung und begabt. Habe selten so einen guten Jungarzt gesehen. Sie werden doch sicherlich eine Fachausbildung anhängen, nicht wahr? Überhaupt, wo das Arztstudium wegen des Krieges viel zu kurz gekommen ist.«

»Hätte ich vorgehabt«, sagte Curt. »Ich werde mich wohl nach einer Stellung in einer Inneren Abteilung umsehen, da wird mir meine Erfahrung im Lazarett anerkannt.« Er zögerte, bevor er fortfuhr: »Obwohl mich Pädiatrie mehr interessieren würde. Da könnte ich vielleicht die vielen Kriegsverletzungen vergessen …« – Ihm fiel selbst auf, wie müde er klang.

»Verstehe.« Doktor Wilfert nahm seine Arzttasche auf und kam mit offener Hand auf ihn zu. »Wie immer: Alles Gute, Kofler.«

Sie schüttelten die Hände, lange und ausgiebig, und sahen einander tief in die Augen. Nach monatelanger Zusammenarbeit unter widrigsten Bedingungen fiel offenbar auch dem Chefarzt die Trennung schwer. Curt berührte die Ernsthaftigkeit seines Vorgesetzten. Überhaupt berührte es ihn, wenn Menschen in seiner Gegenwart Emotionen zeigten, es brachte ihn immer ganz durcheinander. Als Doktor Wilfert ihn auch noch kurz umarmte, war's ihm richtig unangenehm.

»Olaf, wir fahren!«, rief Wilfert dann durch das offene Fenster seinem Fahrer zu und machte sich mit forschen Schritten auf den Weg. Curt sah seinem Chef nach, wie dieser, mit der Arzttasche in der Linken, den Raum verließ. Aber auf der Schwelle hielt er nochmals inne.

»Kofler«, sagte er. »Falls Sie sich doch für das Fach Innere Medizin entscheiden … Melden Sie sich bei mir. Mir wurde in Heidelberg eine Abteilung versprochen. Wenn alles klappt, werde ich einen guten Assistenzarzt gebrauchen können.« Er griff in die Jackentasche und zog eine Visitenkarte mit seiner Privatadresse hervor.

»Meinen Sie das im Ernst?« Zögerlich nahm Curt die Karte entgegen. Das viele Lob war zwar erfreulich, aber auch irgendwie unangenehm. Heidelberg … Die Facharztausbildung dort zu absolvieren, wäre ein Privileg.

»Absolut!« Doktor Wilfert drückte Curt ein letztes Mal an sich. »Und zeigen Sie ja keine Scheu!« Ein allerletztes Mal wünschte er ihm alles Gute für die Zukunft. »Jetzt fahren wir alle erst mal nach Hause. Erholen Sie sich, mein Lieber.«

Wenig später hörte Curt durch das offene Fenster Doktor Wilferts forsche Schritte im Kies, dann wechselte der Chefarzt ein paar Worte mit dem Chauffeur. Eine Wagentür wurde zugeschlagen, der Motor angeworfen, schließlich ratterte das Auto davon.

Die Arbeit im Lazarett war zu Ende. Auch Curt hielt nun nichts mehr im Arztzimmer. Er ging zum Personalgebäude, wo sich im oberen Stockwerk sein Zimmer befand.

Die Krankensäle, die er passierte, waren leer, der OP sowieso. Das Lazarettgelände war wie ausgestorben. Keine Patienten, keine Kollegen, keine Schwestern oder Hilfskräfte waren zu sehen. Seinem Kollegen, dem zweiten Jungarzt, der während der letzten Monate nicht von seiner Seite gewichen war, hatte er den Vortritt als Transportbegleiter gelassen, weil dieser die Heimkehr nicht hatte erwarten können. Curt selbst wollte um 1 Uhr den Militärzug nach Bologna nehmen, um sich von dort irgendwohin durchzuschlagen. Nach Innsbruck? Oder Heidelberg? – Jedenfalls zurück ins Deutsche Reich. Besser gesagt, in deutsche Länder. Das Reich gab's ja nicht mehr.

Als er den Platz zwischen dem Hospital und dem Nebengebäude querte, kam ihm doch noch ein Mensch entgegen: Sophia, eine der italienischen Rotkreuz-Schwestern. Sie schleppte eine große Tasche. Wegen der Sprachbarriere hatten sie nie viel miteinander geredet, aber immer gut zusammengearbeitet.

»Curt, carissimo, arrivederci.«

»Ciao, meine Liebe. Vielleicht sehen wir uns ja eines Tages wieder.«

»Vielleicht …«, lachte sie, bevor sie weiterging.

Curt betrat das Personalgebäude. Seine Schritte hallten auf dem leeren Gang. Alle Türen waren verschlossen. Kein Ton, keine Stimme, kein Muckser waren zu hören, das Gebäude war wie ausgestorben. Er ging in sein Zimmer.

Zu packen gab's nicht viel. Der Arztkoffer stand ohnehin immer fertig gepackt bereit, und Wäsche und Hemden hatte er schnell in seinem Köfferchen verstaut. Der Schrank war bald leer.

Er schaute auf die Armbanduhr. Es war halb eins, es wurde Zeit. Ein wenig wehmütig warf er noch einen letzten Blick aus dem Fenster, sah die Pinie davor, auch die schwarzen Vögel, die immer in den Ästen hüpften. Dann sah er das karge Eisenbett. Am Morgen hatte er es abgezogen, Laken und Decken lagen gefaltet zum Abholen durch die Transporter bereit. Beim Fenster stand noch der kleine Schreibtisch mit dem harten Stuhl. Am Anfang seines Einsatzes hatte er öfter da gesessen und einmal wöchentlich eine Postkarte an Mutter geschrieben, eine Zeit lang Tagebuch. Seit Mutters Tod erfüllte der Schreibtisch jedoch nur mehr den Zweck einer Ablagefläche. Er räumte noch ein paar herumliegende Habseligkeiten in den Koffer, dann war auch diese Tischoberfläche leer.

Ein Seufzer entkam ihm. Dieses Zimmer war fast ein Jahr lang sein Zuhause gewesen. Das Schlimme war: Er hatte kein anderes. Nicht, dass er über das Ende dieses grässlichen Krieges, des entsetzlichen Blutzolls, des Leids und des Sterbens der Soldaten nicht froh war – aber er fühlte sich verloren. Alle strebten nach Hause. Nur er wusste nicht, wohin.

Endlich ging er zur Tür, um dieses Zimmer für immer zu verlassen. Im letzten Moment fiel ihm noch die Lade im Schreibtisch ein. In zwei Schritten war er wieder beim Tisch. Das billige Holz quietschte, als er die Lade öffnete. Er griff hinein. Zwei unbeschriebene Feldpostkarten fielen ihm in die Hände, dazu ein Heftchen – das alte Tagebuch. Schließlich holte er noch etwas hervor: ein kleines, mit Spagat zusammengebundenes Bündel von Briefen. Nicht, dass er daran hing … Lächerlich, dieser Gedanke. Lächerlich auch, dass er diese romantischen, schwermütigen Ergüsse nach all den Jahren noch immer aufgehoben hatte. Er hatte sie geschrieben, als er als Jungarzt seine erste Stelle in einem Lazarett angetreten und vor Heimweh nicht mehr aus und ein gewusst hatte. Da hatte er diese Briefe geschrieben, war aber viel zu feige gewesen, sie abzuschicken. Inzwischen war er froh, denn sie enthielten nichts als spätpubertäres Gelaber. Nein, Liebesbriefe zu schreiben war nicht seine Sache. Das konnte er nicht. Gut, dass er im letzten Moment noch daran gedacht hatte, das Päckchen einzupacken. Es wäre ihm fürchterlich peinlich, wenn die Briefe in fremde Hände gerieten.

Lieblos stopfte er sie in die Manteltasche. Bei Gelegenheit wollte er sie entsorgen, am besten verbrennen.

Schließlich zog er die Tür hinter sich zu und machte sich auf den Weg zum Bahnhof.

14

Ratternd und qualmend fuhr die alte, dampfbetriebene Lokomotive in Bologna Centrale ein und kam schließlich mit ohrenbetäubendem Quietschen am Bahnsteig zum Stillstand. Vor den verheerenden Bombenangriffen der Alliierten war dieser Bahnhof einer der größten Durchgangsbahnhöfe Europas gewesen und die Halle ein marmornes Schmuckstück eines herrschaftlichen Monuments. Jetzt standen nur mehr Mauerreste da.

Curt stieg aus dem Waggon. Neidvoll sah er den Soldaten zu, die mit Schwung über die Stufen sprangen, und war beeindruckt von deren Kraft. So lässig war er nie gewesen – wegen des dummen Beins und der orthopädischen Schuhe. Aber er durfte nicht klagen: Der Mann mit dem Stumpen war weit schlechter dran als er.

Menschen mit schwerem Gepäck, Soldaten mit Rucksäcken, Frauen mit Kindern drängten vorbei, rempelten und stießen. Der Lärm war unerträglich: rundum das Pfauchen der alten Dampflokomotiven, das Quietschen von Rädern auf den Gleisen, das Krachen vom Rangieren der Elektrischen, auch gelegentliches Pfeifen der Schaffner dröhnte in den Ohren. Curt wollte weg, um dem Gedränge zu entfliehen. Menschenmassen hatten immer etwas Bedrohliches für ihn.

Am Ende des Bahnsteigs erhob sich über den Köpfen der

vielen Menschen eine grob gezimmerte Holzbaracke, die wohl als provisorische Bahnhofshalle fungierte. In einer Hand den Arztkoffer, in der anderen das lederne Köfferchen mit der Wäsche, bahnte er sich einen Weg durch eine Gruppe von Soldaten. Sie trugen verschiedenen Uniformen, sprachen italienisch, polnisch, englisch. Alle schienen zu wissen, wo sie hinwollten – nur er nicht. Innsbruck wäre am naheliegendsten, dachte er inzwischen, auch wenn die Eltern nicht mehr lebten. In der Holzbaracke, so hoffte er, würde er einen Anschlag mit Zugdestinationen und Abfahrtzeiten finden, dort wollte er die nächste Verbindung erkunden.

In der Baracke herrschte Chaos. Tausende Menschen suchten ihre Verbindungen, aber ein Anschlag war weit und breit nicht zu sehen. Curt entdeckte den Informationsschalter. Davor stand eine endlos lange Menschenschlange. Sich den Tatsachen ergebend, stellte er sich hinten an. In Innsbruck wartete keiner auf ihn, dazu wusste er nicht einmal, wo er schlafen sollte. Nach ewigem Warten war er an der Reihe.

»Wann geht der nächste Zug nach Innsbruck?«, fragte er den Mann am Schalter.

»Domani a 5:30.«

Morgen also. Die Nacht würde er wohl in Bologna verbringen. Er verließ die Baracke und machte sich auf den Weg in Richtung Stadt. Er wollte die Zeit nutzen, sie zu erkunden.

Was er sah, war deprimierend: Die Hälfte aller Häuser waren zerstört, große Palazzi nur mehr traurige Ruinen. Uralte Kirchen, deren Mauern Jahrhunderte überlebt hatten, waren von Bomben zerrissen, die Basilika San Francesco baufällig zerschossen, die Kathedrale schwer beschädigt. Zwischen den Trümmern herrschte reges Leben. In jeder Ecke hatten Menschen Nachtlager aufgeschlagen, kochten, aßen und campierten unter freiem Himmel in den Ruinen. Am schlimmsten war es im Teatro del Corso: Unter den Überresten des ehemaligen Prachtgebäudes hatten sie notdürftige Unterkünfte gebaut. Hunde und Katzen streunten zwischen noch vorhandenen Stützpfeilern, Kühe und Pferde grasten im verwahrlosten Areal.

Curt gönnte sich eine Minestrone in einem Café. Sie schmeckte schal, sättigte jedoch. Als es dämmerte, kehrte er zum Bahnhof zurück. Auf der Suche nach einer Bleibe für die Nacht ließ er sich schließlich auf einer der ins Nichts führenden Marmorstufen nieder, wo die angrenzende Mauer auf Mannshöhe weggebrochen war. Die Reste der Gemäuer bildeten mit den Marmorstufen eine Nische, die er zu seinem Schlafplatz machen wollte. Es war ein Platz, wo er wenigstens auf einer Seite Ruhe und auf der anderen eine Lehne hatte.

Noch war's zu früh zum Schlafen. Deutschsprachige Zeitungen gab's keine, also vertrieb er sich die Zeit damit, Menschen zu beobachten: Soldaten, die ankamen; andere, die weiterwollten; Frauen, die ihre Männer suchten. Der Krieg war aus. Für alle begann ein neues Leben.

Ein junger Mann in Wehrmachtsuniform setzte sich neben ihn.

»Hast du Feuer?« Er zog eine Zigarettenpackung hervor und klopfte eine heraus.

»Tut mir leid, ich rauche nicht.«

Der Soldat zog ungläubig die Brauen hoch, dann wandte er sich an den Nachbarn auf der anderen Seite. Der half ihm aus, und bald paffte er in vollen Zügen.

»Wo willst du hin?« Rauch kringelte aus seinen Lippen.

»Innsbruck.« Es war zumindest ein Ziel, dachte Curt. Oder sollte er doch nach Heidelberg fahren?

»Diesen Zug nehme ich auch«, sagte der Raucher und sog wieder an seiner Zigarette. »Morgen um 5 Uhr 30. Viel Spaß.

Auf dieser Strecke fahren sie eingleisig. Die Fahrt wird ewig dauern.«

Curt zuckte mit den Schultern. Das kümmerte ihn wenig, denn es eilte ihn nicht. Niemand wartete auf ihn.

Die Dämmerung brach herein, der Mond erschien am Firmament. Curt lehnte sich in die Mauerecke und machte sich zum Schlafen bereit. Er setzte sich auf sein Köfferchen, damit es keiner klaute, den Arztkoffer schob er in den Winkel zwischen Stufe und Mauer. Als er die wollene Uniformjacke zum Kissen zusammenfaltete, raschelte der Inhalt in der Tasche. Da fiel ihm das Bündel Briefe wieder ein. Verbrennen wollte er sie, bei nächster Gelegenheit. Vielleicht könnte er den Mann neben dem Raucher nach Feuer fragen? – Was soll's, dachte er dann. Ihm war langweilig und die Nacht noch nicht ganz schwarz. Er zog das Bündel aus der Jackentasche und besah es im schummrigen Licht. »Für Else«, hatte er in seiner schönsten Handschrift vor langer Zeit darauf geschrieben. Zögerlich öffnete er den Spagat. Sodann nahm er das oberste Blatt, breitete es vor sich auf dem Oberschenkel aus und strich es glatt.

»Pavia, 15. 12. 1943. Liebstes Elschen«, las er. »Wohin sind wir gekommen, wie weit war unser Weg? Haben wir einander für immer verloren? Wohin führt uns der Steg?«

Was für ein Schwachsinn! Er war drauf und dran, das Papier zu zerknüllen. Das Gedicht war fürchterlich. Es bescherte ihm Gänsehaut, dieser kitschige Erguss eines Grünschnabels. Doch in diesem Moment tauchte auf einmal vor seinen Augen der Bootssteg vom Altausseer See auf. Und Else, die seine Hand nahm, um zu ihm ins Ruderboot zu steigen. Im hübschen Kleid, rotbackig von der Sonne, das Haar blonder als noch wenige Tage zuvor. Ihr strahlendes Lächeln. Nicht das Kind sah er vor sich, das Sommer für Sommer in Altaussee mit ihm aufgewachsen war, sondern das junge Fräulein, das er in jenem Sommer, der ihr letzter gemeinsamer sein sollte, in ihr gesehen hatte: fröhlich, ungezwungen und liebenswert.

Zärtlich strich er über das Papier. Das Gedicht war schrecklich, aber die Erinnerungen, die es heraufbeschwor, waren wunderschön. Behutsam faltete er das Blatt entlang der bestehenden Linien und nahm das nächste auf:

Pavia, Weihnachtstag 1943

Meine geliebte Else,
Einsam bin ich in der Kälte,
einsam lebe ich im fremden Land,
suche Dich und
Deine wärmende Hand.

Wieder schienen ihm die Reime schrecklich unbeholfen. Er war kein Mann großer Worte, es niemals gewesen, und schon gar kein Dichter. Doch abermals weckten diese Zeilen Bilder von Else in seinem Kopf: Wie sie lachte, ihm vertrauensvoll die Hand reichte. Dann die Bootsfahrt, als sie vom Gewitter überrascht worden waren: Sie saß ihm gegenüber und summte ein Lied, er ruderte dazu. An diesem Tag hatten sie den See für sich allein gehabt, rundum waren nur Enten, Schwäne und die imposanten Berge gewesen. Else und er, sie waren eins gewesen. Und glücklich. So glücklich, dass sie nicht einmal die Gefahr der aufziehenden Gewitterwolken rechtzeitig wahrgenommen hatten.

Wieder faltete er das Blatt zusammen, in Gedanken noch immer bei Else. Seinem Elschen. Damals war er ein Jungspund gewesen, und sie hatte noch Zöpfe getragen. Dann war der Krieg gekommen und jede Aussicht auf Sommerfrische am

Altausseer See dahin. Inzwischen waren Jahre vergangen. Er hatte Medizin studiert und seine Sporen in den Lazaretten der Wehrmacht verdient. Ein verwegener Gedanke kam ihm: Sollte er ins Salzkammergut reisen? An den Altausseer See, den Ort, wo er zuletzt glücklich gewesen war? Gleichzeitig wusste er: Der Ort wäre niemals derselbe ohne sie. So kam ihm noch ein Gedanke: Elses Zuhause war Wien …

Früh am nächsten Morgen, um 5 Uhr 30, bestieg er den Zug nach Innsbruck. Während der Fahrt wollte er über sein endgültiges Ziel entscheiden: Innsbruck, Heidelberg oder Wien.

15

Else irrte in der Menge von heimkehrenden Wehrmachtssoldaten und wartenden Familienangehörigen auf dem desolaten Areal des Westbahnhofs umher. Die Bahnhöfe Wiens waren Hauptziele der Alliierten gewesen und in den letzten Kriegstagen massiv bombardiert worden. Das einstmals stolze Gebäude war praktisch völlig zerstört, nur die imperiale Hauptfassade der Halle stand noch. Die restlichen Mauern und Statuen vom Sims lagen als Schotter auf dem Boden, dazu türmten sich Schutt und Scherben des ehemaligen Hallendaches.

Sie blickte sich in der Menge um, in der Hoffnung, Vater zu finden. Von sich aus wäre sie nie auf die Idee gekommen, ihn am Bahnhof zu suchen, aber Frau Hawelka hatte sie mitgenommen. Frau Hawelka war allerdings in einer besseren Position: Sie war mit ihrem Mann über die Jahre ständig in Kontakt gewesen, er war sogar einmal jährlich auf Heimaturlaub nach Hause gekommen. Frau Hawelka wusste, dass er irgendwo als Offiziersbursche in einem Heerescasino relativ gefahrlos seinen Einsatz fristete, daher konnte sie aller Voraussicht nach mit seiner baldigen Rückkehr rechnen.

Aber Elses Situation war eine andere: Seit Kriegsanfang hatte sie nichts von Vater gehört. Sie wusste nicht einmal, wo er eingesetzt war. Er war nie ein Briefeschreiber gewesen, daher hatte sie auch nie mit Post von ihm gerechnet. Im tiefsten Inneren war sie ihm dankbar, dass er nie geschrieben hatte, denn nichts von ihm zu hören, hatte ihr geholfen, die Sorgen um seine Sicherheit beiseitezuschieben und nachts ruhig zu schlafen. Monat für Monat hatte er ihr jedoch ein anderes Lebenszeichen geschickt: seinen Sold, der nach wie vor pünktlich jeweils zum Monatsanfang auf dem Familienkonto einging.

Sie fand einen Bahnsteig, der provisorisch für zwei notdürftig errichtete Gleise gebaut worden war. Da stand sie nun, sah Zug für Zug einfahren und Horden von Soldaten aussteigen. Sie blickte in deren Gesichter – alle waren fremd.

Ein Sonderzug wurde angekündigt. Dampfend fuhr er ein. Diesmal stiegen nicht Soldaten, sondern abgemagerte Menschen in loser, teils gestreifter Arbeitskleidung aus. Die meisten konnten kaum gehen, so schwach waren sie.

»Jö, der Goldstein ist da«, rief eine Frau neben Else. »Wie gibt's denn das? I hab g'hört, dass die alle vergast worden sind.« Else war baff. Sie hatte alles Mögliche munkeln gehört, aber »vergast« hatte noch niemand gesagt. Sie drehte sich weg. Die armen Menschen wurden von einer offiziellen Abordnung vom Rathaus begrüßt und zum Ausgang gelotst.

Wieder fuhr ein Zug ein, quietschend und ratternd. Auf einem der Waggons prangte noch immer die Aufschrift: »Die Räder müssen rollen für den Sieg.« – Lachhaft, fand Else diese Aufschrift jetzt, aber vor Jahren hatte sie daran geglaubt. Das Wort »Sieg« hatte gut geklungen, wenngleich sie auch nie wirklich darüber nachgedacht hatte, wer genau warum besiegt werden sollte. Politik hatte sie nie sonderlich interessiert.

Die Waggontüren öffneten sich. Wieder ergossen sich Menschenströme auf den Bahnsteig. Else blickte in die Gesichter der Ankommenden, die allermeisten waren Soldaten in Wehrmachtsuniformen. Sie waren hager, ausgemergelt, gezeichnet von Jahren im Krieg. Hunderte, nein, Tausende drängten aus den Waggontüren.

Frau Hawelka ging näher, baute sich neben der Lokomotive auf und spähte in den Strom von Heimkehrern, der vom Bahnsteig in Richtung Bahnhofshalle strebte. Sie stellte sich auf die Zehenspitzen, reckte sich, ihre Miene war angespannt. Soldaten strömten vorbei, manche endeten überglücklich in den Armen einer Frau. Auch Else sah sich wieder suchend um, obwohl es ihr höchst unwahrscheinlich schien, Vater zu finden, aber eine leise Hoffnung hegte sie doch. Als der Menschenstrom versiegte und er wieder nicht dabei war, tippte sie enttäuscht Frau Hawelka auf die Schulter.

»Das war der letzte Fernzug. Vielleicht lassen wir's gut sein für heute. Von meinem Vater ist keine Spur.«

»Mach dir nichts draus, Mädel«, tröstete Frau Hawelka sie. »Von meinem Leopold auch nicht. Aber glaub mir: Beide werden heil heimkommen. Unkraut verdirbt nicht.« Nach wie vor klang sie zuversichtlich mit ihrem Credo und gab damit auch Else neue Hoffnung. Bestimmt würde sie nicht nur Fritzi, sondern auch Vater bald in die Arme schließen.

Sie passierten eine Wand mit Suchanzeigen, wo Else gleich auch je eine für Vater und Fritzi anbrachte. Dann verließen sie das Bahnhofsgelände und gingen die breite Mariahilfer Straße in Richtung *Hawelka*, das seit nunmehr drei Monaten auch Elses Zuhause war. Von dort wollte Frau Hawelka weiter in die Köllnerhofgasse, wo sie Herta und Günter bei einer Nachbarin in Obhut gelassen hatte.

Als sie in die Dorotheergasse bogen, sahen sie von Weitem ein elegantes Automobil mitten auf der Fahrbahn stehen.

»Was ist denn das?« Frau Hawelka beschleunigte ihre Schritte. »Was soll der Mercedes da?«

Else hatte Mühe, Schritt zu halten.

»Wem der wohl gehört?«, keuchte Frau Hawelka. »Parkt genau vor unsrem Café. Der Wagen verstellt mir ja den Eingang. Das geht nicht.«

Sie kamen näher. Ein Chauffeur stieg aus dem Fahrersitz, zog seine Kappe und öffnete die Tür zum Beifahrersitz. Ein schmächtiger Mann in abgewetzter Uniformjacke, gänzlich unpassend zum eleganten Gefährt, kletterte heraus.

Im nächsten Moment stieß Frau Hawelka einen Schrei aus, machte einen Satz und fiel dem Mann um den Hals. Es war ihr Leopold.

Schließlich begrüßte sie auch den Chauffeur, Christian – er war offenbar ein alter Freund ihres Mannes. Es gab ein großes Hallo. Else stand etwas abseits. Einerseits freute sie sich für die beiden, andererseits dachte sie wehmütig an Vater und Fritzi.

Frau Hawelka schubste sie nach vorn.

»Das ist Else. Sie wohnt derzeit bei uns«, erklärte sie ihrem Mann. »Im Kammerl. Wieso und warum, erzähle ich dir später. Aber warum kommt ihr so elegant vorgefahren? Ich dachte, du wärst ein einfacher Pfeifendeckel?«

Herr Hawelka lachte. »Sperr's Café auf. Drinnen erzähl ich's dir.«

Bei Muckefuck und anschließendem Schnaps aus der versteckten Flasche erzählten die beiden Männer ihre Geschichte: Christian war der Chauffeur eines hohen Offiziers gewesen, der von den Russen nach der Kapitulation Deutschlands festgenommen worden war. Daraufhin herrschte unter den einfachen Soldaten Chaos. Keiner wusste, wie es weitergehen sollte, und die russische Gefangenschaft wollten sie auch vermeiden. Kurz entschlossen klaute Christian den Wagen, für den er die letzten Jahre verantwortlich gewesen war, und machte sich zusammen mit Leopold auf den Weg nach Hause. Im allgemeinen Durcheinander waren sie wegen des eleganten Wagens unbehelligt durch Straßensperren durchgewunken worden. Noch immer lachten sie herzhaft, als sie die Geschichte erzählten. Jetzt allerdings gab's ein Problem: Wohin mit dem nicht gerade unauffälligen Automobil?

Nach reiflicher Überlegung beschlossen sie, es in der Nacht mitsamt Schlüssel vor der Rossauer Kaserne abzustellen, wo es ihrer Meinung nach hingehörte.

16

Während bei den Hawelkas die Familie wieder komplett war, sorgte sich Else nach wie vor um Vater und Fritzi. Dazu kam, dass es ihr Zuhause nicht mehr gab. Wie sollte Vater, falls er wie Herr Hawelka einfach auftauchen sollte, sie also finden? Und Fritzi … Else hatte sich zwar mittlerweile erfolgreich eingeredet, dass Fritzi sich in der Obhut der Hausmeisterin befand, aber wie sollten sie je wieder zusammenkommen?

Diese Fragen bereiteten ihr Sorge, bei Tag und bei Nacht. Nachdem sie wieder einmal eine schlaflose Nacht verbracht hatte, beschloss sie, ihre Suche zu vertiefen. Am folgenden Morgen machte sie sich auf den Weg in die Leopoldstadt. Sie wollte nach einer Möglichkeit suchen, Frau Proksch eine Nachricht zu hinterlassen. Sie querte den Behelfssteg und ging durch die desolaten Straßen ins alte Grätzl. Noch immer lagen Trümmer auf dem Boden, noch immer standen die Ruinen, es war traurig anzusehen.

Else streifte in der Umgebung ihres Hauses durch die Gassen, auf der Suche nach Nachbarn, dem Bäcker oder dem Fleischer, nach irgendeinem bekannten Menschen. Aber es war niemand da. Alle waren verzogen. Die Fenster der Geschäfte waren mit Sperrholz verbarrikadiert, und das Wirtshaus, während des Krieges ein beliebter Treffpunkt, war zugesperrt. Auch die nahe Kirche St. Nepomuk war wegen Baufälligkeit gesperrt.

Eine Seitenmauer war eingestürzt, auf der anderen klebten Suchanzeigen. Else klebte einen Zettel dazu:

> *Suche meine Schwester Fritzi, 6 Jahre alt, blonde Zöpfe, abgängig seit 13. April. Ich habe sie im Luftschutzbunker am Schwedenplatz verloren. Wohne derzeit im* Café Hawelka, *Dorotheergasse 6.*

Und Vater? Seit der Krieg zu Ende war, dachte sie immer öfter an ihn. Bis jetzt war sie überzeugt gewesen, dass er irgendwann gesund von der Front heimkehren würde – er hatte es ihr zum Kriegsbeginn versprochen. Aber das war inzwischen Jahre her. Damals war sie jung und naiv gewesen und hatte dieses Versprechen nie infrage gestellt. Sie war ein junges Mädchen gewesen und hatte alles geglaubt, was der Vater sagte. Inzwischen war sie eine junge Frau, hatte einiges erfahren und sorgte sich umso mehr. Was, wenn er verletzt war? Oder gar gefallen? – Nein, das war unvorstellbar, das durfte nicht sein. Jetzt wollte sie mehr über ihn wissen. Wo er stationiert war, beispielsweise, und wann er wiederkommen würde. Sie fasste sich ein Herz. Da sie regelmäßig seinen Sold erhielt, machte sie sich auf den Weg zur naheliegendsten Auskunftsstelle, dem städtischen Besoldungsamt.

Sie kehrte zurück zum Schwedenplatz und ging über die Rotenturmstraße zum Stephansplatz. Der Schutt, der seit den letzten Kriegstagen das Straßenpflaster bedeckt hatte, war mittlerweile an den Rand geschaufelt und das Trottoir freigelegt worden. Die Geschäftshäuser auf der gegenüberliegenden Seite vom Dom waren nach wie vor hohle Fassaden, und das Kirchenschiff gab weiterhin ein klägliches Bild ab: Der Dachstuhl bestand aus verkohlten Streben, dazwischen klafften noch immer riesige Löcher.

Auch die Besitzer der Geschäfte am Graben hatten die meisten Schaufenster mit Sperrholz verbarrikadiert. Else passierte die noch immer eingemauerte Pestsäule und kam am Meinl vorbei. An der Wand klebten Vermisstenanzeigen, und auch dort hinterließ sie einen Zettel. Die Hofburg war weitgehend von den Fliegerbomben verschont geblieben, ebenso das Denkmal des Prinzen Eugen, das man vor Jahren zum Schutz ummauert hatte. Sie querte den Heldenplatz, wo sich vor dem Krieg oft große Menschenansammlungen für Märsche, Feste oder Ankündigungen zusammengefunden hatten. Im Löschwasserteich, den die Feuerwehr vor einigen Jahren ausgehoben hatte, war das Wasser braun und veralgt.

Schließlich erreichte sie das Rathaus. Im Krieg hatte es ein paar Bombentreffer abbekommen, wodurch einige Gesimsfiguren Kopf oder Gliedmaßen verloren hatten, aber der hohe Turm mit dem Rathausmann an der Spitze stand noch. Hunderte Menschen drängten hinein, sie war mitten unter ihnen. Langsam bewegte sich die Menschenschlange auf das Kabäuschen eines Portiers zu. Else stand ungeduldig in der Reihe der Wartenden. Endlich stand sie vor der Portiersloge.

»Wo finde ich das Besoldungsamt?«, fragte sie.

»Dritte Stiege rechts, zweiter Stock, Tür 206«, erwiderte eine Frau kurz angebunden und winkte sie schon weiter. »Der Nächste!«

Viele Fenster im weitläufigen Gebäude waren zerborsten, manch eine Stiege wegen Baufälligkeit gesperrt. Else folgte dem Schild zur Dritten Stiege und erklomm die breiten Stufen. Zwischen geschäftigen Rathausbeamten und Rat suchenden Bürgern fand sie schließlich die richtige Tür. Sie klopfte. Als sie keine Antwort bekam, klopfte sie noch einmal und vernahm ein barsches:

»Herein!«

Sie öffnete die Tür. Drei Schreibtische standen am Fenster, dahinter saß je eine Beamtin. Vor ihnen lagen Stöße von Papieren. Eine der Frauen schaute über die Ränder ihrer Brille.

»Sie wünschen?« Sie klang nicht gerade entgegenkommend.

»Ich habe Fragen zum Verbleib meines Vaters.«

»Da sind Sie hier falsch.« Die Beamtin wandte sich wieder ihren Papieren zu. »Um Auskunft über vermisste Personen zu erhalten, müssen Sie zum Vermisstenamt. Oder zum Roten Kreuz.«

»Aber mein Vater ist nicht vermisst. Ich bekomme noch immer seinen Sold. Ich möchte nur wissen, wo er sich aufhält.«

»Steht auf der Stampiglie am Umschlag«, sagte sie grimmig.

»Welchen Umschlag?«

»Na, seine Feldpost.«

»Ich habe keine Post von ihm.«

»Er hat Ihnen nie geschrieben?«, mäkelte die Frau.

»Nein, hat er nicht.«

Die Frau hob eine Augenbraue.

»Und wieso, meinen Sie, sollten *wir* wissen, wo Ihr Herr Vater ist?«

»Er ist städtischer Angestellter. Polizist.«

»Ach, Polizist! Warum sagen S' das nicht gleich?« Die Beamtin legte den Stapel Papiere beiseite, in dem sie gerade noch geblättert hatte, die Miene jetzt freundlicher. Sie zog ein Formular aus einer Lade im Aktenschrank und schob es Else zu. »Bitte ausfüllen.«

Endlich, dachte Else. Dass Vater Polizist war, hatte das Eis gebrochen wie so oft. Polizisten mochte man, Polizisten waren immer auf der richtigen Seite. Sie waren wichtige Stützen der Gesellschaft, ehrenhafte Mitbürger, immer schon gewesen. Leute zollten nicht nur ihnen, sondern auch ihren Angehörigen

Respekt. Sie füllte das Formular aus und schob es der Beamtin wieder zu.

»Bin gleich wieder da.« Die Beamtin nahm es und verschwand damit im Nebenraum.

Else setzte sich auf einen der harten Wartestühle. Während sie sich bisher nicht wirklich für Vaters Verbleib interessiert hatte, saß sie nun wie auf glühenden Kohlen. Womöglich würde sie bald Näheres erfahren – wo er eingesetzt war, wann er heimkehren würde. Theoretisch gab's wohl auch die Möglichkeit, dass er gefallen war, aber Else schloss sie kategorisch aus. Es war unmöglich, sagte sie sich, denn in diesem Falle wäre sie doch bestimmt kontaktiert worden. Der Sold wäre storniert und in eine Waisenrente verwandelt worden.

Die Zeit verging. Sie spielte mit einem Knopf an der Jacke, drückte ihn durchs Knopfloch und wieder zurück. Die beiden im Raum verbliebenen Beamtinnen rechneten und schrieben, die Wanduhr tickte.

Endlich ging die Tür.

»Tut mir leid, Fräulein …« Die Frau schaute wieder über die Ränder ihrer Brille. »Leider kann ich Ihnen nicht viel berichten. Nur dass Ihr Vater mit einem Polizeibataillon nach Polen geschickt wurde, um dort für Sicherheit und Ordnung zu sorgen. Mehr wissen wir nicht. Sie können nichts tun, nur weiter warten.«

Else seufzte. Warten … So lange schon tat sie nichts anderes als warten: Warten, dass der Sieg fürs Deutsche Reich kam; warten, dass der Luftangriff vorbei war; warten, dass Fritzi zu ihr finden würde; warten, dass Vater nach Hause kam. Sie war verdammt zum Warten. Sie konnte nichts beschleunigen, nichts ändern – nur warten.

17

Während Else wartete, ging das Leben um sie herum weiter. Inzwischen war Wien nicht mehr nur von den Russen, sondern von allen vier alliierten Siegermächten besetzt, und die Innere Stadt wurde jetzt von ihnen patrouilliert. Man hörte, dass die Stadt in vier Zonen geteilt werden sollte.

»Hoffentlich werden wir nicht russische Zone«, sagte Frau Hawelka.

»Warum?«, fragte Herta.

»Man hört viel Schlimmes über die Russen. Angeblich lassen sie Mädchen und Frauen nicht in Ruh', vandalieren und stehlen.«

»Was heißt *vandalieren?*«, fragte Günter.

»Kaputt machen … mutwillig zerstören.«

Günter holte umgehend sein Spielzeugauto unter der Bank hervor und steckte es schnell in den Hosensack.

»Außerdem sind sie am schlechtesten von allen organisiert, und dann gibt's noch weniger zu kaufen«, brummte Herr Hawelka.

Else nahm sich vor, die Tapetentür, die zum Stiegenabgang ins Kammerl führte, immer sorgfältig zu versperren.

Inzwischen waren in der ganzen Stadt Plakate aufgetaucht:

> Wir wollen Wien rein und gesund machen!
> Wir füllen nicht Kaffeehäuser und Tanzlokale
> Wir stehen nicht stundenlang vor Kinokassen
> Wir raunzen nicht, weil die anderen nichts tun
> Wir warten nicht untätig auf auswärtige Hilfe
> Wir packen selber zu!
> WIR ARBEITEN!

Während also die Bevölkerung von offizieller Stelle zum Anpacken aufgerufen und Müßiggang verteufelt wurde, wollten die Hawelkas ihr Kaffeehaus eröffnen. Else hegte wieder Zweifel, ob das möglich war. Wer sollte in diesen Tagen ins Kaffeehaus gehen? Noch dazu, wo auf Plakaten gegen Kaffeehausbesuche gewettert wurde und es nicht einmal Kaffee gab? Aber Herr Leopold und Frau Josefine Hawelka waren zuversichtlich und legten als Eröffnungsdatum den 15. September fest. Else schrieb eine Ankündigung und klebte sie ins Fenster.

Seither wurde noch mehr geputzt. Herr Hawelka schaufelte den Schutt, den er während der letzten Wochen vom Gehsteig in den Straßenrand gehäuft hatte, in eine Schubkarre und transportierte sie zu einer der Baumulden, die an der nächsten Straßenecke standen. Provisorische Schienen waren verlegt worden, auf denen diese Schuttmulden platziert waren, die später von Lastwagen abgeholt wurden.

Else putzte zum x-ten Mal die Fenster. Dabei behielt sie Günter im Auge, der jetzt mit seinem Spielzeugauto auf dem Trottoir auf und ab fuhr. In seiner Fantasie war das blecherne Ding zum alles überwindenden Panzer geworden. Ratternd fuhr er damit über die Gehsteigkante und schob letzten Sand auf den Schotterhaufen.

»Gut machst du das«, lobte Else ihn, während sie den Fetzen im Wasser spülte. »Der Gehsteig vor dem Café wird bald ganz sauber sein.«

Ein feiner Herr bummelte vorbei. Else sah zu, wie er seinen Spazierstock mit silbernem Knauf schwang und die blank polierten Schuhe in den Staub setzte, als schreite er über edles Intarsienparkett.

»Das sieht schon ziemlich gut aus«, bemerkte er und deutete mit dem Spazierstock anerkennend auf eins der frisch gewaschenen Fenster. »Gibt's denn schon Kaffee bei Ihnen?«

Herr Hawelka kam gerade wieder mit der leeren Schubkarre angefahren.

»Wir sperren erst in ein paar Wochen auf.« Er verwies auf das Schild im Fenster. »Aber was hätten S' denn gern?«

»Eine Melange und ein, zwei Zigaretten dazu.«

»Mit der Melange können wir jetzt schon dienen. Meine Frau kocht Ihnen sicher gern eine.« Herr Hawelka griff nach der Schaufel, die in der Mauerecke lehnte. »Ersatzkaffee halt«, fügte er bedauernd hinzu. »Nur Zigaretten haben wir leider keine.«

»Schade.« Der Herr umfasste den silbernen Knauf mit seinen trotz der sommerlichen Temperaturen behandschuhten Händen. »Ohne Zigaretten schmeckt der Malzkaffee halt noch weniger.« Er ging weiter.

»Aber bis zur Eröffnung haben wir bestimmt welche!«, rief ihm Herr Hawelka nach. Kopfschüttelnd murmelte er noch vor sich hin: »Zigaretten müssen wir unbedingt auftreiben. Ohne Zigaretten können wir nicht aufsperren.«

»Aber woher?!«, rief Else und wrang den Putzfetzen aus. »In der ganzen Stadt gibt's nichts zu kaufen, schon gar nicht Zigaretten.«

»Das ist eine gute Frage, Mädel«, brummte Herr Hawelka verzagt. »Da muss mir noch was einfallen.«

Frau Hawelka erschien in der Tür.

»Muckefuck wolltest du dem feinen Herrn anbieten«, schimpfte sie. »Das ist doch kein Kaffee, den man in einem gescheiten Kaffeehaus ausschenken kann. Wir brauchen echten.«

»Ganz meine Meinung. Nur wo finden?«, knurrte Herr Hawelka.

»Im Resselpark«, sagte Frau Hawelka leise. »Auf dem Schwarzmarkt gibt's alles. Ich werde zwei Selchstücke opfern. Damit kaufst du Bohnenkaffee und Zigaretten, damit wir unseren Gästen was Anständiges servieren können. Lass dich nur ja nicht erwischen. Und jetzt weiter an die Arbeit, ihr beiden.«

Else putzte erneut die Fenster. Dabei dachte sie wieder an Vater und Fritzi. Nach der Arbeit verfasste sie noch mehr Vermisstenzettel und klebte sie an alle Zettelwände, die sie finden konnte.

Am Nachmittag ging sie abermals zum Westbahnhof. Sie musste es tun. Alles war besser, als tatenlos zu warten. Die Chance war zwar gering, Vater am Bahnhof zu begegnen, denn sie wusste ja nicht einmal, ob er von Osten, Westen oder Süden kommen würde. Dennoch mischte sie sich unter die wartenden Frauen und suchte sein vertrautes Gesicht unter den Ankommenden.

Einmal, als wieder Hunderte Soldaten aus den Waggons stiegen, stutzte sie. Sie meinte, weit hinten auf dem Bahnsteig mitten in der Menge eine vertraute Gestalt entdeckt zu haben. Sie streckte sich, um im Gewirr aus schlammgrünen und braunen Uniformen diese Person noch einmal zu finden. Es waren die leicht gebückte Haltung eines Mannes in Zivil, dazu ein leichtes Hinken, das ihre Aufmerksamkeit geweckt hatte. Und ein markanter Leberfleck zwischen den Brauen. – Curt? … Könnte er es denn sein? Oder war's nur eine Vision gewesen? Wie ein Gruß aus schöneren Zeiten? – Ach, dachte Else jetzt. Da war die Welt noch in Ordnung gewesen. Sie suchte wieder das Gesicht, fand es aber nicht.

Sie schalt sich. Das viele Schwelgen in Erinnerungen, das viele Träumen in der Finsternis vom Kammerl … Litt sie inzwischen gar schon unter Halluzinationen? Was sollte Curt in Wien?

Am Nebengleis fuhr der nächste Zug ein. Else schaute wieder in die Menge, studierte die vielen Gesichter der Männer, die aus den Waggons stiegen: alte, zerfurchte, junge, hagere … Vater war wieder nicht dabei. Natürlich nicht. Curt auch nicht.

Enttäuscht wandte sie sich um, verließ das Bahnhofsgebäude und ging wieder nach Hause.

OKTOBER 1968

18

Mildes Licht fiel schräg in die Häuserschluchten. Es ließ die Pflastersteine glitzern, die Fensterscheiben glänzen und die Wäsche, die zum Trocknen auf den Leinen im Innenhof hing, weiß leuchten. Der Himmel war blau, die Luft frisch – es war ein herrlicher Herbsttag. Jutta schwebte nach wie vor auf einer Wolke des Glücks. Wenn's auch einen Wermutstropfen gab: Da Bodo mit der Fertigstellung seiner Abschlussarbeit beschäftigt war, hatte sie ihn in letzter Zeit kaum zu Gesicht bekommen.

Weil das Wetter so schön war, ließ sie das Mofa stehen. Mit wenigen Schritten erreichte sie den Stadtpark. Das Johann-Strauß-Denkmal schimmerte golden, das Laub der Bäume rauschte im sanften Wind, hier und da segelten gelbe Blätter herab. Eine Krähe, die am Rande eines Mistkübels auf die Reste einer Wurstsemmel einhieb, entlockte ihr ein Schmunzeln. Bald würden die Äste kahl sein, aber an diesem Morgen war der Park eine wunderbare Oase im ansonsten so grauen Wien. Ein Fleckchen Leben in der Steinwüste.

Seit der wundervollen Nacht mit Bodo waren vier Wochen vergangen, aber noch immer hatte er nicht, wie insgeheim erhofft, um ihre Hand angehalten. Manchmal sorgte sie sich, dass sie sich seine Absichten nur eingebildet hatte. Andererseits zweifelte sie keine Sekunde daran, dass er genauso in sie verliebt war wie sie in ihn – erst gestern hatte er es ihr am Telefon versichert. Und morgen war sie mit den Eltern bei Herrn und Frau Eberlein eingeladen. Ein großes Familienkennenlernessen – wenn das mal kein Zeichen war, dass es Bodo ernst meinte?!

Nur ein paar Stunden noch arbeiten, nur einmal noch schlafen, dann war der große Tag: Sie würde Bodo wiedersehen und diesmal auch seine Eltern kennenlernen. – Jutta wagte es kaum zu denken: aller Voraussicht nach ihre künftigen *Schwiegereltern* kennenlernen. Ob Herr und Frau Eberlein wirklich so anstrengend waren, wie Bodo immer sagte? Ein wenig kleinkrämerisch und rechthaberisch wären sie, hatte er sie vorgewarnt, sie solle nachsichtig sein. Trotz allem hätte er sie lieb – Grund genug, mit Herrn und Frau Eberlein gut auszukommen.

Was sollte sie zu diesem Essen anziehen?, überlegte Jutta, während sie einem Eichhörnchen zusah, das beim Stamm eines Kastanienbaums eine Eichel vergrub. Einen Rock mit einem kurzärmligen Pulli? Welchen Rock? – Definitiv nicht den ultrakurzen. Sie wollte Bodos Eltern gefallen, aber keinesfalls zu bieder wirken. Jedenfalls wollte sie den besten Eindruck hinterlassen.

Ein Lüftchen zog auf. Das Laub rauschte, ein Schwarm Krähen flog krächzend auf. Sie sollte sich sputen, bald würde die Vorlesung beginnen. Aber noch immer sah sie den Enten im Teich zu und bewunderte die Blumen in den Beeten. Es raschelte im Geäst ober ihr, einen Augenblick später purzelte eine Kastanie herab und fiel ihr genau vor die Füße. Beim Aufprall war die Schale aufgesprungen und gab jetzt die Frucht preis, makellos rotbraun glänzend. Sie hob sie auf und strich über die Oberfläche. Wie glatt sie sich anfühlte. Die Form war prädestiniert für ein lustiges Gesicht. Da fühlte sie sich in längst vergangene Kindheitstage zurückversetzt, als sie mit Mutter Kastanien gesammelt und mit Zahnstochern Tiere gebastelt hatte. Wenn sie einmal Kinder hätte, würde sie es ebenso machen. – Seltsam, dass ihr das jetzt in den Sinn kam. Sie hatte sich immer nur als kinderlose Richterin gesehen und noch nie in Erwägung gezogen, Kinder großzuziehen. Ob beides möglich wäre? – Sie steckte die Kastanie in die Manteltasche.

In zwanzig Minuten begann die Vorlesung, sie musste laufen.

19

Beim alltäglichen Nachmittagskaffee nach der Vorlesung traf Jutta wie üblich Mutter und Tante Fritzi im *Hawelka*. Oskar Werner war auch wieder da, was vor allem Fritzi freute.

Danach ging sie, wie immer am Freitag, in die Kanzlei. Sie hing ihren Mantel auf und begann mit der Ablage. Ein Betrugsfall, eine Ehrenbeleidigung, ein Verkehrsunfall, ein Mietstreit – es waren lauter kleinere Fälle, fachlich nicht besonders interessant, aber das tägliche Brot eines Wald-und-Wiesen-Advokats, wie Doktor Wolf es war. Als sie alles aufgeräumt hatte, wechselte sie noch das Farbband in der Schreibmaschine, goss die beiden Grünpflanzen und nahm sich die Stenobleistifte zum Spitzen vor.

»Ich komme gerade aus dem Grauen Haus«, tönte da Doktor Wolfs sonore Stimme, als er die Kanzlei betrat. »Es gibt Neuigkeiten!« Ohne an Juttas Schreibtisch stehen zu bleiben, lief er weiter in sein Büro. Wie immer, wenn sie unter sich waren, war die schwere Kassettentür zwischen seinem Büro und dem Sekretariat geöffnet. Für sein Alter recht schnittig, warf er den Hut in Richtung Ständer und traf zielsicher.

»Stellen Sie sich vor«, sagte er, während er sich seines Jacketts entledigte. »Der Josef Wendlmaier hat gestanden.« Seine Augen blitzten, als wäre das ein erfreuliches Ereignis.

Jutta hielt im Bleistiftspitzen inne. »Was?! Er hat auch noch zugegeben, dass er den Gaswagen gefahren hat?!«

Doktor Wolf krempelte die Ärmel hoch. »Außerdem hat er gestanden, dass er wusste, dass mit dem Gas Menschen ermordet wurden.« Er sprach völlig sachlich, ohne eine sichtbare Gefühlsregung. Dabei hatte dieser Wendlmaier Hunderte, wenn nicht Tausende Menschen auf dem Gewissen. Es war der juristische Aspekt des Falles, der den Chef begeisterte. Jutta konnte es kaum nachvollziehen.

»Unvorstellbar, dass ein Mensch zu so was fähig ist«, redete sie sich weiter in Rage. »Ein Monster. Psychisch krank. Anders kann ich ihn mir nicht vorstellen.«

Doktor Wolf nahm im ledernen Stuhl hinter seinem Schreibtisch Platz, entnahm den Akt »Wendlmaier« aus seiner Aktentasche und blätterte durch die Papiere.

»Das kann ich so nicht bestätigen«, brummte er schließlich, noch immer in den Akt vertieft. »Der Mann, den ich gerade im Grauen Haus besucht habe, ist ein Mensch wie Sie und ich. Ganz normal. Nur dass sein Oberkörper so stark gebeugt ist, dass er kaum fünf Schritte durch einen Raum schafft.«

»Soll ich jetzt etwa auch noch Mitleid mit ihm haben?!«, rief Jutta. »Er hat mitgeholfen, was weiß ich wie viele Menschen zu *vergasen*. Ein Massenmörder. Ein Kriegsverbrecher. Nach all den Jahren! So einer muss zu lebenslangem Kerker verurteilt werden. Oder besser gehängt werden. Wie die Kriegsverbrecher in den Nürnberger Prozessen. Er ist um kein Jota besser. So einer wie er verdient die Todesstrafe. Leider gibt's die bei uns nicht mehr.«

»Mein liebes Fräulein Jutta«, Doktor Wolf legte den Akt beiseite und ging zu ihr, »so einfach ist das nicht. Jedem Verbrecher steht professionelle Verteidigung zu, sei er auch noch so böse. Das habe ich Ihnen schon mehrmals erklärt. Und tatsächlich gibt's auch in diesem Fall einiges, das den Täter entlastet: Er war zum Zeitpunkt der Tat keine zwanzig Jahre alt, unbescholten und ein braver Soldat: fügsam, ordentlich und zuverlässig. Wie sich jede Mutter ihr Kind, jeder Offizier seine Soldaten wünscht. Dem jungen Wendlmaier war befohlen worden, den Gaswagen zu fahren. Pflichtbewusst, wie er war, hatte er Gehorsam geleistet und den Befehl ausgeführt. Gehorsam und Pflichtbewusstsein waren ihm von Kindesbeinen an eingebläut worden, lauter Tugenden, die wir auch heute noch hochhalten. Hätte er rebellieren sollen? – Ja, hätte er, keine Frage. Aber er hatte nicht das Zeug dazu. Niemand hat's ihm beigebracht. Er war einfach zu *brav*.«

»Mit dieser Entschuldigung könnte jeder daherkommen. Genau deswegen war die Mordmaschinerie in den Konzentrationslagern möglich gewesen.«

»Richtig. Ich will seine Taten auch nicht entschuldigen, sondern nur erklären. Ganz ehrlich: Würden *Sie* sich so einem Befehl widersetzen?«

»Selbstverständlich!«

»Mit einer Pistole an der Brust?«

Jutta versuchte, sich eine solche Situation ernsthaft vorzustellen.

»Sehen Sie, Sie überlegen!«, rief Doktor Wolf triumphierend. »Und dabei sind Sie, wertes Fräulein Jutta, vom Charakter eine mutige junge Frau. Das sind nicht viele auf dieser Welt, weder damals noch heute.«

Er ging wieder zu seinem Schreibtisch und wandte sich seinen Papieren zu.

In diesem Moment läutete es. Jutta, nicht unglücklich über das Ende der Diskussion, ging zur Tür. Als sie öffnete, staunte sie zum zweiten Mal an diesem Tag:

Davor stand ein Greis, der aussah wie eine Figur aus einem

alten Heimatfilm. Er trug einen Ausseer Hut und war bekleidet mit traditionellem Lodenjackett, speckiger Lederhose, Stutzen und schweren Ledertretern. Sein Gesicht glich einer zerfurchten Winterlandschaft.

Er ging wortlos an Jutta vorbei, ohne sie nur eines Blickes zu würdigen. Er war so gebrechlich, dass er kaum einen Fuß vor den anderen setzen konnte, es war mehr ein Schlurfen. Der knorrige Gehstock, auf den er sich stützte, wirkte, als wäre er hundert Jahre alt, in der anderen Hand führte er einen Dackel an der Leine, der mit müde wedelndem Schwanz hinter ihm herwackelte. Bart und Haupthaar des Mannes waren genauso struppig wie das Fell des Dackels, sicherlich hatten weder er noch der Hund je einen Friseur gesehen.

Bedächtig schlurfte er an Juttas Schreibtisch vorbei, zielstrebig auf Doktor Wolfs Büro zu, wortlos, weder ein Grüß Gott noch Muh oder Mäh. Er ignorierte Jutta, als wäre sie Teil des Inventars. Dennoch hatte er irgendwie etwas Liebenswertes an sich. Jutta wusste nicht, was es war, aber etwas an diesem alten Mann machte ihn ihr sympathisch. Vielleicht waren es die klaren blauen Augen. Vielleicht war's auch wegen seines hohen Alters, seiner Gebrechlichkeit, vielleicht auch wegen des Dackels.

Doktor Wolf kam ihm entgegen, als hätte er ihn erwartet. »Kommen Sie herein.« Die Dielen krachten unter den schweren Männerschuhen, dann schloss Doktor Wolf die Kassettentür.

Was für ein merkwürdiger Mensch, dachte Jutta. Sie zuckte mit den Schultern, und ihre Gedanken wanderten wieder zum Kriegsverbrecher Wendlmaier. Nach wie vor war sie überzeugt, dass diesen Mann persönliche Schuld traf, für die er mit aller Härte verurteilt werden müsste. Dennoch ... Doktor Wolf hatte sie zum Nachdenken gebracht. Gab's auch eine Mitschuld der Allgemeinheit, die Menschen wie Wendlmaier hervorgebracht hatte?

Nach einer Weile knarrte wieder die Kassettentür. Doktor Wolf und der Greis kamen aus dem Büro.

»Ich werde sehen, was sich machen lässt.« Doktor Wolf reichte dem alten Mann die Hand. »Kommen Sie nächsten Monat wieder.«

Der Greis grummelte mürrisch vor sich hin, bevor er erneut wortlos, den Dackel im Schlepptau, an Jutta vorbeischlapperte und die Kanzlei ohne Gruß verließ.

»So etwas habe ich noch nie erlebt.« Doktor Wolf schüttelte den Kopf. »Da kommt eine Menge Arbeit auf uns zu, Fräulein Jutta. Der Alte meint, sein Leben gehe zu Ende. Deshalb will er seine Angelegenheiten in Ordnung bringen und ein Testament verfassen, aber das wird schwierig. Denn er besitzt kein einziges Dokument: keinen Nachweis über seine Geburt, keinen Meldezettel, keinen Taufschein, keinen Schulnachweis, nichts. Er sagt, er habe im Krieg alle Dokumente verloren. Seit Jahrzehnten lebt er als U-Boot im Salzburgischen. Er bezieht keine Rente, hat keinen Nachweis über seinen Besitz. Er kann mit keinem Papier beweisen, dass es ihn überhaupt gibt.« Er schüttelte wieder den Kopf, dann umklammerte er seine Hosenträger, wie immer, wenn er intensiv nachdachte. »Bevor der arme Mann sterben kann, müssen wir erst einmal dafür sorgen, dass er lebt. Für die Behörden, jedenfalls.«

»Gibt's jemanden, der für ihn bürgen kann?«, fragte Jutta.

»Gute Idee. Aber leider nein.«

»Er hat niemanden? Keine Familie? Keine Freunde? Keinen Nachbarn? Keinen Pfarrer?« Der Greis tat ihr leid.

»Nein. Er lebt völlig zurückgezogen auf einem abseits gelegenen Hof in der Nähe von Altaussee. Wie der Alpöhi in Heidi. Der Hund ist sein einziger Gefährte. Dazu zwei Ziegen, ein paar Hühner und ein Hahn.«

»Das klingt irgendwie idyllisch. Wenn's nicht so traurig

wäre.« Jutta sorgte sich um den Alten. »Schwer vorstellbar, dass auch er einmal jung gewesen ist. Es hat Eltern gegeben, er ist wohl zur Schule gegangen. Vielleicht hatte er auch einmal eine Liebe?«

»Aber dann kam der Krieg«, fiel ihr Doktor Wolf ins Wort. »Der Krieg hat vielen Menschen das Leben genommen. Anderen die Existenz. Und wieder anderen ihre Menschlichkeit.«

»Wie meinen Sie das?«

»Fräulein Jutta«, brummte er. »Seien sie froh, dass Sie jung sind und den Krieg nicht miterlebt haben.« Er kehrte zurück in sein Büro und fiel mit lautem Plumpsen hinter seinem Schreibtisch in den Chefsessel.

Die Ruhe dauerte nicht allzu lange an.

»Zum Diktat, bitte!«, rief Doktor Wolf bald. Er diktierte Jutta unzählige Schreiben an das Gemeindeamt von Altaussee, verschiedene Magistratsabteilungen und andere Ämter, um die Adressen von Archiven ausfindig zu machen, wo man Kopien von Dokumenten bekommen könnte. Zuletzt waren es seitenweise handschriftliche Notizen geworden. Bis die Existenz des armen Alpöhis dokumentarisch belegt war, war es tatsächlich noch ein weiter Weg.

Zurück am Schreibtisch hatte Jutta wie immer Mühe, das Gemisch aus Steno und Handschrift zu entziffern. Sie ärgerte sich über ihre schlampige Mitschrift und musste sich einiges zusammenreimen, aber schließlich gelang es ihr dennoch, die Briefe komplett zu tippen. Dann legte sie diese Doktor Wolf zur Unterschrift vor. Zum Glück fand er keine groben Fehler, andernfalls hätte sie den einen oder anderen Text nochmals tippen müssen, und das wäre mühsam gewesen.

Endlich war Feierabend, wenigstens für sie.

»Ich nehme die Briefe mit und werfe sie in den Briefkasten«, rief sie ins Chefzimmer.

»Ist recht«, brummte Doktor Wolf vom Chefsessel aus durch die geöffnete Kassettentür. »Schönes Wochenende!«

Jutta schlüpfte in ihren Mantel und verließ die Kanzlei.

Morgen war der große Tag. Morgen würde sie Bodo wiedersehen.

20

Nach langem Überlegen entschloss sich Jutta für einen karierten Minirock, dazu einen passenden Rolli mit Hüftgürtel und Stiefel. Auch Mutter hatte sich noch sorgsamer gekleidet als sonst. Sie trug jetzt ein Kostüm aus babyblauem Bouclé, Pumps in Braun und Creme, dazu eine passende Handtasche und einen Perlenchoker, den Vater ihr zum letzten Weihnachtsfest geschenkt hatte.

»Alle bereit?«, fragte Vater jovial, als sie sich im Flur eingefunden hatten. Jutta war froh, dass er sich für diesen Abend freigenommen hatte. Überhaupt freute sie sich immer über seine Anwesenheit: Wenn er da war, war Mutter entspannt und fröhlich – obwohl sie sich in letzter Zeit immer öfter über ihn beschwerte. Das war ein Paradoxon, das wohl nur die Eltern selbst verstanden.

Sie schlüpften in die Mäntel, Mutter in ihren Persianer, Vater setzte den obligaten Hut auf. In der Hand hielt er einen Strauß rosa Nelken, die Mutter vormittags besorgt hatte.

»Weißt du, wie man hinkommt?«, fragte er, als sie in den Mercedes stiegen.

»Nicht wirklich. Ich war noch nie dort.« Das war natürlich eine glatte Lüge. Die Nacht, die sie mit Bodo in dessen Schlafzimmer … Jutta lächelte in sich hinein. Diese Nacht war ihr süßes Geheimnis und sollte es auch bleiben.

Vater nahm den Wien-Atlas aus dem Handschuhfach und studierte ihn, bevor sie endlich losfuhren.

Die Adresse der Eberleins war leicht zu finden, ebenso ein freier Parkplatz vor der Tür. Das Haus war unauffällig, die Fassade glatt und schmucklos. Wahrscheinlich war es, wie halb Wien, während des Krieges zu Schaden gekommen und danach schnell repariert worden. Seither war der hastig angebrachte Verputz grau und notdürftig.

Jutta betätigte die Klingel. Auch wenn sie sich den ganzen Nachmittag lang damit beschäftigt hatte, wie sie Herrn und Frau Eberlein gefallen könnte, hatte sie im Moment nur Bodo im Sinn.

Im zweiten Stock wurden sie schon erwartet: Bodo stand leger im Gang vom Stiegenhaus, die Hände in den Hosensäcken, als würde er alte Freunde begrüßen. Er drückte Jutta ein schnelles Küsschen auf die Wange, dann begrüßte er die Eltern. Dabei lachte er so offen, dass diese ihn bestimmt sympathisch fanden. Jutta liebte ihn noch mehr dafür, wenn das überhaupt möglich war.

Herr und Frau Eberlein wirkten herzlich und entgegenkommend. Wie eine ganz normale Familie eben. Jutta mochte Bodos Vater gleich, vielleicht auch, weil Bodo ihm so ähnlich sah, aber auch zur Mutter fasste sie schnell Vertrauen. Sie war eine fröhliche Frau mit Lachfalten um die Augen, gekleidet in einem roten Kleid aus allseits beliebtem Jersey, die Haare in Locken toupiert wie Mutter. Gerade nahm Herr Eberlein Mutters Persianer ab. Der Pelz wirkte vielleicht etwas zu pompös in seinen Händen, aber Herr Eberlein verstaute ihn scheinbar ohne Mühe in der Garderobe, nachdem er das tolle Stück komplimentiert hatte.

»Bitte, kommen Sie weiter.«

Er führte sie in Richtung Wohnzimmer, Frau Eberlein folgte. Jutta wusste, dass man durch Bodos Schlafzimmer gehen musste, um es zu erreichen. Das wäre bei ihnen zu Hause undenkbar gewesen – lieber hätte man die beiden Zimmer getauscht, um den privaten vom öffentlichen Bereich zu trennen. Vater waren solche Förmlichkeiten egal, aber Mutter hatte unumstößliche Ansichten bezüglich Anstand und Moral. Zum Glück war Bodos Bett aber adrett mit einer Tagesdecke bedeckt und der Schreibtisch, an dem er wohl tagsüber arbeitete, penibel aufgeräumt, sodass Mutter diesen, in ihren Augen, Fauxpas nicht zu bemerken schien.

Im Wohnzimmer fiel Jutta sofort die Kredenz mit dem Plattenspieler und dem Fernseher auf. Die Geräte ließen den Raum kleiner erscheinen, als er war, aber er war praktisch möbliert und picobello aufgeräumt. Sie fühlte sich sofort wohl. Herr Eberlein bat Jutta und ihre Eltern, auf der Couch Platz zu nehmen. Er und seine Frau teilten sich den Fauteuil, der bestimmt sonst von einem der beiden zum Fernsehen genutzt wurde. Bodo lehnte am Fensterbrett. Er schien aufgekratzt, nervöser, als Jutta ihn bisher kennengelernt hatte. Anscheinend machte ihm das Treffen ihrer beider Eltern mehr zu schaffen, als sie gedacht hatte. Sie warf ihm ein Lächeln zu, er erwiderte es flüchtig.

»Ein tolles Fernsehgerät haben Sie«, sagte Vater.

Herr Eberlein grinste stolz.

»Philips. Mit wunderbarem Bild.«

Frau Eberlein servierte Sekt Orange und Käsespieße. Jutta nippte am Sekt und schielte zu Mutter hinüber, die zu dieser Uhrzeit bestimmt ihren allabendlichen Gin Tonic vermisste, aber gute Miene zum Sekt machte. Mutter und Vater unterhielten sich angeregt mit den Eberleins, vor allem Herrn Eberleins Charme hatte es Mutter anscheinend angetan, denn über seine Bonmots lachte sie immer besonders laut. Nach einer Weile war die Unterhaltung derart angeregt, dass man beschloss, sich zu duzen – Herr und Frau Eberlein waren jetzt also Heribert und Traudl. Sie prosteten einander zu, die Gläser klirrten. Alles lief in die richtige Richtung.

Wie er zu seinem ausgefallenen Namen gekommen wäre, wollte Mutter von Bodo wissen. Heribert antwortete für ihn: Er sei selten und nicht verniedlichbar. »Nicht wie Traudls Name, beispielsweise, die ich manchmal Trutscherl nenne«, lachte er und zwinkerte seiner Frau zu.

»Das ist ein altdeutscher Name für ›Gebieter‹«, erklärte Traudl. »Unser Sohn soll stolz und erhaben durchs Leben gehen.« Sie warf ihm einen liebevollen Blick zu.

»Verstehe.« Mutter griff nach einem Käsespieß. »Der Name Jutta hat ebenfalls eine hehre Bedeutung: die Beschützerin. Inzwischen finde ich, dass er gut zu ihr passt.«

»Ja, das ist auch schön.«

Traudl erhob sich und verschwand in der Küche.

»Bitte Platz zu nehmen!«, rief Traudl wenig später und stellte eine Kasserolle auf den Esstisch. Ihre Wangen waren gerötet von der Hitze in der Küche, vielleicht auch vor Aufregung. Mutter zupfte den Rock über den makellos bestrumpften Beinen zurecht und bewegte sich Richtung Esstisch, ebenso Vater.

Auf einmal war ein Rumpeln zu hören. Vater entwich ein »Autsch«. Er war gegen ein Tischchen gestoßen.

»Verzeihung.« Er rieb sich das Schienbein. »Ich bin so ungeschickt … Es ist mein dummes Bein.«

»Wie ist das denn passiert?«, fragte Heribert.

»Kinderlähmung. Tut mir leid wegen des Tischchens.«

»Nicht der Rede wert«, sagte Heribert, rückte das Tischchen

wieder zurecht und sammelte Zeitungen, die darauf gelagert gewesen waren, vom Boden auf.

Sie nahmen um den Esstisch Platz, den Jutta eben erst im mit Gardinen verhangenen Erker neben einem großen Philodendron wahrgenommen hatte. Zu sechst passten sie gerade rundherum. Während jeder seine Serviette aufnahm, schielte Jutta zu Bodo, der neben ihr saß. Zitterten seine Hände?

Heribert entkorkte eine Weinflasche und schenkte jedem ein.

»Es gibt Paprikahuhn mit Nockerl«, sagte Traudl. »Ich hoffe, das schmeckt jedem?«

»O ja, sehr!«, riefen Vater, Mutter und Jutta unisono.

Sie servierte jedem ein Stück mit Soße, dazu die Nockerl.

Als sich die rosa Paprikasoße auf dem Teller ausbreitete und sämig von der weißen Mitte in Richtung kobaltblauen Rand ergoss, fiel er Jutta auf: der Goldrand, der in seiner Pracht mit dem ausgewaschenen Tischtuch kontrastierte. Sie hatte noch nie von solch elegantem Porzellan gegessen.

»Ist das echt?«, platzte sie heraus und wünschte sogleich, dass die Frage im Geklapper des Bestecks untergehen würde. Oder dass sie sie rückgängig machen könnte. Wie taktlos von ihr! Warum konnte sie ihre Zunge nie im Zaum halten?!

Aber Traudl schien diese Frage gar nicht unangenehm zu sein.

»Echtes Gold, ja«, sagte sie stolz. »Und echtes Kobalt. Handgemalt.« Sie wuchs im Stuhl, die Lachfalten vertieften sich. »Wedgewood, aus England. Es ist wunderschön, nicht wahr?«

Jutta nickte.

»Und *sehr* teuer. Heutzutage könnten wir es uns niemals leisten. Aber damals, als wir frisch verheiratet waren …« Traudl kicherte. »Nicht wahr, Heribert?«

Er lachte.

»Nach dem Anschluss waren die Auktionshäuser voll mit solchen schönen Dingen«, erklärte Traudl. »Wahre Fundgruben waren das.«

»Ihr wisst schon«, fügte Heribert hinzu. »Wegen der ausgewanderten Juden.«

Ausgewandert. Jutta schluckte. Sie musste ihn korrigieren, auch wenn er ihr künftiger Schwiegervater werden sollte. Sie konnte nicht anders.

»Die Juden sind nicht *ausgewandert.* Sondern *geflohen.* Oder sie wurden *deportiert.*«

Mutter, stets auf Höflichkeit bedacht, warf ihr einen bitterbösen Blick zu.

»Natürlich.« Heribert strich mit zwei Fingern über seinen Schnauz. »Aber das wussten wir damals nicht.«

»Eben, das wusste niemand«, bestätigte Mutter. »Nicht wahr, Curt?«

Täuschte sie sich, oder hatte Mutter soeben Vater unter dem Tisch ins Schienbein gekickt?

»Dieses Paprikahendl schmeckt wirklich vorzüglich«, sagte Vater. »Mein Kompliment, Traudl.« Er nahm noch einen Bissen.

»Fein, dass es dir schmeckt«, sagte Traudl.

Jutta warf wieder einen Blick zu Bodo hinüber. Auch er war ins Essen vertieft. Wie Vater und Mutter wollte er anscheinend das Thema ruhen lassen. Aber das wollte Jutta nicht. Sie wollte, nein, sie musste es genauer wissen.

»Waren diese Versteigerungen denn jedem zugänglich?«

»Im Prinzip jedem. Aber manche hatten Vorrechte, so wie wir«, erklärte Heribert, seine Stimme jetzt leicht entnervt. »Meine guten Beziehungen zur Vugesta, der Verwaltungsstelle jüdischen Umzugsguts, die es damals gegeben hat, hatten sich gelohnt. Wir besaßen ein Vorkaufsrecht. In der Zeit nach dem Anschluss wurden uns Luxusgüter, Kunstwerke, Silber, Skulpturen, später auch Hausrat, wie schöne und weniger schöne Möbel, beinahe nachgeschmissen, so viel davon gab's in den Auktionshäusern. Alles wurde zu Bettelpreisen verkauft. Traudl und ich haben damals gerade unseren Hausstand gegründet. Da haben wir natürlich zugeschlagen. Wir taten nichts Unanständiges. Wir wären dumm gewesen, uns nicht zu bedienen. Wenn wir's nicht gekauft hätten, hätten es andere getan.«

»Habt ihr euch nichts dabei gedacht, dass so kostbare Dinge wie dieses Geschirr verschleudert wurden?«

»Mein Gott ...« Heribert verschränkte die Arme. »Vielleicht war den Leuten ja der Transport zu teuer. Vielleicht lag ihnen auch nichts daran. Was weiß denn ich! Nein, darüber haben wir nicht nachgedacht. Über die Vorbesitzer wussten wir nichts. Das ging uns auch nichts an.«

»Leute, die solch kostbares Porzellan besitzen, sollen sich den Transport nicht leisten können?! – Das macht doch keinen Sinn!«

»Jutta!«, zischte Mutter da und kickte jetzt sie unter dem Tisch mit der Spitze ihres Schuhs. »Lass gut sein!«

Jutta schoss das Blut in den Kopf. Sie wusste, dass sie zu weit gegangen war. Aber die Art und Weise, wie Heribert über die Aneignung des Geschirrs gesprochen hatte ... Was für ein Opportunist! Und Bodos Verhalten regte sie noch mehr auf. Der saß nur stumm vor seinem Teller und schaufelte das – zugegebenermaßen ausgezeichnete – Paprikahendl in sich hinein. Kein Hinweis, dass er auf ihrer Seite stand, keine Geste der Solidarität, kein Zeichen, dass sie die Frau seines Lebens werden sollte. Er widmete sich ausschließlich dem Paprikahuhn, und das, als gäb's kein Morgen.

Das Besteck klapperte auf den Tellern. Vater sagte etwas Belangloses. Traudl stieg darauf ein. Auch Heribert und Mutter fanden wieder Gesprächsstoff und lachten angeregt.

Aber in Jutta brodelte es. Die Art, wie ignorant das Ehepaar Eberlein über Juden gesprochen hatte … Waren sie etwa alte Nazis? Und Bodo wollte nichts davon wissen?! Jutta überließ die weitere Konversation den Eltern und widmete sich ebenfalls nur noch dem Hendl.

21

Während der ganzen Zeit hatte Bodo neben Jutta still am Esstisch gesessen. Die Schachtel mit dem Ring, für den er sein gesamtes Erspartes ausgegeben hatte, verursachte eine Beule in seiner Hosentasche. Er fand den Ring wunderschön: Gold, mit einem kleinen Brillanten. Passend für Jutta. Beim Dessert, wenn Vater den Süßwein servierte, wollte er es wagen: Er würde gegen das Glas schlagen, und alle Augen würden auf ihn gerichtet sein. Da würde er sich erheben und Jutta vor allen fragen, ob sie seine Frau werden wollte. Dann würde er ihr den Ring überreichen. Es war ein mutiger Plan. Denn was, wenn sie vor den Augen der Eltern ablehnte? – Bodo hatte den Gedanken sogleich verworfen. Jutta liebte ihn, er wusste es.

Jedoch war, seit die Eltern Jutta und deren Eltern zum Abendessen eingeladen hatten, Bodos größte Sorge gewesen, dass der Abend nicht harmonisch verlaufen könnte. Schlaflose Nächte hatten ihm diese Sorgen bereitet. Er kannte nämlich die Ansichten der Eltern. Und Jutta hatte einen ausgeprägten Sinn für Gerechtigkeit. Für sie waren alle Menschen gleich, und natürlich stimmte er mit ihr überein. Aber Jutta war militant in ihren Ansichten. Und da gab's einige Themen, bei denen es zu Streitereien zwischen ihr und den Eltern kommen könnte: Die ausländischen Gastarbeiter, beispielsweise, die neuerdings als

Bauarbeiter in Scharen von der Regierung angeworben wurden, über die Vater sich oft und gerne abfällig äußerte. Tschuschen wären das, ein primitives Volk. Und das »deutsche Blut«, das Mutter so gerne pries. Dann war da auch noch die Befürchtung, die er insgeheim seit Jahren hegte: Dass die Eltern früher mit Nazis sympathisiert hatten, vielleicht sogar Parteigänger gewesen waren – das wäre für Jutta natürlich ein rotes Tuch.

Zunächst war das Tischgespräch weit von gesellschaftspolitischen Themen entfernt gewesen. Die Stimmung hätte nicht besser sein können, und Mutter und Vater hatten sich prächtig mit Juttas Eltern unterhalten. Im Sinne der Harmonie war das für die gemeinsame Zukunft ein hervorragendes Zeichen gewesen. Da war Bodo hoffnungsfroh gewesen und hatte, während Mutter das Paprikahuhn servierte, unauffällig unter dem Tisch noch einmal nach dem Schächtelchen im Hosensack getastet.

Aber dann, in ebendiesem Moment, war die Sprache auf das Wedgewood-Geschirr gekommen. Mutter holte es immer hervor, wenn Gäste kamen. Zuerst hatte er sich noch nichts dabei gedacht und seelenruhig weiter sein Hendl gegessen. Aber dann musste Jutta unbedingt Vater über die Judendeportationen während der Nazizeit belehren. »Sie wurden *deportiert!*«, hatte sie mit diesem rechthaberischen Unterton gesagt, der jeden irritierte, auch ihn. Und als Vater verschnupft über seinen Schnauz strich und auf Juttas Fragen nur mehr schnippisch Auskunft gab, hatte Bodo gewusst: Jetzt war's passiert. Ebenjene Situation war eingetreten, vor der er sich gefürchtet hatte. Die Eltern und Jutta waren aneinandergeraten. Die Stimmung war dahin. Er liebte Jutta, ihre Begeisterung, ihren Eifer, ihre Schlagfertigkeit – aber sie war auch besserwisserisch und hitzköpfig. Wie konnte sie Vater nur dermaßen angehen?! – Ab da hatte er nicht mehr richtig denken können.

Dann hatte Mutter das Dessert serviert: Mohntorte mit Zwetschkenröster. Vater hatte den Süßwein gebracht, den Korken gezogen, ein paar Schluck in die dafür vorgesehenen Gläser eingeschenkt – aber alles war kaputt gewesen.

Bodo hatte das Glas stehen gelassen und nicht dagegen geklopft. Jutta jetzt um ihre Hand zu bitten, wäre falsch gewesen, die Stimmung war nicht danach. So waren der Ring im Schächtelchen und das Schächtelchen im Hosensack geblieben.

22

Nach dem Abendessen blieben sie nicht mehr lange.

»Wir werden uns jetzt verabschieden«, sagte Vater. »Ich muss morgen früh raus. Eine Konferenz.«

Heribert und Traudl nickten verständnisvoll. Jutta und ihre Eltern verließen die Wohnung der Eberleins, und bald brummte Vaters Mercedes durch das nächtliche Wien. Die Wirtshäuser waren geschlossen, kein Mensch und kaum Autos belebten die Straßen. Die grauen Fassaden wirkten schwarz im schummrigen Licht der Laternen, nur aus der Kärntner Straße leuchteten ein paar Reklameschilder. Die erhöhte Box des Polizisten, der untertags auf der Kreuzung den Verkehr regelte, war unbesetzt. Die Stadt wirkte wie ausgestorben.

Mutter starrte aus dem Fenster, Vater auf die Straße vor sich, und Jutta spielte mit dem Henkel ihrer Beuteltasche. Die Mohntorte lag ihr im Magen, sie hatte zu viel davon gegessen. Jetzt wünschte sie sich nichts sehnlicher als ihr Bett.

Eine Ampel wechselte von Grün-Blinken über Gelb auf Rot. Vater bremste ab. Das Brummen des Motors ließ den Wagen vibrieren und verdeutlichte die Stille im Fond.

»Bodo ist nett«, sagte Mutter schließlich.

»Auch seine Familie«, stimmte Vater zu.

»Finde ich auch. Besonders Heribert, er ist charmant.« Sie kicherte. »Das kann man wirklich sagen.«

Vater warf ihr einen Blick von der Seite zu.

»Bodo sieht auch gut aus – genauso wie sein Vater.« Mutter wandte sich Jutta zu und zwinkerte. »Der perfekte Schwiegersohn.«

»Hör auf damit!«, maulte Jutta. »Du weißt genau, dass er mich noch gar nicht gefragt hat.« Ihre Laune war ohnehin schon im Keller. Warum musste Mutter auch noch Salz in ihre Wunden streuen?

Die Ampel wechselte auf Grün, Vater fuhr weiter. Sie passierten den Stadtpark, wo Jutta immer gern spazieren ging. Zu dieser nachtschlafenden Zeit war an der Stelle nur eine tiefschwarze Fläche. Endlich kamen sie zu Hause an. Ohne sich mit den Eltern aufzuhalten, ging Jutta in ihr Zimmer. Sie schloss die Tür hinter sich, legte ihre Kleider ab und schlüpfte ins Nachtkleid.

Während sie das Gesicht abschminkte, ließ sie den Abend Revue passieren: Bodos Eltern, möglicherweise ihre zukünftigen Schwiegereltern, hatten auf den ersten Blick nett und zugänglich gewirkt. Aber alte Nazis waren die. Und Opportunisten. Sie hatten sich an der Not anderer Menschen bereichert und nicht einmal ein schlechtes Gewissen. Dagegen musste man einschreiten, fand Jutta. Auch heute noch. Ja, sie war frech gewesen. Aber wenigstens ehrlich. Jedenfalls würde sie Heribert und Traudl wohl nie richtig ins Herz schließen können. Bodo hätte sie vorwarnen sollen. Oder? Ein schlimmer Gedanke kam ihr. War er womöglich wie sie?

Doch die größte Enttäuschung war gewesen, dass er sie nicht verteidigt hatte. Nicht ein winziges Zeichen der Unterstützung hatte er ihr gegeben. Wie könnte sie nach dem heutigen Abend noch guten Gewissens seinen Heiratsantrag annehmen?

Falls er sie überhaupt je fragen sollte …

23

Else und Curt waren beide in eigene Gedanken versunken. Sie machten sich fürs Bett bereit, ohne ein Wort zu wechseln. Else dachte bestimmt an Heribert, überlegte Curt. Trotz Wohlstandsbäuchlein und Fastglatze hatte sie ihn offensichtlich attraktiv gefunden. Dass sie mit ihm, diesem aufdringlichen Biedermann, geflirtet hatte, war ihm nicht entgangen. Es stimmte ihn nachdenklich. Vielleicht vernachlässigte er Else tatsächlich, wie sie in letzter Zeit immer öfter lamentierte?

Er schlüpfte unter die Decke und beobachtete seine Frau: Wie sie das Bein angewinkelt auf der Bettkante abstellte, den Strumpfbandgürtel löste, den Nylonstrumpf ablegte, dann den zweiten; wie sie sich des Büstenhalters entledigte und ins seidene Nachthemd schlüpfte. Das fließende Material umspielte ihre Konturen: den prallen Busen, die Taille, die runden Hüften. Sie sah noch immer gut aus, fand er, auch nach Jahrzehnten Ehe. Etwas voller war sie als damals, als sie sich gefunden hatten, aber er liebte sie nach wie vor. Dass sie seither ein paar Kilos zugelegt hatte, ließ ihn schmunzeln. Auch er hatte mehr. Es ging ihnen ja gut, richtig gut.

Gerade nahm sie die Kostümjacke auf, hing sie über den dazugehörigen Rock auf den Bügel. Dann öffnete sie eine Tür im Wandschrank – und wieder schmunzelte Curt unwillkürlich. Mindestens drei Viertel des Schranks waren mit ihrer Garderobe belegt, während seine Anzüge zusammengepfercht im letzten Viertel hingen. Den Inhalt »ihrer« drei Viertel des Wandschranks bekam er normalerweise nicht zu sehen, aber jetzt stand die Tür offen. Er sah die zahllosen Kostüme, sie waren nach Farben sortiert. Ob Else überhaupt wusste, was sie da alles besaß? Egal – er gönnte es ihr.

Sie streckte sich, um die Bluse, die sie am Abend getragen hatte, im oberen Fach ihres Schrankdreiviertels zu verstauen. Im obersten Fach, wo man ohne Stockerl gar nicht hinkam, lagerten Sommerdecken. Und dazwischen, außer Griffweite, aber geradewegs in seinem Blickfeld, ragte unter einer Sommerdecke die Kante einer kleinen, mit Spagat verbundenen Pappkartonschachtel hervor. Curt kannte diese Schachtel gut. Er wusste, dass sie Elses gesamtes Hab und Gut aus der Zeit vor ihrer Ehe enthielt. Denn der Krieg hatte sie aller anderer Habseligkeiten, Fotos und Andenken beraubt. Diese Schachtel war alles gewesen, was sie in ihre Ehe mitgebracht hatte.

Gerade streckte sie sich noch mehr, um das Fach für die gefaltete Seidenbluse zu erreichen. Hübsch sah sie aus in dieser Pose – der Po fest, der Rücken kerzengerade unter dem Seidennachthemd. Ob sie ihn betrügen würde? Ob sie je daran dachte? Womöglich mit so einem schmierigen Typen wie diesem Eberlein … äh … Heribert? Er schluckte.

»Meinst du, Bodo und Jutta wären ein gutes Paar?«, unterbrach Else seine Gedanken, nachdem sie endlich die Bluse ins dafür bestimmte Schrankfach verstaut hatte.

»Bestimmt«, seufzte Curt mit Inbrunst. Er war froh, dass sie beide wieder in ihre Elternrollen gefunden hatten. Die gemeinsame Tochter verband sie. »Der junge Mann gefällt mir. Er ist aufrecht, ernsthaft und strebsam. Und das Wichtigste: Er liebt Jutta über alles. Das merkt man.«

»Nach dem heutigen Abend ist es aber mehr als fraglich, ob

sie zusammenkommen werden«, schimpfte Else, während sie sich ihm zuwandte. »Schuld hat unsere Tochter. So wie sie Heribert … äh … Herrn Eberlein bloßgestellt hat. Er ist immerhin der Gastgeber gewesen. Dazu möglicherweise ihr künftiger Schwiegervater. Es war peinlich.« Ihre Lippen waren ein Strich.

»Unsere Jutta ist oft zu ungestüm«, wiegelte Curt ab.

»Viel zu aufbrausend! Und rechthaberisch. Völlig ungeeignet als Richterin.«

»Ach was! Ausgewogenheit wird sie schon noch lernen«, versuchte er, seine Frau zu beruhigen.

»Außerdem nimmt sie sich zu sehr der Vergangenheit an. Seit diesen Studentenprotesten gegen Professor Borodajkewycz befasst sie sich viel zu viel mit den Verbrechen der Nazis. Diesen Schnee von gestern muss man ruhen lassen.«

»Ich finde, das schadet nicht. Die Gesellschaft sollte aus Vergangenem lernen. Dazu muss alles aufgearbeitet werden. Laut einer neuen Studie sind viele Menschen in leitenden Positionen, wie eben auch Universitätsprofessoren, noch immer ehemalige Parteimitglieder.«

»Sie waren es nicht alle unbedingt aus Überzeugung, wie wir wissen.«

»Sondern oftmals fürs persönliche Fortkommen. Und noch mehr waren Nutznießer ohne Parteibuch, Sympathisanten, Mitläufer. Aber macht das einen Unterschied? – Das Resultat war das gleiche.«

»Ich finde schon, dass das einen Unterschied macht. Jutta muss die damalige Zeit verstehen. Den armen Heribert so in die Mangel zu nehmen … das gehört sich nicht.«

»Jutta ist eben rigoros in ihren Ansichten. Ich bin stolz auf sie.« Curt war wieder einmal unendlich froh, dass er sich nie als Parteigänger registriert hatte. Wie hätte er es jetzt seiner Tochter erklären können? – Wenn er ehrlich mit sich war, verdankte er diesen Umstand aber eher der glücklichen Fügung denn seinem Heldentum. Auch er hätte womöglich vieles unterschrieben, wenn's nötig gewesen wäre.

Als Else unter die Decke schlüpfte, überlegte er, den Arm nach ihr auszustrecken. Nur wenige Handbreit fehlten, und er würde ihren Körper erreichen – warm, weich und vertraut. Doch dann fiel ihm die Konferenz wieder ein. Er musste früh raus.

Er knipste die Nachttischlampe aus und drehte sich um.

»Gute Nacht«, sagte er.

»Gute Nacht«, erwiderte Else.

24

Scheußliches Wetter ist das heute«, rief Jutta vom Vorzimmer aus Doktor Wolf zu, der in seinem Büro hinter dem Schreibtisch saß, und schälte sich aus der Regenpelerine. »Alles ist nass geworden.«

Als sie am Morgen zur Vorlesung über Scheidungsrecht gefahren war, waren die Straßen noch trocken gewesen, aber nach dem täglichen Nachmittagskaffee im *Hawelka* hatte es zu nieseln begonnen. Sie schüttelte die Pelerine aus.

»Scheußlich«, brummte Doktor Wolf. »An solchen Tagen schaut die Stadt noch trister aus als sonst.«

Jutta nahm die Kuverts, die sie aus dem Postkasten geholt hatte, aus der Tasche und bereitete sie zur Vorlage für den Chef vor.

»Übrigens gibt's wieder Neuigkeiten«, rief er triumphierend, als sie mit den Briefen das Chefzimmer betrat.

»Ach ja?«

»Der Wendlmaier wurde freigesprochen.«

»Aber er hat doch gestanden! Wie kann das sein?!«

»Er hatte eben einen guten Verteidiger.« Doktor Wolf lehnte sich in seinen ledernen Sessel zurück und strich genüsslich über seinen Bauch.

»Dieser Wendlmaier hat erwiesenermaßen in einem Konzentrationslager mitgeholfen, Menschen massenweise zu ermorden«, ereiferte sich Jutta, während sie ihm die Briefe auf den Tisch legte. »Er hat es sogar zugegeben!«

»Er war eben gut beraten.« Doktor Wolf grinste. »Der Freispruch erfolgte nämlich wegen eines sogenannten Putativ-Befehlsnotstands. Wissen Sie, was das ist?«

Jutta schüttelte den Kopf.

»Dass der Täter dachte, er wäre bei Leib und Leben zur Befolgung eines Befehls gezwungen gewesen, obwohl er in Wahrheit gar nicht in Gefahr war. So habe ich's jedenfalls argumentiert. Bei Gericht ist das durchgegangen.«

»Also ein voller Erfolg für Sie«, sagte sie verächtlich. »Gratuliere.«

»Das kann man so sagen.« Doktor Wolf strich sich wieder über den Bauch.

»Aber ungerecht! Wie können Sie vor sich selbst rechtfertigen, dass so jemand für seine Taten nicht büßen muss?«

»Es kommt immer darauf an, von welcher Seite man einen Fall betrachtet. Meiner Meinung nach ist dieser Mann gestraft genug. Die Erlebnisse haben ihn gebrochen.« Doktor Wolf blätterte durch die Umschläge. »Und jetzt bringen Sie mir bitte einen Kaffee.«

Als Jutta wiederkam, hatte Doktor Wolf einen Brief mit dem Altausseer Emblem im Briefkopf vor sich. Es war grün, deshalb war es Jutta ins Auge gestochen. Obwohl der getippte Text nur kurz war, schien ihr Chef die Zeilen wieder und wieder zu studieren. Dann brummte er:

»Unser Alpöhi … er ist letzte Woche verstorben.«

Jutta ließ die Tasse sinken.

»Schon vor zwei Wochen. Keiner hat's bemerkt. Erst als der abgemagerte Dackel in den Ort gestreunt ist, hat man den armen Alten gefunden.«

Jutta fühlte sich auf einmal leer – als wäre ein guter Bekannter gestorben. Obwohl der Alpöhi sie kaum wahrgenommen, geschweige denn auch nur ein Wort mit ihr gewechselt hatte.

»Das ist … traurig.«

»Das Begräbnis findet nächste Woche in Altaussee statt. Ich werde hinfahren.«

Der Alte hatte keine Verwandtschaft gehabt. Was muss das für ein einsames Sterben gewesen sein, dachte Jutta.

»Wollen Sie mich begleiten?«, fragte Doktor Wolf.

Jutta überlegte nicht lange. Wenigstens sie wollte dem Alpöhi die letzte Ehre erweisen. Zudem war eine Fahrt ins Salzkammergut während der Dienstzeit auf jeden Fall ein reizvoller Gedanke.

Wenige Tage später brauste Jutta mit dem Mofa zur Kanzlei. Für das Begräbnis des Alpöhis, wie sie den alten Mann seit der Begegnung in der Kanzlei nannte, war sie dunkel gekleidet. Sie hatte sich verspätet, also gab sie Gas. Als sie vor dem herrschaftlichen Haus in der ruhigen Gasse hinter dem Parlament ankam, wartete Doktor Wolf bereits auf sie. Jutta sah ihn schon von Weitem, wie er, mit den Händen auf dem Rücken verschränkt, auf dem Gehsteig auf und ab schlenderte. Das Sakko schlotterte schief über eine Schulter, die grauen Locken hingen zerfranst über den Kragen, die Ärmelränder reichten bis zum Daumen.

»Guten Morgen!« Sie würgte den Motor des Mofas ab. »Entschuldigen Sie bitte meine Verspätung.«

»Schon gut«, brummte Doktor Wolf. »Kommen Sie, wir müssen los. Wir haben eine lange Fahrt vor uns. Mein Wagen steht gleich um die Ecke.« Mit dem Schlüsselbund klimpernd, ging er voraus, während Jutta das Mofa parkte, absperrte und ihm folgte.

Dann staunte sie nicht schlecht: Ihr Wald-und-Wiesen-Chef blieb vor einem in die Jahre gekommenen Porsche Cabriolet stehen. Der cremefarbene Lack war makellos, die Metallteile glänzten blank poliert, die Scheinwerfer starrten sie an wie Froschaugen. Sie bewunderte das schicke schwarze Verdeck und den goldglänzenden Porsche-Schriftzug am Kotflügel. Ganz Gentleman der alten Schule, öffnete ihr der Chef die Tür zum Beifahrersitz.

»Das ist ein tolles Auto!«, entfuhr es ihr, als sie in den ledernen Sitz fiel.

Doktor Wolf ließ den Motor an.

»Mein Baby«, sagte er und grinste verschmitzt. »Ich habe es mit meinem ersten großen Honorar gekauft. 356er Speedster, Modell James Dean ... Nomen est omen. Wie James Dean habe ich mich gefühlt, als ich mir damals diesen Traum erfüllte.«

Gefühlvoll schaltete er vom ersten Gang in den zweiten. Ein sattes Schnurren erklang.

»Endlose Fahrten mit offenem Dach über kurvige Landstraßen und einer schönen Frau an der Seite – tja, das waren noch Zeiten ...«, seufzte er. »Die Frauen kamen und gingen, nur meine Knickscheibe ist mir treu geblieben.« Zärtlich strich er über das Cockpit. »Ich liebe sie wie am ersten Tag.«

Wie man sich doch in Menschen täuschen kann, dachte Jutta. Niemals hätte sie dem alten Wolf einen Porsche zugetraut.

Sie fuhren über den Naschmarkt und die Triester Straße aus der Stadt in Richtung Süden.

Doktor Wolf beherrschte seinen Wagen. Ruhig fuhr er unter grauem Himmel die Straße entlang, der Motor brummte gleichmäßig vor sich hin. Es war wenig Verkehr, die Straße ohne Hindernisse, und das Fetzendach hielt, wenn schon nicht den Motorenlärm, so wenigstens den Fahrtwind ab.

Nachdem sie die Stadt verlassen hatten, zog die herbstliche Landschaft vorbei: frisch geackerte Felder, gelbes Ahornlaub, blutrote Veitschi-Hecken, dazwischen dürres Geäst. Dann und wann scheuchten Feldhasen auf, manchmal auch ein paar Rehe.

Während sie Kilometer für Kilometer ereignislos dahinfuhren, fiel Jutta wieder der arme Greis ein. So einsam hatte er gelebt, dass kein Mensch zu seiner Beerdigung kam, nur sein Rechtsanwalt und dessen Sekretärin.

»Unser Alpöhi tut mir leid«, sagte sie. »Wie allein muss ein Mensch gewesen sein, dass niemand zum Begräbnis kommt? Dass er niemanden hatte, der sich um ihn kümmerte … Kein auch noch so entfernter Verwandter, kein Sozialarbeiter, kein Pfarrer.«

Sie fuhren ins Ortsgebiet von Maria Schott ein. Doktor Wolf bremste ab und folgte dem Schild »Semmeringpass-Straße«. Vor ihnen lagen endlose Spitzkehren. Er lenkte den Wagen die erste Steigung hinauf, schaltete noch einen Gang zurück, der Motor heulte auf. Links erhob sich ein schroffer Felsen, rechts ging's senkrecht in den Ort Maria Schott hinab.

»Menschen können ganz schön grausam sein«, sagte Jutta kopfschüttelnd. »Sogar Elefanten trauern um tote Familienmitglieder.«

»Nun ja«, meinte Doktor Wolf bedächtig, während er auf einer geraden Strecke wieder beschleunigte. »Es ist aber nicht so, als wäre er ohne eigenes Zutun in diese Situation geraten.«

»Wie das?«, fragte Jutta und tastete nach dem Haltegriff.

»Die Einsamkeit war frei gewählt«, antwortete Doktor Wolf.

»Warum hat er sich das angetan?«

»Er hat im Krieg Schlimmes erlebt. Wie so viele in seinem Alter. Das hat er wohl nicht verkraftet.«

»Es war Krieg und er vermutlich Soldat«, murmelte Jutta,

während sie angstvoll die Böschung hinunterstarrte, als sich Doktor Wolf in die nächste Kurve lehnte.

»Keine Sorge«, brummte er lachend, als hätte er ihre Gedanken gelesen. »Ich bin früher Bergrennen gefahren.«

Jutta sah ihn von der Seite an. Die faltigen Hände hatten das Lenkrad fest im Griff, die Augen fokussierten voll und ganz die steile Straße. Als sie aufblitzten, erkannte sie für einen Moment den schnittigen, aufstrebenden Advokaten in ihm, der er früher wohl einmal gewesen war.

Nachdem sie den Pass erreicht hatten, fuhren sie auf der anderen Seite den Berg wieder hinunter, erreichten schließlich ein Tal und folgten einem Flussbett. Seit dem Pass war der Himmel von dicken Wolken verhangen, dazu wehte scharfer Wind, der sich pfeifend im Verdeck verhing. Doktor Wolfs Fahrstil war Jutta mittlerweile auf den Magen geschlagen. Sie kämpfte gegen Übelkeit und war erleichtert, als sie Altaussee erreichten.

Doktor Wolf manövrierte seinen Porsche durch die engen Gassen des kleinen Ortes. Links reichte der Fels des Losergipfels bis in die Wolken, vor ihnen lag die mächtige Trisselwand und unter ihnen der Altausseer See, schwarz und geheimnisvoll. Sie passierten Holzhäuser mit geschnitzten Dachgiebeln, kleinen Fenstern, Balkonen und umzäunten Vorgärten, wo zwischen Rosmarin und Tomatenstauden noch letzte Herbstasternblüten traurig von schlaffen Stängeln hingen. Jutta meinte, hinter einem der Fenster eine Bewegung der Spitzenvorhänge zu bemerken – das Brummen des Sportwagens hatte wohl einen Bewohner dieses idyllischen Ortes aufgeschreckt.

Doktor Wolf parkte sein Baby auf einem schmalen Weg neben der Friedhofsmauer. Jutta war froh, nach der langen Fahrt endlich wieder festen Boden unter den Füßen zu haben.

Sie betraten den Friedhof. Aus dieser Perspektive erhob sich der Loser hinter uralten Eiben und setzte sich schroff von bräunlich grünen Almen ab. Der felsige Gipfel erschien jetzt noch mächtiger als zuvor. Reihen von Gräbern lagen vor ihnen, klein und eng platziert. Jedes einzelne war mit einem kunstvoll geschnitzten Holz- oder geschmiedeten Eisenkreuz markiert, das den Namen des oder der Verstorbenen trug. Alle waren mit grob behauenen Steinen eingefasst. Erika, Lavendel, da und dort sogar noch letzte, kobaltblaue Enzianblüten füllten die kleinen Beete aus, die zwischen diesen Steinreihen lagen. Überall brannten Kerzen.

Die Türen der Friedhofshalle standen weit offen. In der Mitte war ein schlichter Sarg aufgebahrt. Er war flankiert von einem Gesteck aus verstaubten Kunstblumen auf der einen und einer einzelnen Kerze auf der anderen Seite. Beides hatte bestimmt niemand anderer als der Bestatter hergestellt, um Pietät zu wahren. Dem Alpöhi spendete niemand Grabschmuck, niemand auch nur eine einzige Blume. Wie von Doktor Wolf vorhergesehen, war außer dem Bestatter kein Mensch da, ihm letztes Geleit zu geben. Das Leben des alten Mannes war einsam gewesen, und er war einsam gestorben.

»Soll ich den Sarg öffnen?«, fragte der Bestatter.

»Nicht nötig«, antwortete Doktor Wolf. Jutta atmete auf. Wer weiß, was der offene Sarg hervorgebracht hätte.

Die Kirchenuhr läutete drei. Als wäre das ein Zeichen, erschienen in diesem Moment vier Träger. Sie schulterten den Sarg und trugen ihn aus der Halle hinaus, dann auf einem schmalen Weg zwischen den schmucken Gräbern voran. In würdevollem Gleichschritt gaben sie die Geschwindigkeit vor. Der Bestatter, Doktor Wolf und Jutta folgten. Eine alte Frau, die auf einem Grab die Blumen goss, schaute ihnen zu, ansonsten war der Friedhof verlassen und still. Lediglich das Laub der umliegenden Bäume rauschte, Blätter segelten herab, in der Ferne muhte eine Kuh.

»Haben Sie ihn gekannt?«, fragte Doktor Wolf den Bestatter.

»Nein, tut mir leid. Den hab ich nie gesehen.«

Sie gingen vorbei an schmiedeeisernen Kreuzen, an gerahmten Fotos von Verstorbenen, an Blumenarrangements und letzten Grüßen. Alle diese Menschen hatten Angehörige, die ihnen liebevoll gedachten. Der Alpöhi wurde zu Grabe getragen, wie er gelebt hatte: einsam und verlassen.

Vor einer frisch ausgehobenen Grube und neben einem Berg aus weicher Erde blieben sie stehen. Am Kopf des Grabes war ein vorgefertigtes Holzkreuz in die Erde gerammt. Die Träger setzten den Sarg ab und arrangierten ihn auf Gurten. Dann ließen sie ihn ohne anerkennende Worte, ohne Tröstliches für Angehörige, das man sonst hörte, in die Grube hinab. Die Seilwinde quietschte, der hölzerne Sarg rumpelte am steinigen Erdreich. Als er den Grund erreichte, hielten die Träger kurz inne. Dann holten sie die Gurte ein und entfernten sich unauffällig.

Jetzt standen Jutta und Doktor Wolf allein am Grab. Jutta nahm mit der bereitliegenden Handschaufel ein Häufchen Erde auf und warf es dem Sarg nach. Ein Mensch war gegangen, sein Leben zu Ende. Im Diesseits vermisste ihn keiner, und im Jenseits – wenn's stimmte, was Doktor Wolf angedeutet hatte – wartete wohl kein Himmelreich. Sie hatte den Mann kaum gekannt, hatte kein einziges Wort je mit ihm gewechselt, dennoch war sie traurig. Sie hatte den Alpöhi tatsächlich gemocht.

Sie blickte dem Sarg noch eine Weile nach, bevor sie zur Seite trat und Doktor Wolf die Schaufel reichte. Auch er warf dem Alpöhi ein Häufchen Erde nach. Anschließend stellte er sich an den Rand des Grabes, in der ihm typischen, gebeugten Haltung, die Hände auf dem Rücken gefaltet, und gedachte wohl des Alpöhis. Jutta zog den Mantel fester zu. Der Wind war kalt, sie fror, und ihr war noch immer nicht ganz wohl. Sie sah sich nach einer Sitzbank um.

»Ich gehe schon mal ein paar Schritte«, sagte sie leise zu Doktor Wolf. Er nickte kaum merklich, war tief in Gedanken versunken. Er hatte den Alpöhi wohl besser gekannt, als sie angenommen hatte. Bevor sie sich abwandte, warf sie noch einen allerletzten Blick auf das offene Grab und das Holzkreuz.

»Hans Müller«, stand da nur in einfachen Lettern. »Gestorben Oktober 1968«. Ein Allerweltsname, dachte sie, und keine Daten, noch nicht einmal der Todestag war bekannt.

Sie fand eine Bank an der Friedhofsmauer und ließ sich nieder. Der Loser lag nun hinter ihr, vor ihr der vom Wind unruhige, fast schwarze See. Eine Elster schreckte auf und flog davon.

Jutta nahm ein paar tiefe Atemzüge. Sie zog den Mantel nochmals fester zusammen und steckte die Hände zum Wärmen in die Taschen. Da hatte sie die Kastanie, die sie etwa zwei Wochen zuvor im Stadtpark aufgelesen hatte, in den Fingern. Der Glanz war verloren, die Oberfläche stumpf. Das Abendessen bei Bodos Eltern war ebenso lange her: zwei lange Wochen. Seit zwei Wochen hatte sie von Bodo nichts mehr gehört. Jutta schluckte.

25

Bodo betrat das Büro von Professor Ohnetreu und hatte ein mulmiges Gefühl in der Magengrube. Der Professor hatte ihn vorgeladen, obwohl er die Diplomarbeit gerade erst vor zwei Tagen eingereicht hatte. War's möglich, dass er jetzt schon Anmerkungen hatte? Wie würde das Urteil ausfallen?

»Herr Eberlein«, empfing ihn Professor Ohnetreu. »Treten Sie ein. Und schließen Sie bitte die Tür.« Die Aufforderung klang bedenklich. Als stünde eine längere Besprechung bevor.

»Bitte, nehmen Sie Platz.« Diese Einladung verwunderte Bodo noch mehr, normalerweise wurden die Anliegen von Studenten im Stehen abgehandelt. Das Blut schoss ihm in den Kopf wie immer, wenn er nervös war. Mit schwitzigen Händen zog er den Stuhl zurück und ließ sich gegenüber des ehrenwerten Professors nieder.

»Ihre Arbeit ist also eingereicht.« Bedeutungsvoll legte der Professor die Hände auf die Tischfläche und verschränkte die Finger.

Bodo wurde immer nervöser. Bestimmt war er vor Aufregung rot im Gesicht. Dass ihm dieses pubertäre Erröten peinlich war, machte alles noch schlimmer. Jetzt hielt er die Anspannung kaum mehr aus.

Der Professor wischte einen Fussel von der Tischfläche. »Ihre Arbeit wird gerade geprüft.«

Bodos Stuhl knarrte, als er hin und her rutschte.

»Das wird dauern, wie Sie wissen.«

Es ging also gar nicht um die Abschlussarbeit!, realisierte er da und entspannte sich ein wenig. Aber um was ging's sonst? – Etwas stimmte nicht. Etwas war ganz und gar außerhalb der Norm.

»Ich muss ein wenig ausholen«, sagte der Professor, nahm die Finger auseinander und faltete sie wieder in anderer Reihenfolge. »Wie Sie wissen, steht bei uns am Statistikinstitut die einzige Rechenanlage Österreichs. Sie wird von fünfundzwanzig Instituten der Universitäten Wien, Graz und Innsbruck genutzt, von sämtlichen Forschern Österreichs aus den Bereichen Chemie, Psychologie, Statistik, Astronomie und Chemie. Wissen Sie, wo sich dieser Rechner befindet?«

»Im Neuen Institutsgebäude ... beim Schottentor«, stammelte Bodo. »Nur im Raum mit diesem Rechner bin ich noch nie gewesen.«

»Er ist voller Knöpfe, Drähte und Lichter. Eine tolle Anlage ist das.« Der Professor sah Bodo bedeutungsvoll in die Augen. »Aber nach sechs Jahren Betrieb ist er jetzt schon völlig veraltet. Unglaublich, wie rasant sich dieser Bereich weiterentwickelt. Ich sage Ihnen, die Informatik wird unsere Gesellschaft revolutionieren.«

Bodos Kopf surrte, noch immer schwante ihm nicht, was der Professor von ihm wollte.

»Gegenwärtig ersetzen wir diesen veralteten Rechner mit einem neuen der Firma IBM«, fuhr dieser fort. »Das ist ein Riesenprojekt, das teuerste der letzten Jahre. Aber essenziell, um im europäischen Wettbewerb mithalten können. Und jetzt kommt unser Problem.« Professor Ohnetreu schmunzelte. »Der zuständige Assistenzprofessor hat Hals über Kopf eine Forschungsstelle am MIT in den USA angenommen. Ehrlich gesagt, ich kann's ihm nicht verdenken – dort schlägt das Herz der Informatik. Aber unsere nagelneue IBM 360 steht jetzt ohne Betreuung da.«

Langsam ahnte Bodo, worauf der Professor hinauswollte. Das Blut schoss ihm bis in die Ohrenspitzen.

»Wir benötigen einen kompetenten Mathematiker, der diese frei gewordene Stelle übernimmt. Meine Frage an Sie: Würde Sie diese Aufgabe interessieren?«

Weiteres Blut schoss Bodo in den Kopf, bestimmt war er jetzt dunkelrot. Er räusperte sich.

»Selbstverständlich«, antwortete er mit belegter Stimme. »Außerordentlich.«

»Wunderbar! Sie werden diese Aufgabe gut meistern, davon bin ich überzeugt. Und das Salär wird Ihnen auch gefallen.« Der Professor blätterte in seinem Tischkalender. »Es gibt nur noch ein zusätzliches Problem ... Der Kollege hat uns mit der Kündigung kalt erwischt. Sie müssten sofort beginnen, am besten gleich morgen. Und Sie müssten sich geistig darauf vorbereiten, dass Sie vor allem in nächster Zeit rund um die Uhr beschäftigt sein werden. Geht das?«

»Kein Problem«, sagte Bodo. »Ich freue mich darauf.«

»Ausgezeichnet! Dann sind wir uns ja handelseins.« Professor Ohnetreu reichte ihm die Hand über den Tisch. »Ich werde das Sekretariat gleich den Vertrag aufsetzen lassen.«

Bodo war im Glück. Soeben hatte er seine erste Anstellung bekommen. Die nagelneue Rechenanlage der Universität zu betreuen, war eine unfassbar interessante Aufgabe. Obwohl Jutta und er letztens so unglücklich auseinandergegangen waren, wollte er jetzt nichts lieber, als gerade ihr diese Neuigkeit erzählen.

Nach einem kurzen Blick auf die Uhr machte er sich auf den

Weg zur Kanzlei. Es war zwar erst vier, aber er wollte auf sie warten und sie überraschen.

Juttas Mofa parkte vor dem herrschaftlichen Haus. Sie war also da. Nur bis sie kam, könnte es noch ein Weilchen dauern. Bodo ging ein paarmal die Straße auf und ab, bis er in der Grünfläche schräg gegenüber eine Bank entdeckte. Er ging hin, ließ sich nieder und seinen Gedanken freien Lauf. Die spitzen Bemerkungen der Eltern nach dem unglückseligen Abendessen fielen ihm wieder ein: Dass Jutta ganz schön rechthaberisch wäre, hatten sie gesagt; dass er mit so einer Frau kein leichtes Leben haben würde und er die Beziehung zu ihr überdenken solle. Bodo wusste, was das hieß: Die Eltern mochten Jutta nicht.

In der Diskussion hätte er liebend gern Juttas Seite eingenommen, aber er hatte den Sinn nicht gesehen. Natürlich war es schlimm, dass sich die Eltern an jüdischem Besitz bereichert hatten, aber jetzt war daran nichts mehr zu ändern. Vergangenes wollte er lieber ruhen lassen. Er hatte nicht auch noch Öl ins Feuer gießen wollen, deshalb hatte er den Mund gehalten. Auch diese ausländerfeindlichen Ansagen, die sein Vater bei jeder sich bietenden Gelegenheit über Arbeiter aus den Balkanländern machte, gefielen ihm nicht. Die Eltern hatten ihre Meinung und würden sich davon nicht abbringen lassen.

Als es dämmerte, dachte er, dass Jutta jeden Moment auftauchen müsste. Doch im Haus gegenüber tat sich noch immer nichts. Die Eingangstür des hochherrschaftlichen Hauses blieb verschlossen. Es wurde kalt und kälter. Bodo rieb seine Hände aneinander, um sie zu wärmen. Die Straßenbeleuchtung ging an. Immer weniger Passanten kamen vorbei. Und von Jutta war nach wie vor keine Spur. Bodo schaute zu den Fenstern hinauf, wo ihr Büro lag. Diese waren trotz der hereinbrechenden Dunkelheit noch immer finster. Es schien, als wäre die Kanzlei nicht besetzt.

Bodo blickte noch einmal hinauf, dann ging er nach Hause.

26

Nach dem Begräbnis fuhren Doktor Wolf und Jutta den ganzen Weg wieder zurück nach Wien. Als sie die Passstraße erreichten, begann es zu dämmern. Doktor Wolf drehte die Scheinwerfer an. Während er seine Knickscheibe im Halbdunkeln über die Passstraße lenkte, saßen sie beide in Gedanken versunken im Wagen.

»Das Grauen, das der Alpöhi im Krieg erlebt hat, können wir uns wohl nicht vorstellen«, sagte Jutta. »Aber was war's, das ihn zum Einsiedler gemacht hat?«, überlegte sie laut. »Er war zwar merkwürdig gekleidet, wirkte aber ansonsten wie ein ganz normaler, alter Mann.«

Links stiegen Felsenbrocken auf, rechts fiel der Berg steil ab. Die Reifen quietschten, die Fliehkraft drückte Jutta gegen die Tür. Sie klammerte sich an die Polsterung der Sitzbank und wünschte sich sehnlich, dass sie bald Maria Schott erreichten.

»Ganz normal, ja. Ein Mensch wie Sie und ich«, stimmte Doktor Wolf zu, während er den Wagen in die nächste Kurve legte. »Aber er ist in eine besonders missliche Lage gekommen. Er hat sich mitreißen lassen, etwas zu tun, das er später mit seinem Gewissen nicht vereinbaren konnte. Ganz normale Menschen sind in der Nazizeit zu Bestien geworden. Das sollten wir niemals vergessen. Damit wir in Zukunft rechtzeitig den Mut aufbringen, Menschenhatz die Stirn zu bieten. Glauben Sie nicht, Fräulein Jutta, dass nicht auch heute ein machtbesessener, charismatischer Idiot kreuzbrave Bürger gegen Unschuldige aufstacheln kann.«

»Wissen Sie denn, was sein Gewissen so sehr geplagt hat?«, fragte Jutta.

»Er hat Menschen getötet.«

»Es war ja Krieg«, wandte Jutta ein. »Soldaten haben leider keine Wahl, sie müssen auf feindliche Soldaten schießen.«

»Schlimm genug. Aber die Situation des Alpöhis war eine andere.« Doktor Wolf nahm den Fuß vom Gas. »Die Menschen, die er auf dem Gewissen hat, waren Zivilisten. Alte, Frauen und Kinder.«

»Das kann ich nicht glauben.« Der alte Mann hatte eigentlich liebenswert auf sie gewirkt. »Woher wissen Sie das?«

Links war wieder eine Felswand, rechts reichte der Abhang bis nach Maria Schott hinunter.

»Er hat's mir erzählt.«

»Wie bitte?« Jutta schluckte. »Das macht doch keinen Sinn. Warum sollte der Alpöhi wehrlose Menschen getötet haben?«

»Das weiß ich nicht. Weiter sind wir in unseren Gesprächen nicht gekommen.«

»In den Gesprächen?« Jetzt begriff Jutta: Ihr Chef war kein harmloser Wald-und-Wiesen-Advokat, wie sie angenommen hatte, sondern ein mit allen Wassern gewaschener Strafverteidiger für Kriegsverbrecher, der zur Parteilichkeit zugunsten seines Mandanten nicht nur berechtigt, sondern sogar verpflichtet war. Jetzt verstand sie auch, warum er das Mandat von Josef Wendlmaier angenommen hatte. Sie schob ihre Gedanken beiseite, eigentlich wollte sie nichts Genaueres mehr wissen. Der Alpöhi war ihr sympathisch gewesen. Sie wollte ihn weiter in guter Erinnerung behalten.

Erst spät am Abend kamen sie in Wien bei der Kanzlei an, und Jutta brauste mit dem Mofa durch die verlassenen Straßen nach Hause.

27

Am nächsten Tag hielt Jutta wie immer nach der Vorlesung über Gesellschaftsrecht vor dem Universitätsgebäude Ausschau nach Bodo. Er war wieder nicht da. Selten hatte sie sich so sehr nach dem vernebelnden Tabakdunst, dem wohligen Aroma von Kaffee und Süßspeisen, dem beruhigenden Klirren, Klappern und Plaudern vom *Hawelka* gesehnt wie in diesem Moment. Bodo kannte ihre Gepflogenheiten. Er wusste, dass sie nachmittags immer dort war. Bestimmt würde er sie heute endlich dort suchen.

Als sie ankam, waren alle Tische von älteren Herren belegt, die in den Tageszeitungen aus aller Welt versunken waren: *Die Presse, NZZ, Herald Tribune, Le Monde, The Times*. Dabei genossen sie die von ihnen favorisierten Kaffeespezialitäten, für die sich das *Hawelka* rühmte: Melange, Verlängerter, Einspänner oder alkoholische Eigenkreationen wie ein Louis Quatorze, nämlich Einspänner mit Cognac, Madame Pompadour mit Calvados oder Iwan der Schreckliche mit einem Schuss Wodka. Engelbert servierte alles im klassischen Wiener Stil: auf einem Silbertablett mit einem Glas Wasser, darauf liegendem Kaffeelöfferl und einem Zuckertazzerl mit Würfelzucker. Frau Hawelka bediente die Kaffeemaschine.

Jutta ging zu ihr. »Alles besetzt heute«, stellte sie mit gedämpfter Stimme fest, denn niemals hätte sie es gewagt, einen dieser etablierten Geistesgrößen direkt anzusprechen, ob sie sich dazusetzen dürfe.

»Komm, Mädel«, sagte Frau Hawelka sofort. »Ich setz dich zum Torberg. Der hat gern junge Menschen um sich.« Sie trocknete ihre Hände in der Schürze und ging auf den Tisch beim Kamin zu. »Darf ich Jutta zu Ihnen setzen? Sie ist ein ganz liebes Mädel.«

»Selbstverständlich!« Torberg schaute kurz auf, sog an seiner Zigarette und versank gleich wieder in seiner *NZZ*.

Aus lauter Ehrfurcht vor dem großen Dichter begnügte sich Jutta mit der Stuhlkante, dann legte sie das Skriptum vor sich ab und verlor sich in der vertrauten Atmosphäre: das Blättern der Herren in den Seiten, das Flippen des Papiers um bughölzerne Zeitungshalter, das Klirren einer Tasse auf dem vernickelten Tablett. Keiner sprach, nur dieses Blättern, das Klappern und das Schieben von Glas auf den marmornen Tischoberflächen waren zu hören, dazwischen das Quietschen einer bughölzernen Stuhllehne. Ob Bodo heute endlich kommen würde? Jutta sehnte sich so sehr nach ihm.

Engelbert, zwei Silbertabletts in einer Hand balancierend, schwirrte herbei.

»Das Gleiche wie immer?«

Jutta nickte. »Eine doppelte Portion Schlag zum Strudel, bitte.«

»Wird gemacht.« Engelberts Rockschöße streiften am nächsten Stuhl, die Tassen auf den Tabletts klirrten.

Herr Torberg sah von seiner Zeitung auf.

»Der Apfelstrudel ist auch meine Leibspeis'. Abgesehen von den Buchteln, natürlich. Aber die gibt's ja immer erst so spät am Abend.«

Jutta lächelte.

»Leider.« Frau Hawelkas Buchteln waren legendär, nur leider kam auch sie selten in deren Genuss.

»Ich habe Sie schon öfter hier gesehen.« Herr Torberg drückte seine Zigarette aus.

»Das *Hawelka* ist ein zweites Zuhause für meine Familie und mich«, erklärte Jutta.

»Wie für mich – normalerweise. Nur die letzten Monate war ich nicht da.«

»Stimmt, ich habe Sie länger nicht mehr gesehen.« Jutta, angetan, dass Herr Torberg mit seiner sonoren Stimme sie ansprach, wollte die Konversation erhalten. »Waren Sie verreist?«

»Zuletzt in New York, wo ich Freunde besucht habe«, antwortete er bereitwillig. »Davor war ich auf Sommerfrische in meinem geliebten Altaussee.«

»Altaussee!«, rief Jutta erfreut. »Was für ein Zufall! Gerade gestern war ich dort.«

»Tatsächlich?« Die Augen des älteren Herrn leuchteten auf. »Nur für einen Tag?«

»Auf einem Begräbnis.«

»Das ist aber kein schöner Anlass. Mein Beileid. War der Verstorbene denn ein enger Anverwandter?«

»Gar nicht. Ein Mandant meines Chefs. Ich kannte ihn kaum, nur vom Sehen.«

»Na dann … In diesem Falle beneide ich Sie dann doch nicht richtig um den Tag in Altaussee. Aber es ist ein wunderschöner Ort, selbst für ein Begräbnis. Der schönste auf der Welt. Seit meiner Jugend verbringe ich jeden Sommer dort. Und als ich während des Krieges in Amerika lebte, hab ich dem Ort ein Gedicht geschrieben, aus lauter Sehnsucht. Wer ist denn gestorben?«

»Ein Herr Hans Müller. Kannten Sie ihn vielleicht?«

»Nein, leider, noch nie gehört. Obwohl ich in Altaussee fast alle kenne.«

Hans Weigel, der berühmte Schriftsteller und Theaterkritiker, betrat das Café. Er entdeckte Torberg und kam mit offenen Armen auf ihn zu.

»Gratuliere, alter Freund!« Er klopfte ihm auf die Schulter. »Zum Ehrenkreuz für Wissenschaft und Kunst.«

»Ich bekam's letzte Woche verliehen«, wandte sich Torberg zu Jutta, die ihn ob ihres Unwissens verlegen ansah, wiegelte aber gleich ab: »Kaufen kann ich mir aber nichts drum. Komm, Hans, setz dich zu uns.«

Jutta rückte zur Seite, um für Weigel Platz zu machen. Sie saß nun dicht an dicht mit der literarischen Elite des deutschsprachigen Raums, teilte den kleinen Kaffeehaustisch mit so ehrenwerten Herren wie Torberg und Weigel. Das war noch mal etwas anderes als die jungen Maler, Literaten, Architekten und Studenten, die allabendlich das *Hawelka* belagerten und mit denen sie auf Du und Du war.

Die beiden Herren plauderten bald privat, und Jutta vertiefte sich in ihr Skriptum. Ach, wenn doch Bodo endlich käme … Hoffnungsvoll schaute sie wieder zur Tür.

Engelbert brachte ihre Melange und den Apfelstrudel mit dem doppelten Schlag. Jutta verdrückte alles. Am liebsten hätte sie auch noch eine zweite Portion Apfelstrudel gegessen, aber Mutter, die sich vor Kurzem zu Frau Hawelka gesellt hatte und gerade einen Blick herüberwarf, hätte sie bestimmt gerügt.

Warum kam Bodo nicht mehr hierher? Liebte er sie nicht mehr? Jutta nahm das Skriptum wieder auf und starrte hinein, nahm aber kein Wort auf. War Bodo etwa so böse, weil sie mit seinen Eltern über Kreuz gekommen war, dass er sie fallen gelassen hatte?

28

Ganz automatisch und ohne nachzudenken, füllte Else frisch geröstete Kaffeebohnen in die Mahlmaschine und warf sie an. Noch immer half sie gerne im *Café Hawelka* aus. Es war eine Gewohnheit aus jungen Jahren. Diese Zeit war Jahrzehnte her, mittlerweile war sie eine Frau mittleren Alters, Ehefrau, Mutter und Hausfrau im eigenen Heim. An die Zeit vor ihrer Heirat hatte sie bisher kaum Gedanken verschwendet, nur seit einigen Monaten spielte ihr Geist verrückt. Immer öfter drängten sich Erinnerungen ins Gedächtnis – vielleicht, weil die einzige Tochter langsam, aber sicher flügge wurde, so wie sie damals.

Der Kaffee war fertig gemahlen. Else öffnete die Vorrichtung. Das Aroma des feinen Pulvers zog ihr in die Nase. Es roch für sie nach exotischen Gewürzen, vielleicht sogar Minze und Honig – der Duft der weiten Welt. Else liebte ihn, sie war beinahe süchtig danach. Als sie das Kaffeemehl in eine bereitstehende Dose füllte, fiel ihr Blick in Richtung Kamin, wo Jutta angeregt mit Torberg plauderte. »Altaussee!«, tönte Juttas Stimme, die erwachsen, zuversichtlich und selbstbewusst klang wie die einer jungen Frau, die mit beiden Beinen im Leben stand. *Altaussee* – bei dem Wort kamen schon wieder Erinnerungen hoch. Ob sie's nun wahrhaben wollte oder nicht: Ihre Tochter war eine junge Dame geworden. Noch wohnte sie zu

Hause, noch gehörte sie ihr – aber bald nicht mehr. Bald würde ihr Leben anders sein. Ein Leben ohne Juttas jugendliche Energie; ein Leben ohne Kind, das sie in Anspruch nahm und das sie umsorgen konnte; ein leeres Leben. So ein Leben war ihr fremd, sie hatte Angst davor.

Wenn Jutta sie verließ, blieb ihr nur mehr Curt, und der war ständig unterwegs: in seiner Ordination, im Krankenhaus, auf Kongressen. Er benötigte ihre Fürsorge nicht. Er hatte auch nie danach gefragt, sie auch nie gewollt.

Wie es wohl wäre, wenn Curt ein anderer Mann wäre?, überlegte Else jetzt. Wenn er ein Mann wäre, den sie umsorgen würde; einer, der den Tag mit ihr teilte? Einer wie Heribert beispielsweise, der mit seinem Trutscherl sicher eine fast symbiotische Ehe führte. Einer, der zum Mittagessen heimkam, die Nachmittage mit ihr verbrachte, sie auf ihren Einkäufen begleitete. – Der Besuch bei Eberleins hatte wegen Juttas Impertinenz zwar mit einer unangenehmen Note geendet, ging Else aber nicht mehr aus dem Kopf. Immer wieder fiel ihr Heribert ein: Er war ein präsenter Ehemann, dazu gesellig und charmant – das glatte Gegenteil von Curt.

Das Antlitz von Heribert zwängte sich in ihr Bewusstsein. Sein blondes, wenn auch schütteres Haar und seine lachenden, tiefblauen Augen. Heribert hatte ihr gezeigt, dass es auch anders ging. Dass es damals, vor langer Zeit, auch andere Optionen für sie gegeben hätte. Längst vergessen geglaubte Erinnerungen ließen Elses Geist surren und brummen. Das blonde Haupthaar, die tiefblauen Augen … ein Dickicht an Gedankenfetzen.

SEPTEMBER 1945

29

Der September brachte viele Neuerungen. Im Radio und in den Tageszeitungen wurde verkündet, dass das Staatsgebiet Österreichs in den Grenzen, wie sie bis zum Anschluss an das Deutsche Reich 1938 bestanden hatten, wiederhergestellt und in vier Besatzungszonen unter den alliierten Besatzungsmächten aufgeteilt wurde, ebenso die Bezirke Wiens. Die Stadt war jetzt in eine russische, eine amerikanische, eine britische und eine französische Zone geteilt. An den Grenzen waren Militärkontrollen. Für das Reisen zwischen den Sektoren benötigte jeder Bürger, jede Bürgerin eine viersprachige Identifikationskarte und eine Reiseerlaubnis. Bewegungen zwischen den Zonen der westlichen Mächte waren bald relativ problemlos möglich, doch die Demarkationslinie entlang der sowjetischen Zone war ein großes Hindernis.

Die Innere Stadt, wo sich das *Café Hawelka* befand, mit ihren prächtigen Gebäuden aus der Kaiserzeit entlang dem Ring und dem Stephansdom im Zentrum wurde eine »Interalliierte Zone«, die von den vier Besatzungsmächten gemeinsam unter rotierender Kommandantur verwaltet wurde. Im September hatten die Russen die Hoheit, die am letzten Tag des Monats an die nächste Besatzungsmacht überging. Schnell war ihnen der Anblick des offenen Jeeps zur Gewohnheit geworden, in dem vier Soldaten in den Uniformen ihrer Herkunftsländer eng beieinandersaßen: Russe, Engländer, Franzose und ein Amerikaner am Steuer.

Wegen der vielen Plünderungen wurde außerdem ein nächtliches Ausgangsverbot über die Stadt verhängt. Für die Familie Hawelka bedeutete dies, dass sie vor 10 Uhr in der Köllnerhofgasse sein mussten, und außerdem, dass sie das Café nach seiner Eröffnung gegen 9 Uhr 30 zusperren müssten, damit jeder Gast noch rechtzeitig nach Hause kam.

In den Straßen waren weiterhin riesige Baustellen. Freiwillige und ehemalige Parteigänger, die dazu verpflichtet worden waren, räumten die enormen Schuttmengen auf. Else erschien es, als würden die Bombenruinen jetzt noch mehr ins Auge stechen. Ehemalige Prachtbauten waren baufällige Gerippe aus Ziegel, Staub und Stein mit stuckverzierten Mauerresten. Von der Staatsoper stand nur mehr die Vorderfront. Dach, Bühne, Werkstätte, Zuschauerraum und Stiegenhäuser waren dem Erdboden gleich. Das Gebäude hatte nach einem Angriff zwei Tage und zwei Nächte gebrannt, da die Löscharbeiten wegen kaputter Hydranten nicht vorangekommen waren. Besonders bedrückend war auch nach wie vor der Anblick des Stephansdoms: Das verbrannte Dach war mittlerweile zur Gänze abgetragen, nur Planen verhinderten, dass der Hauptaltar offen im Sonnenlicht lag. Dazu waren Arbeiten in Gang, das mittelalterliche Innere des Doms vor Regen und Schnee, der bald kommen könnte, zu schützen. Schutt, der zuvor den marmornen Boden bedeckt hatte, lagerte jetzt auf dem Platz vor dem Riesentor, wo Frauen Tag für Tag mit nackten Händen intakte Ziegel herausklaubten und sie zur Wiederverwendung entlang der Dommauer stapelten. Das ehemals so stolze Gotteshaus sah traurig aus, dennoch zweifelte kein Mensch daran, dass es eines Tages wieder auferstehen würde.

Während die Stadt langsam wieder bewohnbar gemacht wurde, wartete Else nach wie vor auf Fritzi und Vater. Sie hatte noch immer nichts von ihnen gehört. Oft klapperte sie die Mauern ab, an denen sie Vermisstenzettel geklebt hatte, aber viele waren inzwischen heruntergerissen, andere vergilbt. Die Hoffnung, dass durch einen dieser Zettel Vater oder Fritzi auf wundersame Weise zu ihr finden würde, schwand. Sie hatte sich auch beim Roten Kreuz registriert, das kürzlich eine Stelle für Vermisstenmeldungen geöffnet hatte, bisher jedoch ohne Erfolg. Alle paar Tage fuhr sie mit der Straßenbahn, die wieder verkehrte, zum im französischen Sektor liegenden Westbahnhof, um Vater in den Heimkehrer-Transporten, die immer noch eintrafen, zu suchen. Dabei ertappte sie sich jedes Mal, dass sie auch nach Curts humpelndem Gang, rehbraunen Augen und markantem Leberfleck Ausschau hielt. Sie schalt sich, denn der Gedanke war geradezu absurd.

Als sich der Tag der Eröffnung näherte, arbeiteten alle noch intensiver am letzten Schliff für das Café. Es wurde gewischt, geputzt, poliert, Vorräte wurden angelegt.

Eine Knacknuss war das fehlende Brennholz. Da die Gasleitungen noch immer tot waren, kochten die Wiener mit behelfsmäßigen Holzöfen, sogenannten Hausfreunden, die an Kaminrohre angehängt wurden. In der ganzen Stadt wurden Unmengen an Brennholz benötigt. Nachdem alle zerborstenen Fensterrahmen, kaputten Holztüren und hölzernen Stiegen aus den Bombenruinen verheizt worden waren, gingen die Wiener in die städtischen Parks entlang der Ringstraße, um trockene Äste zu sammeln. Als auch diese aufgebraucht waren, machten sie sich auf den Weg in den Wienerwald, was aber umgehend verboten wurde.

»Wie sollen wir ein Kaffeehaus eröffnen, wenn wir kein

Holz zum Kaffeekochen haben?«, regte sich Herr Hawelka auf. Aber es dauerte nicht lange, und er fand eine Lösung. Er war ein Cafetier von Ehre, deshalb tat er letztlich, was er tun musste: Unter einem Vorwand besorgte er eine Reiseerlaubnis, ging trotz des Verbots in den Wienerwald und klaubte auf, was er an Ästen finden konnte. Als er von einem Forstarbeiter erwischt wurde, wandte er die herbe Strafe ab, indem er dem Mann eine ewig gültige Einladung ins Café aussprach. So hatte das *Hawelka* einen Gast gewonnen, obwohl es noch nicht einmal eröffnet hatte.

Fehlendes Brennholz war nicht seine einzige Sorge. Seit der Begegnung mit dem vornehmen Herrn mit dem silbernen Gehstock war es ihm ein noch größeres Anliegen, echten Bohnenkaffee aufzutreiben. Bewaffnet mit Frau Hawelkas Geselchtem, pilgerte er mehrmals zum Schwarzmarkt im Resselpark, aber Bohnenkaffee war nicht nur unerschwinglich, sondern überhaupt nicht erhältlich.

Am Tag vor der Eröffnung unternahm Herr Hawelka einen letzten Versuch. Ohne das Wissen seiner Frau stibitzte er ein besonders großes Stück Geselchtes aus den Beständen in der Speis' und ging noch einmal in den Resselpark.

Wenig später kam er mit hängenden Schultern wieder.

»Bohnenkaffee gibt's nicht. Nirgends. Nur Ersatzkaffee. Melange aus Muckefuck – pfui Teufel!«, schimpfte er lautstark vor sich hin.

»Reg dich doch nicht so auf, Leopold«, beruhigte ihn seine Frau. »Wir werden morgen trotzdem aufsperren. Wenigstens ist uns das Geselchte geblieben, das du mir geklaut hast!«

Ertappt! Hawelka grinste spitzbübisch. »Nun ja … dafür habe ich zwei Stangen Zigaretten und eine Flasche Schnaps ergattert.«

»Das ist alles?! Für zwei Kilo Selchfleisch?!«

»Mehr war nicht drin. Zigaretten sind kostbar. Schnaps auch. Beides benötigen wir in einem Café, das seinem Namen gerecht werden soll.«

»Da hast du auch wieder recht«, stimmte Frau Hawelka ihm zu, klopfte ihm auf die Schulter und versteckte die wohl erworbenen Schätze im Kellerkammerl.

Später am Abend brach die Familie Hawelka wie immer zum Schlafen in die Köllnerhofgasse auf.

»Kommt Kinder, wir müssen nach Hause. Morgen heißt's sich schön machen, denn morgen ist der große Tag!«

»Darf ich mein neues Kleid anziehen?«, fragte Herta, die wenige Tage zuvor ihren ersten Schultag gehabt hatte.

»Darfst du«, lachte Frau Hawelka. »Wenn alles gut geht, kommen morgen viele Gäste.«

»Morgen wird's ernst!«, brummte Herr Hawelka verschmitzt und nahm Günter an die Hand. »Ab morgen sind wir wieder Cafétiers.«

Alle Hawelkas wünschten Else eine gute Nacht, und sie blieb allein zurück.

30

Wie jeden Abend genoss Else diese Zeit vor dem Schlafengehen, wenn sie das Café für sich allein hatte. Da fühlte sie sich nicht obdachlos wie untertags, sondern konnte für einige Minuten so tun, als hätte sie ein eigenes Zuhause. Die Blümchentapeten an den Wänden, die plüschenen Sitzecken, der halb blinde Spiegel an der Wand – alles verströmte jene Geborgenheit, nach der sie sich so sehr sehnte. Sie wischte letzte Staubpartikel von der Theke, rückte die Stühle in perfekten Abstand zueinander, fegte noch winzige Kiesel von der Matte beim Eingang. In diesen Minuten war das *Café Hawelka* ihr Heim.

Nachdem sie sich im Spülbecken in der kleinen Toilette gewaschen hatte, glitt ihr Blick noch einmal durch den Raum. Alles war bereit für die Eröffnung. Zufrieden öffnete sie die Tapetentür neben dem Kamin, knipste das elektrische Licht an und stieg die eiserne Wendeltreppe hinab in ihr Verlies. Auf halbem Weg fiel ihr ein, dass sie die Tür von der Kellerseite aus nicht wieder abgesperrt hatte, verschwendete aber keinen weiteren Gedanken daran, denn sie fühlte sich inzwischen unten in »ihrem« Kammerl ebenso sicher wie oben im Café. Die Russen, vor denen sich alle fürchteten, waren in den Straßen der Innenstadt kaum mehr zu sehen, und wenn, dann zusammen mit Soldaten der anderen Besatzungsmächte im Jeep.

Das elektrische Licht leuchtete den Kellerraum schwach aus, und ihr Schatten bewegte sich gespenstisch über die nackten Ziegelwände, aber Else hatte ihr »Verlies« lieb gewonnen. Auf dem Tisch neben dem Bett lagerten die Zigarettenstangen und die Schnapsflasche, die Herr Hawelka am Morgen am Schwarzmarkt erstanden hatte, ebenso ihr gesamtes Hab und Gut: Das Muttergottesbild und Fritzis Teddy lehnten an der Ziegelmauer, darunter lag die aus der elterlichen Wohnung gerettete Dokumentenmappe. Wie jeden Abend hielt Else vor der Muttergottes inne und sandte ein Stoßgebet gen Himmel, dass Fritzi und Vater bald nach Hause kommen mögen. Wenn wenigstens die beiden kämen – mehr bräuchte sie nicht zum Glücklichsein. Dann nahm sie Fritzis Teddy auf und küsste ihn – dieser Ablauf war ihr mittlerweile zum Ritual geworden. Auch wenn sie kein eigenes Dach über dem Kopf hatte, auch wenn sie keine Ahnung hatte, wie ihre Zukunft aussehen würde – wenn nur die Familie nach so vielen Jahren des Krieges endlich wieder zusammenkäme, wäre ihre Welt in Ordnung.

Daraufhin entzündete sie die bereitstehende Gaslampe, die die Petroleumlampe ersetzt hatte, um den Weg zum Bett zurückzufinden, nachdem sie das elektrische Licht abgedreht hatte. Dann kroch sie im schwachen Schimmer der Gaslampe unter die Decke. Als sie auch diese löschte, war es stockfinster – so schwarz, als hätte sie die Augen geschlossen. Mit Frau Hawelkas Bettzeug war ihre Bettstatt beinahe gemütlich geworden. Sie rollte sich fester in die Decke, schloss die Augen und hörte in der absoluten Dunkelheit wie alle Tage dem Rauschen des Wassers zu, das von den oberen Geschossen durch die unterirdischen Rohre an der Decke des Kammerls ins Kanalnetz floss. Das Blubbern erinnerte sie daran, dass der Krieg vorbei war. Bald würde das Leben wieder gut werden. Vater und Fritzi würden wiederkommen. Dann würde sie unbeschwert durchs Leben gehen, mit gutem Essen, Nylonstrümpfen und vielleicht auch einer Liebe … Das Blubbern schläferte sie ein. Nach und nach glitt sie ins Reich der Träume.

Aber da war noch ein Geräusch, abseits des Wasserrauschens. Fremd und ungewohnt tönte es von der Decke ober ihr. Klopfen … Schritte … Pochen … Marschierte da jemand in Lederstiefeln über den Dielenboden im Café?

Else hielt den Atem an. Sie hörte Rumoren, Sesselschieben, immer lauter werdende Schritte. Jede Faser ihres Körpers war angespannt. Sie setzte sich auf. Sie vernahm Männerstimmen … mindestens zwei, vielleicht drei oder gar vier. Wortfetzen, fremdländisch klingend. *Russisch.* Russische Soldaten. Plünderer. Allseits verschrien als Vergewaltiger.

Das Poltern näherte sich. Jemand rüttelte an der Tapetentür. Ihr fiel ein, dass die Tür unversperrt war. Ihr Herz schlug bis in die Schläfen. Ihr Kopf dröhnte. Und dann passierte, was immer passierte: Gähnen überkam sie – das Zeichen der Ermattung, die sie stets überfiel, wenn sie Angst hatte. Es war diese Erschöpfung, die sie bis zur völligen Hilflosigkeit lähmte und zum wehrlosen Häschen machte. Der Herzschlag verlangsamte sich, die Lider wurden schwer, ebenso Arme und Beine. Sie hatte Mühe, die Augen offen zu halten.

Sie hörte Schritte auf der Plattform. Gleich würden sie kommen! Lauf in die Kellergänge, hatte sie Frau Hawelka im Ohr.

Else gab sich einen Ruck. Mit größter Anstrengung kniff sie die Augen zusammen und öffnete sie wieder im Bemühen, sich wach zu halten. Es gelang ihr, die Decke zur Seite zu schieben. Sie zwang die Beine auf den Lehmboden. Er fühlte sich eisig an unter den nackten Sohlen. Zitternd vor Aufregung und Kälte, tastete sie nach der Gaslampe. Es schepperte – sie hatte die Lampe umgeworfen. Sie tastete wieder danach, fand sie, drehte sie wieder auf. Endlich konnte sie die Umrisse des Raums ausmachen.

Die schweren Stiefel auf der Wendeltreppe wurden lauter. Else schlüpfte in ihre Schuhe, nahm die Wollweste, die dalag, alles wie in Zeitlupe. Stiefel auf der Wendeltreppe ... bald würde der Mann ihr Blickfeld erreichen. Wieder dachte sie an Frau Hawelka, hörte ihre Stimme im Kopf: Die Kellergänge – da findet dich keiner.

Else raffte sich auf und ging zum Gestell, das inzwischen mit einer dicken Decke verhängt war, um es nicht sehen zu müssen. Sie musste durch diesen Gang fliehen. Den Russen wollte sie keinesfalls begegnen. Sie zerrte das Gestell zur Seite, schlüpfte hinter die Decke und leuchtete mit der Gaslampe ins schwarze Loch. Ein langer Gang lag vor ihr, weiter hinten sah sie das fluoreszierende Schild »Zur Oper«, ein paar Schritte weiter »*Casanova Bar*«. Auf dem Weg gäbe es immer wieder Ausgänge ins Freie, hatte Frau Hawelka gesagt.

Das Poltern auf der eisernen Wendeltreppe schien nun ganz nah, dazu betrunkenes Grölen. Lauf!, hörte sie wieder Frau Hawelkas Stimme.

Sie gab sich einen Ruck. Auch wenn die Augen schwer waren und die Beine bleiern, schleppte sie sich voran, Schritt für Schritt, mit der Gaslampe den Gang ausleuchtend. Sie dachte an Frau Hawelka, die immer so gelassen war. Lauf durch die Gänge, Mädel!, hatte sie ihr eingebläut und so sachlich geklungen. Dann kriegt dich keiner!

Else zwang sich jeden Schritt ab. Sie hatte keine Zeit, Angst zu haben, sie musste weiter. Irgendwie, auf wundersame Weise, hielten die Beine. Ja, je weiter sie kam, desto kräftiger fühlten sie sich an. Sogar als im Lichtkegel der Gaslampe etwas davonhuschte – vielleicht eine Maus oder, schlimmer noch, eine Ratte. Else schüttelte sich, lief aber weiter.

Die Wände waren rohe Ziegel, Spinnweben verhingen die Mauerecken, sandiger Lehm knirschte unter den Schuhen. Die Luft war feucht und kalt. Immer wieder tauchten Hinweisschilder in fluoreszierender Farbe auf: »Äußerste Selbstbeherrschung ist angebracht«, »Rauchen strengstens verboten«. Bei Kreuzungen wiesen Orientierungspfeile in verschiedene Richtungen. »Ausgang Spiegelgasse«, »Stock-im-Eisen-Platz«, »Hotel Imperial«.

Beim Pfeil »Neuer Markt« hielt Else inne. Angespannt lauschte sie zurück. Und hörte nichts. Die Russen waren im Kammerl geblieben. Sie atmete durch und folgte in normalem Tempo dem Pfeil. Jetzt hatte sie keine Angst mehr vor den Russen, aber sie musste einen Ausgang finden. Wie gruselig das unterirdische Wien doch war!

Sie gelangte in ein geziegeltes Gewölbe. Der Weg war mit uraltem Klinker ausgelegt. »Kapuzinergruft«, las sie auf einem Schild. Ein Schaudern überkam sie – die Grabstätte der Habsburger lag vor ihr und der Eingang dazu von oben mit Sicherheit versperrt. Ihr fiel das Ritual der Kapuziner ein, mit dem der Zeremonienmeister Einlass an der Pforte für die sterblichen Überreste begehrte, bevor ein Familienmitglied der Habsburger in der Gruft die letzte Ruhestätte fand.

Else wandte sich ab und lief den Gang nach rechts weiter. Nach einigen Schritten entdeckte sie eine steile Stiege. Ohne lange zu überlegen, kletterte sie hinauf.

Oben angekommen, war der Weg durch eine rostige Eisentür versperrt. Sie war so niedrig, dass sie sich bücken musste, um die Klinke zu erreichen. Verblüfft stellte sie fest, dass sich die Tür problemlos öffnen ließ. Frau Hawelka kam ihr wieder in den Sinn, die bisher in allem recht behalten hatte.

Else spähte durch den Spalt. Frische Luft schlug ihr entgegen. Es war finster, nur der Mond spendete bläuliches Licht. Keine Menschenseele war zu sehen, kein Licht in den angrenzenden Häusern, auch keine Militärpatrouille. Sie hob die Lampe hoch und erkannte die Schutzummantelung, unter der noch immer der alte Donnerbrunnen mit den Bronzenen Figuren verborgen war. Sie war tatsächlich am Neuen Markt angekommen.

Es war zwar Ausgangssperre, aber Else brauchte jetzt Unterstützung. Die Beine fühlten sich kräftig an, die große Angst vor den Russen war überwunden. Sie blickte sich um. Als sie weiterhin keine Menschenseele sah, lief sie vorbei am Stock-im-Eisen-Platz und am zerbombten Dom in Richtung Köllnerhofgasse. In der Nacht sah alles noch finsterer und desolater aus als untertags. Was, wenn eine Militärpatrouille käme? Sie schob den Gedanken beiseite.

Endlich erreichte sie das Haus der Hawelkas. Sie läutete Sturm. Nichts regte sich. Sie läutete wieder.

Da erschien Herr Hawelka in der Tür. Else kannte ihn nur mit Sakko und Mascherl – es war komisch, ihn im Nachthemd und in Filzpantoffeln zu sehen.

»Im Café ist jemand!«, rief sie außer Atem. »Ich glaube, es sind Russen!«

»Oje.« Herr Hawelka zog die Stirn in Falten. »Den Speck und die Wurst im Küchenregal können wir vergessen. Womöglich auch die große Dose Ersatzkaffee, die ich heute Morgen aus dem Resselpark geholt habe.«

»Aber das ist nicht recht! Wir müssen etwas unternehmen!«

Er lachte auf. »Wie was? Was schlägst du vor, Mädel?«

»Wir müssen zur Polizei!«

»Ach, Kindchen«, seufzte Herr Hawelka. »Die Polizei hat dieser Tage Besseres zu tun. In der Stadt wimmelt es nur so vor

Dieben und Plünderern. Und gegen russische Soldaten kommen die sowieso nicht an. Wir können nur abwarten. Alles andere bringt nichts und ist viel zu gefährlich.«

»Ojemine … ojemine! Was für ein Pech!« Frau Hawelka, die nun ebenfalls erschienen war, schlug die Hände vor dem Nachtkleid zusammen. »Wenigstens die Zigarettenstangen und der Schnaps sind sicher im Kammerl.«

Es war wie ein Schlag in die Magengrube.

»Ich fürchte …« Else schluckte. »Ich habe vergessen, die Tapetentür abzusperren. Vielleicht habe ich sie nicht einmal richtig geschlossen.«

»Jessas na!« Frau Hawelka rang die Hände. Blicke wanderten zwischen ihr und ihrem Mann hin und her.

Else wollte am liebsten im Erdboden versinken. »Wie dumm kann man sein«, murmelte sie in sich hinein und starrte auf ihre Fußspitzen. Ihr Leichtsinn kam der Familie Hawelka teuer zu stehen. Ein großer, kostbarer Selchroller! Sie schluckte wieder, trat von einem Bein aufs andere, den Blick auf den Boden geheftet. Was hätte sie zur Rechtfertigung sagen können? – Es gab nichts.

»Wenigstens haben dich die Russen nicht gefunden, Mädel. Das ist das Wichtigste. Was hätte dir alles passieren können …«

Else fiel ein Stein vom Herzen, offenbar war Frau Hawelka nicht allzu böse mit ihr. Sie entschuldigte sich überschwänglich.

»Schon gut.« Frau Hawelka machte sich auf den Weg zurück ins Bett. »Das soll dir eine Lehre sein, Mädel.«

Dann gingen alle schlafen, Else durfte auf der Couch im Wohnzimmer bleiben.

Als sie am nächsten Morgen zum Café kamen, fanden sie die Straßentür aufgebrochen vor. Die Küchenschränke waren leer geplündert, die Wurst und der Muckefuck weg. Nur die kleine

Speis' hinter dem Backofen, in der noch immer ein paar Selchroller von Frau Hawelkas Vater lagerten, hatten die Russen zum Glück nicht gefunden.

Es kostete Else einige Überwindung, aber schließlich nahm sie allen Mut zusammen und stieg die eiserne Wendeltreppe hinab in ihr Kammerl. Dort sah sie sofort das Malheur. Alles war genauso, wie sie es erwartet hatte: Ihre Habseligkeiten und die Bettstatt waren durchwühlt, die Zigaretten und der Schnaps vom Tisch verschwunden.

Wenigstens waren ihr die Muttergottes, der Teddy und die lederne Dokumentenmappe geblieben.

31

Der große Tag musste wegen des Einbruchs etwas verschoben werden. Doch dann war es so weit. Obwohl das Café fortan täglich am Morgen zum Frühstück aufsperren sollte, hatten Herr und Frau Hawelka für die erstmalige Eröffnung die Mittagszeit bestimmt. Herta trug dasselbe hübsche Kleidchen wie an ihrem ersten Schultag und Günter sein schönstes Hemd. Beide hüpften vor Aufregung durch das Café, bis es Herrn Hawelka zu bunt wurde:

»Still, Kinder. Setzt euch brav in eine Ecke und spielt Domino.«

Sie folgten murrend.

Herr Hawelka packte neuerlich einen Selchroller in den Rucksack und ging nochmals in den Resselpark, um Nachschub für die gestohlenen Waren zu finden.

Wenig später kam er zurück.

»Eine Stange Zigaretten und eine Dose Ersatzkaffee habe ich aufgetrieben. Aber Bohnenkaffee gab's noch immer keinen.« Niedergeschlagen schüttelte er den Kopf. »Eine Schande. Was soll das für ein Kaffeehaus sein – ohne echten Kaffee! Es ist ein Trauerspiel.«

Else konnte sich immer noch schwer vorstellen, dass Leute in diesen Tagen, da die halbe Stadt in Trümmern lag, der Dom eine Brandruine war und die meisten auf Heimkehrer warteten, Lust auf einen Kaffeehausbesuch hatten, noch dazu ohne Bohnenkaffee.

»Ob Gäste kommen werden?«, fragte sie.

»Gerade in solchen Zeiten gehen die Leut' gern ins Café«, erklärte Frau Hawelka. »Bei uns vergessen sie ihre Sorgen. Früher oder später wird sich's rumsprechen, dass es bei uns gemütlich ist. Das wollen die Leut'. Da bin ich ganz zuversichtlich.«

Eine Stunde vor der Eröffnung glich das Café wieder einem Wohnzimmer, in dem Herr und Frau Hawelka die Gastgeber gaben. Alles war blitzblank geputzt, die Tische und Stühle nett angeordnet, die Speis' war gefüllt, und der Germteig für die Buchteln, die Frau Hawelka später backen wollte, rastete bereits im Ofen. Mehl und Germ hatte Herr Hawelka weiß Gott wo besorgt, und das Powidl stammte aus Dörrzwetschken vom letzten Jahr. Auf einem Tisch beim Eingang lagen die paar Zeitungen auf, die es gab: *Neues Österreich, Volksstimme* und die *Salzburger Nachrichten.* Aus dem Radio klang Marlene Dietrichs rauchige Stimme: *Vor der Kaserne, vor dem großen Tor, steht eine Laterne, und steht sie noch davor … Da wollen wir uns wiedersehen …*

Das Wort »wiedersehen« tat Else in der Seele weh, denn es weckte sofort ihre Sorge um Fritzi und Vater. Sie drehte das Radio ab. Später, wenn Gäste da waren, durfte es sowieso nicht laufen. Lieber nahm sie den Besen und ging vor die Tür, um ein allerletztes Mal das Trottoir zu fegen. Zwei Häuser weiter schaufelte gerade der Besitzer der Musikalienhandlung weiteren Schutt aus den Innenräumen in den Straßengraben. Else winkte ihm zu, er winkte freundlich zurück.

Wenig später ratterte wieder ein Militärjeep durch die Dorotheergasse. Else konnte nicht umhin, den jungen Soldaten, die drinsaßen, nachzusehen. Der Franzose pfiff anerkennend.

»Hi, honey«, rief ihr der Amerikaner zu, unverschämt unbeschwert.

Passanten, die ständig neue Wege zwischen frischen Ziegelhaufen suchten, kamen vorbei. Manche warfen auch einen Blick auf das Schild im Fenster, das die Eröffnung ankündigte, aber niemand blieb stehen. Ob mittags tatsächlich Gäste kommen würden? Oder war Frau Hawelkas Optimismus doch überzogen? – Else war noch immer skeptisch.

Endlich war Mittag. Als Zeichen, dass das Lokal jetzt für alle offen stand, öffnete Herr Hawelka sperrangelweit die Eingangstür und blockierte sie mit einem Stein.

Es dauerte nicht lange, und zwei Herren, offenbar Mitarbeiter aus dem nahen Dorotheum, traten ein.

»Gibt's einen großen Braunen bei Ihnen?«, fragte einer.

»Freilich!«, rief Frau Hawelka. »Ersatzkaffee halt … Bitte, nehmen S' doch Platz.« Sie wies den Herren den Tisch beim Kamin zu. »So lieb, Sie sind unsere ersten Gäste!« Geflissentlich lief sie hinter die Theke und entzündete das Feuer mit den Ästen aus dem Wienerwald.

Else füllte Wasser in eine Kanne und dosierte das Kathreiner Kaffeepulver. Während sie zwei Kaffee brühte, kam schon der nächste Gast: Der Spazierstock schwingende Herr, den sie Tage zuvor auf dem Trottoir vor dem Café getroffen hatte.

»Herr von Löwenstein, treten Sie ein!« Herr Hawelka begrüßte ihn namentlich und per Handschlag und wies ihm den schönsten Fenstertisch zu. Dann lief er zur Theke, griff ins Versteck im obersten Regal und holte eine Rumflasche hervor.

»Mach einen Fiaker für den Herrn von Löwenstein«, wisperte er Else zu. »Du weißt schon: Mokka mit Rum.« Grinsend fischte er eine Zigarette aus einer Lade und legte sie aufs Silbertablett. »Die schenk ich ihm dazu.«

Else bereitete den Kaffee, richtete alles mitsamt Wasserglas und Zuckertazzerl her, wie sie es von Herrn Hawelka gelernt hatte, und er servierte dem netten Herrn von Löwenstein seine Schätze. Dieser überschlug sich beinahe vor Freude, vor allem über die Zigarette.

Wenig später betrat eine Dame das Café. Sie war elegant gekleidet, trug Hut, Handschuhe und am Arm eine edle Krokotasche. Ohne darauf zu warten, dass ihr ein Tisch zugewiesen wurde, setzte sie sich an den Tisch neben der Theke, wo abends die Familie Hawelka und Else immer das Abendbrot einnahmen.

»Endlich eröffnen Sie«, seufzte sie. »Ich habe schon so lange darauf gewartet. Den Kaffee allein im Zimmer zu trinken, ist nichts für mich.«

»Wohnen Sie in der Nähe?«, fragte Else, während sie frisches Wasser aufsetzte.

»In der Pension um die Ecke. Unser Palais haben die Russen beschlagnahmt. Schrecklich …« Sie rümpfte die Nase. »Sprechen wir von etwas Erfreulicherem. Ich hätt gern eine Melange und ein Stück von diesem köstlich duftenden Apfelstrudel, bitte.« Sie deutete auf das Backblech auf der Theke, wo Frau Hawelka aus Fallobst, das Herr Hawelka von einem Ausflug in den Wienerwald mitgebracht hatte, einen Strudel gezaubert hatte.

»Gern.« Else richtete alles an.

Mit der Zeit füllte sich das Café. Frau Hawelkas Imbisse fanden regen Absatz: Apfelstrudel und Butterbrote. Herr Hawelka schwirrte zwischen den Tischen hin und her, nahm Bestellungen auf, servierte die von Else und Frau Hawelka vorbereiteten Silbertabletts, wechselte immer einige Worte mit den Gästen und orderte Kaffee an der Theke. Else hatte ihn noch nie so glücklich gesehen – er war in seinem Element.

Bald waren die meisten Tische besetzt. Die Gäste blätterten durch die dünnen Zeitungen, Tassen klapperten auf Silbertabletts, Löffel schlugen gegen Porzellan, Menschen plauderten mit gedämpften Stimmen. Es war fast alles wie in Zeiten vor dem Krieg, nur dass der Kaffee nicht echt war. Gegen Abend schob Frau Hawelka die vorbereiteten Buchteln ins Rohr. Dann waberte deren Duft durchs Café, vermischt mit dem Geruch von Tabak und Ersatzkaffee. Als sie fertig gebacken waren, bestellten viele Gäste eine Portion, obwohl sie vorher schon einen Apfelstrudel oder ein Butterbrot gegessen hatten. Else brühte einen Kaffee nach dem anderen. Später am Abend verlangten viele eine Tasse Tee.

Es war unglaublich: Auch in Zeiten wie diesen oder vielleicht gerade in diesen kamen Gäste ins Kaffeehaus. Sie hatten das Bedürfnis, sich abseits des eigenen Wohnzimmers wie zu Hause zu fühlen. Vielleicht war's auch, weil sie selbst keines mehr hatten.

Erst als es draußen dämmerte, leerte sich der Raum. Da die Straßenbeleuchtung kaum funktionierte, wollte jeder vor Einbruch der Dunkelheit zu Hause sein.

Nachdem der letzte Gast gegangen war, versperrte Herr Hawelka die Tür. Dann packte er Frau Hawelka um die Mitte und drückte ihr einen herzhaften Kuss auf die Wange.

»Gut is' gegangen, nix is' g'scheh'n!«

»Seit Jahr und Tag wollten wir dieses Café betreiben«, seufzte Frau Hawelka zufrieden. »Dann ist uns der Krieg dazwischengekommen, aber jetzt ist unser Traum endlich wahr geworden.« Sie strahlte ihren Leopold an, und man sah: Die beiden waren richtig glücklich.

Nur wenige Augenblicke nach diesem ungewöhnlichen Gefühlsausbruch stellte sich Frau Hawelka schon wieder hinter die Theke und richtete Brote mit Speck. Dann versammelten sich alle, auch die Kinder, um den Tisch, an dem vorhin noch die nette Dame mit gespreiztem Finger ihre Melange getrunken hatte. Zum Nachtisch gab's übrig gebliebene Buchteln – es war ein Festmahl.

Während sie den großen Tag Revue passieren ließen, klopfte es an der Eingangstür. Alle starrten dorthin.

»Wer ist das denn?«, fragte Herta mit geweiteten Augen.

»Wer kann das sein?«, plapperte Günter der großen Schwester nach.

»Seltsam …« Frau Hawelka legte die Buchtel, von der sie gerade abbeißen wollte, auf den Teller zurück. »Es ist doch schon dunkel.«

Else bekam's mit der Angst zu tun. Sie dachte an die Russen, die vor Kurzem das Kammerl geplündert hatten.

Es klopfte wieder, energischer. Blicke wanderten zwischen Frau Hawelka und ihrem Mann hin und her, wahrscheinlich überlegten sie, wie sie sich gegen betrunkene Russen zur Wehr setzen könnten. Schließlich nahm Herr Hawelka das Brotmesser. Verfolgt von vier Augenpaaren, ging er zur Tür. In einer Hand das Messer, drehte er mit der anderen den Schlüssel im Schloss und öffnete die Tür einen Spaltbreit.

»Ist Else da?«, rief eine derbe Frauenstimme.

Else erschrak. Die Stimme kam ihr bekannt vor.

»Jaa.« Herr Hawelka, offenbar erleichtert, dass es keine Russen waren, trat einen Schritt von der Tür zurück.

Und herein trat – Frau Proksch. Breitbeinig wie eh und je. Und dann … Else traute ihren Augen kaum: Frau Proksch hatte Fritzi an der Hand.

Fritzi stand da, mitten im *Hawelka*. Mit ordentlich geflochtenen Zöpfen, roten Backen und neuer Zahnlücke. Ein paar Sekunden lang starrte Else sie an wie ein Hasenjunges aus der Grube. Aber der Schock dauerte nicht lange. Sie stürzte zu ihr.

»Fritzi … meine Fritzi!«

Minutenlang lagen sie sich in den Armen. Else hatte ihre geliebte Fritzi wieder, die kleine Schwester, die sie wie eine Tochter aufgezogen hatte. Fritzi begann vor Freude zu weinen, und Else hatte alle Hände voll zu tun, die Tränen zu trocknen.

Endlich hatte sich Fritzi beruhigt. Else wandte sich an Frau Proksch, die sich die ganze Zeit nicht vom Fleck gerührt hatte und noch immer breitbeinig dastand wie im Stiegenhaus in der Leopoldstadt, bekleidet mit derselben Schürze und demselben Kopftuch, die sie als Hausmeisterin immer getragen hatte.

»Danke, dass Sie mir Fritzi gebracht haben.«

»Bin froh, dass ich den Balg endlich los bin.«

»Wo waren Sie die ganze Zeit? Ich habe mir solche Sorgen gemacht!«

»In Neulengbach, bei meiner Schwester«, antwortete Frau Proksch. »Die Kleine hat sich im Gedränge im Luftschutzkeller an meine Rockzipfel gehängt. Nach der Entwarnung haben wir dich gesucht und nicht gefunden. Zu unserem Haus konnten wir ja nicht wegen der kaputten Brücken. Da bin ich zur Schwester aufs Land gegangen. Die Fritzi hab ich mitgenommen. Was hätt ich sonst tun sollen mit ihr?«

Mich nur irgendwie verständigen, lag Else auf der Zunge, aber sie sagte nichts. Sie war überglücklich, dass sie Fritzi gesund wiederhatte, und drückte sie abermals an sich.

»War ganz schön teuer, das Durchfüttern.« Frau Proksch verschränkte die Arme vor dem dicken Busen.

Else schluckte. Der Frau stand etwas zu, das sah sie ein. Aber sie hatte nichts, weder Geld noch Naturalien.

»Was wollen Sie?«

»I' nimm alles. Weiß wohl, dass du nicht viel hast.«

Else ging in Gedanken ihre Habseligkeiten durch. Was könnte sie hergeben? Die Muttergottes? Den Teddy? – Ausgeschlossen. Sie hatte nichts, das sie entbehren konnte. Dann fiel ihr aber doch noch etwas ein. Es stimmte sie traurig, aber sie hatte sonst nichts. Sie spürte einen Kloß im Hals. War's die Freude über Fritzis Heimkehr? Oder das, wozu sie sich gerade durchrang? Sie wischte mit dem Handrücken über die Augen. Deutsche Mädchen weinen nicht, schon gar nicht in so glücklichen Momenten.

Else griff in ihren Nacken, tastete nach dem Verschluss des Goldkettchens mit dem Schutzengel. Es war das letzte Andenken an Mutter, das sie noch besaß. Sie nahm es ab und reichte es Frau Proksch.

»Bitte, nehmen Sie es. In besseren Zeiten können Sie es verkaufen. Mehr habe ich nicht.« Das Kettchen rieselte in die Hand von Frau Proksch. Es tat weh, es loszulassen. Aber dass sie eine Schmarotzerin war, wollte Else sich nicht nachsagen lassen.

»Wir essen grad zu Abend. Wollen Sie sich zu uns setzen?«, wandte sich Frau Hawelka an Frau Proksch, während das Kettchen in deren Schürzensack verschwand.

»Danke, nein. Es ist schon dunkel. Und ich muss vor der Ausgangssperre bei meiner Nichte am Spittelberg sein. Wollte nur das Kind abgeben.«

Nachdem sich Else nochmals bedankt hatte, verabschiedeten sie sich voneinander, und Frau Proksch verließ das Café.

Was ist schon ein kleines Goldkettchen verglichen mit Fritzis Wohlergehen, dachte Else und drückte Fritzi fest an sich. Nie wieder wollte sie sich von ihr trennen.

Endlich war Fritzi wieder da! Else fiel eine tonnenschwere Last von den Schultern.

»Willst du ein Speckbrot?«, fragte Frau Hawelka.

Fritzi nickte. Günter holte einen Stuhl, und sie rückten zusammen, damit Fritzi Platz hatte.

»Wie war's denn bei Frau Prokschs Schwester?«, fragte Else, während Fritzi das Speckbrot vertilgte.

»Da waren Hühner, Kühe und drei Katzen!«, erzählte sie zwischen zwei Bissen. »Hanni war auch da. Aber ich habe dich so sehr vermisst.«

Else umarmte sie wieder.

Günter kramte sein Auto aus dem Hosensack hervor.

»Willst du spielen?«

Fritzi nickte wieder.

»Dürfen wir aufstehen?«, fragte Herta.

Frau Hawelka stimmte zu, und die drei Kinder verzogen sich in die Loge beim Kamin. Bald war fröhliches Kinderlachen von dort zu hören, und die drei Erwachsenen bejubelten Fritzis »Heimkehr«.

32

Nachdem der Boden aufgewischt und alles wieder aufgeräumt war, verließen die Hawelkas das Café für die Nacht.

Else ging mit Fritzi durch die Tapetentür.

»Da müssen wir hinunter?!« Fritzi tastete nach Elses Hand, ihre Lippen waren plötzlich weiß.

»Du musst keine Angst haben. Unten sind wir sicher.« Else versperrte die Tapetentür und schob die Erinnerung an die Russen beiseite. »Es ist gemütlicher, als du denkst.«

Fritzi tapste zaghaft hinter ihr her, Stufe um Stufe die Wendeltreppe hinunter. Ihre kalte Kinderhand lag in Elses, mit der anderen hielt sie sich am eisernen Geländer fest.

»Schau, ich habe das Muttergottesbild aus unserer Wohnung gerettet«, sagte Else, als sie unten angekommen waren.

»Und meinen Teddy!« Fritzi riss sich los und sprang hin. Sie drückte das Stofftier an sich, schmiegte es an ihre Wange, und von diesem Moment an war alle Angst vergessen.

Sie kuschelten sich zu dritt unter die Decke, Else, Fritzi und der Teddy. In der Finsternis spürte Else Fritzis warmen Körper und das Fell des Bären. Während Fritzi neben ihr einnickte, hörte sie dem Wasser zu, wie es durch die Rohre rauschte. Jetzt fehlte nur noch Vater. Bestimmt würde auch er bald auftauchen, dachte Else zuversichtlich, bevor auch sie einschlief.

Als sie am nächsten Morgen später als gewohnt nach oben kamen, waren im Café bereits einige Tische besetzt: der nette Herr von Löwenstein mit dem Gehstock, die beiden Angestellten aus dem Dorotheum – und die feine Dame aus der Pension war auch schon wieder da. Frau Hawelka stand hinter der Theke und kochte Wasser auf, und Herr Hawelka, wie immer im schwarzen Jackett und Mascherl, servierte dem Herrn von Löwenstein einen Fiaker-Kaffee. Günter saß in einer Ecke und spielte mit seinem Blechauto.

»Guten Morgen! Habt ihr gut geschlafen?«, fragte Frau Hawelka fröhlich. »Wo ihr beide wieder vereint seid?«

»Sehr gut, danke!« Else gesellte sich zu ihr, richtete eine Schale Kräutertee für Fritzi und eine muckefuckige Melange für sich selbst, dazu gab's je eine Scheibe Brot. Herr Hawelka stand noch immer am Tisch vom Herrn von Löwenstein, obwohl die Tür ging. Die beiden redeten intensiv miteinander. Herr Hawelka wirkte nicht mehr so beschwingt wie sonst und verschränkte die Hände am Rücken.

»Wo ist Herta?«, fragte Fritzi, nachdem sie ihr Frühstück gegessen hatte.

»In der Schule. Wir müssen schauen, dass du noch einen Platz bekommst. Du bist ja auch sechs Jahre alt«, sagte Else.

»Die Einschreibung war schon, aber bestimmt machen sie heuer Ausnahmen. Geht einfach morgen früh mit Herta mit«, schlug Frau Hawelka vor.

Else und Fritzi schmiedeten Pläne über Fritzis Schulbesuch. Später gesellte sich Fritzi zu Günter, und Else ging hinter die Theke, um das Frühstücksgeschirr zu spülen.

In diesem Moment kam Herr Hawelka und stellte das Silbertablett so ab, dass die Tasse und das Glas darauf laut klirrten. Seine Lippen waren ungewöhnlich schmal, und eine steile Falte zeigte sich zwischen seinen buschigen Brauen.

»Dieser Herr von Löwenstein will anschreiben«, knurrte er. »Weil er knapp bei Kasse ist. Dabei haben wir gerade erst aufgesperrt!«

»Knapp bei Kasse … tss! Was soll da unsereins sagen?!«, schnappte Frau Hawelka. »Wir haben auch nicht mehr! Ich werde ihm sagen, dass wir uns Anschreiben nicht leisten können.«

»Ja, mach das bitte.« Herr Hawelka schien erleichtert, dass ihm seine Frau die unangenehme Mitteilung abnahm.

Tatsächlich marschierte sie unverzüglich und mit festen Schritten zum Tisch von Herrn von Löwenstein, baute sich vor ihm auf und erklärte ihm höflich, aber bestimmt die Lage.

Es dauerte nicht lange, und Herr von Löwenstein nahm Hut und Spazierstock und verließ das Café.

»Hat er bezahlt?«, fragte Herr Hawelka.

»Nein. Er sagt, er hat's Geld nicht. Da hab ich gesagt: Wenn er nicht zahlt, braucht er auch nicht wiederzukommen.«

Herr Hawelka nickte und servierte der Dame beim Fenster ihren Mokka.

In diesem Moment ging wieder die Tür. Leise quietschte sie in den Angeln. Herein trat ein Gast, den Else noch nie gesehen hatte. Jung und gut aussehend wie die amerikanischen Soldaten im Jeep, weckte er sofort ihre Aufmerksamkeit. Der moderne, weite Anzug sah neu aus, und die schwungvolle Art, mit der er seinen Hut abnahm, versprühte Unbekümmertheit – einen Zustand, den sie bewunderte. Sie konnte die Augen nicht von ihm nehmen. Die blonden Haare, die tiefblauen Augen … Als sie bemerkte, dass sie ihn anstarrte, wandte sie sofort den Blick ab. Sie war doch kein Backfisch mehr!

Er stand unschlüssig da, offenbar suchte er einen freien Tisch. Herr Hawelka war noch immer mit der Dame beschäftigt, also wieselte Frau Hawelka herbei.

»Bitte, treten Sie ein.« Sie wies dem jungen Mann den Ecktisch beim Fenster zu. »Passt der?«

»Perfekt. Danke«, antwortete er mit leichtem, undefinierbarem Akzent und legte seinen Hut und eine Tasche auf der Plüschbank ab.

Jetzt schwirrte Herr Hawelka zu ihm hin.

»Was darf's denn sein?«

»Einen Kaffee, bitte«, sagte der Mann in tadellosem Deutsch.

»Mach ihm eine Melange, Mädel«, wies Frau Hawelka Else an und zwinkerte bedeutungsvoll. »Der ist bestimmt ein Ami. Die Amerikaner meinen eine Melange, wenn sie Kaffee bestellen. Sie wissen nicht, dass es bei uns keinen einfachen Kaffee gibt. Nicht wie bei ihnen, wo's nur eine Art von Kaffee gibt.«

Else stellte Wasser auf und füllte Kaffeepulver in den Behälter.

»Willst ihn auch hintragen, wenn er fertig ist?« Frau Hawelka zwinkerte nochmals.

Else spürte, wie ihr das Blut ins Gesicht schoss. Frau Hawelka hatte wohl bemerkt, dass sie den Ami angestarrt hatte. Jetzt stierte sie auf den Strahl vom Kaffee, der sich dunkelbraun in die Tasse ergoss, und hoffte, dass Frau Hawelka nicht auch ihre geröteten Wangen sah. Wenig später hatte sie das Tablett mit Tasse, Wasserglas und Zuckertazzerl angerichtet.

»Geh schon!« Frau Hawelka stupste Else mit dem Ellbogen in die Körpermitte, dass sie beinahe über die Theke fiel. Solcherart überredet, nahm Else das Tablett auf und machte sich auf den Weg.

Der Mann sollte keinesfalls bemerken, dass er sie faszinierte, es wäre ihr allzu peinlich. Während sich Else wie ferngesteuert zwischen den Tischen auf den Ecktisch beim Fenster zubewegte, richtete sie den Blick weit weg von ihm, und zwar aus dem Fenster, als gäbe es draußen etwas Interessantes zu entdecken. Oberhalb der gegenüberliegenden Häuserzeile war ein Streifen des dunkelblauen Himmels zu sehen, und die Sonne, die über den Dächern stand, erhellte die Gasse. Die Fensterscheiben blitzten, die Marmortische glänzten, der Dielenboden schimmerte frisch geölt, alles war wie üblich. Natürlich gab's weit und breit nichts Ungewöhnliches zu ergründen, nur dass das Wetter bemerkenswert schön war.

Dann stand Else vor ihm. Jetzt konnte sie nicht umhin, ihn genauer anzuschauen: Er war nur wenig älter als sie, sein Anzug schick wie auf Werbeplakaten für amerikanische Zigaretten, das Gesicht glatt rasiert, die Haare mit Pomade geschniegelt.

»Bitte sehr, Ihr Kaffee. Wir haben eine Melange für Sie zubereitet.« Sie stellte das Tablett ab.

»Melange? – Was ist das?« Er zeigte eine Reihe makelloser Zähne. Else war dieses Strahlemanngrinsen irgendwie suspekt, gleichzeitig platzte sie vor Neugierde. Wer war er? Woher kam er? Was tat er hier? – Sie hätte viel gegeben, mehr über ihn zu wissen.

»Starker Kaffee mit einer Haube Milchschaum. Ich hoffe, es ist recht so.«

»Pörrfekt.« – Das weich prononcierte »R« verriet ihn. Er war Amerikaner, Frau Hawelka hatte recht. Wenige Monate zuvor hatten die Amis Wien bombardiert, aber jetzt vergewisserten sie ständig den Wienern im Radio und in Zeitungen, dass sie Österreich freundlich gesinnt waren. Else, wie auch Herr und Frau Hawelka, trauten ihnen aber noch nicht. Sie wollte sich schon abwenden, um sich wieder zur Küchentheke zu begeben.

»Warte«, sagte der Mann da.

Else hielt inne.

»Ich darf doch ›du‹ sagen, oder?«

Sie nickte.

»Bleib noch ein wenig, sprich mit mir.« Er schenkte ihr wieder dieses strahlende Lächeln. »Wohnst du hier?«

»Seit mein Zuhause zerbombt wurde«, antwortete Else. Vielleicht von deinen Landsleuten.

»Zum Glück ist der Krieg zu Ende. Auch in Amerika sind wir happy.« Er griff in den Hosensack, holte ein Päckchen Kaugummi hervor und hielt es ihr hin. »Möchtest du einen?«

Warum nicht, dachte Else. »Gern«, sagte sie und nahm einen Streifen.

»Ich bin Andrew. Und du?«

»Else.«

»Meine Mutter heißt so!«, rief er erfreut. »Sie kommt aus Deutschland. Aus Munich.«

»Das erklärt, warum du so gut Deutsch sprichst.«

Andrew lachte wieder. Er schien gern zu lachen. Seine tiefblauen Augen blitzten dabei.

Auf der Bank neben dem Hut lag ein ledernes Etui. Er nahm es auf.

»Ich bin Journalist bei der *New York Times*.« Er öffnete den Druckverschluss und brachte eine nagelneue Leica hervor. Else hatte noch nie so einen tollen Fotoapparat gesehen: Er war ein technisches Schmuckstück, mit verchromtem Gehäuse, ausziehbarem Rückspulknopf und Schraubobjektiv.

»Ich schreibe eine Reportage über Wien. Darf ich ein paar Fotos vom Café machen?«

Else zuckte mit den Schultern und schaute sich nach Herrn oder Frau Hawelka um, die aber gerade mit anderen Gästen beschäftigt waren.

»Ich denke, es wird niemand etwas dagegen haben«, entschied sie kurzerhand.

Die Antwort gefiel Andrew. Er stellte das Schraubobjektiv ein, maß die Belichtung, drehte an verschiedenen Knöpfen, schaute durch den Sucher und drückte den Auslöser. Diesen Vorgang wiederholte er in alle Richtungen, während er über seine Familie erzählte: Seine Eltern, beide Deutsche, wären in den 20er-Jahren ausgewandert und betrieben in Brooklyn eine Bäckerei. Dann entdeckte er Herta, Günter und Fritzi, die in der Ecke mit Günters Blechauto spielten.

»Sagt Cheese!« Die Kinder lachten, besonders Fritzi und Herta konnten mit dem Kichern kaum aufhören. Andrew schenkte jedem ein *Milky Way*, worüber sie sich unbändig freuten. Schließlich bedeutete er Else, sich ins Bild zu stellen, aber sie konnte der Aussicht, in der *New York Times* zu erscheinen, nichts abgewinnen. Erst ein einziges Mal hatte sie diese Zeitung in Händen gehalten, als ein amerikanischer Soldat eine Ausgabe im Café liegen gelassen hatte, die schiere Menge an geballter Information war ihr unheimlich. Hierzulande konnte man sich nicht einmal das Papier dafür leisten. Frau Hawelka und sie hatten die kostbaren Blätter gleich zerschnitten und zum Befeuern des Ofens sowie als Ersatz für Toilettenpapier hergenommen.

»Lieber nicht.«

»Kein Problem.« Andrew grinste wieder sein Strahlemanngrinsen. Er fotografierte den Kamin und die Bronzefigur, die Küchentheke und einen Herrn, der die Zeitung studierte. Als er sich nach weiteren Motiven umsah, entdeckte er die Tapetentür.

»Eine versteckte Tür? Ich habe sie fast übersehen. Wo führt sie hin?«

»In den Keller«, antwortete Else.

»Tatsächlich?! Was ist dort?«

»Unser Lager.«

»Darf ich es fotografieren?«

Else wusste nicht, wie sie antworten sollte. Einerseits wollte sie die Bitte nicht abschlagen, andererseits ging ihr dieses Ansinnen doch zu weit: Ein Fremder hatte in den Kellerräumen nichts zu suchen, schon gar nicht in ihrem Schlafgemach.

»Schon gut, honey«, sagte Andrew grienend. »Muss ja nicht sein.« Er wandte sich wieder seiner Melange zu.

Else fand, dass es Zeit war, sich zurückzuziehen.

»War nett, dich kennenzulernen. Ich störe nicht länger.«

»Die Freude war ganz auf meiner Seite.«

Else ging zur Theke.

»Vielleicht erscheint schon bald ein Bericht über das *Hawelka* in der *New York Times*.«

»Nicht schlecht – Werbung ist Werbung, egal in welcher Zeitung«, sagte Frau Hawelka, bevor sie Else auftrug, weitere Kaffeeportionen zu brühen.

Else machte sich an die Arbeit, aber währenddessen konnte sie nicht umhin, immer wieder einen Blick zum Ecktisch beim Fenster zu werfen, wo Andrew seine Kamera verstaute, seinen Kaffee trank und eine Zigarette rauchte. Gerade nahm er eine Tageszeitung vom Zeitungstisch und studierte sie Seite für Seite. Danach holte er die nächste und noch eine, bis er alle durchhatte. Else konnte sich schwer erklären, was ein Amerikaner in diesen Blättern Interessantes finden könnte, aber anscheinend informierte er sich gern über lokale Ereignisse, vielleicht überflog er sie auch nur aus Langeweile.

Schließlich winkte er Herrn Hawelka zu sich und bezahlte. Sie wechselten noch ein paar Worte, dann steckte er die Kamera in die Jackentasche und erhob sich. Aus der Ferne schwenkte er seinen Hut in Elses Richtung.

»Bye, honey. See you soon!«, rief er ihr grinsend zu.

Else sah ihm nach. Noch nie in ihrem jungen Leben hatte sie ein Mann auf diese Weise beeindruckt wie er. War es die Aura der Unbeschwertheit? Oder die männliche Ausstrahlung? Sein

Charme? – Sie wusste keine Antwort, aber sie hatte auch keine Zeit, darüber nachzudenken, denn alle Augenblicke kam Herr Hawelka und bestellte Kaffee, Wasser, Apfelstrudel oder Butterbrot.

33

Das Café florierte und etablierte sich in der Umgebung. Die Herren vom Dorotheum und die adlige Dame waren zu Stammgästen geworden und kamen täglich für ihren Nachmittagskaffee. Die Herren blieben immer nur so lange, bis sie ihn getrunken hatten, die Frau Baronin hingegen für mehrere Stunden. Dazu schauten Verkäufer aus umliegenden Geschäften, Beamte aus nahen Ministerien, Galeristen und Kunsthändler vorbei sowie französische, englische, russische und amerikanische Soldaten, die durch die Innere Stadt patrouillierten. Nur Herr von Löwenstein wurde seit dem Disput mit Frau Hawelka nicht mehr gesehen.

Fritzi ging mit Herta in die Volksschule auf der Stubenbastei, etwa zehn Minuten von der Dorotheergasse entfernt. Das Gebäude war schwer bombengeschädigt, alle Fenster zerborsten. Im Haupttrakt hatten sich Soldaten der Roten Armee einquartiert, aber in zwei windigen Räumen ohne Fensterglas wurden die Kinder aus der Umgebung unterrichtet. Es hieß, dass sie bald Russisch lernen müssten, nichtsdestotrotz gingen die Mädchen gerne hin. Jeden Morgen packten sie Bleistift und das dürftige Heft aus grobem Papier, das ihnen der Herr Lehrer gegeben hatte, in eine Tasche und marschierten Hand in Hand los.

Herr Hawelka schaffte nach wie vor Brennholz aus dem

Wienerwald heran – und Muckefuck, endlich auch Zigaretten, Rum und Schnaps vom Schwarzmarkt. Frau Hawelka hatte es sich zur Gewohnheit gemacht, bereits am Morgen Apfelstrudel für die Nachmittagsgäste und am Nachmittag Buchteln für die Abendgäste zu backen. Die Tage vergingen. Else hielt jeden Tag nach Andrew Ausschau, aber er kam nicht mehr.

Eines Tages erschien jedoch Herr von Löwenstein wieder in der Tür.

»Hoffentlich zahlt er diesmal«, wisperte Herr Hawelka seiner Frau zu, bevor er ihn per Handschlag begrüßte, als ob nichts gewesen wäre.

»Was darf's denn sein? Dasselbe wie letztes Mal?«, fragte er, während er ihn zu dessen angestammtem Fenstertisch geleitete.

»Gern«, antwortete Herr von Löwenstein. »Einen Fiaker und einen Apfelstrudel. Aber vorher will ich Ihnen etwas zeigen.« Er schaute nach rechts und links, als wollte er sicher sein, dass sie unbeobachtet waren, dann kramte er in seiner Jackentasche.

»Schau'n S', was ich da habe …« Er brachte einen Untersetzer zutage. »Echtes Silber, massiv, mit meinem Wappen am Rand. Was meinen Sie, wie viele Fiaker-Kaffee kann ich dafür trinken?«

Herr Hawelka starrte auf das Silberteil. Hilfe suchend blickte er in Richtung Theke. Frau Hawelka verstand sofort und gesellte sich zu den Herren.

»Begrüße Sie, Herr von Löwenstein. So lieb, dass Sie uns wieder besuchen.«

Die drei steckten die Köpfe zusammen und redeten leise miteinander, ein paar »ohhs« und »ahas« waren vernehmbar, und nach einer Weile nickten sich alle drei zu. Herr Hawelka kam zur Theke, bestellte einen Fiaker-Kaffee für Herrn von Löwenstein. Nachdem Else ihn klassisch mit allem Drum und Dran angerichtet hatte, servierte ihn Herr Hawelka umgehend dem strahlenden Gast mitsamt einer Gratiszigarette.

»Ein schönes Teil.« Frau Hawelka zog den silbernen Untersetzer halb aus der Schürzentasche. »Im Moment können wir wenig damit anfangen. Aber der Herr von Löwenstein ist so ein lieber Gast, den wollen wir nicht vergraulen. Mit dem Gegenwert kann er noch etliche Fiaker bei uns trinken.«

Immer mehr Gäste kamen. Else spülte Tassen, trocknete Gläser, polierte Löffel und Tabletts, heizte den Ofen ein, kochte Kaffee und richtete die kleinen Silbertabletts her, wie sie Herr Hawelka bei ihr orderte.

Nur Andrew ließ sich nicht mehr blicken. Mittlerweile war Oktober.

Eines Nachmittags jedoch, als die Tür wieder einmal quietschte und Else von der Theke zum Eingang schaute, setzte ihr Herz kurz aus. Er war wieder da: Andrew, der fesche Ami.

Sie verkroch sich in die Ecke, von wo aus sie selbst zwar das Lokal, aber von den Gästen kaum gesehen werden konnte. Niemand sollte ihre Aufregung bemerken, schon gar nicht Andrew. Wenn schon, würde sie ihm nonchalant begegnen. Den Kopf gesenkt und augenscheinlich nichts als den Wasserkocher im Blick, beobachtete sie ihn aus den Augenwinkeln: Wie er sich zum selben Ecktisch begab, an dem er schon letztes Mal gesessen hatte; wie er die Leica in die Jackentasche steckte, den Hut abnahm, schwungvoll auf die Plüschbank warf und sich daneben niederließ; wie er bei Herrn Hawelka eine Melange bestellte.

Während Else den Ofen befüllte und Wasser aufsetzte, konzentrierte sie sich auf Herdplatte und Kanne. Aber nachdem Herr Hawelka die Melange bei ihr geordert hatte, konnte sie nicht umhin, wieder zum Fenstertisch zu schauen. Andrew zog gerade einen Füller und ein gefaltetes Papier aus der Brusttasche. Diese Art, wie er das Papier glatt strich; wie er den Füller öffnete, sich über den Tisch beugte und schrieb … Als sie ihn so in die Arbeit vertieft sah, fand sie ihn noch attraktiver, wenn das überhaupt möglich war. Bestimmt war's dieser Bericht für die *New York Times*, von dem er gesprochen hatte, dachte sie. Die *New York Times!*

Sie stellte sich vor, wie Andrews Text in dieser Zeitung von Weltrang erschien. Womöglich mit seinem Porträtfoto und Namen darunter, womöglich auf der ersten Seite … Gerade unterbrach er den Schreibfluss, fuhr sich mit der Hand durchs blonde Haar. Er sah so schlau aus, fand sie, fasziniert von jeder seiner Bewegungen.

Der Kaffee war fertig. Else richtete die Tasse auf dem Silbertablett mit dem obligaten Glas Wasser und Zuckertazzerl an. Sollte sie sie Herrn Hawelka servieren lassen?, erwog sie, doch dann siegte die Neugierde. Sie nahm das Tablett und ging zu Andrew, mit klopfendem Herzen.

Er war noch immer ins Schreiben vertieft.

»Bitte sehr … deine Melange.« Sie stellte das Tablett ab.

»Wunderbar!« Er strahlte sie mit blütenweißem Lächeln an. Else deutete auf das Blatt Papier, das vor ihm lag.

»Wird das die Reportage über Wien?«

»Uh …« Schnell legte er die Hände darauf ab und deckte das Geschriebene zu. »Richtig … der Bericht.«

Else schluckte. Just bevor er das Papier ach so unauffällig zugedeckt hatte, waren ihr die ersten Worte ins Auge gestochen: *My darling*, stand da in schöner Schrift. Von wegen Zeitungsbericht!

»Setz dich doch eine Weile zu mir.« Mit seinen tiefblauen Augen schaute er zu ihr auf.

Else zögerte. *My darling.* Sie hatte ihn sympathisch gefunden, sehr sogar. Aber dass er sie gerade angelogen hatte, verunsicherte sie. Sie spürte ein leichtes Kribbeln in den Fingern – das erste Anzeichen der Schreckstarre, die sie oft in den unpassendsten Momenten überfiel.

»Darf ich dich auf einen Kaffee ... sorry ... auf eine Melange einladen?«, fragte er.

Else konnte nichts sagen, sie war starr.

Andrew gab nicht auf:

»Bitte hol dir eine Melange auf meine Kosten. Kaffee schmeckt immer besser in Gesellschaft.« Aufmunternd sah er sie an, völlig arglos. »Oder darfst du dich nicht zu mir setzen?«

Man musste ihn einfach gernhaben, dachte Else, und, o Wunder, das Kribbeln in den Fingern ließ nach.

»Doch, doch. Gib mir einen Moment«, sagte sie mit erstaunlich fester Stimme.

An die Theke gelehnt, stand Herr Hawelka, wie immer, wenn gerade kein Gast seine Dienste benötigte.

»Pass auf mit dem Ami, Kinderl«, brummte er, als sie an ihm vorbei in die Küche ging. »Willst nicht als Ami-Schickse enden.«

Else lief rot an.

»Ich will doch nur einen Kaffee mit ihm trinken.«

»Schon gut«, knurrte er. »Bist alt genug, um selbst auf dich aufzupassen.«

Stimmt, dachte sie trotzig. Zweiundzwanzig Jahre. Aus gegebenen Umständen in Männersachen unerfahren, aber erwachsen.

Sie ging mit ihrer Tasse zurück zum Ecktisch und ließ sich auf der gestreiften Plüschbank gegenüber von Andrew nieder. Der

Tisch war einer der schönsten im Lokal. Mildes Licht drang zwischen den Vorhängen auf die Tischplatte und ließ den grauen Marmor glänzen. Sein Gesicht war nur eine Armeslänge entfernt und so nah, dass Else zarte Lachfalten in seinen Augenwinkeln entdeckte. Möglicherweise war er doch ein wenig älter, als sie gedacht hatte, schloss sie.

»Erzähl mir was von dir.« Andrew sah ihr in die Augen, als wollte er in ihr Innerstes blicken. Diese tiefblauen Augen … »Gehörst du zur Familie?«

Die Tasse zitterte in Elses Hand.

»Nein. Mein Haus wurde zerbombt, und Frau Hawelka hat mich aufgenommen. Seither helfe ich den Hawelkas, so gut ich kann.«

»Du wohnst hier also?!« Er klang erstaunt, ja, hocherfreut – warum eigentlich?

»Ja, im Keller.«

»Right«, sagte er, als wäre ihm ein Licht aufgegangen. »Deshalb wolltest du nicht, dass ich unten fotografiere.« Er nahm das Blatt, das noch immer vor ihm lag, faltete es säuberlich zusammen, steckte es in seine Brusttasche und nippte wieder an seinem Kaffee. »Der Kaffee … äh … die Melange ist sehr gut, auch wenn's nur Ersatzkaffee ist. Herr Hawelka verwendet bestimmt eine Spezialmarke.«

»Nicht wirklich, wir dosieren nur sehr genau.«

Er holte ein Zigarettenetui aus der Hosentasche und hielt es Else hin.

»Rauchst du?«

»Danke, nein.«

Er zündete sich selbst eine Zigarette an, sog daran und blies den Rauch durch die Zähne.

Eine unangenehme Pause entstand. Else bereute, dass sie sich zu ihm gesetzt hatte. Andrew sah zwar nett aus, aber sie hatten einander nichts zu sagen. Sobald ihre Tasse leer war, wollte sie gehen.

In diesem Moment beugte er sich vor und schaute sie wieder durchdringend an.

»Du bist die hübscheste Wienerin, die ich kenne.«

»Das glaube ich nicht«, kicherte Else und lief in der Sekunde rot an. Wie ein Backfisch, ärgerte sie sich.

»Willst du heute Abend mit mir tanzen gehen?«, fragte er, als wär's das Normalste auf der Welt.

Aber für Else war's nicht normal. Sie war zwar schon zweiundzwanzig Jahre alt, aber im Krieg erwachsen geworden. Noch nie hatte ein Mann sie zum Tanzen eingeladen. Die Einladung verunsicherte sie, und die Finger begannen schon wieder zu kribbeln. Dazu fiel ihr auch ein, dass der mit ihr flirtende Andrew wenige Minuten zuvor irgendwo auf der Welt eine Frau »*my darling*« genannt hatte.

»Nun, was meinst du?«, versuchte er, sie zu ermutigen. »Gehen wir beide heute Abend zusammen in die *Casanova Bar?*«

Die *Casanova Bar*. Die Bar nebenan. Ein Lokal, über das sich Herr Hawelka immer nur abfällig äußerte. Ein Sündenpfuhl wäre dort, behauptete er. Aber der Krieg war aus, und Else war eine erwachsene Frau, die sich auch einmal amüsieren durfte. Es sprach nichts dagegen, die Einladung anzunehmen. Dennoch zögerte sie.

»Ich kenne dich kaum.«

Andrew lachte, er klang ehrlich amüsiert.

»Wenn's sonst nichts ist. Diesen Zustand können wir schnell ändern. Morgen um diese Uhrzeit hole ich dich für einen Spaziergang ab.« Er lachte wieder dieses strahlende, unbekümmerte Lachen, das Else unwiderstehlich fand. »Spazierengehen ist ungefährlicher als Tanzen«, fügte er hinzu.

Da sagte Else zu.

34

Über Nacht war es kalt geworden, viel zu kalt für die Jahreszeit. Ein früher Wintereinbruch, sagten die Leute. Der Wind blies durch die Gassen und wirbelte alles, was nicht niet- und nagelfest war, durch die Luft. Die Bäume in den Parks waren kahl gefegt, die Straßen voller gelbem Laub, der Himmel war grau.

Dennoch stand Andrew, wie vereinbart, um Punkt drei in der Tür. Er hatte den Mantel bis oben hin zugeknöpft und den Kragen hochgeschlagen.

»Ich habe dir etwas mitgebracht. Aus dem Commissary.« Grinsend beförderte er zwei Dosen aus der Manteltasche. Es war Bohnenkaffee.

»Was für eine Delikatesse!« Ungläubig starrte Else auf die Dosen, bevor sie sie Frau Hawelka übergab, die hinter der Theke Gläser polierte.

»Jessas na! Dass ich so was wieder in meinen Händen halten darf! Da wird sich der Herr Hawelka aber freuen!« Sie bedankte sich überschwänglich, sowohl bei Else als auch bei Andrew, versteckte flugs eine Dose hinten im Regal, die andere trug sie hinunter ins Kammerl.

»Heute ist kein schöner Tag für unseren Spaziergang.« Andrew rückte seinen Hut zurecht. »Bist du trotzdem bereit?«

»Wir sind ja nicht aus Zucker!«, lachte Else, während sie in den dicken Wintermantel schlüpfte. Sie bedauerte zwar die mühsam mit Frau Hawelkas Wicklern gelegten Locken, als sie eine Wollhaube aufsetzte, aber insgeheim war sie froh, dass Andrew ihre Verabredung trotz Schlechtwetters eingehalten hatte.

Sie traten ins Freie. Ein Windstoß blies Else ins Gesicht und löste eine der kostbaren Locken aus der Haube.

»Auf eine schöne Runde«, sagte Andrew.

Die Hände tief in den Manteltaschen, stapften sie los. Die Mauern der Albertina waren Berge von Geröll. Männer und vor allem Frauen, bis zu den Knöcheln im Schutt, klaubten noch immer heile Ziegel, klopften Mörtel ab und stapelten sie zur Wiederverwertung in sauberen Blöcken entlang der verbliebenen Fassadenreste. Andrew zückte seine Leica und machte ein Foto. Noch weiter weg war das Opernhaus. Andrew wechselte das Objektiv und machte vom eingestürzten Dach und der mit schwarzen Rauchzungen verschandelten Sandsteinfassade Aufnahmen. Sie gingen weiter Richtung Michaeler Tor der Hofburg. Den beißenden Wind im Gesicht, strebten sie voran, als hätten sie einen dringlichen Weg – dabei hätte dieser Spaziergang ein Rendezvous zum besseren Kennenlernen werden sollen. Einmal kam ihnen ein russisches Militärfahrzeug entgegen, erkenntlich an der russischen Flagge am Flügel.

»Moment.« Andrew fotografierte wieder wie wild. Er fokussierte auch auf die Gesichter hinter der Windschutzscheibe und fotografierte zuletzt sogar das Kennzeichen von hinten. »Lauter wichtiges Material«, murmelte er.

In der Hofburg waren sie endlich vom Wind geschützt. Else besah Andrew von der Seite. Wer sie wohl war, sein *darling?* Wo lebte sie? In New York? – Seine Augen blickten aufmerksam umher. Klug sah er aus und voller Lebenslust.

»Seit wann bist du in Wien?«, fragte sie ihn.

»Seit Ende August.«

Erstaunlich, wie schnell die *New York Times* ihre Reporter versandte, kam es Else. Die Alliierten hatten die Zonenvereinbarungen doch erst im Juli unterschrieben.

»Dafür kennst du dich aber schon ziemlich gut aus. Wohnst du in der Nähe?«

»Nein, im amerikanischen Sektor. In der Pension *Zum Goldenen Lamm* hinter der Votivkirche.«

Sie waren am Ende der geschützten Durchfahrt durch die Hofburg angelangt, der Wind blies ihnen wieder ins Gesicht. Vor ihnen lag der Heldenplatz. Aus der Kindheit hatte Else diesen Platz als gepflegte Grünfläche mit zwei mächtigen Denkmälern in Erinnerung, jetzt schockierte sie der Anblick: Die Fläche war durchzogen von tiefen Lkw- und Panzerspuren, Schuttberge lagerten um die Denkmäler, die nach wie vor unter Schutzummauerungen verborgen waren.

Andrew beschleunigte seine Schritte. Offenbar hatte die Ringstraße, die in einiger Entfernung hinter dem Heldentor am anderen Ende des Platzes vorbeiführte, sein Interesse geweckt. Er ging so schnell, dass Else Mühe hatte, mit ihm mitzuhalten. Die kalte Luft, die sie keuchend einatmete, tat in der Kehle weh, und sie fiel zurück. Vielleicht hätte sie diesen Spaziergang doch auf einen schöneren Tag verschieben sollen, kam es ihr. Andrew war schon fast beim Heldentor, sie aber kämpfte sich noch bei den Mauern rund ums Denkmal des Prinzen Eugen durch den Wind. Links erhob sich die Neue Burg. Der Balkon stach ihr ins Auge.

Da hielt sie inne. Dieser ungewöhnlich heiße Tag im März 1938 fiel ihr ein, als sie mit Vater und Mutter auf ebendiesen Platz gekommen war. Es war so warm gewesen, dass man erstmals in diesem Frühling ohne Mantel rausgegangen war. An ebendieser Stelle, wo sie jetzt war, hatten sie gestanden und zum Balkon hinaufgesehen. Es war der Tag von Hitlers Rede zum Anschluss von Österreich ans Deutsche Reich gewesen. Die Rasenflächen waren saftig grün, das Straßenpflaster sauber gefegt, die Denkmäler vom Prinzen Eugen und Erzherzog Johann hatten imposant gen Himmel geragt. Drei Tage zuvor hatten sie bereits schulfrei bekommen, damit sie alle den Führer gebührend empfangen konnten, und im Radio hatte man ununterbrochen von den Vorbereitungen berichtet. Man war auf diesen Tag eingestimmt worden.

»Da gehen wir auch hin!«, hatten Vater und Mutter unisono beschlossen und von nichts anderem mehr geredet. Früh am Morgen waren sie aufgebrochen, um gute Plätze zu ergattern, von wo man den Führer auch richtig sehen konnte. Hunderttausende waren auf dem Platz gewesen, die Einfriedungen mit unzähligen, riesigen Hakenkreuzfahnen geschmückt. Die Menschen sangen und tanzten, eine Blaskapelle spielte Märsche und Schnulzen. Besonders Neugierige waren auf die Einfriedungen geklettert, andere auf die Denkmäler. Es war ein riesiges Spektakel gewesen, die Stimmung besser als auf jedem Volksfest.

Und dann, endlich, nach Stunden des Wartens, unter Trommelwirbel und Jubelrufen war der Wagen des Führers durchs Heldentor gefahren. Else erinnerte sich noch gut an diesen Moment. Stramm war er im Fahrzeug gestanden, die rechte Hand zum Gruß erhoben. Else, die zusammen mit Schulfreundinnen einen Platz am Sockel des Denkmals ergattert hatte, hatte ihn gut sehen können.

»Heil Hitler!«, hatte sie voller Inbrunst mit allen mitgerufen und die Rechte erhoben. »Sieg Heil!« – Heute schämte sie sich dafür.

Wenig später war Hitler auf ebendiesem Balkon der Neuen Burg erschienen, der sich jetzt vor ihren Augen erstreckte. Wie ein römischer Imperator hatte er sich darauf geriert. Mit der ihm eigenen, mächtigen Stimme hatte er seine Botschaft über den Platz geschmettert, angefeuert von Hunderttausenden Wienern: »Die größte Vollzugsmeldung meines Lebens als Führer … den Eintritt meiner Heimat in das Deutsche Reich!« – Damals hatte der Balkon mächtig auf Else gewirkt, heute erschien er ihr nüchtern und grau.

»Endlich«, hatte Vater gesagt.

»Ab jetzt wird alles gut«, hatte Mutter gestrahlt.

Alle rundum waren im Freudentaumel gewesen.

Schon am nächsten Tag war Vater, der bisher arbeitslos gewesen war, zusammen mit 7500 anderen auf ebendiesem Heldenplatz zum Polizisten vereidigt worden. Wieder waren sie dorthin gepilgert, hatten Hitlers preisende Reden und Blasmusik gehört, hatten applaudiert und Sieg Heil! gerufen. Die Jahre des Darbens, hatten sie damals gemeint, wären zu Ende. Wie glücklich waren sie! Überzeugt, dass die Sorgen vorbei wären, weil Österreich endlich einen starken Führer hatte und Teil eines größeren Ganzen war. Niemals hätten sie ahnen können, dass der Tag des Anschlusses in Wahrheit den Beginn eines noch viel größeren Unglücks markieren würde.

»Warum schaust du so ernst?« Andrew war auf einmal neben ihr.

»Erinnerungen an alte Zeiten … in denen ich von einem Irren geblendet war.«

»Adolf Hitler.«

Else nickte. Sie war froh, dass er sie verstand.

»Er ist tot. Vergiss ihn«, sagte er sanft. »Vergiss die Zeit des Grauens. Eine neue Ära beginnt für dich und alle Überlebenden.«

»Hoffentlich kommt so einer wie er nie wieder.«

»Ich glaube nicht. Die Menschen sind klüger geworden. Nach all diesem Wahnsinn lassen sie sich nicht noch einmal verführen.«

»Hoffentlich«, seufzte Else. Sie wollte ihm glauben.

Andrew schaute durch den Sucher seines Fotoapparats in Richtung Heldentor – weiß Gott, was ihn dort interessierte.

»Benötigst du diese Fotos für deinen Bericht?«, fragte sie.

Er antwortete nicht, sondern schoss unzählige Fotos in Richtung Palais Epstein, wo eine tiefrote Flagge mit gelbem Stern wehte, denn das Gebäude diente als Sitz der sowjetischen Stadtkommandantur. Knips, knips, knips tönte es in Elses Ohren. Endlich steckte er seine Leica wieder in die Manteltasche.

»Komm.« Er ergriff ihren Arm und lenkte sie in Richtung Burggarten.

Bald erreichten sie den kaiserlichen Garten hinter der Neuen Burg. Der Wind hatte etwas nachgelassen, und sie wandelten auf verschlungenen Wegen unter den uralten Bäumen. Die mittlerweile fast kahlen Äste rauschten über ihren Köpfen, die Füße raschelten im gelben Laub. Else hakte sich bei Andrew unter. Es war schön, an seiner Seite zu gehen. In der frischen Luft spazierten sie im Gleichschritt durch den Park, als wären sie ein Paar. Und der *»darling«,* den es irgendwo auf der Welt gab, kümmerte sie im Moment nicht.

Auf einmal verlangsamte er seine Schritte.

»Still!«

Else hielt inne und lauschte in den Wind.

»Hörst du das?!«

Da vernahm sie es auch: ein aufgeregtes Zwitschern im Baum. Sie sah sich um und entdeckte auf einem nahen Ast einen zitronengelben Vogel.

»Da, schau!«

»Ein Budgie … ähh … wie sagt man?«

»Ein Wellensittich. Er ist jemandem entkommen.«

»Wir müssen ihn einfangen. Er erfriert sonst.«

Andrew ließ Elses Arm los. Langsam und mit kontrollierten Bewegungen ging er auf den Vogel zu und machte beruhigende Lockgeräusche. Der Sittich wippte mit dem Schwanz, stieg von einem Füßchen aufs andere, bewegte sich aber ansonsten nicht. Als er nur mehr eine Armeslänge vom Vogel entfernt war, spreizte er den Zeigefinger und hielt ihm die Hand noch näher hin. Der Vogel wippte wieder, legte den Kopf schief, beäugte ihn von allen Seiten und hüpfte schließlich ohne Scheu auf seinen Finger.

»Er ist Menschen gewöhnt«, wisperte Andrew. Behutsam legte er die andere Hand auf den kleinen, gefiederten Körper.

»Was machen wir jetzt mit ihm?«, fragte Else mit gedämpfter Stimme, um den Vogel nicht zu erschrecken.

»Ich nehme ihn mit in meine Pension. I love budgies.«

»Hast du einen Käfig? Und Futter?«

»Ich werde etwas finden. Macht es dir was aus, alleine nach Hause zu gehen?«

»Natürlich nicht.«

»Das ist ein abruptes Ende unseres Spaziergangs, aber bevor wir auseinandergehen, frage ich dich noch einmal: Willst du heute Abend mit mir tanzen gehen?«

»Sehr gern«, lachte sie.

35

Den restlichen Nachmittag verbrachte Else damit, sich für den bevorstehenden Abend schön zu machen. Jedoch: Was war schön dieser Tage? – Zum Glück hatte sie unlängst je eine Ausgabe von *Chic* und dem *Berliner Modeblatt* auf dem Zeitungstisch gefunden. Nachdem sie diese Zeitschriften studiert hatte, wusste sie, worauf es ankam: eng anliegende Kleider, Locken und rote Lippen wie die amerikanischen Diven, die aus Reklamen grinsten.

Else besaß genau zwei Kleider: das blaue, das sie am Tag der Flucht in den Luftschutzbunker getragen hatte, sowie ein dünneres, das Frau Hawelka ihr im Sommer geschenkt hatte. Laut Modezeitschriften würde keins der beiden als »schick« durchgehen, sie musste also improvisieren.

Wegen des kalten Wetters entschied sie sich für das blaue Wollkleid. Sie stellte sich vor den halb blinden Spiegel, der inzwischen im Kammerl stand, und besah es kritisch. Leider war es bereits ziemlich abgetragen, aber dagegen konnte man nichts tun. Sie zupfte an den Nähten, besah sich von allen Seiten und beschloss, im Sinne der neuen Mode die Schulterpartie zu betonen. Sie holte Geschirrtücher aus der Küche und nähte je eins als Schulterpolster ein. Das Ergebnis war ermutigend: Sie sah obenrum voller aus, und der Saum war automatisch ein wenig höher. Das Kleid bedeckte nun gerade noch die Knie. Dazu legte sie Fritzis Haarschleife um die Taille, band sie fest, und voilà: Ihre Silhouette ähnelte jetzt tatsächlich einigen Modellen im Modeblatt. Nur die dicken Strümpfe störten. Schade, dass sie keine Nylonstrümpfe besaß. Dann die Schuhe: Das einzige Paar, das sie hatte, war ganz und gar nicht elegant: Es war aus gewöhnlichem Leder, für den guten Halt geschnürt, und mit mittelhohen Absätzen. Probeweise stellte sie sich auf die Zehenspitzen. Wie viel schöner wären Stöckelschuhe, aber Stöckelschuhe gab's nicht, es waren halt magere Zeiten. Sie polierte die Schuhe auf. Danach glänzten sie beinahe, als wären sie aus Lack.

Die Locken, die sie bereits am Vormittag mühsam für das Rendezvous gelegt hatte, hatten Wind und Haube außer Form gebracht. Frau Hawelkas Stromlockenwickler mussten also nochmals nachhelfen. Sie wickelte sie abermals ins Haar. Nur die Aussicht, wegen der unschönen Wickler jetzt stundenlang im Kammerl eingesperrt zu sein, ertrug sie nicht, also band sie ein Kopftuch darum. Sie hoffte nun, wie Mutter gesagt hätte, »salonfähig« zu sein, und ging hinauf ins Café.

Herr Hawelka stand an der Theke und musterte sie von Kopf bis Fuß.

»Wohin gehst du?«

»In die *Casanova Bar*.«

»In dieses verruchte Lokal nebenan?«

Else nickte. »Warum verrucht?«

»Dort soll's so arg zugehen, dass amerikanische Soldaten Lokalverbot haben. Es ist ein Sündenpfuhl. Das habe ich doch schon gesagt.«

Sie schaute zu Boden.

Herr Hawelka brummte: »Ich hoffe, du weißt, worauf du dich einlässt.«

Else zuckte zusammen. Wusste sie es wirklich? Oder war sie

jetzt, weil sie vorhatte, einmal mit Andrew tanzen zu gehen, schon eins dieser Ami-Flitscherl, auf die jeder herabsah? – Andrew gefiel ihr, gestand sie sich ein. Sie wollte den Abend gern mit ihm verbringen, egal ob er Ami oder Deutscher war. Aber was bedeutete sie ihm? Und dann gab's ja auch noch diesen *»darling«*. Auf einmal hatte sie wieder Bedenken.

»Na geh, Leopold, schimpf doch nicht so mit Else«, kam ihr Frau Hawelka zu Hilfe. »Sie ist jung, und der Krieg ist aus. Wann soll sie sich denn amüsieren, wenn nicht jetzt? Und Andrew ist ein netter Kerl. Außerdem hat er gute Verbindungen in den amerikanischen Commissary. Immerhin hat er uns zwei Dosen Bohnenkaffee gebracht.« Sie zwinkerte Else zu. »Versteh mich nicht falsch: Auch ohne Commissary ist er ein lieber junger Mann, aber die Verbindungen zum Commissary sind zusätzliche Bonuspunkte.«

Else warf Frau Hawelka einen dankbaren Blick zu. Ja, der Krieg war aus, sie war jung, sah passabel aus, und Andrew war ein netter Kerl. Und sie wollte auch einmal tanzen gehen, wie es ihrer Meinung nach ihrem jugendlichen Alter entsprach. Sie überprüfte mit den Fingern, ob alle Wickler nach wie vor richtig saßen, zupfte das Kopftuch zurecht und beschloss, sich ohne Gewissensbisse auf den bevorstehenden Abend zu freuen.

In diesem Moment kamen Fritzi und Herta angelaufen, die in einer Loge ihre Hausaufgaben gemacht hatten.

»Da bist du ja!«, rief Fritzi aufgeregt. »Herta sagt, du wirst heute Abend ausgehen. Muss ich dann alleine im Kammerl schlafen?«

»Nun ja, aber doch nicht die ganze Nacht«, versuchte Else ihr zu erklären.

»Ach was«, fiel Frau Hawelka ihr ins Wort. »Du kommst zu uns und schläfst ausnahmsweise mit Herta im Bett.«

»Au ja!«, freuten sich die Mädchen, nahmen einander an den Händen und hüpften durchs Lokal.

Else dankte Frau Hawelka und machte sich wieder auf den Weg ins Kammerl. Sie frisierte die Locken, zog die blitzblank geputzten Schuhe an und band Fritzis Schleife so fest wie möglich um die Taille. Mit Fritzis Buntstift »Kirschrot«, den sie von oben mitgenommen hatte, zog sie die Lippen nach und mit einem schwarzen Stift die Brauen. Sie konnte kaum erwarten, dass Andrew kam.

Endlich erschien er. Das blonde Haar trug er zurückgekämmt und mit Pomade fixiert. Der Anzug unter dem Mantel war übergroß und lang wie bei den Herren in Zigarettenwerbungen, und er duftete edel nach Old Spice.

»Du siehst fantastisch aus!«, rief er.

Else errötete. Ami-Flitscherl, mochten manche denken. Aber es war ihr egal. Sie gaben ein elegantes Paar ab, dachte sie und ließ sich vor den Augen aller Gäste von ihm in den Mantel helfen.

Dann gingen sie hinaus und waren mit wenigen Schritten bei der *Casanova Bar*.

36

Guten Abend, Old Boy!« Der Türsteher klopfte Andrew freundschaftlich auf die Schulter. »In hübscher Begleitung bist du heute! Willkommen in der *Casanova Bar*.« Er öffnete die Absperrkordel.

»Finde ich auch, Teddy«, lachte Andrew und geleitete Else ins herrschaftliche Haus.

»Viel Vergnügen!«, rief Teddy ihnen hinterher.

Eine Treppe führte in die Tiefe. Sie war eng, steil und schlecht beleuchtet. Andrew ging voraus, Else folgte zögerlich, verwundert darüber, dass er hier so bekannt war. Vor ihr lag das, was Herr Hawelka den »Sündenpfuhl« nannte. Sollte sie weitergehen? – Noch war Zeit, umzukehren. Von unten tönten dumpfe Bassakkorde. Andrew streckte die Hand nach ihr aus.

»Komm!« Sein Lachen zerstreute ihre Bedenken, es klang so unbeschwert.

»Servus, Andrew!«, rief eine junge Garderobiere mit knallroten Lippen, einem Kleid wie im *Chic*-Magazin und wunderschönen Nylonstrümpfen. »Schön, dass du wieder da bist.«

»Hi, Molly! Wunderbar, dich zu sehen.«

Sie nahm ihnen die Mäntel ab.

Dann traten sie durch eine breite Schwingtür ins Lokal. Heiße Luft, Tabakdunst und laute Musik schlugen ihnen entgegen, dazu die Stimme einer Sängerin: *Drinking Rum and*

Coca-Cola … Mitten im Lied warf sie Andrew eine Kusshand zu, die er fröhlich erwiderte.

Lämpchen auf den mit weißen Tüchern gedeckten Tischen erhellten nur dürftig den Raum mit dunkelroten Plüschbänken und vielen Gesichtern von jungen, gut gelaunten Menschen, viele von ihnen wie Amerikaner gekleidet. Eine Kapelle spielte – eine »Live Band«, wie Andrew Else erklärte. Die Musik nannte er »Swing«. Heiter, schwingend, mitreißend klang sie ganz anders als das, was Else aus dem Radio kannte.

»Von den Nazis verpönt und verboten!«, schrie Andrew ihr ins Ohr. Gerade heulte das Saxofon auf, eine Trompete antwortete, dazwischen gab schnarrend eine kleine Trommel den Rhythmus an, verzögerte, beschleunigte … Es war dieser Rhythmus, der zum Mitschwingen anregte. Else konnte sich kaum beherrschen mitzupendeln. *Chattanooga Choo Choo* schmetterte jetzt die Sängerin. *Chattanooga All Aboard … a*uf der Bühne. Paare tanzten locker vornübergebeugt, mit gespreizten Beinen, einen Arm lässig in die Höhe gestreckt, manche formten mit Zeige- und Mittelfinger V-Zeichen. Die Hosen der Herren schlabberten, die Röcke der Damen schwangen im Takt, alle hüpften und bewegten sich voller Freude.

»Hi, Swinger-Girl«, rief Andrew einem Mädchen mit besonders üppigem Busen zu.

»Hallo, Andrew.«

Er grüßte jeden, ob Mann oder Frau.

»Kennst du hier wirklich jeden?«, fragte Else.

Er lachte. »Ich bin hier zu Hause.«

Ein rothaariger Junge tanzte besonders wild.

»Jimmy!« Andrew winkte ihm quer über die Tanzfläche zu. Tadelnd hob er den Zeigefinger und rief augenzwinkernd: »Du weißt doch, dass der Club für GIs off-limits ist.«

Der Junge grinste verschmitzt. »You won't tell, will you?«

Andrew winkte ab. »Of course not. Just be careful.«

»What a beauty …«, Jimmy tanzte auf Else zu, bevor er sich mit einer entschuldigenden Geste wieder unter die anderen mischte.

Andrew brüllte in Elses Ohr: »Ich hole uns Drinks. Warte hier.«

Er verschwand im Getümmel. Else sah den Tanzpaaren zu, die sich voller Freude zur Musik bewegten, und beneidete sie um deren Hemmungslosigkeit und Lebenslust, die Damen vielleicht auch um die Nylonstrümpfe, zu denen sie offenbar Zugang hatten. Andrew gehörte zu ihnen, er schien jeden seiner Abende mit ihnen zu verbringen. Gleichzeitig bemerkte sie, dass ihre Schuhe in diesem Club genau richtig waren – bequem zum Tanzen, Stöckelschuhe wären falsch gewesen.

Andrew tauchte wieder auf und brachte zwei kupferne Henkelbecher mit Strohhalmen.

»Was ist das?«, fragte Else.

»Moscow Mule, ein Cocktail mit russischem Wodka, wunderbar vom Barkeeper gemixt. Schmeckt wie in New York. Der beste in ganz Wien.«

Else ließ den Becher sinken.

»Wodka? Es tut mir leid, ich trinke keinen Schnaps. Schon gar nicht russischen. Er ist mir bestimmt zu scharf.«

»Ach, den Wodka schmeckst du kaum. Nur Limettensaft, Gingerbeer und kaltes Eis.«

»Limetten und Gingerbeer?«

»Probier's einfach!«

Höflichkeitshalber nippte Else am Becher. Und stellte fest, dass der Cocktail tatsächlich ganz anders als der Himbeerschnaps, nämlich ganz nach ihrem Geschmack war: fruchtig, frisch, süß-säuerlich. Sie nahm noch ein paar Schlucke. Schnaps oder Wodka, was immer es war, dieser Moscow Mule mundete ihr bestens. Mit der Zeit wurde ihr Kopf leicht und immer leichter.

Ein neues Lied begann. Andrew zog sie auf die Tanzfläche. Sie fielen sofort in den Rhythmus und tanzten federnd und leicht im Einklang mit der schwingenden Musik. Vor dem Drink hatte sie die Tanzenden wegen ihrer Ausgelassenheit beneidet – aber jetzt, zusammen mit Andrew, fand sie genauso mühelos in den Sound. Andrew schlang den Arm um ihre Taille, drehte sie um ihre Achse, wirbelte sie herum, kam näher, ganz nah, sie spürte den kräftigen Druck seiner Hände und roch sein Parfüm. Er entfernte sich, kam wieder näher, fing sie auf. *Then I held him tightly, what a dreamy romance,* sang die Dame, begleitet vom Klavier. Else tanzte, als hätte sie ihr Leben lang nichts als getanzt. Die Musik durchdrang sie. Sie spürte den Rhythmus in jeder Faser ihres Körpers. Da war er wieder, der Duft von Old Spice. Er roch so männlich nach Muskat, Moschus und Zitrone. Sie flog über die Tanzfläche, seine Arme fingen sie, kraftvoll und sicher. Ach, wenn dieser Tanz nur niemals zu Ende ginge …

In ebendiesem Moment setzten ganz plötzlich die Instrumente aus. Else fürchtete das Schlimmste. Aber da, die Trommel schnarrte, das Saxofon spielte die Refrainmelodie – es war nur eine winzige, humorvolle Pause gewesen. Die Sängerin setzte wieder ein, als hätte sie alle an der Nase herumgeführt. *He said Don't keep me waiting when I'm in the mood.* Else und Andrew fielen wieder ins Swingen.

Ach, wenn der Tanz nur niemals endete …

Sie tanzten, bis sie nicht mehr konnten und Sperrstunde war.

Nachdem sie die Mäntel von der Garderobe geholt hatten, gingen sie den kurzen Weg von der *Casanova Bar* zum *Café*

Hawelka. Andrew hielt Else am Arm. Sie summten im Duett die Melodie des letzten Tanzes. Ihre Schritte echoten von den Häusermauern im Takt, und Else dachte nur kurz daran, dass eigentlich Ausgangssperre war.

Es war weit nach Mitternacht, die Dorotheergasse lag in völliger Dunkelheit. Die spärlichen Laternen waren aus, die Fenster der angrenzenden Häuser schwarz. Nur der Mond, der hinter den Dächern im wolkenlosen Himmel aufgestiegen war, warf kühles Licht. Obwohl das Laub von den Bäumen noch nicht völlig abgefallen und der offizielle Winteranfang noch weit entfernt war, fühlte sich die Luft eisig an.

»Brrr, wie im Winter«, sagte Andrew und zog Else in den Arm. »Frierst du?«

»Nicht, wenn du mich hältst!« Glücklich schaute sie zu ihm auf.

Viel zu schnell erreichten sie den Eingang des Cafés.

»Es war ein wunderschöner Abend«, sagte Else.

»Auch für mich.« Andrew schlang die Arme um sie, sein Gesicht kam ganz nah. Er küsste sie auf die Stirn. Da war er wieder, dieser betörende Duft nach Muskat, Moschus und Zitrone, Else fand ihn unwiderstehlich. Seine warmen, weichen Lippen wanderten tiefer, über ihre Nasenspitze, ihre Wange, erreichten schließlich ihren Mund. Voll und weich, warm … Er küsste sie so zärtlich, als wäre sie das Wertvollste, das ihm je begegnet war. Noch immer schmeckte er nach Moscow Mule, fruchtig, süß-säuerlich. Ach, wenn er sie doch niemals mehr losließe …

»Kann ich mit dir kommen?«, wisperte er nach einer Weile, seine Lippen noch immer warm auf ihrer Haut, die Atemluft heiß in ihrem Ohr.

Else durchfuhr ein Schauer. War's *das*, was er wollte? Sie erstarrte in seiner Umarmung wie ein Häschen vor dem Fuchs in der Grube. Warum die Schreckensstarre? Weil sie ihn ebenso heiß begehrte? Oder ihn auf einmal so sehr fürchtete? Sie schluckte, unfähig zu denken, zu reden oder sich zu regen. Die Schreckenslähmung dauerte zum Glück nicht lange.

»Lieber nicht«, kam es ihr über die Lippen. »Vielleicht nächstes Mal.«

»Verstehe. Kein Problem«, sagte er und küsste sie wieder.

Else löste sich aus seinen Armen, holte den Schlüssel aus der Manteltasche und sperrte auf. Er umarmte sie nochmals, küsste sie noch einmal auf den Nacken, den er unter ihrem Mantelkragen entblößt hatte.

»Bis morgen«, flüsterte er schließlich dicht an ihrem Ohr. Erst dann ließ er sie gehen.

Else betrat das Café. Ohne sich umzusehen, querte sie den Raum, öffnete die Tapetentür und stieg die Treppen hinab in ihr Kammerl. In Gedanken war sie noch immer bei Andrew und bei dem wunderbaren Kuss – vor Glück hüpfte sie die Stufen hinunter. Den unangenehmen Anflug von Zweifeln, nämlich die Erinnerung an seinen *»darling«*, schob sie von sich. Bestimmt war er ebenso in sie verliebt wie sie in ihn. Noch immer klang in ihren Ohren die Stimme der Sängerin: »*When I'm in the mood …*«

37

Jetzt bemerkte Else, wie müde sie war. Todmüde – und gleichzeitig auf Wolke sieben. Andrew hatte ihr gezeigt, wie viel Spaß sie haben konnte. Es war ein wunderbarer Abend gewesen. Und er hatte sie geküsst! Die ganze Zeit, während des Tanzens, hatte sie im Innersten davon geträumt. Und dann, im Hauseingang, war der Traum wahr geworden … und hatte sich himmlisch angefühlt.

Sie legte die Kleider ab, schlüpfte ins Nachthemd, entzündete wie immer erst die Gaslampe, bevor sie das elektrische Licht abdrehte. Sie tappte zum Bett, fiel hinein und löschte das Gaslicht. Wie immer war es jetzt stockfinster um sie herum. Es machte ihr nichts aus. Inzwischen hatte sie gelernt, sich wie eine Blinde zurechtzufinden. Sie schlüpfte unter die Decke. Schade, dass Fritzi nicht da war, sie hatte die Wärme des kleinen Körpers an ihrer Seite lieb gewonnen. Dennoch schloss sie die Augen mit einem Lächeln auf den Lippen, in Erinnerung an die Musik, ans Swingen, an den Geschmack der Moscow Mules und an den so zärtlichen, heißblütigen Kuss im Eingang zum Café.

Es war stiller als sonst. Keine Fritzi, die neben ihr atmete, kein Wasser, das durch die Rohre rauschte, denn es war spät, und die Bewohner des Hauses schliefen. Aber Else fürchtete sich nicht. Vielmehr hörte sie in sich hinein. Musik spielte in ihrem Kopf, sie meinte, das Saxofon, die Trompete, das Klavier zu hören. Mit der Zeit verhallten die Trompetentöne, und die Stimme der Sängerin klang von immer weiter her, wie aus dem Nirwana. Nach und nach verstummte sie, war alsbald nicht mehr zu hören.

Plötzlich schreckte sie auf. Ihr ganzer Körper war angespannt, wie damals, als die Russen oben im Café gewesen waren. Diesmal waren die Geräusche nicht so laut, nicht so polternd, sondern knacksend, kratzend, verhalten. Hatte oben die Tapetentür geknarrt? Siedend heiß fiel ihr ein, dass sie wieder vergessen hatte, hinter sich abzusperren. Noch schlimmer: Sie wusste nicht einmal mehr, ob sie die Eingangstür versperrt hatte. Hatte sie das vor lauter Liebesglück ebenso vergessen?! – Sie konnte sich beim besten Willen nicht erinnern.

Dann lief ein kalter Schauer über ihren Rücken. Sie hielt den Atem an. War da ein Tapsen auf der eisernen Stiege gewesen? Ein leises Quietschen des Geländers? Ein Knirschen von Sandkörnern unter ledernen Sohlen? Im Kammerl war es schwarz – auch wenn sie die Augen öffnete, wäre nicht das Geringste zu erkennen. Sollte sie nach der Lampe am Tisch greifen, um den Eindringling mit Licht zu überraschen? Oder starr liegen bleiben, wie tot, gleich einem Hasenjungen angesichts des Fuchses?

Aber Else hatte gar keine Wahl, denn sie war nicht in der Lage, die Augen zu öffnen. Auch die Glieder gehorchten ihr nicht mehr. Nur lauschen konnte sie und versuchen, einzelne Geräusche in der Dunkelheit auszumachen. Wieder meinte sie, Schritte zu hören, immer näher, immer dichter neben ihr. Und dann … war das ein heller Lichtstrahl, der kurz durch ihre geschlossenen Lider drang?

Sie lag reglos im Bett, verdammt, tatenlos abzuwarten. Wieder vernahm sie Knirschen von Sandkörnern auf dem Lehmboden, ganz nah. Und ein leises Knipsgeräusch, wie von einem Fotoapparat, gefolgt von Schaben und Knarren, diesmal wieder weiter weg.

Schließlich nichts mehr.

Aber ein Hauch von diesem herben Duft von Muskat, Moschus und Zitrone zog vorbei. Old Spice. Andrew … Konnte es sein …?

Nachdem es längere Zeit still war, dauerte es noch immer Ewigkeiten, bis Else wieder Herrin über ihren Körper wurde. Endlich konnte sie die Augen öffnen. Natürlich sah sie nichts, nur schwarz – wie immer im Kammerl. Sie schaffte es, nach der Lampe zu tasten, und schaltete sie ein.

Mildes Licht leuchtete jetzt das Kammerl aus. Else sah sich vom Bett aus um. Alles war wie gewohnt: Der halb blinde Spiegel, der Tisch mit der Muttergottes, die Dokumentenmappe, auch die zwei Stangen Zigaretten und die Dose Bohnenkaffee, die Andrew mitgebracht hatte, waren noch da; ihre Kleider am Ständer, die Schuhe beim Bett; hinten das Gestell mit der Decke, das den Gang verdeckte. Und wieder war da ein Anflug von Old Spice.

Jetzt konnte sie nicht anders: Auch wenn die Glieder steif waren, warf sie die Wolljacke über, schlüpfte bloßfüßig in die Schuhe, nahm die Lampe auf. Einem inneren Drang folgend, ging sie zum Gestell. Sofort entdeckte sie einen Spalt zwischen dem Steher und der Wand, und die Decke, die den Eingang verdecken sollte, war zurückgeschlagen. Else zwang sich, die Hand zu heben und mit der Lampe in den Gang zu leuchten. Das fluoreszierende Schild »Zur Oper« stach ihr ins Auge. Sie überwand ihre Furcht – wie damals, als sie vor den Russen geflüchtet war. Sie musste der Sache auf den Grund gehen, musste wissen, ob Andrew tatsächlich im Kammerl gewesen war. Schon nach wenigen Schritten prangte das Schild: »*Casanova Bar*«. Sie bog ab. Immer wieder meinte sie, sein Parfüm zu riechen, und immer sicherer wurde sie in der Vermutung, dass er ihr ins Café gefolgt und über den unterirdischen Gang zur Bar zurückgegangen war.

Dann stand sie vor der Tür der *Casanova Bar*. Sie öffnete und ging vorsichtig hinein.

Und da erstarrte sie schon wieder.

Was sie sah, erschütterte sie zutiefst. Sie wollte ihren Augen nicht trauen, hoffte inständig, dass alles eine Täuschung war. Aber nein: Es war tatsächlich Andrew, den die Garderobiere Molly im kleinen Schlurf neben der Tür an sich drückte. Sie hatte Arme und Beine um ihn geschlungen, ihr Rock war bei der Taille, die Nylonstrümpfe aus den Haltern, ihr verschmierter Lippenstift überall. Sein Gesicht war in ihrem Busen vergraben, und seine Hände auf ihrem nackten Hintern …

Else hatte genug gesehen. Sie verließ die Bar, wie sie gekommen war, nämlich durch die Kellertür, und hastete zurück in ihr Verlies.

Dort verkroch sie sich ins Bett und krümmte sich unter der Decke zusammen wie Fritzi, wenn ihr kalt war.

Ein Held war vom Himmel gefallen, ein Prinz entzaubert. Else war drauf und dran gewesen, sich in Andrew zu verlieben. Die Enttäuschung tat weh, schmerzte im tiefsten Inneren. Aber sie weinte nicht, keine Träne. Sie kauerte nur wie ein Engerling unter der Decke.

Irgendwann rauschte wieder Wasser durch die Rohre – das vertraute Zeichen, dass die Bewohner des Hauses erwachten und es Morgen wurde. Obwohl Else während der Nacht kein Auge zugetan hatte, war es auch für sie Zeit, sich für den Tag bereit zu machen. Aber sie zögerte. Denn in der Nüchternheit des Morgens verstand sie Andrew noch weniger: Zuerst küsste er sie und folgte ihr bis ins Kammerl, doch dann kehrte er unterirdisch zur Bar zurück, um es mit Molly zu treiben. Was für eine Schamlosigkeit! Das musste er erklären.

Else beschloss, Andrew bei nächster Gelegenheit zu konfrontieren, am besten bei seinem nächsten Besuch im *Hawelka*. Mit diesem Plan im Kopf erhob sie sich und machte sich für einen weiteren Tag im Café bereit.

38

Curt verließ das Areal des Robert-Koch-Spitals. Es lag in Favoriten, einem Arbeiterbezirk in Wien, und befand sich in einem dicht besiedelten Viertel zwischen Zinskasernen, Fabriken und handwerklichen Großbetrieben. Nach einer anstrengenden Nacht, in der er eine Blindarmnotoperation an einem zwölfjährigen Jungen durchgeführt und zwei typhuskranke Babys aufgenommen hatte, war er ausgelaugt und müde. Besonders die ausgemergelten kleinen Körper taten ihm im Herzen weh. Eins der beiden, ein Mädchen, war schon nach wenigen Stunden verstorben, weil die nötigen Medikamente fehlten. Jeder dritte Säugling starb dieser Tage – es war herzzerreißend.

Den Kragen des Wintermantels hochgestellt und den Hut tief in die Stirn gezogen, machte er sich auf den Weg nach Hause. *Nach Hause* – er lachte auf, bitter ob dieses Begriffs. Das Untermietzimmer in Frau Pospisils Bassenawohnung war kein *Zuhause*, sondern eine notdürftige Unterkunft. Ein kaltes Loch, ohne Fließwasser und mit der Toilette am Gang, die er mit sechs anderen Parteien teilte. Dennoch musste er froh sein, dass er überhaupt ein Dach über dem Kopf hatte, denn es gab kaum Wohnraum im halb zerbombten Wien.

Die Stadt lag noch im Dunkeln. Die Straßen waren nass vom Regen der letzten Stunden und glänzten, wo die Lichtkegel der wenigen funktionierenden Straßenlaternen hinfielen.

Jetzt regnete es zwar nicht mehr, aber winzige Tropfen in der Luft fühlten sich im Gesicht an wie eisige Nadelstiche. Nur wenige Grad fehlten, und sie würden zu Graupeln frieren, dann lägen sie als weiße Kügelchen auf dem Boden.

Heute war Heiliger Abend. Die Vorstellung gab Curt einen Stich. Er war alles andere als in Weihnachtsstimmung. Wehmütig erinnerte er sich an Weihnachten in der Kindheit: Da war's der schönste Tag des Jahres gewesen. Schon vom Morgen an waren alle in bester Laune gewesen. Vater, Mutter, Onkel, Tante, die beiden Cousins und er hatten in der festlich geschmückten Stube gesessen, Weihnachtslieder gesungen und Kekse gegessen. Dazu kamen die Geschenke: Spielzeug, einen Schal oder Fäustlinge. Und nach einem festlichen Mahl waren sie wohlig gesättigt in die Mette gegangen.

Aber heute war alles anders. Nichts mehr wie damals. Weder Äpfel noch Kekse noch Schokolade lagen in der Schale, aus dem Ofen duftete auch kein Karpfen. Weihnachtsbaum gab's keinen, nicht einmal Reisig. Vater, Mutter, Onkel, Tante waren tot, die Cousins an der Front gefallen. Curt vergrub die trotz Handschuhen von der Kälte steifen Finger in die Manteltaschen und kämpfte sich weiter durch den Nieselregen.

Im anbrechenden Tageslicht stachen Schutthaufen und Müllberge umso mehr ins Auge. Anders als im Sommer, stank der Dreck wenigstens nicht, dachte er, als er verbarrikadierte Fensterlöcher und von Artilleriegefechten zerschossene Fassaden passierte. Langsam kam Leben in die Straßen. Kaufleute zogen Rollläden hoch – auch wenn in den Geschäften die Regale leer waren. Er blickte durch eine zerbrochene Scheibe ins Innere einer Gemischtwarenhandlung. Ein paar Weidenkörbe gab's zu kaufen, sonst nichts.

Männer, Frauen und Kinder in blauer oder grauer Kluft, manche in notdürftig aus Uniformjacken geschneiderten Mänteln, kamen aus den baufälligen Zinskasernen, die zwischen den Resten zerbombter Häuser noch bewohnbar waren. Sie waren auf dem Weg zum Broterwerb, die Kinder in die Schule. Ab Mittag hatten sie frei wegen des Heiligen Abends. Die Füße in groben Schuhen, stapften sie über Schutt, altes Laub und verrottende Pappkartons.

Was für ein trister Heiliger Abend, dachte Curt wieder. Ohne Leckerbissen und Christbaum. Vielleicht hätte er doch am Schwarzmarkt einen Baum erstehen sollen, überlegte er, doch dann fiel ihm wieder ein, wie zerrupft sie ausgesehen hatten. Nein, das halbe Monatsgehalt für so einen Klobesen, das wär's nicht wert gewesen. Er seufzte. Ihm fehlte ein Christbaum, aber nicht so sehr wie Vater, Mutter, Tante, Onkel und die Cousins. Die vermisste er immer, nicht nur heute, aber besonders an diesem speziellen Tag.

Eine Tramway ratterte vorbei. Quietschend hielt sie an. Menschen sprangen ab, andere klammerten sich an die Haltegriffe und hievten sich über die steilen Stufen in den Waggon hinein. Der Schaffner pfiff. Die Tram fuhr wieder an, weiter aus der Stadt hinaus.

»*Neues Österreich!* Morgenausgabe!«, rief der Zeitungskolporteur, der immer bei der Station stand. Curt reichte ihm gewohnheitsmäßig zwanzig Pfennige.

»Ich nehm nur mehr Schillinge«, brummte der Mann und wies die Münzen barsch von sich. »Die Reichsmark können S' sich … Sie wissen schon …«

Obwohl Curt nicht zum Lachen war, zwang ihm der derbe Ausdruck des Mannes doch ein Schmunzeln ab. Zum Glück hatte er vor dem großen Ansturm auf die Banken einen Teil seines Arztgehalts in die neue Währung umgetauscht. Er holte seine Börse hervor und gab dem Mann prägefrische Münzen. Die soeben erworbene Zeitung klemmte er sich unter den Arm.

Als er an einem Gemeindebau aus der Vorkriegszeit vorbeiging, dessen Fassade lediglich ein paar Granatensplitter abbekommen hatte, beneidete er deren Bewohner: Sie hatten Fließwasser in der Wohnung und einen Balkon – was für ein Luxus! Für Leute wie ihn blieb das Tröpferlbad an der Ecke.

Drei Panzer mit dem Sowjetstern ratterten hintereinander vorbei. Sie führten allen vor Augen, wer im Favoritenviertel das Sagen hatte: die Rote Armee. Die russischen Soldaten nisteten sich in Wohnungen ein, plünderten Vorratsschränke und vandalisierten Möbel. Vor allem Mädchen und Frauen lebten in großer Angst vor ihnen, da grauenhafte Vergewaltigungsgeschichten kursierten. Andererseits schenkte die russische Regierung Erbsensuppe her, die allerdings so wurmig war, dass sie nicht einmal die Ärmsten essen wollten.

Je näher Curt zu seinem Wohnhaus kam, desto langsamer wurden seine Schritte. Mittlerweile bewegte er sich im Bummelschritt die Favoritenstraße entlang.

»Morgen, Herr Doktor!«, rief ihm der alte Greißler, bei dem er seine Einkäufe erledigte, schon von Weitem zu. »Was darf's heute sein? Bestimmt haben S' nachher eine schöne Feier zu Haus'.«

»Was gibt's denn?«, fragte Curt im Bemühen, vom schmerzlichen Thema des Alleinseins am Heiligen Abend abzulenken.

»Ähh … Eiertrockenpulver und Butter kriegen S', wenn S' die richtigen Markerl haben. Und Kakaopulver für Kinder unter zwölf.« Der Greißler sah sich in seinem leeren Laden um. »Und einen Laib Brot«, fügte er hinzu. »Den hab ich extra für Sie aufgehoben.«

»Sehr anständig von Ihnen.« Curt klemmte das Brot unter den Arm. »Aber eigentlich hätt ich mich auf eine Leberkässemmel gefreut.«

Der alte Mann lachte auf.

»Haha! Ein guter Schmäh!« Der Greißler schaute über den Brillenrand nach links und nach rechts. Dann räusperte er sich und wisperte schließlich: »Sagen S' nix weiter, Herr Doktor.« Er sah sich nochmals um. »Aber ich weiß was. Oben auf der Laxenburger Straße, beim Fiakerhof, ist ein Fohlen in einen Bombenkrater gefallen und hat sich den Lauf gebrochen. Dort gibt's heut Pferdeleberkäs.«

»Danke für den Tipp.« Curt überlegte hinzugehen, nur Pferdeleberkäs hatte er noch nie gemocht. Das, was für andere ein Leckerbissen war, wollte er denen überlassen. Er entdeckte ein paar Flaschen Wein im Regal. Die erschienen ihm wie ein Geschenk des Himmels. Ein guter Tropfen Wein könnte ein Lichtblick sein an diesem trüben Heiligen Abend.

»Wo haben S' denn die her?«

»Burgenland. Blaufränkischer ist das, und ein wirklich guter. Im Herbst habe ich noch ein paar Flaschen ergattert und bis jetzt vor den Russen verstecken können.«

»Wunderbar! Geben Sie mir eine.«

»Mit Vergnügen, Herr Doktor. Ich gib's Ihnen auch billiger, weil Weihnachten is'. Drei Schilling, bittschön.« Er packte die Flasche in Zeitungspapier. »Was sagen S' zum Sieg über Frankreich?«, kam er währenddessen ins Plaudern. »Eine Hetz war das!«

»Wenigstens im Fußball sind wir noch wer«, brummte Curt.

»Vier zu eins!« Der alte Mann schüttelte ungläubig den Kopf. »So ein Triumph der Unsrigen! I sag Ihnen, Herr Doktor, dieser Sieg war mir nimmer wurscht!«

Curt stimmte ihm zu. Mit dem Laib Brot unter dem Arm und der kostbaren Weinflasche in der Manteltasche verließ er das Geschäft und mischte sich wieder unter die Menschen. Bestimmt warteten mehr oder weniger improvisierte Weihnachtsfeiern auf alle, dachte er bitter.

Im Untermietzimmer von Frau Pospisil warteten nur Kälte, ein Bett mit kaputten Federn und … Einsamkeit.

Das Schild des Kinos an der Ecke stach ihm in die Augen. Vielleicht war's besser mit vielen Menschen im Kinosaal …

»Alles ausverkauft«, sagte das Fräulein an der Kassa. »Nur für *Lager des Grauens* gibt's noch Karten.«

Curt schaute sie fragend an.

»Eine KZ-Reportage. Von den Amerikanern.«

Er löste eine Karte. Alles war gerade besser als Frau Pospisils Untermietzimmer.

Außer einem Pärchen in der hintersten Reihe, das wohl mehr aneinander als am Film interessiert war, war der Saal leer. Curt nahm in der Mitte Platz. Er wusste, was ihn erwartete, es war nicht das erste Mal, dass er eine Reportage über Juden in Konzentrationslagern sah. Noch immer konnte er es nicht fassen, dass Mitmenschen zu solchen Massentötungen fähig gewesen waren. Und nicht irgendwer, sondern Landsleute, mit denen er tagtäglich zu tun hatte. Es war ihm unbegreiflich. Wenn die Aufnahmen nicht so offensichtlich echt wären, hätte er es nie geglaubt. Jetzt fand er die Bemühungen der alliierten Mächte, die Österreicher über die Verbrechen der Nazis aufzuklären, gut und richtig. Lehren mussten gezogen werden. Im 38er-Jahr hatten alle Hitler zugejubelt – heute wollte niemand mehr ein Nazi gewesen sein. Und niemand wollte die Gräuel der Nazis sehen.

Auch ihm fiel es schwer, den Film bis zum Ende anzusehen, besonders an diesem Tag. Die Bilder waren bedrückend. Solch Leid … so unrecht! Endlich war der Film zu Ende, aber es war kein gutes. Nur vielleicht das Wissen um Vergeltung war irgendwie tröstlich. Das Wissen, dass die Verantwortlichen zur Rechenschaft und Lehren für die Zukunft gezogen wurden.

Mit seinen Einkäufen machte er sich nun endgültig auf den Weg nach Hause. Die winzigen, eiskalten Tropfen nadelten noch immer im Gesicht.

Schließlich kam er bei seinem Wohnhaus an. Eingangstor gab's keins – irgendwer hatte es an einem kalten Tag zu Brennholz geschlagen. Curt hatte Herrn Sabitsch aus dem vierten Stock im Verdacht, dessen vier unterernährte Kinder seit Wochen mit Keuchhusten kämpften. Im Stiegenhaus roch es nach gekochtem Kohl, abgestandenem Zigarettenrauch und beißendem Gully. Er hielt den Atem an, erklomm die Treppen und erreichte Frau Pospisils Tür. Möglichst geräuschlos ließ er sich ein – eine Begegnung mit der schwatzhaften Vermieterin wäre noch schlimmer, als allein im Zimmer zu sitzen, fand er.

Er schälte sich aus dem vom Nieselregen nassen Mantel und schlüpfte in die wärmste Jacke, die er besaß. Es war kalt im Zimmer, denn der Pappkarton im Fensterrahmen hielt zwar Licht, aber nicht die Kälte ab, und für den Ofen gab's weder Holz noch Koks. Er stellte die Weinflasche ab, legte den Brotlaib daneben und setzte sich an den Tisch.

Das war er also, sein Heiliger Abend. Allein am schäbigen Tisch, im Untermietzimmer von Frau Pospisil. Er breitete die Zeitung vor sich aus. Gleich auf der ersten Seite stand wieder ein Bericht über die Nürnberger Prozesse, die seit Wochen stattfanden. Sechsundzwanzig hohe Funktionäre des Dritten Reiches waren angeklagt, auch Hermann Göring, Wegbereiter des Anschlusses von Österreich ans Deutsche Reich. Noch vor zwei, drei Jahren hatte er den zweiten Mann im Reich für eine vernünftige Person gehalten. Jetzt diese Vorwürfe … wie hatte er sich nur dermaßen irren können! In den Prozessen wurden die Taten der Mächtigsten im Dritten Reich aufgedeckt, sie waren auf einmal zu Gejagten geworden. Aber die Leute sprachen nicht darüber. Sie interessierten kaum jemanden und hätten genauso gut in den USA stattfinden können. Die Leute waren müde vom Krieg und hatten alle Hände voll zu tun, ihr eigenes Leben in den Griff zu bekommen.

Wie er.

Immer öfter fragte er sich, ob er damals am Bologneser Bahnhof richtig entschieden hatte. In dieser langen Nacht auf den harten Stufen hatten ihn romantische Jugenderinnerungen auf die wahnwitzige Idee gebracht, nach Wien zu fahren. In der Sommerhitze hatte er diese Idee weitergesponnen, sich mehr und mehr in Träumereien verrannt und war schließlich in den Zug gestiegen.

Aber kaum war er am Westbahnhof angekommen, hatte er begriffen, wie kurzsichtig die Idee gewesen war. Sein Plan war undurchführbar. Die Stadt war riesig. Wie wollte er hier jemals sein Elschen finden? Er wusste nichts von ihr, hatte keine Adresse. Nicht einmal das Fräulein im Meldeamt hatte ihm weiterhelfen können, denn viele Akten waren verschwunden, andere nicht aktuell.

Letztendlich hatte er aufgegeben, nach Else zu suchen. Eine Zukunft mit ihr war nichts als ein Hirngespinst gewesen.

Er öffnete die Flasche und schenkte sich ein Glas Wein ein. Er schmeckte sauer, aber er hatte keine Ansprüche in diesen Tagen. Er nahm noch einen Schluck. Der mundete schon etwas besser. Da fiel ihm ein, dass die Reise nach Wien doch auch etwas Gutes gehabt hatte: Er hatte die Stelle im Robert-Koch-Spital gefunden. Der Chefarzt hatte nur wenige Tage nach Kriegsende in einem der beiden intakten Pavillons begonnen, eine Kinderklinik einzurichten, und Curt wegen seiner exzellenten Zeugnisse sofort eingestellt. Noch waren 90 Prozent der Gebäude zerstört, noch lagen Haufen von Schutt und Glasscherben auf dem Gelände. Aber er liebte die Arbeit mit den kleinen Patienten, sie füllte ihn aus.

Allerdings war Wien im Herbst von den alliierten Besatzern in Zonen aufgeteilt worden. Favoriten lag in der russischen Zone, abgeschnitten von der restlichen Stadt, ja von der restlichen westlichen Welt. Das Leben war entbehrungsreich, noch karger, als es in der amerikanischen, britischen oder französischen Zone wäre.

Er dachte wieder an Else. Wo sie wohl war?

Curt faltete die Zeitung wieder zusammen und legte sie auf den Stapel. In seinem Zimmer war es still, nur vom Gang waren Menschen zu hören, die zum WC liefen. Wie kläglich war er doch, dieser Heilige Abend! Er rieb sich die von der Kälte geröteten Finger. Die Einsamkeit tat weh. Irgendwann hielt er die Stille nicht mehr aus und drehte den Radio auf. Die Wiener Sängerknaben sangen *Oh Tannenbaum*. Er versuchte mitzusingen, aber es gelang ihm nicht.

»Ich kann euch zu Weihnachten nichts geben«, redete dann der neugewählte Kanzler Leopold Figl. »Ich kann euch für den Christbaum, wenn ihr überhaupt einen habt, keine Kerzen geben. Ich kann euch keine Gaben geben, kein Stück Brot, keine Kohle zum Heizen, kein Glas zum Einschneiden. Wir haben nichts.« Curt nahm noch einen Schluck vom Wein und schätzte sich auf einmal doch glücklich. Immerhin trank er Wein. »Ich kann euch nur bitten: Glaubt an dieses Österreich!«, verkündete der Kanzler.

Der Kanzler hatte recht, dachte Curt jetzt. Es war nicht die Zeit zu jammern. Er war nicht der einzige Unglückliche an diesem Abend. Andere Werte zählten. Die neu gewonnene Freiheit, beispielsweise. Die Gelegenheit der Besinnung aufs Eigentliche.

In diesem Moment klopfte jemand an die Tür, schwach und kaum hörbar. Curt horchte auf. Es klopfte wieder. Er stellte das Weinglas ab und ging hin.

Am Gang stand eins der kleinen Mädchen aus dem vierten Stock, eine Tochter von Herrn und Frau Sabitsch. Das geflickte Kleid hing lose an ihr herab, und sie hatte dunkle Ringe unter den Augen.

»Für Sie …« Mit blassen Händchen hielt sie ihm eine Schale mit Weihnachtskeksen hin. »Mit einem Dankeschön von Mutter für die Medizin, die Sie uns neulich gebracht haben.«

»Ach … das war doch selbstverständlich«, stammelte Curt verlegen. »Tausend Dank.« Er nahm die Kekse entgegen. Dann wurde er gleich wieder zum Herrn Doktor und sah das Kind prüfend an.

»Geht's dir besser?«

»Der Husten ist schon fast weg.«

»Das ist gut.«

Er besah die Kekse in seiner Hand. Vanillekipferl und Nussmakronen waren dabei, seine Lieblingskekse. Die Entbehrungen, die Frau Sabitsch auf sich genommen haben musste, um die Zutaten zu besorgen, wollte er sich gar nicht ausmalen.

»Du bist die Emilia, stimmt's?«

»Ja.«

»Emilia, das ist das schönste Weihnachtsgeschenk, das du mir machen konntest.«

Die stumpfen Augen des Mädchens leuchteten auf, dann drehte sie sich auf dem Absatz um und lief davon, die ausgefransten Zöpfe wehten hinterher.

Curt ging zurück zum Tisch und stellte die Schale mit den Keksen neben die Weinflasche. Im Radio sangen die Sängerknaben *Stille Nacht*.

Er zündete eine Kerze an. Das Licht ließ den Wein im Glas

dunkelrot schimmern. Das Vanillekipferl zerging auf der Zunge und schmeckte herrlich nach Haselnüssen und Vanille. Auch der Wein mundete jetzt erstaunlich gut, wahrscheinlich hatte er nur Luft gebraucht.

Curt summte *Stille Nacht* mit den Sängerknaben vor sich hin.

Eines Tages, so hoffte er, würde er wieder ein richtiges Zuhause haben. Mit Karpfen im Rohr und einen Christbaum im Wohnzimmer.

Und vielleicht würde er sein Elschen eines Tages doch noch finden.

39

Andrew kam nicht. Jedes Mal, wenn die Eingangstür quietschte, schaute Else erwartungsvoll hin, doch der attraktive Ami ward nicht mehr gesehen. Frau Hawelka bedauerte, dass der Bohnenkaffee ausgegangen war, und fragte nach ihm. Herr Hawelka verlor kein Wort, aber Else las seine Gedanken: Siehst, Mädel, ich hab's dir vorhergesagt.

Nach Wochen beschäftigte Else das Rätsel um Andrew noch immer. Sie könnte ihn in der Pension *Zum Goldenen Lamm* hinter der Votivkirche aufsuchen, dachte sie manchmal. Ein Zimmer mit einem Wellensittich wäre leicht ausfindig zu machen.

Weitere Tage vergingen, in denen sie bei Tag über sein Verhalten rätselte und sich bei Nacht nach ihm sehnte.

Sie könnte ihn aufsuchen. Wenn sie nur nicht so ängstlich wäre …

Else und Fritzi feierten den Heiligen Abend mit Familie Hawelka in der Köllnerhofgasse. Sie sangen Weihnachtslieder und aßen Kekse, die Frau Hawelka mit Nüssen, Zucker, Eiern und Mehl vom Schwarzmarkt gebacken hatte. Irgendwo hatte »das Christkind« je eine Puppe für die Mädchen und eine Lokomotive aus Blech für Günter aufgetrieben, und Else wurde mit einem warmen Wolltuch überrascht.

Um Mitternacht besuchten sie eine eiskalte Mette im Stephansdom. Die einsturzgefährdeten Mauern waren inzwischen mit Gerüsten gestützt und das Dach provisorisch mit Planen abgedeckt. Die leeren Stumpen, wo früher Heiligenfiguren gestanden hatten, die verkohlten Reste des Chorgestühls und die Bruchstücke der bunten Fenster waren schrecklich anzusehen.

Am Weihnachtstag kochte Frau Hawelka ein kostbares Stück Geselchtes.

Während all dieser Feierlichkeiten war Else jedoch nur halb bei der Sache. Vater war noch immer nicht aufgetaucht, und – was die Situation verschlimmerte – sein Sold war von einem Monat auf den anderen ohne Angabe von Gründen eingestellt worden.

»Das hat bestimmt nichts zu bedeuten«, tröstete Frau Hawelka sie. »Vermutlich ist er irgendwo in Kriegsgefangenschaft geraten. Glaub mir, Kind: Wenn er gefallen wäre, hätte man dich informiert. Und wegen deinem Unterhalt sorg dich nicht. Es gibt sowieso keine Wohnungen, du könntest also ohnehin nirgends hin. Du bleibst einfach bei uns.« Frau Hawelka hatte die Situation wieder einmal auf den Punkt gebracht.

Aber da war noch etwas, das Else bedrückte und das sie allen, sogar ihrer Gönnerin und mütterlichen Freundin, verschwieg: Zum ersten Mal im Leben war sie verliebt – und schmerzlich enttäuscht worden. Der Spaziergang im Park, der Moment der Vertrautheit unter Hitlers Balkon – wie naiv war sie doch gewesen zu glauben, dass sie Andrew etwas bedeutete. Sie hatte sich geirrt. Stattdessen liebte er eine andere, hatte die ganze Zeit einen anderen *darling* verehrt. Die abscheuliche Szene mit dieser Molly … Weiß Gott, was er an diesem Nachmittag im Nieselregen und beim Tanzen in ihr gesehen hatte – Else wollte gar nicht weiter darüber nachdenken.

Seit jener Nacht in der *Casanova Bar* hatte sie alle möglichen Zustände: Das Essen schmeckte nicht, die Arbeit im Café freute sie nicht. Nachts wälzte sie sich im Bett neben der schlafenden Fritzi und hörte geheimnisvolle Geräusche. Immer wieder erschien ihr Andrew in der Finsternis, mal liebevoll lächelnd, mal hämisch grinsend, mal böse die Zähne fletschend. Mal sehnte sie sich nach ihm, mal wollte sie ihn mit einem Tritt in den Hintern zum Mond befördern. Auch untertags dachte sie ständig an ihn, und der Duft seines Parfüms verfolgte sie. Else wusste, dass sie Andrew vergessen sollte. Aber wie?

ANFANG NOVEMBER 1968

40

Was darf ich dir bringen?«, fragte Engelbert, nachdem Jutta statt im Hörsaal an einem der Marmortische im *Hawelka* Platz genommen hatte. Noch nie hatte sie eine Vorlesung geschwänzt, heute war's zum ersten Mal. Für den täglichen Apfelstrudel war's zwar noch viel zu früh, aber vielleicht half der süße Zimtgenuss ihrer Laune.

»Wie immer. Aber mit einer doppelten Portion Schlag, bitte.«

Wochen waren vergangen, aber seit dem unglücklichen Abend hatte sie noch immer nichts von Bodo gehört. Noch immer hatte er sich weder telefonisch gerührt, noch war er, wie früher üblich, vor der Kanzlei oder im *Hawelka* aufgetaucht.

Während sie auf den Apfelstrudel wartete, griff sie geistesabwesend nach der aktuellen Ausgabe vom *Kurier*, den Engelbert wohl nach dem Frühstück auf dem Tisch vergessen hatte. *Feierlichkeiten zum 50. Geburtstag der Republik Österreich*, las sie auf der ersten Seite. *Bundespräsident Jonas begrüßte die vielen Wiener und Wienerinnen, die auf dem Heldenplatz erschienen waren. »Nicht vergessen wollen wir die schweren Opfer, die dieses Volk auf sich genommen hat, um aus den Kriegswirren wieder herauszufinden. Wenn ich das eine oder andere Mal von Sorgen bedrückt bin, erinnere ich mich jener Zeiten, da wesentlich größere Sorgen und viel mehr Schwierigkeiten zu überwinden waren.«*

Fürwahr, dachte Jutta. Sie sollte nicht jammern. Die Generation ihrer Eltern hatte wesentlich Schlimmeres als Liebeskummer durchlebt. Jetzt plagten sie Gewissensbisse wegen ihrer Kritik an Bodos Eltern. Durfte sie denn über Heriberts und Traudls Moral urteilen? – Vielleicht war sie an jenem Abend doch zu weit gegangen, vielleicht hätte sie ihre Ansichten für sich behalten sollen. Aber dann regte sich die andere Seite in ihr. Durfte man die Vergangenheit ignorieren? Durfte man einfach darüber hinwegsehen, dass Traudl und Heribert sich am Unglück ebenjener jüdischen Mitbürger bereichert hatten, die später ermordet worden waren? Durfte man es einfach unwidersprochen stehen lassen, dass sie sich über ihre Fortune auch noch freuten? – Und Bodo? Er hatte ihr nicht den Rücken gestärkt, keineswegs. Sondern sich stillschweigend auf die Seite seiner Eltern geschlagen. Jutta seufzte tief. Ihre Liebe war an den Lasten der Kriegsgeneration zerbrochen.

Wenigstens hatte ihre eigene Familie immer auf der richtigen Seite von Recht und Moral gestanden, dachte sie dann mit Genugtuung. Vater als Arzt, Mutter als Ersatzmutter für Fritzi und der unbekannte Großvater als Polizist.

»Lass ihn dir schmecken«, sagte Engelbert und stellte das Tablett mit dem Apfelstrudel vor sie hin.

Das Herz schwer, vertilgte Jutta dennoch mit großem Appetit den Apfelstrudel. Danach bestellte sie noch eine zweite Portion und seufzte wieder.

Denn es war nicht nur der Liebeskummer, der sie plagte. Da war noch etwas, das sie bisher nicht hatte wahrhaben wollen. Etwas Folgenschweres, Lebensveränderndes. Eine Riesensorge, sie lastete zentnerschwer.

So konnte es nicht weitergehen, dachte sie dann. Es war Zeit, den Tatsachen ins Auge zu sehen. Sie musste mit Bodo sprechen, und zwar jetzt.

Sie ergriff die Beuteltasche, schlüpfte in die kleine Telefonzelle neben der Eingangstür und kramte umständlich nach einem Schilling. Dann nahm sie den Hörer auf und warf die Münze in den Automaten. Nach dem Ertönen des Freizeichens wählte sie Bodos Nummer. Der Hörer lag schwer in der feuchten Hand, ihr Herz klopfte immer heftiger. Auch wenn sie kaum damit rechnete, dass er selbst abheben würde, bestand immerhin die Möglichkeit, gleich seine Stimme zu hören.

Es läutete. Dann klickte es in der Leitung.

»Eberlein?« – Traudls Stimme.

»Guten Tag. Hier spricht Jutta.«

»Ach, du bist's.« Traudl klang nicht gerade erfreut.

»Kann ich bitte mit Bodo sprechen?«

»Nein. Er ist nicht da.« Bedauern klang da keins mit. Aber Jutta würde sich nicht abwimmeln lassen.

»Ich muss ihn sprechen. Es ist wichtig. Wann kommt er wieder?«

»Weiß ich nicht. Ich werde ihm ausrichten, dass du angerufen hast. Auf Wiederhören.«

Traudl hatte aufgelegt.

Verärgert hängte Jutta den Hörer ein. Sie kehrte zum Tisch zurück. Es war alles ihre Schuld. Der Apfelstrudel schmeckte schal.

Einmal läutete das Telefon. Frau Hawelka ging dran, aber rief jemand anderen aus.

Eine Stunde später hielt Jutta es nicht mehr aus. Sie packte ihre Sachen, verabschiedete sich von Engelbert und ging nach Hause.

41

Das Wetter war unwirtlich, der Wind pfiff. Erster Schnee fiel, viel zu früh für diese Jahreszeit. Die Familie Hawelka war noch beim Mittagessen in der Köllnerhofgasse, also bediente Else die nagelneue Kaffeemaschine, die Herr Hawelka kürzlich nach sorgfältigen Erwägungen angeschafft hatte. Immerhin war die Qualität des Kaffees das Aushängeschild des Lokals und die Wahl der Maschine daher eine heikle Sache. Diese war ein blitzendes Ungetüm aus Chrom und klapperte Furcht einflößend. Sie kontrollierte das Manometer, füllte Wasser nach, befüllte das Sieb, betätigte den richtigen Hebel. Die Maschine rumpelte und paffte, schließlich ergoss sich die ersehnte schwarze Flüssigkeit in eine kleine Tasse, die sie rechtzeitig unter dem Hahn platziert hatte.

Ihr Mokka war fertig. Else setzte sich damit an den Tisch bei der Theke. Während sie das heiße Getränk genoss und dabei aus dem Fenster sah, wanderten ihre Gedanken zu Jutta. Ihre Tochter bereitete ihr Sorgen dieser Tage. Sie und Bodo waren ein fixes Paar gewesen, aber seit dem unglücklichen Abendessen bei den Eberleins war's aus und vorbei und Jutta ein Häufchen Elend.

Schneeflocken rieselten leise vom Himmel und schmolzen auf den Motorhauben der Autos, die am Straßenrand parkten. Es war der erste Schnee im heurigen Jahr.

Schnee von heute … Schnee von gestern, dachte Else. Und schon war sie wieder mitten im fürchterlichen Wust von Erinnerungen.

JANUAR 1946

42

Dicke Flocken fielen vom Himmel, bedächtig und stetig, und legten binnen Stunden eine puffige Decke auf die schmutzigen Schotterhaufen. Die Stadt wurde geradezu märchenhaft schön, gleichzeitig lähmte der Schneefall das tägliche Leben. Die Menschen wagten sich kaum aus den Häusern, die Tram stellte den Betrieb ein, Fuhrwerke wie Automobile wurden unter der weißen Pracht vergraben. Nur der Jeep mit den vier Soldaten der alliierten Mächte patrouillierte weiterhin regelmäßig die Straßen, auch die Dorotheergasse. Schulen und Ämter wurden geschlossen, nicht nur wegen des Schnees, auch wegen Kohlemangels, und im Café blieben die Gäste aus.

Am nächsten Tag schneite es noch immer. Nicht einmal Stammgäste wie die Herren aus dem Dorotheum, der Herr von Löwenstein oder die elegante Witwe kamen. Und auch sonst niemand …

»Warum schaust du so traurig drein?«, fragte Fritzi, während Else am Fenster stand und zwischen den Vorhängen den Flocken zusah, wie sie vom Himmel fielen.

»Ich? Traurig?!«, entgegnete sie schroffer als beabsichtigt. »Ich bin überhaupt nicht traurig!«

Fritzi nahm Elses Hand und schmiegte sie an ihr Gesicht.

»Ist es wegen Vati?«

»Stimmt. Er fehlt mir.« Else wandte sich schnell ab. Die

Kleine sollte nicht sehen, dass das nur die halbe Wahrheit war. Es war die Enttäuschung über Andrew, die sie im Moment vielleicht noch mehr schmerzte.

Als sie am nächsten Morgen wieder aus dem Fenster schauten, trauten sie ihren Augen kaum: Die Sonne schien, der Himmel war kobaltblau, und der Schnee auf den Dächern, den Gehsteigen und Schutthaufen glitzerte silbrig weiß.

»Ist das schön!«, rief Fritzi.

Die Dorotheergasse glich einer wundervollen Winterlandschaft, und die Pracht vor dem Fenster entlockte sogar Else ein Lächeln.

»Kommt, Kinder! Zieht euch warm an, wir gehen rodeln.«

Fritzi, Herta und Günter liefen zur Garderobe, holten Mäntel, Hauben und Schuhe und machten sich fürs Rausgehen bereit. Beim Schuhebinden hielt Herta plötzlich inne.

»Aber wir besitzen doch gar keine Rodel!«

»O doch!« Else lief hinter die Theke und holte den blechernen Deckel des größten Kochtopfs, den sie hatten. »Schaut her!«

Wenig später stapften sie durch kniehohen Schnee zum Burggarten hinter der zerbombten Albertina. Im Herbst war sie mit Andrew auf den verschlungenen Wegen unter den Bäumen gewandelt, bis ihnen der zitronengelbe Budgie zugeflogen war … Jetzt waren diese Wege unter Schneemassen begraben, die Äste der mächtigen Bäume kahl. Else ging mit den Kindern entlang der Fassade des Glaspalastes, einst ein imperiales Gewächshaus, später Ausstellungsräume einer inzwischen aufgelösten Kunstgemeinschaft. Wo einmal riesige Fensterflächen gewesen waren, klafften jetzt karge Löcher in der Eisenkonstruktion, und die dahinter liegenden Ausstellungsräume waren leer. Sie gingen auf die davor liegende Terrasse, von der eine breite Treppe in die Gartenanlage führte.

»Hier bauen wir unsere Rodelpiste«, sagte Else. Die Kinder waren sofort Feuer und Flamme. Stufe für Stufe traten sie den Schnee fest und luden noch mehr auf, sodass eine schräge Fläche entstand.

»Hier müsst ihr aufpassen«, warnte Else sie an der Stelle, wo die Stiegen in ein Plateau mündeten und danach im rechten Winkel weiterführten. »Damit ihr nicht in den Säulen der Balustrade landet.«

Herta, Günter und Fritzi lachten übermütig, voller Vorfreude aufs Rodeln.

»Unten, vor der großen Blutbuche, müsst ihr ebenfalls achtgeben.« Else zeigte auf einen monumentalen Baum.

»So weit kommen wir doch nie!«, meinte Günter.

»Wer weiß«, lachte Else. »Der Kochtopfdeckel kann ganz schön schnell werden.«

»Wie bremst man?«, fragte Herta.

»Beine ausstrecken und die Fersen fest in den Schnee drücken«, erklärte Else.

Voller Eifer traten sie den Schnee fest.

»Die Älteste zuerst.« Else reichte Herta den Deckel.

»Beine anheben!«, wies sie sie an, nachdem sie sich draufgesetzt hatte, und schubste Herta zur obersten Stufe. Im selben Moment kippte der Deckel über die Kante. Herta rutschte los, zuerst etwas stockend, gewann aber schließlich an Fahrt.

»Bremsen!«, rief Else, als Herta die Balustrade fast erreicht hatte. »Fersen in den Schnee! Gewicht nach links!«

Herta gehorchte, schaffte die Kurve, hob die Beine wieder an, schlitterte den zweiten Treppenabsatz hinab und rutschte mit einem Juchzer auf die davor liegende weiche Schneefläche, bis sie zum Stehen kam.

»Das macht Spaß!« Sie kam auf die Beine und klopfte den Schnee vom Mantel, nahm den Topfdeckel und kletterte über die Stiegen zurück auf die Terrasse. Günter riss ihn ihr vor Aufregung fast aus der Hand.

»Jetzt bin ich dran!« Mit leuchtenden Augen schob er den Deckel unter sein Hinterteil und arbeitete sich zur Piste vor.

»Antauchen! Antauchen!«

Else gab auch ihm einen Schubs. Schon kippte der Deckel über die oberste Stufe und schlitterte den Hang hinunter. Wegen des von Hertas Fahrt geglätteten Schnees wurde er sofort schneller als sie. Gekonnt bremste er vor der Balustrade ab, legte den Körper in die Kurve und rodelte über die Treppen in Richtung Parkfläche. Kurz vor der Blutbuche kam er zum Stehen.

»Noch einmal!«

»Aber ich war noch gar nicht dran«, empörte sich Fritzi.

»Und danach ich noch mal«, rief Herta.

»Alle der Reihe nach«, beruhigte Else die Kinder.

Günter, der schon wieder zur Terrasse hinaufgeklettert war, reichte Fritzi den Deckel. Sie setzte sich drauf wie die anderen, und Else gab auch ihr den ersten Schubs. Rasch erreichte sie die Kante, der Deckel kippte, und sie schlitterte los. Ohne weiteres Zutun beschleunigte der Deckel auf dem inzwischen gehärteten Schnee. Es dauerte nicht lange, und Fritzi raste in beängstigender Geschwindigkeit auf die Balustrade zu.

»Bremsen! Fersen in den Schnee!«, schrie Else ihr nach. Fritzi klammerte sich an den Griff des Deckels. Mit aller Kraft bemühte sie sich, die Fersen in den Schnee zu drücken. Dieser war jedoch vom Gewicht der beiden anderen Kinder schon glatt, und Fritzis Füße fanden keinen Halt. Else sprang ihr nach. Währenddessen schaffte Fritzi es doch irgendwie, der Balustrade auszuweichen, und fuhr Else davon. Sie raste den zweiten Treppenabsatz hinab, deutlich schneller als Günter und

Herta, erreichte die flache Gartenebene, schlitterte weiter mit unveränderter Geschwindigkeit auf die Blutbuche zu.

»Bremsen!«, brüllte Else. »Bremsen!«

Da krachte Fritzi gegen den Stamm.

Dann war es still.

Else rannte, so schnell es ging, die behelfsmäßige Rodelabfahrt hinunter. Im selben Moment schrie Fritzi auf. Else sah sofort das Malheur: Eine Beule auf der Stirn entstand, Blut rann die Wange hinab.

»Das wird schon wieder«, versuchte sie Fritzi zu beruhigen, während sie das kleine Gesicht mit einem Taschentuch säuberte. »Es ist nicht so schlimm.«

Aber Fritzi schrie weiter.

Da erkannte Else die eigentliche Ursache: Im linken Strumpf klaffte ein Loch, es war ein scharfer Schnitt. An den Rändern bildete sich ein dunkler Fleck und breitete sich aus. Else besah sich die Stelle und entdeckte eine Glasscherbe im mittlerweile blutroten Schnee.

»Kommt, Kinder, wir müssen nach Hause«, versuchte sie, Fritzis Geschrei zu übertönen, und hob sie auf. Günter nahm den Deckel und Herta Fritzis Schuh, den sie während des Sturzes verloren hatte. Mit Fritzi auf Elses Rücken liefen sie so schnell wie möglich zurück zum Café.

43

»Was ist passiert?«, wurden sie von Frau Hawelka empfangen.

»Fritzi ist gegen einen Baum gefahren«, verkündete Günter aufgeregt.

»Da waren viele Scherben unter dem Schnee«, erklärte Herta.

Frau Hawelka lief zur Tapetentür, knipste das elektrische Licht an und machte Platz für Else, die Fritzi über die Wendeltreppe hinunter ins Kammerl trug.

»Beruhigt euch … das sieht nicht so schlimm aus«, meinte Frau Hawelka nach einem schnellen Blick auf Fritzi, die an Elses Schultern hing.

»Am Kopf … aber das Bein!«, schnaufte Else. Unten angekommen, legte sie Fritzi aufs Bett.

»Nicht weinen.« Herta streichelte Fritzis Hand. Unter Günters und Hertas aufmerksamen Augen schälte Else Fritzis Beine aus der inzwischen mit Blut getränkten Hose. Eine Schnittwunde oberhalb des Knöchels kam zum Vorschein.

»Ganz schön tief«, murmelte sie.

»Es tut so weh«, jammerte Fritzi, der mittlerweile dicke Tränen über die Wangen liefen.

»Holt Wasser und ein sauberes Geschirrtuch«, bat Else die Kinder.

Die beiden liefen die Wendeltreppe wieder hinauf, eifrig bemüht, dazu beizutragen, das Leid der Freundin zu lindern. Wenig später kamen sie mit beidem wieder.

Frau Hawelka erschien ebenfalls, mit einem Topf Honig in der einen und Zwiebelscheiben in der anderen Hand.

»Lass mich die Wunde anschauen, Mädel.« Sie schob Else zur Seite. »Wir müssen aufpassen, dass keine Glasreste bleiben. Sie könnte sich infizieren«, stellte sie so leise fest, dass nur Else sie hören konnte, während sie die Wundränder mit einem feuchten Lappen reinigte.

»Aua, aua!«, schrie Fritzi auf.

»Wie ich vermutet habe. Da sind noch immer Splitter drin.« Frau Hawelka griff nach den Zwiebelringen. »Sie stinken zwar, aber sie weichen das Gewebe auf. Danach können wir die Splitter besser finden.« Sie legte die Zwiebelringe auf die Wunde.

»Lauf in die Köllnerhofgasse, und hol unsere Pinzette«, wies sie Herta an.

»Ich komm mit«, tönte Günter, und schon trampelten die beiden die Wendeltreppe wieder hinauf und zur Tapetentür hinaus.

Nachdem die Kinder die Pinzette gebracht hatten, durchsuchte Frau Hawelka damit die Wunde.

»Gibt's hier mehr Licht?«

Else entzündete die Gaslampe und hielt sie hin.

»Einen haben wir!« Triumphierend hielt Frau Hawelka einen Splitter hoch. »Aber es sind noch mehr drin.«

Den Kopf über Fritzis Bein gebeugt, arbeiteten sie sich wie ein Chirurg und seine Assistentin durch die Wunde. Fritzi weinte und jammerte, hielt aber tapfer durch.

»Jetzt finde ich nichts mehr«, sagte Frau Hawelka nach einer

Weile, legte die Pinzette beiseite und bestrich die Wundränder mit Honig. »Wirst sehen, Fritzi: Jetzt wird alles gut.«

Fritzi schniefte.

Else nahm ein frisches Geschirrtuch und verband das Bein.

»Für heute bleibst du im Bett«, bestimmte Frau Hawelka. »Else wird dir dein Abendessen herunterbringen.«

Fritzi war nun einigermaßen ruhig. Sie aß mit Appetit die Brote, die Else ihr gebracht hatte, und schlief bald ein. Auch Else zog sich nach dem Abendessen ins Kammerl zurück. Sie legte sich neben Fritzi und drückte den kleinen Körper an sich. Wenig später löschte sie das Licht.

In der Finsternis kamen schlimme Bilder hoch: Fritzi bewusstlos nach dem Zusammenstoß mit dem Baum, die Wunde klaffend, das Bein gebrochen … so viel Schreckliches hätte passieren können. Was für ein Glück, dass alles glimpflich ausgegangen war. Else schalt sich selbst, denn den Kochtopfdeckel für eine Rodelpartie zu missbrauchen, war ihre Idee gewesen.

Zwei Tage vergingen, in denen Fritzi das Bett hütete. Else wechselte jeden Morgen den Verband und bestrich die Ränder der Wunde mit Honig, um einer Entzündung vorzubeugen. Jedes Mal, wenn sie die Wunde neu verband, sah sie ein wenig besser aus.

»Bald wird sie trocken sein. Morgen darfst du aufstehen und herumlaufen«, tröstete sie Fritzi, der im Kammerl immer langweiliger wurde.

Mitten in der folgenden Nacht schreckte Else auf. Fritzi warf sich im Schlaf hin und her und zuckte immer wieder zusammen, als ob sie schlecht träumte. Als Else den kleinen Körper an sich drückte, erschrak sie: Fritzi brannte wie Feuer.

»Was ist mit dir?«, wisperte sie an Fritzis Ohr, bekam jedoch keine Antwort, die Kleine schlief. Aber Else war hellwach.

Fieber konnte alles bedeuten: der Beginn eines harmlosen Infekts, einer Verkühlung, einer Kinderkrankheit wie Masern, Mumps, Röteln oder Scharlach. Oder – und diese Möglichkeit wollte sie gar nicht weiter in Betracht ziehen, so sehr bereitete sie ihr Sorge: eine Blutvergiftung. Wie Mutter nach Fritzis Geburt. Seither wusste sie, wie eine Blutvergiftung ausgehen konnte, denn Mutter war daran gestorben. Auch bei ihr hatte alles mit Fieber begonnen. Else schob den Gedanken weg. Nein, das konnte, durfte einfach nicht sein.

Sie nahm sich vor, einen Arzt zu rufen, wenn das Fieber morgen nicht besser war. Im gleichen Moment fiel ihr ein, dass sie Vaters Sold nicht mehr bekam. Von den hundertfünfzig Reichsmark, die man Anfang November in die neue Währung Schillinge hatte eintauschen dürfen, war kaum noch etwas übrig. Einen privaten Arzt ins Haus zu rufen, war also unmöglich. Sie würden in ein Krankenhaus gehen müssen.

Fritzi schlug wieder um sich. Else griff ihr abermals an die Stirn. Sie war brennheiß wie vorhin, dazu schweißnass.

Ach, wenn nur Frau Hawelka da wäre, wünschte sie sich.

44

Fritzis heißen Körper in den Armen, döste Else ein. Im Halbschlaf erschien ihr Andrews Antlitz als gelbe Fratze, hämisch lachend. Aber nein – das war nicht Andrew, das war Mutter. Gelblich fahl, hohlwangig und mit schwarzen Ringen unter den Augen; reglos im Bett liegend, bekleidet mit diesem sterilen Krankenhauskittel, in den sie die gestrenge Frau aus der Mütterschulung gesteckt hatte. Mutter, ach, Mutter, du fehlst mir so sehr! – Jetzt war's, als würden die blassen Lippen im fahlen Gesicht Worte formen. »Komm!«, meinte Else zu erkennen. Da streckte Mutter auch noch die weiße Hand vom Totenbett nach ihr aus … Oder war's Fritzi, die sie holen wollte? Das Baby, das sie nie erlebt hatte?

Else schreckte auf. Sie schnappte nach Luft. Ein Albtraum. Nicht Mutter, sondern Fritzi schlief neben ihr und suchte im Schlaf ihre Hand. Der kleine Körper war nach wie vor heiß. Else entzündete die Gaslampe. Da sah sie Fritzis Gesicht: gelblich fahl, hohlwangig, mit schwarzen Ringen unter den Augen.

Es waren noch gute drei Stunden, bis Frau Hawelka kommen würde – Mutter war damals schnell gestorben. Jede Stunde zählte. Sie durfte nicht auf Frau Hawelka warten. Fritzi musste augenblicklich zu einem Arzt, auch wenn in den Straßen die Ausgangssperre noch galt.

Else schlüpfte in ihre Kleider, danach packte sie die fiebernde Fritzi in eine Decke. Fritzi wehrte sich – war's im Delirium? –, aber sie mussten raus, wusste Else, in ein Krankenhaus, auch wenn's das Letzte war, das dem fiebernden Kind im Moment guttat. Else bedachte, dass diesen Monat die Russen die Oberaufsicht über die Innere Stadt hatten, daher konnte sie sich lediglich innerhalb der russischen Zone unkompliziert bewegen. Das St.-Josef-Kinderspital auf der Wieden kam ihr in den Sinn, dort wollte sie hin.

Sie trug die schlafende Fritzi über die Wendeltreppe hinauf ins Café. Oben roch es nach kaltem Tabak, schalem Kaffee und abgestandenen Buchteln – wie immer am Morgen, bevor Frau Hawelka kam, um zu lüften. Mit Fritzi über der Schulter trat sie ins Freie. Es war noch dunkel und die Dorotheergasse wie ausgestorben, auch keine Militärpatrouille war zu sehen, und das war ein Glück. Der Schnee, der Tage zuvor die Stadt in eine Märchenlandschaft verzaubert hatte, war inzwischen auf den Gehsteigen, auf der Fahrbahn, auf Schuttbergen und Müllhaufen zur schmutzig braunen Eismasse gefroren.

Else nahm den Trampelpfad in Richtung Oper. Die harten Schneeklumpen knirschten unter den Schuhen. Auch ohne Fritzi im Arm war der Weg bis zum St.-Josef-Kinderspital weit, aber Else schob das Wissen um die bevorstehenden Strapazen beiseite, denn Fritzis gelblich fahles Gesichtchen, die fiebrig glänzenden Augen und die schweißnasse Stirn machten ihr Angst. Sie fürchtete auch die lähmende Müdigkeit, die sie in ähnlichen Situationen überfiel, aber wie durch ein Wunder blieb dieser Zustand diesmal aus. Im Gegenteil: Sie trug Fritzi, als wäre sie federleicht, und marschierte über den brettlharten Schnee, als ginge sie über grüne Wiesen. Manchmal rutschte sie aus und hatte einige Mühe, die Balance zu halten, aber sie fiel nicht. Auf ihre Beine konnte sie sich heute verlassen.

Else passierte das Dorotheum und die beiden nebeneinanderstehenden protestantischen Kirchen. Sie kam an den enormen Schutthaufen vor der Albertina vorbei, die nicht kleiner werden wollten, obwohl Freiwillige Tag für Tag schaufelten.

Langsam wog Fritzi immer schwerer.

»Ich will nach Hause«, jammerte sie jetzt mit schwacher Stimme. »Nach Hause …«

Tränen rannen über Elses Hals. Und der Arm, in dem sie Fritzi trug, wurde schwächer. Else sorgte sich nun doch, ob sie den weiten Weg auf diese Weise schaffen könnte. Da fiel ihr Blick auf eine herrenlose Schubkarre, die versteckt in einer Mauerecke stand. Sie überlegte nicht lange – sie hatte keine Zeit dazu. Mit der freien Hand holte sie die Schubkarre aus der Mauerecke, hievte Fritzi hinein und schob los. Ein Reifen war platt, die Karre eierte, es war schwer voranzukommen, und Fritzi jammerte bei jeder Erschütterung. Das tat Else im Herzen weh – wie gerne wäre sie umgekehrt, um das Kind ins warme Bett zu verfrachten. Ein blassblauer Streifen erschien im Osten. Die Sonne ging auf, endlich wurden die Straßen lichter, die Zeit der Ausgangssperre war abgelaufen.

Else schob die eiernde Schubkarre über die große Wientalbrücke. Sie passierte den Naschmarkt auf der einen und den Schwarzmarkt im Resselpark auf der anderen Seite. Sogar zu solch früher Stunde tummelten sich Schwarzhändler wie Käufer zwischen den Bäumen. Dahinter lag die Technische Universität und noch weiter entfernt die barocke Karlskirche, deren heile Kuppel die alten Bäume im Park überragte. Auf der gegenüberliegenden Straßenseite reihte sich Bombenruine an Bombenruine, davor türmten sich Schotterberge. Während der Tag anbrach und es immer heller wurde, ging sie auf der Ausfallstraße in Richtung Süden. Langsam kamen auch Menschen aus ihren Häusern, die ihr Tagwerk begannen.

Sie passierte einige hohe Bürgerhäuser, dazwischen edle Geschäftslokale und Kirchen, manche davon waren stark beschädigt. Sie kamen an einem großen Haus vorbei, von dem es hieß, dass die Nazis darin ein Lager für Zwangsarbeiter untergebracht hatten – jetzt waren die Fenster mit Brettern verbarrikadiert. Dann wurden die Häuser niedriger und schäbiger, in manchen klafften Bombenkrater, hinter denen noch die Tapeten der ehemaligen Bewohner zu sehen waren. Inzwischen war es hell, die Straße wurde immer belebter. Die Karre eierte und wog immer schwerer, aber Else ging zügig weiter, jede Stunde zählte.

Endlich erreichte sie die Graf-Starhemberg-Gasse, wo sich das St.-Josef-Kinderspital befand. Sie bog ab. Jetzt ging's bergauf mit dem eiernden Gefährt.

»Wo woll'n S' denn hin, Fräulein?«, sprach sie eine alte Frau an.

»Zum Kinderkrankenhaus«, keuchte Else.

»Hab's mir gedacht«, sagte die Frau mit Blick auf Fritzi in der Schubkarre. »Aber das gibt's nicht mehr. Des is' ein totaler Bombenschaden. Sie müssen bis zum Robert-Koch-Krankenhaus nach Favoriten.«

Entsetzt stellte Else die Karre ab. Noch weiter … sie konnte jetzt schon kaum mehr.

»Wie komme ich da hin?«, fragte sie bange.

»Diese Straße weiter stadtauswärts, über den Gürtel und über die Bahntrasse drüber.«

Else stöhnte.

»Wie weit ist das?«

»Ein paar Kilometer.«

»Werde ich dort sicher einen Arzt finden?«

»Das weiß ich nicht. Auch das Robert-Koch-Spital ist schwer beschädigt, aber dort ist mehr Betrieb als hier. Da könnten Sie Glück haben.«

Else fasste sich ein Herz und nahm die Schubkarre wieder auf. Sie kehrte zurück auf die Hauptstraße und plagte sich weiter stadtauswärts.

Nach einer Weile kam ein aus Kriegsfahrzeugen provisorisch zusammengebauter Tramway-Waggon die Schienen entlang. Menschen hingen außen auf den Trittbrettern an den Haltegriffen, zwei junge Burschen saßen auf dem Dach. Quietschend fuhr der Waggon auf den mit Schotter und altem Schnee verschmutzten Schienen in das, was offenbar eine Station war, ein. Junge Menschen sprangen von den Trittbrettern, ältere kletterten über die Stufen, die Burschen hüpften vom Dach. Else entdeckte das handgeschriebene Schild, das beim Fahrersitz die Route angab: »Favoriten«. Sie arbeitete sich zwischen der Menschenmenge zum Fahrersitz des Wagens vor.

»Kommen Sie auch am Krankenhaus vorbei?«

»Dritte Station hinter dem Matzleinsdorfer Platz. Is' aber nur mehr Schutt – alles zerstört … das ganze Areal.«

Elses Herz machte einen Aussetzer.

»Finde ich dort einen Arzt?«

»Ich glaub schon. Ein Pavillon ist intakt, ganz hinten.«

Else hob Fritzis Körper aus der Karre, und der Schaffner half ihr einzusteigen. Zwischen den dicht gedrängten Passagieren befand sich eine einzige Sitzbank, die aber von einer dicken Frau eingenommen wurde, die geflissentlich zur Seite sah.

»Platz da«, schnauzte der Schaffner in unfreundlichstem Wienerisch. »Seh'n S' net, des kleine Kräwägerl krepiert ja fast!«

Die Dicke erhob sich murrend, und Else bettete Fritzi auf der Bank. Sie schlief wieder, ihr Gesicht glühte noch immer.

»Was kostet eine Fahrkarte?«

»Für euch zwei gar nix«, brummte der Schaffner.

Der Wagen ratterte die Steigung bergauf. Else hielt Fritzi fest.

»Wir sind gleich da«, sagte sie sanft und strich ihr übers Haar.

Sie querten den Gürtel. Die Straße wurde schmutziger, die Zinskasernen ärmlicher, dazwischen ragten Fabrikschlote in die Höhe. Nach der zweiten Station hob Else Fritzis leblosen Körper auf den Arm und machte sich zum Aussteigen bereit.

Nachdem er abgebremst hatte, kletterte Else aus dem Waggon.

»Gute Besserung«, rief ihr der Schaffner nach.

45

Sie befanden sich auf dem Areal des großen Robert-Koch-Krankenhauses. Schuttberge reihten sich an Bombenkrater, dazwischen ragten verdorrte Büsche und Reste verbrannter Bäume aus dem Schnee. Else entdeckte einen Trampelpfad. Sie hatte keine Ahnung, wo er hinführte, aber sie ging voran. Fritzi wog schwer auf ihrer Schulter. Eine Krankenschwester in einem Klosterhabit, mit weißem Schleier und verhüllt in einem schwarzen Umhang, kam ihr mit einem Leiterwagen entgegen.

»Ist hier irgendwo ein Arzt?«

»Im Pavillon hinter den Bäumen.«

Else war unendlich froh, das zu hören. Es gab einen Arzt, und sie waren ihm ganz nah. Sie stapfte weiter den Trampelpfad entlang und erreichte bald ein Gebäude, dessen Fassade lediglich ein paar oberflächliche Granatsplitter abbekommen hatte. Als sie das handgemalte Schild »Kinderklinik« entdeckte, fiel ihr ein Stein vom Herzen.

Sie trat ein. Vor ihren Augen erstreckte sich ein langer Gang. Die Wände waren kahl, der Boden nackte Fliesen, die Beleuchtung kühl. Ärztliche Apparate lagerten entlang den Wänden. Kein Mensch war zu sehen. Fritzis Kopf war zur Seite gekippt, sie hatte das Bewusstsein verloren.

»Hallo! Ist hier wer?!«, rief Else, so laut sie konnte, in den Gang hinein. Ihre Stimme echote von den Wänden.

Nichts geschah.

Sie rief noch einmal.

Am anderen Ende des Ganges tauchte eine Schwester auf.

»Zu wem wollen Sie?«, rief sie barsch, als sie sich näherte. »Besuche nur nach Voranmeldung!«

»Zu einem Arzt ... bitte ... schnell.«

Da erblickte die Schwester Fritzi.

»Warten Sie.« Sie bedeutete Else, stehen zu bleiben, wo sie war, lief zurück und verschwand am anderen Ende des langen Ganges wieder in der Tür, aus der sie gekommen war.

Else schaukelte Fritzi in den Armen.

»Wir haben's gleich geschafft«, murmelte sie an deren Ohr. »Gottlob! Gleich wird Hilfe kommen.«

Fritzi reagierte nicht.

Else ging ein Stück auf und ab, vorbei an leeren Krankenbetten und medizinischem Gerät, und redete Fritzi weiter gut zu, obwohl sie keine Regung zeigte. Fritzi war bewusstlos, sie hatte solche Angst um sie. Wenn nur endlich der Arzt käme ... Ungeduldig blickte sie in den langen Gang.

Am anderen Ende öffnete sich wieder dieselbe Tür. Dieselbe Schwester erschien. Und an ihrer Seite lief ein Mann im weißen Kittel. Der Arzt – endlich!

Die Schwester und der Arzt kamen näher. Immer lauter klackten deren Schritte auf den blanken Steinfliesen, immer deutlicher hallten sie von den nackten Wänden, und immer deutlicher war zu hören, dass der Arzt ein Bein leicht nachzog. Als sie etwa in der Mitte des Ganges angelangt waren, stutzte Else. Die gebückte Haltung des Mannes, mit den Händen in den Taschen des Arztmantels, das mausbraune Haar ... Sie schaute genauer hin. Konnte es denn sein?! – Sie studierte das

Gesicht. War es möglich? Als er nur noch wenige Schritte entfernt war, entdeckte sie den Leberfleck zwischen den Brauen.

Sie schluckte.

»Curt?«, stammelte sie kaum hörbar.

»Else …« Es klang wie ein leises, von Sorgen befreites Seufzen. So, als wäre gerade ein Wunder geschehen. Er kam jetzt langsamer auf sie zu. Sein Blick war durchdringend, als wollte er alles von ihr erfassen: ihren körperlichen Zustand, ihr seelisches Befinden und wie sie die letzten Jahre verbracht hatte. Tiefgründig, gleichzeitig vielsagend schaute er drein, und als er nur noch einen halben Schritt von ihr entfernt war, streckte er die Arme aus.

Im selben Moment erblickte er Fritzi. Er sah Else in die Augen, dann wieder auf das Kind. Seine Arme sanken. Es schien Else, als hätte er eine Frage auf den Lippen, aber sie ließ ihm keine Gelegenheit, sie zu stellen. Fritzi war todkrank, die Zeit drängte.

»Das ist Fritzi«, sagte sie. »Sie hat sich beim Rodeln an einer Glasscherbe verletzt.«

»Komm.« Curt führte sie in ein Krankenzimmer. Bett reihte sich an Bett, in jedem lag ein krankes Kind. »Fleckfieber, Ruhr, Typhus … diese Kleinen sind sehr krank«, erklärte er. Ein leeres Bett stand abseits in einer Ecke. Curt bedeutete Else, Fritzi dort hinzulegen. »Um Ansteckungen zu vermeiden.«

Gemeinsam entkleideten sie den kleinen Körper. Die Krankenschwester maß die Temperatur, und Curt untersuchte die Wunde.

»Sie hat sich entzündet«, sagte er. »Sulfonamid-Pulver, sofort«, wies er die Schwester an. Diese verließ umgehend den Raum, und er untersuchte Fritzi weiter, hörte sie ab, maß ihren Puls, begutachtete die Zunge.

»Die Vergiftung ist weit fortgeschritten.« Besorgt schüttelte er den Kopf. »Sepsis«, murmelte er vor sich hin. Die Schwester, die inzwischen mit dem Puder wiedergekommen war, hantierte jetzt mit einem Tropf.

»Wir werden unser Bestes geben, Else«, sagte er.

Else begann vor Aufregung zu zittern.

»Sie muss überleben! Sie ist mein Ein und Alles«, schluchzte sie auf. Tränen stiegen in ihre Augen, zum ersten Mal seit Mutters Tod. Nicht weinen, ermahnte sie sich und wischte sie schnell weg. Sie beugte sich hinab und streichelte den reglosen Körper.

»Wir werden sie hierbehalten«, sagte Curt. »Obwohl wir nicht viel für sie tun können. Nur die Schmerzen lindern. Es tut mir so leid«, seufzte er. »Aber wir dürfen die Hoffnung nicht aufgeben. Vielleicht geschieht ja auch noch ein Wunder.«

»Was heißt das: Ihr könnt nichts für sie tun? Gibt's denn kein Medikament?«, fragte Else.

»Leider nein. Gegen Sepsis sind wir machtlos«, sagte Curt. Nach einer kurzen Pause ergänzte er: »Noch …«

»Wieso *noch?*«

»Die Briten haben etwas Neues entwickelt, und die Amerikaner produzieren es auch schon: Penicillin. Aber es ist noch nicht bei uns auf dem Markt. Die amerikanischen Soldaten, die es bekommen, gesunden fast immer. Penicillin ist ein neues Wundermittel, nur leider nicht erhältlich für uns.«

Else schluchzte auf. Nicht weinen. Sie wischte mit dem Handrücken über die Wangen. Vielleicht geschieht noch ein Wunder, hatte er doch gesagt.

»Geh nach Hause, Else«, sagte Curt. »Du hast viel mitgemacht. Schlaf dich aus, und komm morgen früh wieder.« Er sah sie wieder an mit diesem Blick, der alles ergründen wollte, nur lag jetzt ein trauriger Schatten darüber. »Wir werden dein Töchterlein bestens umsorgen. Die Hoffnung stirbt zuletzt.«

Else horchte auf. Töchterlein … Tochter – Schwester, das Verwandtschaftsverhältnis tat jetzt nichts zur Sache. Vor lauter Aufregung brachte sie kein Wort mehr hervor. Sie nickte nur und machte sich auf den Weg.

46

In jenem Moment, als Curt Else erblickt hatte, war ihm gewesen, als wäre ein Engel vom Himmel gefallen. So lange hatte er sich nach ihr gesehnt, so lange auf ein Wiedersehen gehofft, so lange vergeblich darauf gewartet, dass er die Hoffnung bereits aufgegeben hatte. Aber da hatte sie auf einmal gestanden, trotz des groben Mantels und der schweren Schuhe schöner, als er sie in Erinnerung gehabt hatte. Wie eine überirdische Erscheinung war sie ihm vorgekommen. Sieben Jahre waren seit ihrer letzten Begegnung vergangen. Da war sie noch ein junges Mädchen gewesen, aber inzwischen war sie zur jungen Frau gereift. Überglücklich hatte er sie in die Arme schließen wollen.

Doch dann hatte er Fritzi, das beinahe tote Kind, gesehen. Und das Offensichtliche begriffen: In den vergangenen sieben Jahren war Else nicht sein unschuldiges Elschen geblieben, sondern erwachsen geworden. Sie hatte sich anderweitig verliebt und war Mutter geworden.

Eigentlich sollte er sich freuen für sie.

Aber das gelang ihm nicht. So selbstlos war er nicht. Im Gegenteil, er war zutiefst enttäuscht, denn der Traum, den er am Bologneser Bahnhof geträumt hatte, war endgültig ausgeträumt. Das Luftschloss, das er in der Nacht nach seiner Entlassung aus dem Kriegsdienst ersonnen hatte, verpufft, eine Blase der Hoffnung zerplatzt.

47

Else suchte den Weg zwischen Schneehaufen und Schuttbergen aus dem Krankenhausareal. Ihr Blick war getrübt von den Tränen, die jetzt ungehemmt über ihre Wangen rannen. Sie weinte, wie sie seit Mutters Tod nicht geweint hatte.

Wir können nichts für sie tun, hatte Curt gesagt.

Sie lief auf der Hauptstraße Richtung Stadt, vorbei an verbarrikadierten Fenstern und zerschossenen Fenstergläsern der Zinskasernen, zwischen Menschen in schäbiger Arbeitskluft und Frauen in Schürzen und Kopftüchern, russischen Panzern und streunenden Hunden, und weinte. Sie rutschte auf einem Schneehaufen aus, fing sich wieder, weinte weiter. Auch nachdem sie die Bahntrasse gequert hatte und durch die Hauptstraße zur Inneren Stadt zurücklief, weinte sie noch immer. Fritzi … sie konnte den Gedanken nicht zu Ende denken vor lauter Schmerz. Sie querte die Ringstraße, passierte das Hotel Sacher und die Oper und tauchte ein in die kleinen Gässchen, die zum *Café Hawelka* führten. Die Tränen rannen noch immer.

Erschöpft ließ sie sich an einem freien Tisch bei der Theke nieder. Als Frau Hawelka ihren Zustand sah, brachte sie eine Tasse Kaffee und ein mürbes Kipferl.

»Eine Melange für dich, Mädel. Aus echtem Bohnenkaffee … Aus einem Restbestand, den geben wir nur für besondere Bedürfnisse her.« Sie setzte sich zu ihr an den Tisch. »Und dann erzähle.«

Wie aus der Ferne gesteuert, nahm Else die warme Tasse auf und nippte am Kaffee. Das milde Aroma verbreitete sich wohlig in ihrem Inneren, und endlich versiegten die Tränen. Sie aß noch ein paar Bissen vom Kipferl, dann berichtete sie Frau Hawelka von den Ereignissen des Morgens.

»Penicillin würde helfen, hat Curt gesagt.«

»Wer ist Curt?«, fragte Frau Hawelka.

»Der Kinderarzt in der Ambulanz … ein Jugendfreund …« Else konnte sich nicht helfen, aber ihre Augen füllten sich schon wieder mit Tränen. »Dieses Penicillin gibt's nicht für normale Menschen. Es ist für den Weltmarkt wohl noch nicht zugelassen.«

»Von dem neuen Wundermittel habe ich gehört«, brummte Herr Hawelka, der sich zu ihnen gesellt hatte.

»Die Amerikaner verwenden es in den Lazaretten«, erklärte Else.

»Kein GI stirbt mehr an Wundbrand«, stimmte Herr Hawelka zu.

»Aber Fritzi könnte sterben«, hauchte Else. »Meinen Sie … wir könnten eine Dosis am Schwarzmarkt kaufen?«

»Unmöglich«, sagte Herr Hawelka. »Erstens haben sie die Kontrollen verschärft. Zweitens ist das Zeug, das angeboten wird, garantiert gepanscht. Dann stirbt Fritzi nicht an der Krankheit, sondern an der Medizin. Glaub mir, Mädel: Ans richtige Medikament kommen wir nicht ran.«

Else starrte in die inzwischen leere Kaffeetasse.

»Schade, dass Andrew nicht mehr ins Café kommt«, sagte Frau Hawelka. »Er könnte vielleicht helfen.«

Andrew, der Schuft – Else war froh, dass er aus ihrem Leben verschwunden war.

Frau Hawelka brachte eine zweite Tasse Kaffee. Echte Kaffeebohnen schmeckten so viel besser als das muckefuckige Gebräu. Else spürte langsam, wie ihre Glieder kräftiger wurden. Sie schnäuzte sich.

Auf einmal kam es ihr: Nein, sie würde nicht wie ein Häschen in der Grube verharren, nicht wie gelähmt auf das Unglück warten. Diesmal nicht. Sie wollte alles in ihrer Macht Stehende unternehmen, um es abzuwenden. Nichts und niemand würde sie aufhalten. Auch nicht die Angst.

»Ich gehe noch einmal raus«, sagte Else und schlüpfte in den warmen Mantel.

»Ist gut«, antwortete Frau Hawelka, ohne nachzufragen.

48

Else schlug wieder den Weg zur Albertina ein, bog aber diesmal rechts ab und ging über die Freyung. Nachdem sie das Schottenstift passiert hatte, kam sie zur Ringstraße. Die prächtigen Gebäude, die hier standen, waren noch aus der Kaiserzeit und beherbergten Bankzentralen, Hotels, Ministerien und die Börse.

Sie erreichte eine große Kreuzung, wo die Tramway-Schienen aus den Außenbezirken in den dreispurigen Boulevard mündeten. Vor dem Krieg war an derselben Stelle der Verkehr von Automobilen, Fuhrwerken und Straßenbahnen undurchdringbar gewesen, aber in diesen Tagen waren nur Fußgänger und Militärfahrzeuge unterwegs, und als eine schwarze Limousine auf der schneenassen Fahrbahn vorbeischlitterte, sprangen die Menschen ehrfürchtig zur Seite, auch sie.

Gegenüber markierte die Votivkirche den Beginn der amerikanischen Zone. Else querte die Kreuzung und ging auf die Grenzkontrolle zu. Ein Balken versperrte die Straße, daneben stand ein notdürftig aufgebautes Häuschen. Drei amerikanische Soldaten in voller Montur, die Gewehre umgehängt und Pistolen im Halfter, patrouillierten die Absperrung.

Aus einiger Entfernung studierte Else deren Gesichter. Wie erhofft, erkannte sie einen von ihnen aus der *Casanova Bar*. Es war der Rothaarige. Sie wartete, bis er ein wenig abseits von seinen Kameraden stand und sich eine Zigarette anzündete. Jetzt trat sie näher.

»Hi, Jimmy«, sprach sie ihn leise an. »Kennst du mich noch? Aus der *Casanova Bar.*«

»Psst … Please!« Der Bursch sah sich erschrocken um und wurde noch röter, wenn das überhaupt möglich war. »What do you want?« Aufgeregt sog er an seiner Zigarette.

»Andrew. Ich muss ihn sprechen.«

»I see.« Der Rothaarige nickte. »Wait. I'll see what I can do.« Verstohlen deutete er an, dass er telefonieren wollte, schnippte die Zigarettenkippe auf den Boden und dämpfte sie mit dem Stiefel aus. Wieder sah er sich um, bevor er im Grenzhäuschen verschwand.

Es dauerte nicht lange.

»He is waiting for you.«

Else trat näher und reichte ihm die Identitätskarte.

»You can pass«, sagte Jimmy, nachdem er so getan hatte, als würde er die Karte studieren. Er hob den Balken auf.

»Pension Golden Lamb. Over there.« Er deutete auf ein Gebäude bei der Votivkirche.

Else atmete tief durch. Die erste Hürde hatte sie geschafft. Aber eine zweite, viel schwierigere, lag noch bevor.

Die Pension *Zum Goldenen Lamm* befand sich in einem imposanten Gebäude aus der Kaiserzeit. Der Stuck war intakt, die Fassade grau, aber makellos, die Fenstergläser alle heil, im Gegensatz zu allen Gebäuden rundum. Else betrat ein mit Marmor ausgelegtes Foyer und wurde von einem Concierge empfangen.

»Zu wem wollen Sie?«

Jetzt stutzte sie.

»Andrew …« Wie peinlich: Sie wusste Andrews Nachnamen nicht. »Ein Amerikaner. Er erwartet mich«, beeilte sie sich zu sagen.

Der Concierge lachte auf. »Hier wohnen nur Amerikaner.«

»Blond, etwa so groß.« Else deutete mit der Hand einen halben Kopf größer als sie.

»Sie müssen schon genauer sein, Fräulein.« Der Concierge klang jetzt gelangweilt.

»Kürzlich hat er einen Wellensittich mitgebracht.«

»Ah, jetzt weiß ich!« Er lachte wieder auf, dann wählte er eine Nummer auf dem Haustelefon. Nachdem er ein paar Worte gewechselt hatte, zeigte er Else den Stiegenaufgang. »Zimmer vierundzwanzig, im obersten Stock. Leider geht der Lift nicht, wir müssen Strom sparen. Wie alle, Sie wissen schon …«

Else erklomm die flache, mit rotem Teppich ausgelegte Treppe. Keuchend erreichte sie den vierten Stock, der in Wahrheit der sechste war, wenn man Hochparterre und Mezzanin dazuzählte. Sie ging den Gang entlang und fand am Ende das richtige Zimmer. Als sie davorstand, war ihr doch ziemlich mulmig zumute. Die Beine fühlten sich auf einmal wie Pudding an. War's wegen der vielen Stiegen? Oder das altbekannte Schwächegefühl, das sich in brenzligen Situationen immer einstellte? Lauter Fragen sausten durch ihren Kopf. Wie würde Andrew reagieren? Was würde er von ihr halten? – Noch könnte sie umkehren. Aber nein. Es ging um Fritzis Leben. Sie klopfte an die Tür. Es klang energisch und entschlossen.

»Herein«, ertönte sogleich Andrews Stimme.

Sie drückte die Klinke.

Da saß er vor ihr: lässig im Stuhl gelehnt, die beschuhten Füße auf dem übergroßen Schreibtisch. Vor ihm stand ein Apparat, der einer Schreibmaschine glich, nur komplizierter aussah. Daneben stand eine Volière, in der der gelbe Wellensittich, den sie gemeinsam im Burggarten eingefangen hatten, von Stange zu Stange hüpfte. Andrew lächelte sein Strahlemannlächeln – wie sie es von ihm kannte.

»Else!« Mit seinen tiefblauen Augen schaute er sie an. War diese Freude, die er zeigte, echt? – Er machte keinerlei Anstalten, sich zur Begrüßung zu erheben. »Schön, dass du mich besuchen kommst«, sprach er weiter, während Else versuchte, sich im luxuriös eingerichteten Raum zu orientieren. Die Wände waren mit dunklem Holz vertäfelt, auf dem Boden lag ein kostbarer Perserteppich. Zwischen Bett und Schreibtisch standen allerlei technische Geräte, Apparaturen und Maschinen, dergleichen sie noch nie gesehen hatte. Die Vorhänge waren zurückgezogen und gaben den Blick auf die Innenstadt bis zum Stephansdom frei.

»Ehrlich gesagt, nach unserer letzten Begegnung habe ich dich nicht erwartet«, sagte er.

»Ich wäre auch nicht gekommen, wenn ich nicht durch die Umstände gezwungen wäre.«

»Was für Umstände? O God … was meinst du?« Er strich eine Haarsträhne aus der Stirn. »Dass ich dich fies behandelt habe?«

»Du und dein *darling*«, rutschte es Else über die Lippen. Sie ärgerte sich sofort über das Gesagte. Wenn schon, hätte es abfällig, jedenfalls keinesfalls gekränkt, klingen sollen.

»Mein *darling?!*« Andrew lachte auf. »Wenn du Molly meinst … sie ist doch nicht mein *darling!* Sie ist eine Freundin. Wie du.«

»Wie ich hätte sein können!«, fiel Else ihm ins Wort. Das war ja allerhand! Wofür hielt er sich? Casanova höchstpersönlich, inspiriert vom Namen der Bar? In ihrem Magen grollte der Ärger. Am liebsten hätte sie auf dem Absatz kehrtgemacht. Aber dann schluckte sie den Ärger hinunter. Auch wenn er sie für ein Flittchen und sich selbst für Casanova hielt – sie biss sich auf die Zunge.

»Lassen wir das. Ich komme aus einem ganz anderen Grund. Es geht um meine Schwester Fritzi.«

Andrew nahm endlich die Füße vom Tisch.

»Wie bitte? Fritzi ist deine Schwester?!« Er richtete sich auf. »Ich dachte …«

»… dass sie meine Tochter ist?«, vervollständigte Else den Satz. »Alle denken das. Aber nein. Allerdings habe ich sie nach Mutters Tod wie eine Tochter aufgezogen.« Sie staunte selbst über ihre feste Stimme. »All das tut nichts zur Sache. Fritzi hat eine Blutvergiftung und wird sterben.« Sie holte Luft, um allen Mut zu sammeln, den sie aufbringen konnte. »Der Arzt hat gesagt, dass das amerikanische Militär ein Mittel hat, das sie retten kann. Ich bitte dich inständig … falls du Zugang zu Penicillin hast … Ich würde alles dafür geben.«

»Alles?«

Else schluckte. »Alles.«

Andrew, der Else bis zu diesem Moment in die Augen geschaut hatte, wandte sich ab. Sie befürchtete das Schlimmste. Hatte sie ihn verärgert? Ihre letzte Chance auf Fritzis Rettung verspielt? Sie sah ihm zu, wie er ein seltsames Gerät aus Stahl, dicker als ein Füller, vom Schreibtisch aufnahm und damit zu spielen begann. Er drehte die Kappe ab, setzte sie wieder auf. Jedes Mal entstand ein Geräusch: Klick-Klack. Klick-Klack. Konnte er helfen? Würde er es tun? Ihr war, als würde er abwägen. Sie sollte ihm die Zeit dazu lassen, dachte sie.

Während sie auf seine Antwort wartete, glitt ihr Blick wieder durch den Raum, und sie versuchte, den Sinn der vielen Geräte zu verstehen. Bisher hatte sie immer gedacht, dass ein Reporter für seine Arbeit nichts als Fotoapparat, Papier und Bleistift, vielleicht eine Schreibmaschine benötigte, aber dieser Raum war gerammelt voll mit lauter technischem Gerät. Ein Teleskop vor dem Fenster war auf ein Ziel in der Innenstadt gerichtet, und das Gerät auf dem Schreibtisch, das aussah wie eine Schreibmaschine, begann plötzlich von alleine loszuklappern. Da entdeckte sie auch noch eine Pistole auf dem Nachtkästchen neben dem Bett. War denn das Leben eines Reporters derart gefährlich, dass er eine Waffe benötigte? – Endlich hörte das Klick-Klack, das Andrew mit dem seltsamen Füller verursacht hatte, auf.

»Hmm … ich sollte nicht so viel damit herumspielen«, brummte er vor sich hin. »Könnte womöglich losschießen.« Er schaute schelmisch, während er sich an Else wandte: »Es ist kein harmloser Füller …« Er legte das Ding zur Seite.

»Ob ich Penicillin besorgen kann, weiß ich nicht«, sagte er jetzt. »Aber wenn du mir etwas gibst, das *ich* brauche, werde ich mich darum bemühen.«

»Wie viel?«, fragte sie bange.

»Kein Geld. Ich will etwas anderes.« Er erhob sich aus seinem Sessel.

Else schluckte und schaute ihn verunsichert an.

»Keine Sorge. Es ist etwas, das du mir leicht geben kannst.«

Er ging zum Garderobenständer, schnappte seinen Hut und schlüpfte in den Mantel.

»Lass uns gehen.«

»Wohin?«

»Ins *Café Hawelka*. Auf dem Weg erkläre ich es dir.«

Der Sittich pfiff, als sie das Zimmer verließen. Mit flotten Schritten liefen sie die Treppen hinab und verließen die Pension. Jimmy salutierte, als sie den Grenzposten passierten, und Andrew tippte lässig mit zwei Fingern an seinen Hut. Ungehindert betraten sie die Innenstadt.

Sie stapften durch den gefrorenen Schneematsch über die Freyung, die Hände in den Manteltaschen. Ihr Atem formte kleine Wölkchen in der Kälte. Als Else einmal über einen Eishaufen rutschte, fasste Andrew sie am Arm, und sie erinnerte sich mit einiger Wehmut an den Nachmittag wenige Wochen zuvor, als sie Arm in Arm durch den Burggarten spaziert waren.

»Was ich dir jetzt erzählen werde, musst du für dich behalten.« Er klang ungewöhnlich ernst. »Verstehst du?«

Else nickte, obwohl sie überhaupt nichts verstand.

Er sah sie von der Seite an.

»Ich bin kein Reporter der *New York Times*.« Für einen kurzen Moment trafen sich ihre Blicke. »Ich arbeite für den Nachrichtendienst des amerikanischen Kriegsministeriums.«

Jetzt, endlich, begriff sie. Die vielen Geräte ...

»Wir benötigen einen Zugang zum Hauptquartier der Roten Armee, das sich im Hotel Imperial am Stalinplatz mitten in der russischen Zone befindet. Wie wir wissen, verwenden die Russen für sämtliche Kommunikation die alten Kupferleitungen des Kaiserreichs, die unterirdisch vom Hotel Imperial entlang der Grenze zur britischen Zone bis in den Osten verlaufen. Ich suche einen Zugang zum südlichen Teil des Tunnelnetzes. Einer davon ist unter eurem Café.«

»Deshalb bist du mir damals gefolgt!«

»Aber dann bin ich falsch abgezweigt«, erklärte Andrew weiter. »Und in der *Casanova Bar* gelandet. Ich konnte nicht wieder zurück. Von der Bar-Seite war die Kellertür nicht mehr zu öffnen. Ich benötige einen Zugang, den ich öfter und regelmäßig benutzen kann, um meine Arbeiten unter dem Hotel Imperial zu erledigen.« Er holte wieder Luft. »Wenn ich dein Lover wäre, beispielsweise, könnte ich unverdächtig durch dein Kammerl ein und aus gehen.«

Else überlegte. Das erschien ihr ein kleiner Preis für Fritzis

Leben. Herr Hawelka würde sie allerdings für eine Ami-Schickse halten. Ihr wäre das zwar egal, aber …

»Herr und Frau Hawelka würden es nicht gerne sehen.«

Sie sah die Enttäuschung in Andrews Augen. In diesem Moment fiel ihr der versteckte Abgang ein, den sie auf der Flucht vor den Russen benutzt hatte.

»Ich habe eine bessere Idee. Es ist ein öffentlicher Zugang auf einem wenig bevölkerten Platz. Wenn du geschickt bist, sieht dich niemand.«

»Zeig ihn mir!« Seine tiefblauen Augen leuchteten auf.

Sie waren schon bei der Augustinerkirche.

Das Wissen um den Eingang ins Tunnelnetz war wertvoll. Else war drauf und dran, es preiszugeben – aber was hätte sie dann noch in der Hand?

»Vertraue mir«, sagte Andrew, als hätte er ihre Gedanken gelesen.

Sie zögerte noch immer. »Wann bekomme ich das Penicillin?«

»Ich mach mich sofort auf den Weg.« Er klang aufrichtig. »Auch dafür benötige ich den unterirdischen Weg.«

Konnte sie ihm trauen?

»Was ist mit Molly?!«

Er lachte auf. »Sie ist meine Kollegin. Als du uns überrascht hast, dachten wir, du wärst ein Russe. Wir mussten Geheimpapiere verstecken … sie waren zwischen unseren Bäuchen.«

Else wog alles ab, überlegte hin und her, beschloss dann aber, Andrew Glauben zu schenken. Was hatte sie für eine Wahl? – Nur Penicillin würde Fritzi retten, und Andrew war der Einzige, der helfen konnte, es zu besorgen.

»Komm.« Sie hakte sich bei Andrew unter. Sie gingen am Schutthaufen bei der Albertina und der desolaten Oper vorbei, und von dort führte sie ihn durch kleine Gässchen zum

Neuen Markt. Der Donnerbrunnen war noch immer unter der Schutzummantelung versteckt, der Rest des Platzes voller Schuttberge. Kaum ein Haus war intakt. Eine Marktfrau hastete vorbei, ansonsten war niemand zu sehen. Zwischen Kapuzinergruft und den desolaten Mauerresten eines ehemals prächtigen barocken Bürgerhauses befand sich versteckt in einer Mauerecke die rostige Tür, die sie durch Zufall entdeckt hatte.

»Da musst du hinunter.« Sie hielt an. »Unten wirst du das Schild ›Hotel Imperial‹ finden.« Sie drückte die eiserne Klinke.

Andrew holte ein Feuerzeug aus dem Hosensack und leuchtete die steile Stiege aus. Dann bückte er sich und trat über die Schwelle. Da wurde Else wieder ganz bang.

»Andrew, bitte … das Penicillin!«

»Ich werde alles tun, um Fritzi zu retten, glaube mir.«

»Wann?«

»Diese Nacht.«

Else schaute ihm in die Augen, auf der Suche nach Bestätigung.

»Wenn's wer auftreiben kann, bin's ich«, sagte er. »Let's keep our fingers crossed … äh …. Halte mir die Daumen.«

In einem Anflug von Zuneigung nahm er sie in die Arme. »Ich habe selbst zwei Kinder. Lilly ist vier, Johnny sechs. In New York, bei meinem *darling*.«

Seine festen Arme fühlten sich gut an. Else glaubte ihm.

Endlich löste sie sich von ihm.

Nachdem sie sich abermals vergewissert hatten, dass niemand in der Nähe war, verschwand er endgültig hinter der eisernen Tür in den Untiefen des Tunnelsystems unter Wien.

49

Als Else ins *Café Hawelka* zurückkehrte, herrschte große Aufregung: Frau Navratil, eine dürre Frau, die einen Modesalon im Hochparterre des Hauses gegenüber betrieb, stand im Eingang und keifte:

»Bei euch brennen ja mehr Lampen, als ihr Gäste habt!«

»Raus!« Frau Hawelka stellte sich ihr in den Weg. »Kümmern Sie sich um Ihr eigenes Zeug.«

»Schon was von Stromsparen gehört?! Geradezu aufreizend ist die Stromvergeudung bei euch. Ich kann's jeden Abend aus meiner Wohnung sehen«, keppelte Frau Navratil.

Im Lokal war es mäuschenstill. Keine Tasse klapperte, alle Augen der Gäste waren auf die kleine Frau gerichtet.

»Wir halten uns an die Verordnungen«, konterte Frau Hawelka.

»Kaffeehausverordnungen … pff!«, schnaufte Frau Navratil verächtlich. »Unsereiner muss mit vierzig Watt auskommen!«

»Raus!« Frau Hawelka drängte sie zu Tür.

»Ich werd meinen Salon ihretwegen noch zusperren müssen«, schimpfte Frau Navratil, verließ aber endlich das Lokal.

»Zusperren wird s' nicht wegen dem Strom, sondern weil s' a Zwiderwurz'n is'«, brummte Frau Hawelka, während sie die Eingangstür zudrückte.

»Ich weiß nicht, was die hat. Es is' ja nicht so, als würden bei uns riesige Luster brennen.« Herr Hawelka, der während des Disputs an der Theke verharrt hatte, schüttelte den Kopf.

»Neidig is', sonst gar nix«, sagte die Frau Baronin, die am gewohnten Tisch saß, und die Gäste in der Loge daneben nickten zustimmend, bevor sich alle in der wiederhergestellten Ruhe neuerlich ihren Kaffeetassen, Zeitungen, Spielkarten und Gesprächspartnern zuwandten.

Stromsparen war ein großes Thema dieser Tage. Ständig kamen gescheite Sprüche dazu im Radio: »Sogar mit dem Tramwayfahren muss man sparen. Man braucht viel Strom, sie zu betreiben. Fährst du zu viel, wirst du zu Hause stromlos bleiben.« Oder: »Brennt unnütz wo ein Licht im Haus, dann gehe hin und lösch es aus.« – Else wollte sie schon gar nicht mehr hören. Sie hatte andere Sorgen: Fritzis Zustand und ob Andrew sein Versprechen halten würde, Penicillin aufzutreiben.

»Schlaf dich aus, und komm morgen wieder«, hatte sie Curt im Ohr und spürte jetzt, wie erschöpft sie war. Nachdem sie in der Küche noch mit dem Füllen der Buchteln geholfen hatte, zog sie sich früher als üblich in ihr Kammerl zurück.

Unten angekommen, schlüpfte sie aus den schweren Schuhen und legte sich in den Kleidern aufs Bett. Sie blickte auf die Uhr und fragte sich, wie sie die Zeit überbrücken sollte, bis Andrew wiederkam.

Sie drückte Fritzis Teddy an sich. Sogar jetzt, mit fast dreiundzwanzig Jahren, fand sie das pelzige Stofftier mit der abgewetzten Schnauze und den stumpfen Augen noch immer tröstlich. Im kümmerlichen Schein der Gaslampe besah sie die alten Ziegel an den Wänden. Manche zeigten weiße Schlieren, von anderen hingen alte Spinnweben in grauen Fäden herab. Wasser rauschte durch die Leitungen – kein Wunder, es war ja noch nicht spät. Sie schaute wieder auf ihre Armbanduhr. Wie lange würde sie warten müssen? Und wo würde er auftauchen – oben im Café oder hier unten, durch den Schlurf?

Erneut starrte sie auf die Ziegelwände und kuschelte mit dem Bären. Langsam verflüchtigten sich die Sorgen in immer weitere Ferne, und die Lider wurden schwer, immer schwerer.

Irgendwann schreckte sie auf. Der Teddy lag noch immer in ihrem Arm. Es war stockfinster, die Gaslampe war ausgegangen. Sie hatte geschlafen. Wie lange? – Sie wusste es nicht.

Andrew. Elses Herz wurde schrecklich schwer.

Im Finstern tappte sie zur Wendeltreppe, wo sich der elektrische Schalter befand, und drehte das Licht an. Ein Blick auf die Armbanduhr verriet, dass es 6 Uhr am Morgen war.

Andrew war nicht gekommen. Vielleicht hatte er das Penicillin nicht bekommen. Oder sie hatte sich doch in ihm geirrt.

Fritzi. Die Sorge um sie lastete bleiern auf ihr.

»Ich muss zu ihr«, entschied sie. Vielleicht geschieht ja noch ein Wunder, hatte sie Curts Worte im Ohr. Sie stieg in die Winterschuhe und erklomm die eiserne Wendeltreppe.

Das Café war leer so früh am Morgen. Sie war froh darüber, denn sie wollte sich niemandem erklären müssen. Sie trank ein paar Schluck Wasser und nahm eine Scheibe Brot zur Stärkung. Dann holte sie den Mantel vom Haken, schlüpfte hinein, setzte die warme Haube auf und machte sich auf den Weg zum Krankenhaus. Sie musste Fritzi beistehen.

Sie eilte in Richtung Oper, wo sie hoffte, wie tags zuvor eine Tramway zu erwischen. Die Stadt war noch still, nur der harte Schnee knirschte unter den Sohlen.

Aber da waren doch auch noch andere Schritte. Sie hörte sie im Rücken. Sie kamen näher, sie bemerkte es am Knirschen im Schnee. – Verfolgte sie jemand? Ein Soldat wegen der Ausgangssperre? Womöglich ein Rotarmist?

Else ging schneller. Doch die Schritte im Rücken hielten mit. Sie gingen denselben Weg wie sie. Langsam wurde es ihr unheimlich. Die lähmende Müdigkeit fiel ihr ein, die sie immer überfiel, wenn sie Angst hatte, Gottlob war sie bisher verschont davon. Sie lief weiter, schneller. Die Schritte hinter ihr echoten weiter von den Hauswänden, synchron mit ihren. Wer könnte das sein, so früh am Morgen? Irgendwann hielt sie die Anspannung nicht mehr aus. Sie wandte sich um.

Und blickte ins rotbackige Gesicht von Jimmy, Andrews Soldatenfreund.

»Hey«, grinste er keck.

»Hast du mich erschreckt!«, rief Else. »Was willst du? Warum verfolgst du mich?«

Jimmy schaute nach links und rechts.

»Nobody should see us«, flüsterte er. Dann fummelte er in der Tasche seiner Uniformjacke und holte ein kleines Päckchen hervor.

»Greetings from Andrew.« Er drückte es Else in die Hände. »For you.«

Bevor sie noch Fragen stellen konnte, war er in einer dunklen Seitengasse verschwunden.

Else entfernte den dünnen Spagat, der das braune Papier zusammenhielt. Darunter kam eine original verschlossene Medikamentenpackung zum Vorschein. Ein Lächeln zog über ihre Lippen. Andrew hatte Wort gehalten. Er war zwar ein Schuft, aber immerhin ein anständiger.

50

Jetzt hatte sie es noch eiliger, nach Favoriten zu kommen. In der Station vor der Oper warteten trotz der frühen Stunde schon einige Arbeiter auf die Tram. Es dämmerte, als sie einfuhr. Else stieg ein und suchte einen Haltegriff. Jedes Mal, wenn die Tram anhielt, beutelte es sie hin und her, nur der Haltegriff bewahrte sie davor, in andere Passagiere zu fallen. Die Fahrt konnte ihr nicht schnell genug gehen. Am liebsten hätte sie die Leute beim Ein- und Aussteigen angetrieben, damit sie zügiger weiterkamen.

Als sie die Station beim Krankenhaus erreichten, war heller Tag.

Inzwischen kannte sie den Weg. Zwischen desolaten Mauerresten und meterhohen Schuttbergen eilte sie zum Kinderpavillon. Ohne sich irgendwo anzumelden, stürmte sie in Fritzis Krankenzimmer.

Curt stand mit der Schwester in Ordenstracht an ihrem Bett.

»Es steht nicht gut um sie«, sagte er mit Grabesstimme.

»Ich habe das Penicillin!« Aufgeregt hielt Else ihm das Päckchen hin.

»Wie hast du das nur geschafft?« Curt entfernte das Packpapier. »Sag nichts. Ich will's gar nicht wissen. Ich glaube, es ist besser, wenn ich darüber im Dunkeln bleibe.«

Else nickte.

Curt studierte die Verpackung und den Beipackzettel und injizierte Fritzi die vorgeschriebene Dosis.

»Ich sehe später noch einmal nach ihr«, sagte er dann und ging zum nächsten Bett. »Jetzt muss ich mich um meine anderen kleinen Patienten kümmern.«

Else blieb an Fritzis Bettkante. Sie hielt ihre matte Hand, wusch ihre Stirn und redete ihr gut zu. Stunden vergingen, aber nichts geschah. Fritzi blieb weiterhin bewusstlos. Was, wenn das Penicillin nicht wirkte?, sorgte sich Else immer mehr.

»Es wird ein paar Tage dauern, aber sie wird gesund werden«, hörte sie auf einmal Curts Stimme neben sich, als hätte er ihre Gedanken gelesen.

»Bist du sicher?«

Er warf Fritzis Decke zurück und kontrollierte ihren Herzschlag.

»Ganz sicher.«

Else sah ihn voller Hoffnung an. Sie sah die vertrauten Augen, den Leberfleck zwischen den Brauen und dass seine Stirn seit dem letzten Sommer am Altausseer See höher geworden war.

»Bei ausreichender Versorgung ist noch kein einziger amerikanischer Soldat an Wundbrand gestorben«, fügte er hinzu. »Deine Tochter wird gesund werden.«

Else glaubte ihm. Eine tonnenschwere Last fiel von ihren Schultern.

»Übrigens«, sagte sie dann, »Fritzi ist nicht meine Tochter.«

Curt schaute auf, seine rehbraunen Augen geweitet.

»Was sagst du da?«

»Fritzi ist nicht meine Tochter. Sondern meine Schwester.«

»Ich dachte …« Er klang auf einmal kleinlaut – gar nicht wie der selbstbewusste Gott in Weiß von vorhin.

»Alle denken das. Aber es stimmt nicht. Ich habe sie nur wie eine Tochter aufgezogen.«

Curts Augen blickten weicher als zuvor. Er ließ sich neben Else an Fritzis Bettkante nieder, und sie schauten beide auf das Kind. Als er so neben ihr saß, ein wenig gebeugt, aber immer noch einen halben Kopf größer und die Schulter in genau jener Höhe, die zum Anlehnen einlud, fühlte Else sich um Jahre zurückversetzt.

»Erinnerst du dich an unsere Bootsfahrt im letzten gemeinsamen Sommer?«, fragte sie leise, während sie Fritzi zudeckte. »Und das Gewitter, das plötzlich aufgezogen ist?«

»Selbstverständlich erinnere ich mich daran.«

»Das Bedrohlichste in unserem Leben damals waren Unwetter.«

»Wir waren so jung. Wir kannten keinen Krieg, hatten keine Ahnung ...«

»Wie gut ging's uns damals. Auf Regen folgte immer Sonnenschein.« Else lachte auf. »Und Regen war auch schön, wenn man den Tropfen vom Trockenen aus zusah ...«

Curt schaute betreten zu Boden. Else wusste sofort, was ihm durch den Sinn ging: Das Prickeln in der Jausenhütte zwischen ihnen.

»Ich muss weiter«, sagte er schnell. »Der kleine Junge dort drüben bereitet mir jetzt größere Sorgen als Fritzi.« Er ging davon, wegen des lahmen Beins leicht humpelnd wie eh und je.

Gefühlsausbrüchen hatte er sich schon immer entzogen.

Else bereute, die Bootsfahrt erwähnt zu haben.

51

Als Curt am frühen Morgen nach Dienstschluss den Pavillon verließ, war er bestens gelaunt. Die Nacht war wieder anstrengend gewesen, aber keins der Kinder war gestorben. Fritzis Zustand hatte sich gebessert wie von ihm vorhergesehen. Und das Beste war: Fritzi war Elses Schwester, nicht ihre Tochter.

Er pfiff einen Ohrwurm vor sich hin: *Bei mir bist du schön.* Der Schlager kam aus Amerika, fand aber hin und wieder auch ins russische Radioprogramm, das in Favoriten ausgestrahlt wurde. Zwischen Schutt und Dreck und schmelzenden Schneehaufen entdeckte er an diesem Morgen auch Schönes: eine Meise, die von Ast zu Ast hüpfte und gefrorene Beeren pickte; ein Eichhörnchen, das einen Baumstamm hinaufhuschte. Mit zügigen Schritten querte er das Krankenhausareal und schlug den Weg nach Hause ein. Dabei pfiff er noch immer. *Bei mir bist du schön …* Wie wunderbar konnte doch das Leben sein. Am Horizont zeigte sich das erste Licht der Sonne als goldener Streifen, die Straßen erschienen auch wieder heller.

»Schönen guten Morgen, Herr Doktor«, begrüßte ihn der Greißler am Eck. »Was darf's heute sein?«

»Was gibt's denn?«, spann Curt ihr alltägliches Ritual.

»Ein halbes Dutzend Eier kriegen S' heut' auf Ihre Marken. Und Grieß.«

»Mit dem Grieß weiß ich nichts anzufangen, aber die Eier

nehme ich gern. Und Brot dazu wie immer. Haben Sie auch Butter?«

»Heut nicht, leider.«

»Macht nix.« Curt zückte seine Lebensmittelmarken.

»Was sagen S' zu uns'rem Joschi Weidinger?«, plauderte der Alte, während er die Eier in altes Zeitungspapier packte. »Der Kerl hat seinen Gegner schon wieder k. o. geschlagen. Ich sag's ja, der Kerl wird noch Weltmeister!«

»Ein wahres Talent ist der«, fachsimpelte Curt, obwohl er mit Boxsport nichts am Hut hatte, zahlte, packte alles ein und wünschte dem Greißler einen schönen Tag.

Auf dem Nachhauseweg kam er wieder durch die von Zinskasernen gesäumten Straßen, vorbei am Kino und am Tröpferlbad, und freute sich die ganze Zeit auf seine Eierspeis', die er auf der Platte über dem Hausfreund im Zimmer kochen wollte.

Im Stiegenhaus kam ihm Emilia mit ihrem Schulranzen entgegen.

»Grüß Gott, Herr Doktor!«

»Grüß dich.« Immerzu Arzt, bemerkte er ihre rosigen Wangen. »Na, bist wieder ganz gesund?«

»Ich glaub schon!« Emilia hüpfte vorbei und lief in die Straße.

Curt erklomm die Stufen zur Wohnung von Frau Pospisil. Im Spalt von seiner Zimmertür steckte ein vergilbtes Blatt Papier.

»Für Herrn Doktor Kofler«, stand in Frau Pospisils Handschrift geschrieben. »Morgen das Zimmer nicht absperren. Der Glaser kommt und wird neue Fenster einsetzen. Beste Grüße, Pospisil.«

Halleluja, freute Curt sich. Das auch noch. Dann wird's ja endlich ein wenig wärmer und heller im Zimmer.

Bei mir bist du schön, pfiff er wieder, während er die Eier aufschlug. Sein Herz machte einen Hüpfer, als es ihm wieder einfiel: Fritzi war Elses Schwester, nicht deren Tochter. Er hatte sich geirrt. Else, die er durch Zufall endlich wiedergefunden hatte, war allem Anschein nach frei. Das Hirngespinst von Bologna könnte doch noch Wirklichkeit werden. Die Aussichten waren wieder rosig.

Er wusste nur nicht, wie er es angehen sollte. Else auf die Zukunft ansprechen? Einen Ring kaufen? Einen Liebesbrief schreiben? Ein Gedicht? – Wenn er nur mehr Erfahrung in solchen Dingen hätte!

Nachdem er die Eierspeis' gegessen hatte, holte er das Päckchen mit den Briefen aus dem Nachtkästchen hervor, die er vor Jahren geschrieben und noch immer nicht entsorgt hatte, in der Hoffnung, darin Inspiration für sein Vorhaben zu finden. Er setzte sich damit an den Tisch.

»Du, nur Du, wohin ich blick,
mit Dir nach vorne, nie zurück!,«

las er. Es klang so dusselig. Wenngleich ihm eine mögliche Fortsetzung einfiel:

»Uns, nur uns gehört die Welt.«

Wenn's nur nicht so ein Stuss wäre!

Else würde ihn auslachen.

Wenn er nur nicht so unbeholfen in solchen Dingen wäre!

52

Fritzi wurde von Tag zu Tag gesünder. Das Penicillin wirkte, das Fieber sank, und die Wunde heilte. Else half den Schwestern mit Fritzis Pflege und leistete Gesellschaft, als es ihr besser ging und sie sich langweilte. Immer, wenn sie an Fritzis Krankenbett war, kam Curt auch. Er kümmerte sich um Fritzi, als wäre sie sein Kind. Dazu redete er Else Mut zu.

Bald wurden die Krankenhausbesuche zu fröhlichen Stunden. Nachdem Curt seinen Rundgang in der Abteilung beendet hatte, saßen sie zu dritt am Bett, plauderten und scherzten und neckten Fritzi. Manchmal sprachen sie auch über die Sommer in Altaussee. Dann fühlte sich Else zurückversetzt in die Zeit vor dem Krieg, als ihre Welt noch heil gewesen war. Curt gehörte zu dieser Welt dazu. Ihre Zuneigung zu ihm und ihr Verständnis für ihn hatten sich seither nicht geändert. Nur von der Bootsfahrt im letzten Sommer redeten sie nie mehr, vor allem nicht vom Gewitter und den Stunden in der Jausenhütte, wo sie, dicht nebeneinandersitzend, dem Regen zugesehen hatten, Else an Curts Schulter gelehnt.

Der Frühling kündigte sich an, und der Tag von Fritzis Entlassung kam. Als Else zum letzten Mal durch das Krankenhausareal zum Kinderpavillon ging, schien ihr die Sonne wärmend ins Gesicht und ließ sie blinzeln. Die Schneeberge flossen dahin, und die Büsche zu beiden Seiten des Weges zeigten winzige Knospen.

Im Krankensaal war mehr Wirbel als sonst, denn viele Kinder fühlten sich wegen des schönen Wetters wohler als die Tage zuvor. Fritzi saß fertig angezogen auf dem Bett und spielte mit ihrem Teddy, den Else ihr Tage zuvor gebracht hatte. Als sie Else kommen sah, hüpfte sie auf:

»Endlich kann ich nach Hause!«

»Herta und Günter warten auf dich, und die Schule hat auch wieder begonnen.«

»Ich freu mich so!«, rief Fritzi.

In diesem Moment betrat Curt das Krankenzimmer, wie immer leicht humpelnd, doch mit festen Schritten. Mit ihm kamen auch zwei Hilfsärzte und zwei Ordensschwestern.

»Ich komme gleich zu euch«, sagte er mit einem kurzen Nicken in Elses Richtung und begann wie jeden Tag seine Visitenrunde. Er ging von Bett zu Bett und erkundigte sich nach dem Wohlbefinden der kleinen Patienten, untersuchte und gab Anweisungen. Ruhig und bestimmt tönte seine Stimme durch den Saal und verbreitete Kompetenz und Zuversicht. Die Assistenzärzte hingen an seinen Lippen.

Else erkannte, dass ihr die regelmäßigen Begegnungen mit Curt fehlen würden. Die ganze Zeit, als Fritzi mit dem Tod gerungen hatte, hatte er ihr die Ängste genommen. Sie hatte auf ihn zählen können, er war für sie da gewesen, jeden Tag. Er war ein Lichtblick in ihrem Leben geworden.

Gerade gab er letzte Anweisungen, danach verließen die Hilfsärzte und Krankenschwestern den Saal. Curt gesellte sich zu Else und Fritzi ans Krankenbett.

»Noch ein paar Tage Schonung.« Er hob den Zeigefinger. »Und heuer kein Rodeln mehr!«

Fritzi nickte brav.

»Ich danke dir für alles«, sagte Else.

»Nicht der Rede wert.« Curt stopfte die Hände in die Taschen seines Arztkittels. Er schaute zu Boden und schob dort etwas mit der Schuhspitze beiseite. Eine unangenehme Pause entstand. Unschlüssig ging er vor Fritzis Bett auf und ab, die Schritte ungleich wie immer, aber nicht mehr so fest wie vorhin. Er wirkte anders als auf der Visite – geradezu schüchtern in der Art, wie er hin und her schlich.

»Ich werde meine kleine Patientin vermissen«, sagte er schließlich. »Und nicht nur sie«, fügte er mit rauer Stimme hinzu – als ob ihn der Satz Überwindung gekostet hätte.

In diesem Moment sah Else nicht mehr den kompetenten Arzt in ihm, sondern den menschenscheuen Burschen aus Altausseer Zeiten, der seine Gefühle schlecht auszudrücken wusste. Sie sehnte sich danach, ihm durchs Haar zu streichen, um ihn zu ermuntern, aber das war natürlich unmöglich.

»Vielleicht besuchst du uns einmal im *Hawelka*.« Sie hatte den Satz bewusst formuliert und ihn nicht wie eine Frage, sondern wie eine Aufforderung klingen lassen.

Da leuchteten seine rehbraunen Augen auf. Sie waren voller Dankbarkeit.

»Sehr gern!«

»Bis bald also«, sagte Else bestimmt. So verabschiedeten sie sich voneinander mit der Gewissheit, dass sie einander bald wiedersehen würden.

53

Curt kam schon am nächsten Abend.

»Wir haben derzeit keine Notfälle, und die Assistenzärzte sind ja auch noch da«, fühlte er sich bemüßigt, seine Abwesenheit vom Krankenhaus zu rechtfertigen.

Else zeigte ihm das Café, stellte ihn Herrn und Frau Hawelka vor und setzte sich zu ihm an den Fenstertisch. Bei Muckefuck und Apfelstrudel redeten sie über alte Zeiten und erzählten einander ihre Erlebnisse während der Kriegsjahre.

Es folgten noch viele Abende, an denen Curt das Krankenhaus früher als sonst verließ, um Else zu besuchen.

Dann ging die militärische Hoheit der internationalen Zone von den Russen auf die nächste Besatzungsmacht über. Ab da wurde der Aufwand für die Reise von und nach Favoriten enorm.

Und dann ging alles sehr schnell: Eines Abends, als Curt die komplizierte Reise in die Innere Stadt wieder einmal geschafft hatte, gestand er Else, dass er sie seit jenem allerletzten Sommer am Altausseer See heiraten wollte. In all den Jahren seither hätte er nie an seinem Entschluss gezweifelt. Und als er am selben Fenstertisch, wo sie immer saßen, fragte, ob sie seine Frau werden wollte, zögert Else keine Sekunde. Ja, das wollte sie, mit jeder Faser ihres Wesens.

An einem sonnigen Frühlingstag schlossen sie den Bund ihrer Ehe. Die Zeremonie fand im Standesamt im Rathaus statt.

Else trug ein helles, von Frau Hawelka geliehenes Kleid, und Curt betonte mehrmals, wie hübsch er sie darin fand. In den Händen hielt sie einen kleinen Strauß Fliederblüten, die Herr Hawelka am frühen Morgen aus dem Prater stibitzt hatte. In den Reihen der Besuchersessel saßen außer Fritzi und der Familie Hawelka auch noch Herr von Löwenstein und die Frau Baronin.

Curt hatte zwei Eheringe aufgetrieben. Nachdem sie diese getauscht hatten, küssten sie sich vor allen.

»So ein freudiges Ereignis!«, strahlte die Frau Baronin und zog schnell die Lippen fürs Hochzeitsfoto nach.

»Ganz wunderbar! Der Startschuss in eine neue Ära«, sagte Herr von Löwenstein mit geschwellter Brust.

Else und Curt schritten zusammen die breite Treppe hinab. Vor dem Tor wurden sie von Kindergeschrei und ersten Löwenzahnblüten empfangen. Es amüsierte Fritzi, Herta und Günter königlich, das Brautpaar damit zu bewerfen.

Anschließend gingen sie ins Café, das Herr und Frau Hawelka für die Dauer der Zeremonie und einer anschließenden Feier zugesperrt hatten.

Dort warteten auf drei Tischen belegte Brötchen und je eine Flasche Wein.

»Extrawurst!«, rief Günter.

»Und saure Gurken!«, bemerkte Fritzi.

»Wo habt ihr das alles her?«, fragte Else erstaunt.

»Na, von wo schon«, lachte Herr Hawelka und schenkte jedem der Erwachsenen ein Glas Wein ein.

Sie setzten sich an die gedeckten Tische und schlemmten. Alle waren gut gelaunt, redeten viel und lachten ausgelassen.

»Schade, dass unsere Eltern nicht da sind«, sagte Curt irgendwann nachdenklich. »Sie hätten uns bestimmt gern als Paar gesehen.«

Das gab Else einen Stich ins Herz. Mutter und Curts Eltern waren tot, aber was mit Vater war, wusste sie noch immer nicht. Curt, der offenbar ihren Kummer bemerkt hatte, ergriff ihre Hand.

»Gib die Hoffnung nicht auf, Else. Es sind noch immer nicht alle Wehrmänner heimgekehrt. Vielleicht kommt er ja bald.«

Else schluckte. Dann vertraute sie Curt an, was sie im Innersten seit Wochen fürchtete: »Ich glaube nicht mehr daran.«

»Wie kommst du darauf?!«

»Sie haben die Überweisungen seines Solds auf das Familienkonto eingestellt. Vor Monaten schon. Zuerst habe ich mir nicht viel dabei gedacht, aber inzwischen glaube ich, dass Vater tot ist.«

»Vielleicht ist er irgendwo in Gefangenschaft geraten?«

»Dann wäre er registriert, und ich wüsste davon.«

Curt nahm Else in die Arme. Es fühlte sich so gut, so tröstlich für sie an. Ihm verdankte sie, dass sie hoffnungsvoll nach vorne schauen konnte. Sie war in einer neuen Familie angekommen.

»Gräm dich nicht … Vielleicht kommt er ja doch noch heim«, sagte Curt.

Aber Else wusste es besser.

54

»Da ist allerdings noch etwas anderes, das ich dich fragen wollte …« Curt erinnerte sich an eine andere Bootsfahrt als die mit Else im Gewitter. Eine Bootsfahrt im Sommer davor, als er Else, deren Eltern und einen kleinen Jungen begleitet hatte. Auch diese Bootsfahrt würde er nie vergessen. Es war eine Bootsfahrt, die friedlich begonnen, aber katastrophal geendet hatte.

»Fische! Lauter Fische!«, hatte der kleine Junge auf einmal gerufen und war aufgesprungen.

»Hinsetzen! Du kannst noch nicht schwimmen!«, hatte der Vater ihn ermahnt.

Aber der Junge hörte nicht. Das Boot schaukelte gefährlich.

»Hinsetzen! Sofort!«

Der Kleine hörte noch immer nicht, sondern fütterte die Fische, als wäre er allein auf der Welt. Else versuchte, ihn am Hosenträger auf die Bank zu ziehen, aber dadurch schaukelte das Boot noch mehr. Curt, der bis dahin unbeteiligt zugesehen hatte, verstand nicht, warum dieses Kind den Anweisungen seines Vaters nicht folgte. Es war, als hörte er ihn nicht.

»Hör mit dem Schaukeln auf!«, kreischte die Mutter, die mittlerweile in Panik geraten war. In diesem Moment konnte Curt nicht länger zusehen. Er griff nach vorn, packte den Jungen und hielt ihn sanft im Schwitzkasten fest.

Aber das verschlimmerte alles noch mehr: Der Kleine wehrte sich wie wild und brüllte wie am Spieß, als hätte er Todesangst. Während alle versuchten, ihn zu bändigen, hallten seine Schreie über den ganzen See, vom Loser bis zur Trisselwand. Die Zille schaukelte und wankte, und letztlich kam's, wie es kommen musste: Der Kleine fiel in den See. Die Mutter sprang nach, strampelte im weiten Kleid, platschte und klatschte, der Junge schnappte nach Luft und spuckte Wasser, als sie ihn packte, es folgte ein Kampf, aber wenigstens hatte sie ihn am Schlafittchen. Das Ausflugsschiff kam, dann die Wasserrettung, weitere Ruderboote von Touristen – sie waren zur Attraktion geworden. Das alles nur, weil der Kleine nicht reagiert hatte, wie man es von Kindern erwartete.

»Da war doch noch dieser kleine Junge …«, fuhr Curt vorsichtig fort. »Was ist eigentlich mit ihm geschehen?«

Else löste sich aus seiner Umarmung. Eine steile Falte stand auf einmal in ihrem sonst so fröhlichen Gesicht.

»Er war so schwierig …«

»Ich weiß«, sagte Curt.

»Er ist immer schwieriger geworden. Vater hat ihn in die Kinderpsychiatrie gebracht. Es ging nicht mehr.«

»Und dann?«

»Einmal bin ich hin. Man sagte mir, er sei ein autistischer Psychopath. Die Frau von der Mütterschulung, die mir anfangs mit Fritzi geholfen hat, erzählte, dass autistische Psychopathen auf den Spiegelgrund kämen.«

»Am Spiegelgrund!« – Curt erschrak zutiefst. Die Wiener Städtische Nervenklinik für Kinder. Hunderte sogenannte »gemeinschaftsunfähige«, »arbeitsunfähige« und »unbrauchbare« Kinder wären dort im Rahmen einer sogenannten »Rassenhygiene« durch Medikamente und systematische Unterernährung getötet worden, hatte ihm sein Chef erzählt. Zuerst hatte

er diese absurde Geschichte nicht geglaubt: Kinderärzte, die Kinder in *lebenswert* und *nicht lebenswert* einteilten; Kinderärzte, die Kinder töteten, anstatt sie zu behandeln? Aber seit er die Dokumentarfilme über die Massenvergasungen von Juden gesehen hatte, bezweifelte er auch das nicht mehr. Er schüttelte sich vor Entsetzen beim Gedanken, dass Elses kleiner Bruder betroffen war.

»Verstehe«, sagte er. Im selben Moment beschloss er, sie nie wieder an ihren Bruder zu erinnern, der wohl *Am Spiegelgrund* umgebracht worden war.

Er musste sie vor Schmerz bewahren.

ENDE NOVEMBER 1968

55

Der Wind, der vom Stephansplatz her über den Graben wehte, schnitt ins Gesicht. Rau und beißend, offenbarte er eine Zeitenwende wie in Juttas Leben. Die Freuden des Sommers waren dahin, jetzt war's kalt und grau, gleich dem Himmel, Häusermauern und Pflastersteinen unter den Füßen. Nichts und niemand konnte etwas daran ändern – außer natürlich *er*. Aber seit dem unglückseligen Abend bei Traudl und Heribert war Bodo verschwunden.

Sang- und klanglos hatte er sich aus Juttas Leben geschlichen. Zuerst hatte sie es nicht wahrhaben wollen. Ihre Liebe war doch so vollkommen gewesen. Felsenfest und ewiglich wäre sie, hatte sie gedacht, aber dann hatte sie mit ihrer zügellosen Zunge alles kaputt gemacht. Ein Teil von ihr versuchte, sich zu rechtfertigen: Ihre Kritik hatte nur Heribert und Traudl gegolten, doch nicht ihm! Aber es half alles nichts: Bodo hatte den Disput persönlich genommen.

Nur wenige Monate zuvor hätte Jutta vor lauter Glück die Welt umarmen können – jetzt wusste sie nicht ein noch aus vor lauter Kummer. Immer mehr Tage waren vergangen, in denen sie verstanden hatte, dass Bodo nichts mehr von ihr wissen wollte. Weder auf der Uni noch vor der Kanzlei noch im *Hawelka* war er aufgetaucht, nicht einmal telefonisch war er für sie erreichbar. Er war wie vom Erdboden verschluckt. Er hatte sich aus dem Staub gemacht. Auch auf die dringliche Nachricht, die Jutta bei Traudl hinterlassen hatte, hatte er nicht reagiert. Tagein, tagaus hatte sie auf seinen Rückruf gewartet und bei jedem Klingeln, zu Hause wie in der Kanzlei, mit klopfendem Herzen den Hörer abgenommen, aber Bodo war nie dran gewesen. So gern wollte sie in seinen Armen versinken, so gern alle Unstimmigkeiten, die sich an diesem unglückseligen Abend zwischen ihnen aufgetan hatten, bereinigen, ihm so gern vom Desaster erzählen. Aber wie? – Juttas Stimmung schwankte zwischen Verzweiflung und Wut auf ihn.

Sie hatte kaum Augen für die Menschen, die mit missmutigen Mienen, die Krägen aufgestellt, die Hüte ins Gesicht gezogen, durch die Innenstadt hasteten wie sie. Die Spitze des Südturms vom Stephansdom verlor sich im Nebel, die Farbe der Schokoladeschachteln in der Auslage bei Altmann und Kühne wirkten blass, das dunkelgrüne Twinset bei Braun altväterlich und das Porzellan beim Rasper verstaubt. Wien war trist im November. Vermutlich gab's derzeit auf der ganzen Welt keine trostlosere Stadt als Wien.

Der Fahrer einer Limousine hupte, fuhr über den Bordstein und durch eine Pfütze. Dreckiges Wasser spritzte auf den Gehsteig.

»Können S' nicht aufpassen?!«, kreischte eine Dame und drohte dem Fahrer mit ihrer Schirmspitze.

Wiener Grant … – Jutta streifte die schmutzigen Tropfen vom Wollmantel und wischte die Schuhe mit einem Taschentuch trocken – … der hatte ihr gerade noch gefehlt.

Im *Café Hawelka* empfing sie mit Tabakrauch geschwängerter Dunst.

»Servus, Jutta! Bist aber früh dran heute. Ist was passiert?«

Engelbert, mit insgesamt vier Silbertabletts in den Händen, hielt inne.

»Ein Vorlesung ist ausgefallen. Ich hatte Sehnsucht nach euch.«

»Verstehe.« Engelbert grinste verständnisvoll. Das Café war eine Oase für viele geplagte Seelen.

Jeder Tisch war besetzt. Aber anders als nachmittags, zu Juttas gewöhnlicher Zeit, saß an jedem Tisch ein einzelner Herr, lauter Geistesgrößen in Anzügen, weißen Hemden und Krawatten. Den Griff eines Bugholzrahmens in den Händen, war jeder für sich in eine Tageszeitung vertieft: *Le Monde, NZZ, Frankfurter Allgemeine, International Harold Tribune* … Am Kiosk kosteten diese Blätter viel Geld, hier wurden sie beim Kaffee gratis studiert. Jutta fühlte sich wie ein Eindringling in einem Gentlemen's Club. Zu dumm, dass Torberg heute nicht da war, zu ihm hätte sie sich gern gesellt.

»Die Herren werden wohl noch länger bleiben«, sagte Engelbert. »Aber warte …« Er eilte zu einem Tisch und servierte eins der Silbertabletts. Kaffeetassen und Wassergläser klirrten, er stellte auch noch ein Schnapsgläschen dazu. Dann räumte er Papiere und Geschirr vom Personaltisch im Gang zwischen Theke und Eingangstür und bedeutete Jutta, unter der Plakatwand Platz zu nehmen. Fast alle Kunstvernissagen und Jazzkonzerte Wiens, teils gedruckt, teils handgemalt, wurden da angepriesen.

Jutta dankte ihm und wusste, dass Engelbert ihr gleich ihr gewohntes Gedeck bringen würde:

Melange und Apfelstrudel.

Später kam Mutter. Sie machte sich mit Frau Hawelka hinter der Theke zu schaffen. Herta schaute auch wieder einmal vorbei. Es ginge ihr gut, erzählte sie. Nach und nach nahmen die

Geistesgrößen ihre Hüte, verließen das Café, und deren Plätze nahmen Studenten, Angestellte aus den umliegenden Büros und Damen für ihren Nachmittagskaffee ein. Fritzi und ihre Freundinnen tranken ihren Kaffee am angestammten Platz. Jutta blieb am Personaltisch sitzen und versteckte sich hinter ihrem Skriptum. Die gewohnten Geräusche rundum beruhigten sie, aber sie wollte mit niemandem reden.

In der Nebenloge kam eine Gruppe Adliger zusammen, die Herren erkennbar an den Lodenmänteln und ihren handgenähten Schuhen, die Damen an den Perlenketten. Herr Hawelka begrüßte alle per Handschlag, und Frau Hawelka fragte nach Familienangehörigen, manchmal auch nach den Kindern. »Sind s' eh brav«, fasste sie die wohlklingenden Antworten zusammen.

Noch eine Loge weiter saßen jetzt Theaterleute. Zigaretten paffend, spielten sie Schach, Canasta oder Rummy, während am Nebentisch eine junge Musikerin ihre Geige auspackte, um einem Dirigenten die Vorzüge des Instruments zu zeigen. Und über allen schwebte der Duft von Austria-3-Zigaretten.

In der Zelle bei der Tür läutete fortwährend das Telefon. Bei jedem Läuten schreckte Jutta auf. Auch wenn sie es längst besser wusste, hoffte sie immer noch, dass Bodo am Apparat wäre.

Schon wieder läutete es. Schon wieder lief Frau Hawelka hin und nahm den Hörer ab. Und schon wieder rief Frau Hawelka nicht nach Jutta, sondern nickte zu einem Tisch am Fenster:

»Sie werden verlangt.«

Ein Thonetstuhl knarrte auf den Dielen, ein Hund kroch schwanzwedelnd unter dem Tisch hervor, und der Gast vom Fenstertisch ging zur Telefonzelle und verzog sich darin.

»Kommst du mit mir nach Hause?«, fragte Mutter, als es draußen dunkel wurde.

»Später. Ich möchte noch lernen«, log Jutta, noch immer allein am Personaltisch sitzend.

»Du klingst so niedergeschlagen – ist was mit dir?«

»Ach wo ... wie kommst du darauf?«, gab sich Jutta erstaunt. »Nur die Abschlussprüfung nächste Woche liegt mir im Magen.«

»Mach dir keine Sorgen«, antwortete Mutter. »Die schaffst du mit Bravour. Hast ja auch bisher alle Prüfungen mit Auszeichnung bestanden.« Dann schlüpfte sie in ihren Persianermantel und verließ gleichzeitig mit Fritzis Freundinnenrunde das *Hawelka*. »Wir sehen uns später zu Hause«, rief sie Jutta noch zu.

Die Wahrheit war, dass Jutta mit niemandem sprechen wollte. Schon gar nicht mit Mutter. Während im *Hawelka* die Dielen krachten, die Kaffeemaschine zischte, die Tassen auf den kleinen Tabletts schepperten, die Gäste in den Logen tratschten und Karten spielten, wollte sie ganz für sich allein die Tatsachen konfrontieren, die sie so sehr quälten: Nicht genug, dass Bodo nichts mehr von ihr wissen wollte. Das Schicksal hatte noch viel schlimmer zugeschlagen: Seit einiger Zeit wusste sie, dass sie schwanger war. Es war ein Desaster.

Wie sollte es weitergehen für sie?

Jutta nippte am Kaffee, später am Wasser, die Zeit verging. Die adlige Runde verließ das Café, wieder andere Gäste nahmen deren Plätze ein: junge Künstler in Jeans und mit langen Haaren, manche von ihnen berühmt-berüchtigt seit der Uni-Ferkelei im vergangenen Juni, andere auf dem Weg zur Anerkennung, wie Georg Danzer, der kürzlich mit Popmusik im Wiener Dialekt bekannt geworden war, oder André Heller, der am neuen Rundfunksender mitwirkte. Und noch andere kamen, die keiner kannte, das Café war wieder voll. Ehrfürchtig schielten diese »Jungen« zu den »Alten« am Nebentisch. Das waren allesamt Mitglieder der Wiener Schule des Phantastischen Realismus und ehrenwerte Professoren an der Akademie, die in ganz Europa ausstellten und vom Verkauf ihrer Werke gut lebten: Arik Brauer mit seinem markanten Hut, Ernst Fuchs, Anton Lehmden oder Friedensreich Hundertwasser. Sie waren die großen Hausherren im *Hawelka*. Sie hatten es geschafft, nicht nur hier, sondern auf der ganzen Welt.

Frau Hawelka bemerkte die sehnsüchtigen Blicke der Jungen.

»Geduld, Herr Heller«, sagte sie und klopfte ihm auf die Schulter. »Der Herr Canetti, der neulich bei uns Gast war, ist auch nicht immer der Herr Canetti gewesen. Aus Ihnen wird noch was, das spür ich.«

André Heller lächelte Frau Hawelka dankbar an, dann wandte er sich wieder seinem Glaserl Wein zu.

Jutta saß noch immer allein am Personaltisch, fand aber Trost in der Geselligkeit um sie herum. Diese aufgeweckten Stimmen, das Gläsergeklapper und Sesselrücken waren Zeichen von Normalität und spendeten Zuversicht. Das Leben würde schon irgendwie weitergehen für sie. Auch ohne Bodo. Ein Kind, wenn auch ungeplant und außerehelich, war kein Desaster – wie ein Krieg, beispielsweise. Oder das Naziregime. Im Gegenteil. Es war ein Geschenk.

Sie bestellte einen Schinken-Käse-Toast. Engelbert brachte ihn, sie verschlang ihn. Winzig war so ein Toast, kam es ihr, nicht mehr als ein Imbiss. Sie bestellte einen zweiten – und ein Soda-Zitron dazu.

Spät am Abend war das Café dann noch voller als untertags. Kein Stuhl war mehr frei. Die Plüschbänke waren eng belegt, und die Garderobenständer bogen sich unter den Mänteln. Herr Hawelka und ein anderer Ober als am Morgen schwirrten eifrig von Tisch zu Tisch, nahmen Bestellungen auf, brachten Silbertabletts zu viert und zu fünft herbei und servierten Nusskipferl, Hauskuchen, Wiener Würstl und Schinken-Käse-Toast.

Hans Weigel stand mit einer Gruppe von zwölf Gästen in der Tür. Friedrich Torberg war auch dabei, und Jutta nickte ihm freundlich zu. Sie erkannte auch Günter Grass an der markanten Brille, ebenso Henry Miller aus den Klatschspalten. Jetzt sollte sie wohl endlich den Personaltisch frei machen, dachte sie und wollte sich schon erheben. Aber Frau Hawelka bedeutete ihr, sitzen zu bleiben – vermutlich hatte sie mitbekommen, dass Jutta heute nicht ganz auf der Höhe war. Mit charmanter Autorität schichtete Frau Hawelka andere Gäste derart um, dass der Herr Weigel mit seiner ganzen Gruppe am Logentisch Platz nehmen konnte.

»Frau Hawelka, Sie sind ein Schatz!«, rief er ihr zu, auch er fühlte sich hier zu Hause.

Frau Hawelka schaffte es wirklich immer wieder, uns allen ein gutes Gefühl zu vermitteln, ging es Jutta durch den Kopf.

Langsam zogen die Schwaden von frisch gebackenen Buchteln aus dem Backofen in der Küche durch den Raum, süßlich nach warmem Powidl duftend, und sie bekam schon wieder Appetit.

Herr Hawelka stellte eine Portion vor sie hin, als hätte er ihre Gedanken gelesen, dazu ein Kännchen mit heißer Vanillesoße. Jutta nahm eins der handlichen Bällchen aus Germteig, teils knusprig, teils butterweich, auf, tunkte es in die Soße und genoss das Gemisch aus süßer Vanille, wohligem Teig und säuerlichem Dörrzwetschken-Mus. Auch Frau Hawelkas Buchteln waren Balsam für die Seele – besonders wenn man unglücklich war. Nachdem Jutta den letzten Krümel vertilgt hatte, beschloss sie, endlich nach Hause zu gehen.

Das ewige Trübsalblasen hatte ein Ende. Ein Kind wuchs in ihr. Sie würde es mit Freude auf der Welt willkommen heißen, auch ohne Bodo. Dazu musste sie auf eigenen Füßen stehen und die Abschlussprüfung schleunigst hinter sich bringen. Denn in den nächsten Monaten würde es viel zu tun geben für sie.

56

Am nächsten Morgen ließ Jutta das Mofa stehen. Jetzt, da sie ihr Kind angenommen hatte, wollte sie es vor allen erdenklichen Gefahren beschützen und ging zu Fuß zur Kanzlei.

Sie sperrte auf, legte den Mantel ab, verstaute den Apfel und das Jausenbrot, das sie für den Fall etwaiger Fressattacken mitgebracht hatte. Sie goss den Philodendron in der Ecke und die Grünlilie auf dem Tischchen. Dann nahm sie sich den Papierstapel auf dem Schreibtisch vor und begann mit der Ablage.

Wenig später kam Doktor Wolf. Seit der Fahrt nach Altaussee sah Jutta ihn mit anderen Augen: nicht mehr als unbeholfenen Herrn in schlecht sitzenden Sakkos, sondern als schnittigen Advokaten, der er in seiner Jugend wohl gewesen war.

»Wie geht's Ihrem Baby?«, fragte sie frech.

»Hervorragend! Steht frisch gewaschen und poliert vor der Tür.« Mit der üblichen Drehbewegung warf er den Hut mit der Rechten auf den Garderobenständer, traf zielsicher und hing den Mantel dazu.

Jutta vertiefte sich wieder in die Ablage. Da er die Kassettentür geöffnet ließ, drang das Geräusch von lautem Plumpsen in den Vorraum, als er in den Sessel fiel, danach Papierrascheln.

»Da schau her!«, rief der Chef auf einmal. Der Tonfall bedeutete, dass er auf etwas Außerordentliches gestoßen war.

»Was ist denn?«, rief Jutta durch die Kassettentür.

»Das Testament von unserem Alpöhi. Haben wir's doch noch geschafft, dass es anerkannt wird. War gar nicht so leicht wegen der Rechtslage. Für einen Menschen, der amtlich nicht existiert.«

Daraufhin war's eine Weile still im Chefbüro, wahrscheinlich studierte er das Schriftstück. Jutta lochte den nächsten Akt, um ihn im richtigen Ordner abzulegen. Schließlich hörte sie Sesselschieben und Schritte auf den Dielen, dann stand er vor ihr, ein Daumen unter dem Hosenträger, in der anderen Hand ein Papier mit ungelenk gekrakelten Zeilen beschrieben.

»Das könnte noch schwierig werden, Fräulein Jutta. Da gibt's Arbeit für uns.« Er wedelte mit dem Papier. »Unser Alpöhi war ziemlich vermögend. Er hinterlässt einen drei Stockwerke hohen Hof hoch über dem Ort Altaussee mit wunderbarem Blick auf den Loser, dazu zehn Hektar Grund. Und jetzt kommt noch eine Überraschung: Begünstigt sind Erben, von denen er behauptet, sie seien seine Kinder.«

»Der Alpöhi hatte *Kinder?!*« – Jutta konnte es nicht glauben. »Er war doch Einsiedler gewesen, ohne irgendwelche Angehörige. Wir beide waren auf der Beerdigung die Einzigen!«

»Zu Beginn meiner Mandantschaft hat er alles unternommen, diesen Eindruck bei mir zu wecken. Erst in unserem allerletzten Gespräch erwähnte er Kinder. In diesem Testament nennt er erstmals deren Namen. Sein posthumer Auftrag an uns ist, sie ausfindig zu machen. Das Testament kann erst vollstreckt werden, wenn alle drei zustimmen.«

»Das Standesamt in Altaussee … dort könnten wir anrufen«, überlegte Jutta laut.

»Das wäre ein guter Ansatz. Allerdings war die Beamtin schon anlässlich meiner Bemühungen, die Geburt unseres Alpöhis zu dokumentieren, nicht gerade kooperativ.« Doktor Wolf begann, vor Juttas Schreibtisch auf und ab zu gehen. »Ich fürchte, ich muss persönlich vorsprechen. Ich werde wohl noch einmal nach Altaussee fahren müssen.« Er legte das Schriftstück ab und klemmte beide Daumen unter die Hosenträger. »Wollen Sie mich wieder begleiten?«

Jutta dachte an ihren fragilen Magen.

»Ich weiß nicht …«

»Sagen Sie nicht, dass Sie sich vor meiner Fahrweise fürchten!«

»N… nein. Das ist es nicht.«

»Na eben! Sie kommen mit!«, bestimmte er resolut. »Mit Ihnen ist die Fahrt vergnüglicher. Abfahrt morgen früh um 7 Uhr 30. Wie letztes Mal.«

So kletterte Jutta am nächsten Morgen wieder in Doktor Wolfs geliebte Knickscheibe.

Behutsam lenkte er den Wagen aus der Stadt, und sie schnurrten zunächst über die Autobahn, später über die Landstraße. Immer wieder hörte Jutta in sich hinein, aber diesmal hatte sie Glück: Der Magen war ruhig. Die großen Serpentinen auf dem Semmering hatten sie allerdings noch vor sich.

Sie erreichten Maria Schott. Ab da ging's wieder den Pass hinauf. Nach der dritten Steilkurve begann sie zu schlucken. Hilfe suchend klammerte sie sich an den Haltegriff.

»Sie sind ja ganz blass. Soll ich stehen bleiben?«, fragte Doktor Wolf besorgt.

»Geht schon«, antwortete Jutta, wenn auch wenig überzeugt, und wünschte sich wieder einmal nichts sehnlicher als das Ende der kurvenreichen Strecke herbei.

Der Porsche zog zügig hinauf. Unbarmherzig legte er sich nach links und rechts in die Kehren. Jutta konnte die Passhöhe kaum erwarten. Als sie sie endlich erreichten, dankte sie dem

Himmel, dass sie den gefährlichsten Teil der Strecke ereignislos hinter sich gebracht hatte.

Nun ging's wieder bergab.

Schließlich lag der See wieder vor ihnen, diesmal winterlich grau, umgeben von dunklen Bergen, die Gipfel angezuckert vom ersten Schnee. Der Anblick war atemberaubend.

Doktor Wolf parkte sein Baby im Ortszentrum. Sie betraten das Gemeindeamt, Doktor Wolf mit seiner Aktentasche in der Hand. Sie fanden auch gleich die Tür zum Standesamt.

»Die Frau Standesbeamtin ist beim Mittagstisch«, erklärte ihnen ein Herr im Vorbeigehen und tippte auf seine Armbanduhr. »Müsst's um zwei wiederkommen.«

Doktor Wolf bedankte sich für die Auskunft und wandte sich an Jutta: »Wir gehen ins Gasthaus. Ich lade Sie ein.« Seine Augen blitzten, die Aussicht auf gutes Essen schien ihm zu gefallen.

Sie spazierten vorbei an den traditionellen Altausseer Häusern mit spitzen Dächern und kleinen Fenstern, hinter einem saß eine Katze auf dem Fensterbrett. Schließlich landeten sie in einer gemütlichen Holzstube. Dort genossen sie örtliche Spezialitäten: gebratenen Saibling aus dem See sowie Kaiserschmarrn zur Nachspeise, und Juttas Magen war wieder voll und ganz zufriedengestellt.

Danach versuchten sie nochmals ihr Glück. Diesmal ließ sie die Beamtin gleich eintreten.

»Griaß Sie.«

Doktor Wolf erklärte sein Anliegen.

»Wie waren die Namen?«, wollte die Dame wissen.

Doktor Wolf öffnete seine Aktentasche und kramte einen formlosen Zettel hervor.

»Ich habe sie aufgeschrieben.«

»Muss nachschauen …« Die Beamtin nahm den Wisch auf und verschwand in den hinteren Räumlichkeiten, wo sie wohl die Register mit den Standesdaten aufbewahrte.

»Jetzt wird's spannend.« Doktor Wolf zwinkerte mit einem Auge und brachte Jutta damit zum Lachen. Die Art, wie er jeden seiner Fälle dramatisierte, amüsierte sie. Ihr Blick glitt aus dem Fenster, wo sich die wundervolle Ausseer Bergwelt erhob. Jetzt verstand sie Friedrich Torberg, der den Ort so sehr schätzte, noch besser.

Endlich kam die Standesbeamtin wieder, mit Doktor Wolfs Blatt in den Händen.

»Tut mir leid. Ich habe alle Register durchsucht: Geburts-, Sterbe-, Heirats- und Melderegister. Keiner der Namen ist mir untergekommen.« Sie überreichte ihm den Wisch. »Sie müssen woanders nach diesen Personen suchen.«

»Ich hab's mir schon gedacht.« Doktor Wolf klang dennoch enttäuscht. »Dann werden wir die drei wohl nicht mehr finden. Wir können doch nicht ganz Österreich nach ihnen abklappern.«

»Schlimmer noch: die ganze Welt. Sie könnten ja ausgewandert sein«, malte Jutta den Teufel an die Wand.

»Eben«, stimmte Doktor Wolf zu. »Ich fürchte, diesen Auftrag unseres Alpöhis können wir nicht erfüllen. Obwohl ich's ihm vor seinem Ableben versprochen habe. Es tut mir leid, aber es ist unmöglich.«

Sie verließen das Gemeindeamt, Doktor Wolf mit hängenden Schultern, die Ärmel seines Mantels bei den Daumen, die Aktentasche in der Hand. Wortlos erreichten sie seinen Wagen und stiegen ein. Doktor Wolf ließ den Motor an und warf den Schalthebel in den Retourgang.

»Warten Sie!«, rief da jemand.

Jutta wandte sich den Stufen vor dem Gemeindeamt zu. Die Standesbeamtin kam auf sie zugelaufen und winkte mit dem Zettel mit den Namen. »Den haben Sie vergessen!«

Jutta kurbelte die Fensterscheibe hinunter.

»Danke sehr.« Sie nahm den Wisch entgegen.

»Ach, der Zettel«, brummte Doktor Wolf. »Der hilft uns sowieso nicht mehr.«

Missmutig manövrierte er sein Gefährt vom Parkplatz auf die Straße, und sie machten sich auf den Weg zurück nach Wien. Diesmal redeten sie nicht viel. Doktor Wolf war niedergeschlagen. Dass er das Vermächtnis des Alpöhis nicht erfüllen konnte, wertete er wohl als persönlichen Misserfolg. Sie fuhren vorbei an nackten Feldern, kahlen Wäldern und braunen Wiesen. Nicht nur Juttas und seine Laune, auch die Natur war novemberlich trüb, wenn auch die grauen Bergrücken in der Ferne mit weißen Gipfeln winkten. Als es zu dämmern begann, erreichten sie die Semmering-Schnellstraße, vor der Jutta sich fürchtete. Was, wenn ihr Magen diesmal rebellierte? Wie peinlich wäre es, wenn sie Doktor Wolfs kostbare Knickscheibe vollkotzte …

Zur Sicherheit wollte sie das Taschentuch aus dem Beutel holen, der auf dem Wagenboden zu ihren Füßen lag. Sie beugte sich vor. In diesem Moment bemerkte sie Doktor Wolfs Zettel, den ihr die Standesbeamtin durchs Wagenfenster gereicht hatte und den sie noch immer in ihrer Hand hielt.

»Brauchen Sie ihn wirklich nicht mehr?«

»Ich kenne die Namen auswendig. Sie können ihn wegschmeißen«, knurrte Doktor Wolf.

Jutta öffnete die Hand, um den Wisch zusammenzuknüllen. Bevor sich ihre Finger schlossen, fiel ihr Blick auf die Namen. Bei »Adolf Müller« stutzte sie. Der arme Mann, dachte sie. Heutzutage würde niemand mehr sein Kind nach Adolf Hitler benennen. Und dann fiel es ihr wie Schuppen von den Augen: Dieser Name war ihr schon einmal untergekommen. In der TU, als sie Bodo einmal dorthin begleitet hatte. Professor Adolf Müller. Ein seltsamer Vogel in buntem Hemd und Schlaghose, der aus Spaß über Treppen hüpfte, jede zweite ausließ und für Entgegenkommende keine Augen hatte.

»Ich kenne einen Adolf Müller«, sagte sie.

Doktor Wolf hob die Brauen, ohne die Augen von der Straße zu nehmen.

»Ach ja?«

»Er ist Professor auf der TU. Sein Büro liegt im dritten Stock, und sein Spezialgebiet ist Quantenphysik.«

»Ein ganz Gescheiter also.«

»So gescheit, dass er nicht ganz in unserer Welt lebt«, bekräftigte Jutta.

Doktor Wolfs Mundwinkel verzogen sich langsam zu einem Grinsen.

»Gleich morgen werden wir ihn besuchen«, strahlte er. »Vielleicht haben wir ja doch noch eine Möglichkeit, das Vermächtnis unseres Alpöhis zu erfüllen.«

»Vielleicht«, sagte Jutta und war froh, dass sie inzwischen die Anhöhe ohne Zwischenfall erreicht hatten. Der Saibling und der Kaiserschmarrn vom Mittagessen hatten ihrem Magen offenbar gutgetan.

57

Als Jutta am nächsten Morgen an den Büsten der verdienstvollen Professoren vorbei zum Eingang der Technischen Universität ging, kamen Erinnerungen hoch: an jenen Tag im vergangenen Sommer, als sie mit Bodo Hand in Hand über den Platz spaziert war und er ihr die Büsten erklärt hatte. Damals waren alle Sorgen noch meilenweit entfernt gewesen. Niemals hätte sie sich damals träumen lassen, dass es zum Zerwürfnis zwischen ihr und Bodo kommen könnte. Bodo und sie – sie waren eins gewesen. Füreinander bestimmt, für immer und ewig. Sie war überzeugt davon gewesen.

»Fräulein Jutta! Ich bin hier!« Doktor Wolf stand schon am Portal zum Haupteingang und winkte ihr zu.

Mit wenigen Schritten war sie bei ihm.

»Das Büro von diesem Professor Müller ist im dritten Stock, sagten Sie?«

Jutta nickte und folgte ihrem Chef, der zielstrebig voranging. Lautstark keuchte er die Stiegen hinauf, auch Juttas Herz klopfte bis zum Hals. Ob Bodo in der Nähe war? Ob er noch immer im Vorzimmer von Professor Ohnetreu arbeitete? Angespannt wegen der möglichen Begegnung mit Bodo einerseits und der vermutlich bevorstehenden mit dem seltsamen Professor andererseits, ging sie die Stiegen hinauf.

Oben angekommen, stellten sie fest, dass weder der eine

noch der andere zugegen war. Die Türen zu den jeweiligen Büros waren fest verschlossen. Ein wenig ratlos standen sie im Gang herum. Dann hatten sie Glück: Ein vorbeikommender Student erklärte, dass Professor Adi Müller derzeit im großen Vorlesungssaal einen Stock tiefer zu finden wäre.

Doktor Wolf und Jutta machten sich also wieder auf den Weg abwärts. Sie fanden den Saal und warteten vor dem Eingang auf das Ende der Vorlesung. Nach wenigen Minuten öffneten sich die Türen von innen, und Horden von Studenten strömten heraus. Wieder klopfte Juttas Herz, obwohl sie wusste, dass es völlig unrealistisch war, dass Bodo dabei sein könnte, denn er hatte das Studium ja längst abgeschlossen. Außerdem unterrichtete Professor Müller Quantenphysik, nicht Mathematik – warum hätte Bodo also in dieser Vorlesung sitzen sollen? Der Gedanke war absurd. Aber das Schicksal könnte ihr doch gnädig sein, hoffte sie im tiefsten Inneren, und studierte weiter die vielen entgegenkommenden Gesichter.

Doktor Wolf beförderte sie wieder ins Hier und Jetzt.

»Ist das unser Professor?«, rief er auf einmal. »Dieser Jungspund?« Er deutete auf einen Mann mit langen Locken, karierter Schlaghose und anliegendem Hemd, der vorne am Rednerpult stand. »Der sieht ja selbst aus wie ein Student.«

»Angeblich ist er der jüngste Professor am Institut.«

»Kaum zu glauben.« Doktor Wolf machte sich vorbei an endlosen Bankreihen auf den Weg zum Pult, wo der Professor mathematische Formeln von der Tafel löschte. Kreide staubte in alle Richtungen.

»Herr Professor Adolf Müller?«

Den Schwamm in der Hand, wandte sich der Mann um.

»Ja, bitte?«

Doktor Wolf stellte sich und Jutta vor. Und dann die alles entscheidende Frage:

»Sind Sie der Sohn von Johann Müller?«

Der Professor zuckte mit keiner Wimper, zeigte auch sonst keine Regung. Ohne ein Wort zu verlieren, wandte er sich wieder der Tafel zu und säuberte sie weiter mit kräftigen, ausladenden Armbewegungen. Juttas Herz klopfte schneller. Was, wenn er tatsächlich der Sohn vom Alpöhi war?

Endlich antwortete der Professor, noch immer der Tafel zugewandt:

»Der ... bin ich wohl«, kam es zögerlich. »Soviel ich weiß, hieß mein leiblicher Vater Johann. Ich erinnere mich nur vage an ihn. Immerhin war ich zarte sechs, als er mich auf die Kinderpsychiatrie zu Professor Asperger verfrachtet hatte.«

Jutta und ihr Chef sahen einander vielsagend an. Ein Grinsen erschien in ihren Gesichtern. Sie hatten einen der Erben gefunden.

»Ich bedaure, Ihnen mitteilen zu müssen, dass Ihr Vater, Herr Johann Müller, kürzlich verstorben ist«, sagte Doktor Wolf mit ernster Stimme.

Stille. Nur das Schaben des Schwamms auf der Tafel tönte durch den Saal.

»Wann?«, kam es schließlich undeutlich von der Tafel.

»Vor einigen Wochen.«

»Wo?«

»In Altaussee.«

»So weit weg ...«

»Sie sind ihm also nicht mehr besonders nahegestanden?«

Professor Seltsam lachte auf und säuberte weiter die Tafel. »Das kann man so sagen. Seit meinem sechsten Lebensjahr hatte ich nichts mehr mit ihm zu tun. Ich betrachte Professor Asperger als meinen Ziehvater. Ich habe ihm viel zu verdanken. Mehr als meinem leiblichen Vater. Dessen Tod berührt mich nicht. Nicht im Geringsten.«

»Verstehe.« Doktor Wolf warf Jutta einen skeptischen Blick zu. »Es ist aber so, dass dessen Tod Einfluss auf Sie hat. Johann Müller hat einen weitläufigen Besitz in Altaussee hinterlassen. Ein Hof, der seit 1725 im Besitz der Familie war. Inklusive zehn Hektar Grund.«

»Kein Interesse«, verlautete Professor Seltsam, noch immer der Tafel zugewandt, anscheinend emotionslos.

»So leicht ist das nicht.« Doktor Wolf hob an, dem Professor die Bedeutung der Erbschaft zu erklären. »Ihr Vater hat testamentarisch verfügt, dass Sie den Hof erben. Die Erbschaft muss gemäß dem Testament Ihres Vaters abgewickelt werden. Selbstverständlich steht Ihnen frei, nach der Abwicklung das Haus zu verkaufen, falls Ihre beiden Schwestern zustimmen, die zu gleichen Teilen begünstigt sind.«

Die Augen des Professors weiteten sich.

»Ich habe Schwestern?!« Er ließ den Schwamm sinken, die Tafel war jetzt ohnehin sauber. »Ich erinnere mich nur an *eine*. Und die hat mich nicht leiden können.«

»Im Testament sind zwei genannt. Wir müssen sie finden, um die Erbschaft abzuwickeln. Wenn wir eine gefunden haben, finden wir möglicherweise durch sie auch die zweite. Wissen Sie, wo sie sich aufhalten könnten?«

»Keine Ahnung … Wie gesagt: Seit meinem sechsten Lebensjahr habe ich zu meiner Geburtsfamilie keinen Kontakt.«

»Wo haben Sie als Kind gewohnt?«

»Irgendwo in Wien, denke ich. Sonst wäre ich nicht beim Professor auf der Kinderpsychiatrie vom Allgemeinen Krankenhaus gelandet, sondern in einer Fürsorgeanstalt. Womöglich *Am Spiegelgrund* oder in Mödling oder sonst wo. Ich war nämlich nicht gerade umgänglich als Kind. In meinem Befund steht: abnormal und gestört. Autistischer Psychopath. Dazu wirkte ich schwachsinnig.«

»Schwachsinnig? – Als Universitätsprofessor?!«, entfuhr es Jutta.

Professor Seltsam lachte.

»Professor Asperger hat als Einziger mein Talent gesehen und mich in die Gruppe seiner kleinen Professoren aufgenommen. Das war mein großes Glück. Denn als Kleinkind war mein Lebenslauf nicht vorhersehbar. Ich habe erst spät zu sprechen begonnen und verhielt mich auffällig. Ich war anders als normale Kinder.«

»In Wien also«, rekapitulierte Doktor Wolf, was sie im Moment wissen mussten, um den Auftrag des seligen Alpöhis zu erfüllen. »Das hilft uns.« Er reichte dem Professor zum Abschied die Hand. »Wir werden Sie auf dem Laufenden halten.«

»Der rechte Ärmel ist länger als der linke«, bemerkte Professor Seltsam noch und deutete auf Doktor Wolfs Jackett. Dieser sah verwundert an sich hinab.

»Da haben Sie recht.« Lächelnd zupfte er am Ärmel.

Im Stiegenhaus konnte Jutta nicht mehr an sich halten.

»Wie schwer erziehbar kann ein sechsjähriges Kind sein, dass man es in eine Anstalt bringt?«, empörte sie sich. »Eine furchtbare Familie muss das gewesen sein.«

»Geben Sie acht, Fräulein Jutta«, rügte sie der Chef. »Urteilen Sie nicht so schnell über die Handlungen Verstorbener. Unter den Nazis war diese Art der Beurteilung von Kindern üblich. Zur *Förderung der Erbgesunden.* Junge Eltern wurden dazu ermuntert, ebenso Ärzte, Hebammen und Lehrer. Sie waren verpflichtet, behinderte, schwachsinnige und verhaltensauffällige Kinder dem Gesundheitsamt zu melden, die dann zur Besserung in Kinderfürsorgeheime und heilpädagogische Anstalten gesteckt wurden. Das war die Regel. Den Eltern erklärte man, dass es besser für sie wäre. Das Verschulden der

Eltern ist nicht immer offensichtlich, sie vertrauten aufs System.«

Sie liefen Stock für Stock die Stufen hinab. Als sie unten ankamen, sagte er: »Wenn diese Maßnahmen nicht fruchteten und die Kinder *erwerbs- oder gesellschaftsunfähig* blieben, meinte man, deren Leben wäre *lebensunwert.* Dann wurden sie *euthanasiert* – ein schreckliches Wort. Allein in der Kinderfachabteilung *Am Spiegelgrund* führte man achthundert Kinder dem sogenannten *Gnadentod* zu. Ganz legal. Rassenhygiene nannte man das. Vernichtung der *Unbrauchbaren.* Das war das System.«

»Schrecklich«, entfuhr es Jutta. »Kann das wahr sein?!« Sie wollte es nicht glauben.

»Ja, das war barbarisch. Menschenverachtend. Gottlob passiert das heute nicht mehr. Wir sind uns als Gesellschaft wohl einig, dass die darwinistische Selektionstheorie auf die Menschheit nicht übertragbar ist«, sinnierte Doktor Wolf laut.

Sie hatten die Eingangshalle des Universitätsgebäudes erreicht.

»Alles in allem war das ein erfolgreicher Vormittag. Wir haben einen unserer Erben gefunden und einen Hinweis auf den Aufenthaltsort der anderen beiden erhalten.« Doktor Wolf rückte seinen Hut zurecht und knöpfte den Mantel zu. »Jetzt bin ich wieder zuversichtlich, dass wir den Nachlass des Alpöhis doch noch in seinem Sinne abwickeln können.«

»Das wäre ein wirklicher Erfolg«, antwortete Jutta leicht sarkastisch und zog ihre Handschuhe an.

»Dann besuche ich jetzt das Meldeamt«, sagte Doktor Wolf. »Ich hoffe, es macht Ihnen nichts aus, allein in die Kanzlei zu gehen?!«

»Gar nicht«, lachte Jutta.

58

Dichter Nebel lag jetzt über der Stadt wie häufig Ende November. Die Kuppel der Karlskirche, die Dächer der Häuser, die Kronen der kahlen Bäume im Resselpark verloren sich im Dunst. Es war kalt, noch kälter als am Morgen, und Juttas Atem formte weiße Wölkchen vor dem Gesicht. Beim Gedanken, dass sie gerade Bodo näher gewesen war als seit Langem, entfuhr ihr ein tiefer Seufzer. Sie sah seine wachen Augen vor sich, die Grübchen, die sich beim Lächeln in seinen Wangen bildeten. Er war für sie verloren, sie musste sich damit abfinden. Sie schlug den Kragen ihres Mantels hoch und zog die Baskenmütze tiefer ins Gesicht.

An der Kreuzung zeigte die Ampel auf Rot. Autos, Taxis, Busse brausten vorbei. Ihr Blick fiel auf die Secession gegenüber, einem Ausstellungsgebäude, das die Wiener wegen des vergoldeten Blätterwerks auf dem Dach »Krauthappl« nannten. Ein großes Plakat warb für eine Ausstellung: Friedensreich Hundertwasser und Anton Lehmden präsentierten ihre Werke – Wiener Phantasten, die ihre Abende häufig im *Hawelka* verbrachten.

Noch immer stand die Fußgängerampel auf Rot. Die Kälte biss in Zehen und Fingern, Jutta stopfte die Hände in die Manteltaschen. Ihr Blick wanderte Richtung Westen, wo zwischen Rechter und Linker Wienzeile der Naschmarkt lag. Obst und

Gemüse, Wurst und Käse und allerlei exotische Köstlichkeiten wurden dort angeboten. Beim Anblick knurrte wieder einmal ihr Magen. Kurzerhand änderte sie ihren Weg in die Kanzlei und querte die Straße.

Auf der gegenüberliegenden Seite tauchte sie ins Marktleben ein. Körbe schleppende Hausfrauen, Imbiss suchende Passanten, marktschreierische Standler und Verkäuferinnen schoben sich zwischen den Ständen voran. In hölzernen Steigen lagen die Waren aus: Äpfel, Birnen, dazwischen exotische Früchte wie Ananas, Orangen und Mandarinen, daneben Kartoffeln, Karotten und Rüben. Am nächsten Stand glotzten Forellen und ein dicker Karpfen aus dem Eis, einen Stand weiter lagen Trockenwürste aus.

»Zum Kosten!« Ein Standler hielt ihr eine Dattel entgegen.

Jutta griff danach, bewunderte noch das Meer von säuberlich sortierten Trockenfrüchten, hellen und dunklen Rosinen in allen Größen und ganz besonders die aus Dörrobst gefertigten Krampusse, die vor dem Nikolaustag angeboten wurden. Aber sie kaufte nichts, lief weiter, und der Typ fischte bereits nach dem nächsten Kunden.

Auch am Würstelstand erstand Jutta noch nichts, sondern ließ sich weiter mit der Menge treiben. Brot, Essig, Bauerneier … das Angebot war überbordend und regte ihren Appetit noch mehr an. Erst als sie die Bottiche eines Sauerkräutlers erreichte, hielt sie an. Niemand machte so gute Salzgurken wie er. Obwohl sie niedergeschlagen war, weil sie Bodo nach dem Unibesuch wieder furchtbar vermisste, verspürte sie enormen Appetit auf diese Gurken. Das Kind in ihr ließ grüßen. Im Gehen vertilgte sie gleich die größte. Kalt, salzig, säuerlich, saftig – sie schmeckte einfach herrlich.

Dann kam der Stand eines Floristen. Der Holztisch davor war leer, wegen der Kälte lagerten die Blumen im Inneren der

Hütte. Vom Markisenrahmen, der oberhalb des Fensters und über die Tür reichte, baumelten dunkelgrüne Mistelzweige und frisch gebundene Adventskränze aus Reisig. Sachte bewegten sie sich im Wind, verbreiteten den Duft von Tannen und Fichten und verkündeten die Weihnachtszeit. Die Zeit der Stille, der Besinnung und der Liebe. Ach, der Liebe … Jutta seufzte wieder. Es war Zeit, sich den Herausforderungen zu stellen. Sie fürchtete sich davor.

Ein Kranz mit lila Bändern und Kerzen in den traditionellen Farben stach ihr ins Auge. Er würde für weihnachtliche Stimmung in der Kanzlei sorgen. Wenigstens für Stimmung – wenn schon nicht für die Lösung ihrer Probleme. Sie streckte sich, nahm den Kranz vom Haken und drängte sich in die Verkaufshütte.

Blumenduft schlug ihr entgegen, es war eine herrliche Mischung aus dem süßen Aroma von Rosen, Lilien, Zitrusbäumchen und Schleierkraut. Eingewässert in metallenen Henkeleimern, standen sie auf einer hölzernen Treppe vor dem von der Wärme beschlagenen Fenster, neben Amaryllis und Nelken in allen Farben, dazwischen Töpfe mit Winterrosen und Alpenveilchen. Die enge Hütte war voller Kunden, die eingepackt in wollenen Mänteln gustierten, sich von einer dicken Marktfrau hinter der Budel beraten ließen, kauften und bezahlten und sich beim Verlassen wieder durch die Menge zur Tür drängten.

Jutta, mit dem Kranz in der Hand, stand inmitten der Menschentraube und wartete geduldig auf die Aufmerksamkeit der Marktfrau. Endlich rief diese über die Köpfe anderer Kunden hinweg:

»Womit kann ich dienen, Fräulein?«

»Was kostet dieser Kranz?« Jutta hielt ihn hoch.

»Fuffzehn Schillinge, bitt' schön.«

»Ich nehme ihn.«

»Geben S' her, ich pack ihn ein.« Mit spröden Fingern griff die Frau danach, während Jutta im Beutel nach der Börse kramte. Endlich fand sie die richtigen Münzen. Gerade als sie sie der Verkäuferin übergeben wollte, spürte sie den Knuff eines Ellbogens im Oberarm.

»Aua!«, entfuhr es ihr, und durch die unkontrollierte Bewegung ihres Arms fielen ihr die Münzen aus der Hand.

»O pardon, tut mir leid«, murmelte eine Männerstimme neben ihr, aber das Malheur war schon geschehen.

»Schon in Ordnung.« Jutta bückte sich und klaubte die weiß glänzenden Zehnschillingmünzen vom nassen Dielenboden. Beim Aufrichten streifte sie mit der Baskenmütze seine Schieferkappe, weil er sich ebenfalls nach den Münzen gebückt hatte.

»Verzeihung«, sagte er wieder. »Wie ungeschickt von mir.« Als wäre all das Gedränge seine Schuld gewesen.

Jutta horchte auf, sah den Mann an. Sie kniff die Augen zusammen – vor lauter Unglauben. Und schluckte.

Bodo. Seine wachen Augen hinter der Nickelbrille ... Ihr Herz raste, womöglich war's durch den dicken Wollmantel zu hören. Die Augen weit, die breiten Schultern im dunkelblauen Dufflecoat, einen Strauß pinker Rosen in der Hand, stand er da – und war sprachlos wie sie. Jutta konnte es noch immer nicht fassen, dass er es war. Sie starrte ihn an und sah zu, wie er rot und immer röter anlief.

»Servus«, kam es endlich über ihre Lippen. Es klang viel zu förmlich.

»Servus«, sagte er und wandte sich schon wieder ab. Wollte offenbar nicht mit ihr sprechen. Aber sie würde nicht darum betteln. Keinesfalls.

»Wollen S' jetzt den Kranz oder nicht, Fräulein?«, krächzte

die Standlerin von der Budel. »Fuffzehn Schilling hab ich gesagt.«

»Ach ja ...« Jutta überreichte der Frau die Münzen und nahm im Gegenzug den inzwischen verpackten Kranz entgegen. Bodo sagte noch immer kein Wort. Kein Wort der Begrüßung. Keins der Erklärung. Keins der Versöhnung.

Sie ging zur Tür, wenn auch zögerlich. Ein Teil von ihr wollte ihm noch immer Zeit geben. Es konnte doch nicht sein, dass er gar nichts zu sagen hatte? – Langsam, ganz langsam setzte sie einen Schritt vor den anderen, besah unterwegs noch die Nelken und die Alpenveilchen, steckte die Nase in eine Lilienblüte, um Zeit zu schinden.

»Was kriegen Sie für die Rosen?«, ertönte Bodos Stimme hinter ihrem Rücken.

»Fünf mal drei fuffzig, macht siebzehn«, bellte die Standlerin.

Münzen klimperten.

»Behalten Sie den Rest.« – Hatte er gehetzt geklungen?

»Geben S' doch die Rosen her, um Himmels willen«, krächzte die Frau von der Budel.

»Warum?«

»Die erfrieren in der Kälte! Ich pack's Ihnen ein.«

»Das dauert mir zu lange.«

Den Strauß pinker Rosen in der Hand, drängte er sich neben sie und öffnete die Tür. Gemeinsam traten sie aus der Blumenhütte in die Kälte.

59

Juttas Herz raste noch immer, die Tannennadeln vom Adventskranz piksten durch die Handschuhe. Sollte sie das Gespräch beginnen? Ihn konfrontieren? Oder ihre Würde bewahren und es einfach beim »Servus« belassen? Ihn stehen lassen? Am Markisenrahmen bewegten sich die Adventskränze und Mistelzweige im Wind, der Duft von Reisig zog wieder in ihre Nase. Eine Gruppe junger Leute flanierte vorbei, gefüllte Körbe in den Händen, schwatzend und lachend. Ein Windstoß fuhr in ihren Mantel, ließ sie wieder frieren. Und Bodo stand noch immer wie angewurzelt da.

Jetzt konnte sich Jutta nicht mehr beherrschen. »Warum hast du dich nie gemeldet?«, zischte sie.

»Das Gleiche könnte ich dich fragen.« Es klang vorwurfsvoll.

»Sang- und klanglos bist du aus meinem Leben verschwunden!« Ihre Stimme war lauter als zuvor.

»Bin ich nicht!« Seine dunklen Augen weiteten sich. »Ich war da, mehrmals … wann immer ich konnte.«

»Wann immer du konntest?« Was wollte er damit andeuten?

»Stundenlang habe ich vor der Kanzlei gestanden, aber du bist nie gekommen.« Das Vorwurfsvolle in seiner Stimme war dem Unverständnis gewichen. »Ich habe inzwischen eine Stelle im NIG angetreten. Seither bin ich mit Arbeit eingedeckt.«

Sie wollte ihm glauben.

»Wenigstens zurückrufen hättest du mich können!«

»Zurückrufen? Du hast mich angerufen?« Bodo hob die Brauen.

»Mit großer Überwindung, wie du dir denken kannst nach dem missglückten Abendessen bei euch. Ich habe dir eine Nachricht hinterlassen.«

»Das hat mir niemand ausgerichtet. Mit wem hast du gesprochen?« Sein Blick glitt zu den Rosen, dann zu Boden. »Mutter?«

Jutta nickte.

»Sie hat mir nie davon erzählt.« Die Röte stieg ihm wieder ins Gesicht. Er schämte sich für sie. Jutta fühlte mit ihm, sie kannte ihn. Das alles war doch nicht seine Schuld. Ein paar Tauben schreckten hoch und flatterten mit kräftigen Flügelschlägen auf und davon. Auf einmal sehnte sie sich danach, ihn in die Arme zu schließen.

»Eine Olive?«, rief der Verkäufer vom Nebenstand.

»Komm.« Bodo nahm ihre freie Hand. »Hier sind zu viele Leute.«

Er zog sie durch eine Seitengasse auf die Rechte Wienzeile. Sie passierten Jugendstilhäuser, deren einstmalige Pracht unter den ergrauten Fassaden zu erahnen war, kamen an der Stadtbahnstation vorbei, gingen weiter in Richtung Gumpendorf, wo sein Wohnhaus lag. Ihre Hand fühlte sich so gut in seiner an. Im Moment vertraute sie ihm bedingungslos – wie früher. Sie ging mit ihm mit, ohne auch nur eine Sekunde nachzudenken. Weit weg waren die Kanzlei, Doktor Wolf, der Alpöhi, dessen Verlassenschaft und Verwandtschaft. Alle Pflichten waren vergessen, die Sorgen wie weggeblasen. Hand in Hand gingen sie die Straße entlang und brauchten keine Worte, um zu wissen, wo die Reise hinging.

Inzwischen hatte es zu schneien begonnen. Große Flocken schwebten vom grauen Himmel herab, fingen sich auf ihren Mänteln und Mützen. Vereinzelt blieben sie liegen und begannen, die graue Stadt weiß anzumalen.

»Oben ist sturmfrei«, sagte Bodo, als sie vor seinem Wohnhaus standen. »Dort sind wir ungestört.«

Ihre Schritte hallten durch das Stiegenhaus. Er schloss auf, sie traten ein.

»Für wen sind eigentlich die Rosen in deiner Hand?«, fragte Jutta im Flur.

»Meine Mutter, sie hat Geburtstag.«

»Sie lassen die Köpfe hängen, sie sind in der Kälte verdorben.«

»Egal.« Er nahm ihr den Adventskranz ab und legte ihn zusammen mit den pinken Rosen auf die Ablage unter dem Spiegel.

»Missverständnisse auf beiden Seiten – und ich geb's zu: Ich habe dich vernachlässigt«, murmelte er dicht an ihrem Ohr. »Es tut mir so leid. Ich war viel zu sehr in meine Forschungen vertieft.« Seine feuchtwarmen Lippen wanderten über ihr ganzes Gesicht, bis sie an ihren hängen blieben.

Jutta, umfangen von seinen Armen, schmiegte sich in die raue Wolle seines Dufflecoats.

Alles war gut.

Ganz ohne Worte.

Es wurde spät. Sehr spät. Inzwischen war es draußen dunkel geworden. Eine Laterne vor dem Fenster verbreitete mildes Licht, das zwischen den halb geöffneten Gardinen Bodos Zimmer ein wenig erhellte. Es schneite noch immer. Dicke Flocken tanzten jetzt vom Himmel, die Schneeschicht auf dem Sims war inzwischen fingerdick.

Bodo küsste Jutta zum x-ten Mal, sie konnten nicht genug voneinander bekommen.

Endlich löste er sich von ihr, streckte sich und fischte seine Hose vom Boden. Mühsam kramte er in der Tasche und brachte schließlich ein Schächtelchen hervor.

»Ich habe es seit dem unsäglichen Abendessen mit unseren Eltern immer bei mir getragen«, sagte er. »Für diesen Moment. Ich wusste, dass er kommen würde.«

Ein Ring mit einem Brillanten in einer geschlungenen Goldfassung kam zum Vorschein. Jutta biss sich auf die Lippen. Sie traute ihren Sinnen nicht, zum zweiten Mal an diesem Tag. Aber sie träumte nicht.

Nachdem sie ihn angesteckt hatte und Bodos Wärme wieder auf der nackten Haut spürte, wusste sie: Sie würde ihn niemals wieder gehen lassen.

»Ich muss dir etwas sagen«, flüsterte sie und suchte im schummrigen Licht der Straßenlaterne seine klugen Augen.

»Warum klingst du auf einmal so ernst?«

Jutta schob ihn ein wenig von sich, aber ihre Hand mit dem schönen Ring am Finger ruhte nach wie vor auf seiner Brust.

»Du und ich … wir erwarten ein Baby.«

Seine Augen weiteten sich.

»Du hast richtig gehört: Wir werden Eltern.«

»W… wann?«

»Im Mai.« Sie schmunzelte. »Wie du dir unschwer ausrechnen könntest.«

Sein Mund verzog sich zu einem Grinsen.

»Das ist ja … wunderbar!« Das Grinsen wurde breiter. »Wir werden uns beeilen. Wir heiraten, sobald wir alles beisammenhaben. Standesamtlich, ohne Gäste, ohne Zwischenrufe der Eltern, ohne Tamtam. Nur wir zwei.« Er küsste sie wieder.

Luftig und leicht fielen vor dem Fenster Schneeflocken vom

Himmel und begruben die graue Stadt im Laufe der folgenden Stunden unter einer fluffig weißen Schicht.

Wie schön es doch war, glücklich zu sein.

60

Bodo und ich werden heiraten«, platzte Jutta am nächsten Morgen beim Frühstück mit den Neuigkeiten ins Haus.

»Das freut mich sehr!« Vater, die Zeitung in der Hand und die Kaffeetasse auf halbem Weg zum Mund, strahlte. Seine Freude war unübersehbar. »Herzliche Gratulation! Ich mag Bodo. Du hast eine ausgezeichnete Wahl getroffen.« Selten brachte ihn etwas aus dem Häuschen, aber jetzt überschlug sich seine Stimme vor Aufregung. »Wir bekommen einen Schwiegersohn, Else! Ist das nicht wunderbar?« Sein Blick wanderte zu Mutter, die bisher keinen Ton von sich gegeben hatte. »Das muss gefeiert werden!«, echauffierte er sich weiter. »Heute Abend stoßen wir auf die Verlobung an, gell?« Er trank ein paar Schluck von seinem Kaffee. »Meinst du, Bodo könnte auch kommen?«

Jutta wollte antworten, aber da grummelte Mutter schon: »Er hat doch noch gar nicht um Juttas Hand angehalten.«

»Doch!« Jutta zeigte den Ring her.

»Ich meine förmlich. Bei Vater. Wie es sich gehört.«

»Aber Else!«, fiel ihr Vater ins Wort. »Sei doch nicht so altmodisch! Immerhin hat er sich selbst und sogar seine Eltern vorgestellt. Er hat Manieren. Und Jutta ist eine moderne, junge Frau. Sie entscheidet selbst, wen sie heiratet. Die beiden benötigen unser Einverständnis nicht. Ganz abgesehen davon, dass ich meins selbstverständlich geben würde.«

»Trotzdem. Das gehört sich so«, beharrte Mutter.

»Erinnere dich: Bei wem habe ich damals um deine Hand angehalten?«, entgegnete Vater.

Mutter schluckte.

»Na also. Schon zu unserer Zeit war das nicht mehr Usus.«

»Aber das war etwas anderes«, widersprach Mutter jetzt zu Juttas Verwunderung, denn bisher war sie ihr nicht als besonders konventionell aufgefallen. »Bei mir gab's keinen Vater und keine Mutter mehr.«

»Wie dem auch sei.« Vater machte eine wegwerfende Geste. »Ich freue mich jedenfalls sehr über Juttas Glück. Und Bodo werden wir mit offenen Armen in der Familie aufnehmen.«

Mutter wandte sich ab, nahm eine Semmel aus dem silbernen Körbchen und brach sie entzwei. Sorgfältig bestrich sie eine der Hälften mit Butter, ihre Bewegungen zögerlich, als wäre sie in Gedanken weit weg.

Jutta war besorgt. Etwas stimmte nicht.

»Was hast du gegen Bodo?!«, entfuhr es ihr. »Noch vor wenigen Wochen hast du ihn äußerst sympathisch gefunden und gesagt, er wäre der perfekte Schwiegersohn. Was hat er in der Zwischenzeit Schlimmes getan?«

»Gar nichts habe ich gegen ihn.« Mutter klang jetzt versöhnlicher. »Im Gegenteil, ich mag ihn sehr. Versteh mich nicht falsch.« Sie nahm einen Bissen von der Buttersemmel, schluckte, nahm einen zweiten, wischte mit der Handfläche ein paar Brösel vom Tischtuch. »Wann soll diese Hochzeit denn sein? Im Sommer noch? – Nein, das wäre viel zu bald, denke ich«, beantwortete sie gleich selbst ihre Frage. »Die vielen Vorkehrungen, die getroffen werden müssen – Einladungen verschicken, dein Kleid, die Kirche, das Essen. Und dann wirst du ja auch bald mit dem Gerichtsjahr beginnen. Ein Termin im übernächsten Jahr ist besser. Ja, sehr viel besser.«

Jutta spürte, wie Ärger in ihr hochstieg. Ohne Zwischenrufe unserer Eltern, ohne viel Tamtam, nur wir zwei, hatte Bodo gesagt. Jetzt wusste sie, was er gemeint hatte.

»Wir wollen keine große Hochzeit. Nur wir zwei.«

»Aber Liebes! Das kommt doch überhaupt nicht infrage! Du bist schließlich unsere einzige Tochter.«

»Nein.« Jutta schlug mit der flachen Hand auf den Tisch. Es reichte. Zudem gab's ja noch ihr kleines Geheimnis, von dem die Eltern nichts wussten. »Wir werden ohne Aufwand heiraten. Dieses Jahr noch, so schnell wie möglich.«

»Warum so schnell?«

Jutta überging Mutters Frage.

»Deshalb möchte ich dich auch um die Dokumentenmappe bitten. Bis heute Abend, damit wir morgen zum Standesamt gehen können. Bodo und ich wollen den Papierkram so schnell wie möglich erledigen.«

»Die ganze Mappe?!«

»Nun ja, ich weiß nicht genau, was sie im Standesamt von mir wollen.«

Mutter sackte im Stuhl zusammen, als wäre sie plötzlich in einer anderen Welt. Die angebissene Semmelhälfte sank auf den Teller, ihre Hände wirkten schwach. Den Blick in weiter Ferne, gähnte sie, als überfiele sie plötzlich bleierne Müdigkeit.

Was war nur los mit ihr?

61

Erst lange nachdem Curt und Jutta die Wohnung verlassen hatten, kehrte Kraft in Elses Glieder zurück. Die überhastete Heirat, aber vor allem das Wort *Dokumentenmappe* hatte sie in Angst und Schrecken versetzt. So sehr, dass sie seit Langem wieder diese lähmende Müdigkeit überfallen hatte. Zum Glück hatten Curt und Jutta nichts bemerkt, sondern ihre Reaktion einzig dem Gedanken, dass Jutta bald ausziehen würde, zugeschrieben. So waren sie ihrer Wege gegangen, Jutta zur Universität und Curt ins Spital.

Am Tag ihrer eigenen Hochzeit hatte Else beschlossen, Vergangenes hinter sich zu lassen. Die Zukunft sollte ein glückliches Leben bringen, hatte sie damals entschieden. Wie das der Frauen, deren Lächeln von Werbeplakaten und den Titelseiten der Modemagazine prangte, sollte es sein. Das Kind, das sie damals bereits unter ihrem Herzen getragen hatte, sollte ebenso aufwachsen, hatte sie sich damals vorgenommen.

Manches, das in dieser Mappe verbrieft war, hätte sie damals am liebsten vernichtet, aber letztlich nicht übers Herz gebracht. Deshalb hatte sie vor zweiundzwanzig Jahren, nachdem sie Juttas Geburtsurkunde dazugesteckt hatte, die Dokumentenmappe ins oberste Regal im Schlafzimmerschrank bugsiert, ganz weit hinter den Decken, wo niemand hinkam, und weit weg von Curts, Fritzis, Juttas und ihren eigenen Augen.

Aber jetzt gab's kein Verstecken mehr, kein Augenschließen, kein Davonrennen, kein Kopf-in-den-Sand-Stecken, kein Verdrängen. Für die Heirat musste Jutta Dokumente, die sich in dieser Mappe befanden, bekommen. Else musste sie aus dem Versteck hervorholen. Ein Hitzeschub, der garantiert nichts mit den Wechseljahren zu tun hatte, erfasste sie. Sie wischte über die heiße Stirn, fächelte sich Luft zu. Aber nein, redete sie sich selbst gut zu. In den von Jutta benötigten Papieren stand doch nichts Schlimmes. Geburtsurkunden, ihre eigene Heiratsurkunde … Nur diese wollte sie herausziehen. Und den Rest ignorieren.

Sie holte einen Stuhl und stellte ihn vor den Schrank. Sie kickte die schönen Schuhe, die sie erst wenige Tage zuvor auf der Kärntner Straße erstanden hatte, von den Füßen. Dann stieg sie auf die Sitzfläche und streckte sich. Das Fach war hoch, der Arm zu kurz. Eine Leiter musste her. – Wäre es nicht besser zu behaupten, die Dokumente seien verloren gegangen?, kam es ihr. Nein, maßregelte sie sich selbst, Jutta will heiraten. Dieses Glück durfte sie ihrer Tochter nicht verwehren.

Sie kletterte wieder vom Stuhl, schlüpfte wieder in die Schuhe, ging in den Flur und holte aus dem begehbaren Garderobenschrank die Leiter. Sie schleppte sie ins Schlafzimmer, baute sie vor dem Schrank auf und kletterte Trittbrett für Trittbrett hinauf.

Endlich hatte sie das oberste Regalfach vor Augen, wo die Sommerdecken lagerten. Sie zog eine hervor. Dahinter kam das schwarze Leder der Dokumentenmappe zum Vorschein. Die Mappe – sie stammte noch von den seligen Eltern, in Frieden mochten sie ruhen. Es war ebendiese Mappe, die sie zusammen mit Fritzis Teddy aus dem Schutt der zerbombten elterlichen Wohnung gerettet hatte. Ihr wurde schwummrig vor den Augen, sie verlor das Gleichgewicht. Zum Glück war die

Schranktür da. Sie fing sich und hielt inne, bis sie wieder klar sah.

Ganz ruhig, sprach sie sich wieder selbst gut zu. Es ist alles nicht so schlimm.

Sie streckte sich. Nach einigem Zerren gelang es ihr, die Mappe aus dem Regal zu ziehen. Mit der Mappe in der Hand stieg sie die Leiter wieder hinab.

Dann ließ sie sich damit auf der Kante des Ehebetts nieder. Nachdenklich strich sie über das brüchige Leder, über die Kratzspuren vom grobkörnigen Staub, den sie damals in der Bombenruine weggewischt hatte.

Sie schlug die Mappe auf. Zuoberst lag Juttas Geburtsurkunde. »Jutta Marie Kofler, geboren am 2. November 1946 in Wien.« Else legte das Papier neben sich. Dann folgten Curts Papiere: Seine Geburtsurkunde und der Nachweis über die Heirat seiner Eltern. Ihre eigene Geburtsurkunde und die Heiratsurkunde ihrer Eltern lagen auch da. Dann fiel ihr Mutters Ahnenpass in die Hände. Heutzutage war es ein seltsam anmutendes Dokument, das bezeugte, dass man kein jüdisches Blut hatte. Alle hatten so etwas damals. Keiner hatte es infrage gestellt. Und keiner hatte sich gefragt, was mit jenen passierte, die keine judenfreie Ahnenlinie bis zu den Urgroßeltern produzieren konnten. Else steckte ihn zu den anderen Papieren.

Als Nächstes hielt sie Fritzis Geburtsurkunde in den Händen. »Friederike Kofler, geboren am 28. August 1939 in Wien.« Ach, wie schwierig war's für sie gewesen, dieses Dokument ausstellen zu lassen. Mit sechzehn, ganz auf sich allein gestellt, hatte sie doch noch keine Ahnung von Amtsgeschäften gehabt.

Dann war da der offizielle Nachweis über Curts und ihre eigene Heirat. Else starrte auf das Datum: »14. April 1946«. Nun ja. Jutta würde eins und eins zusammenzählen. Selbstverständlich würde ihr das Datum auffallen und dass zwischen dem Tag der Hochzeit und ihrer Geburt weniger als neun Monate vergangen waren. Else zuckte mit den Schultern. Bisher hatte sie alles getan, dieses Detail vor Jutta geheim zu halten. Aber jetzt? – Ein Schmunzeln überzog ihre Lippen. Jetzt war's nicht mehr nötig, denn ihre Tochter war eine erwachsene Frau.

Sie atmete tief durch, erleichtert, dass sie es geschafft hatte: Die Mappe war gesichtet. Jutta konnte getrost damit zum Standesamt gehen.

Als Else die Mappe wieder schließen wollte, fiel ihr Blick auf die Innenseite des Deckels. Ein Extrafach war da eingenäht. Der Rand eines vergilbten Papiers lugte hervor. Das Papier, dessen Existenz sie all die Jahre negiert hatte. Jetzt war sie drauf und dran, es hervorzuziehen. Nein, ermahnte sie sich. Lass es sein! Sie hatte es sich doch vorgenommen!

Aber da war auch diese Sehnsucht nach ihm. Dieses unbändige Verlangen, ihm wieder nahe zu sein nach so vielen Jahren.

Else konnte nicht widerstehen. Sie zog das vergilbte Blatt aus dem Seitenfach.

Dann legte sie die lederne Dokumentenmappe aufs Bett und strich das dünne Blatt glatt.

Vaters Abschiedsbrief.

Auf einmal war alles wieder da.

Als wär's gestern gewesen.

SEPTEMBER 1939

62

»Mutter ist tot.«

Vater, den sie bisher nur als stark gekannt hatte, rannen dicke Tränen über die Wangen.

Else lief ins elterliche Schlafzimmer. Mutter lag zwischen den weißen Laken. Leblos. Eine Welt brach zusammen. Sie kniete nieder und umklammerte den noch warmen Körper. Mutter war nicht mehr auf dieser Welt.

Sie weinte, wie sie noch nie geweint hatte. Sie nahm nichts mehr wahr, die Welt hätte untergehen können neben ihr.

Aber irgendwann bemerkte sie doch das Chaos, das sich vor der Schlafzimmertür abspielte.

Adi, vermutlich durch die Aufregung der anderen aufgeschreckt, stürmte durch die Wohnung. Er tobte, trampelte und schrie Zeter und Mordio wie ein Berserker.

Else trocknete ihr Gesicht und trat in den Flur.

»Vater!«, rief sie. »Tu was! Bitte!«, rief sie in Richtung Küchentisch. Er war der Einzige, der Adi bändigen konnte. Aber der Fels in der Familie kauerte vornübergebeugt am Tisch und reagierte nicht, während Adis schrilles Geschrei wahrscheinlich bis zum Stephansdom zu hören war.

»Adi ist außer sich. Hörst du's nicht?!«, rief Else. »Die Nachbarn …«

Vater saß wie ein Häufchen Elend da und reagierte nicht.

Else versuchte, sich dem tobenden Kind zu nähern, aber der spie weiter Feuer, schlug um sich und entwickelte unglaubliche Kräfte.

Inmitten dieses Tumults stand plötzlich Frau Proksch, die Hausmeisterin, mitten im Zimmer. Weiß Gott, wie sie hereingekommen war.

»Dieses Geschrei! Alle beschweren sich. Der Klavierlehrer unter euch kann seine Stunde nicht abhalten, und die alte Dame im Mezzanin kann nicht schlafen.«

»Mutter ist tot«, wisperte Else, Verständnis heischend.

»Das tut mir leid. Aber Adi muss Ruhe geben. Wir sind doch nicht im Irrenhaus!«, brüllte Frau Proksch im Bemühen, Adi zu übertönen.

»Ja, ja.« Else gelang es, Frau Proksch über die Schwelle ins Treppenhaus zu schieben. Sie versperrte die Tür von innen und hielt sich die Ohren zu. Auch sie war am Ende mit den Nerven, ihr Herz raste, und die Nachbarn … Am besten wär's, ihn aus der Wohnung zu bringen, aber wie? Er wütete noch immer wie ein wildes Tier.

Es läutete erneut. Reflexartig sperrte Else wieder auf.

Diesmal stand die widerliche Frau aus der Mütterschulung davor. Sie trug das Baby im Arm.

»Dieses Geschrei …« Die Lippen schmal, deutete sie mit dem Kinn in Adis Richtung. »Dieses Kind ist nicht normal. Ein Psychopath ist der. Ganz eindeutig. Ich war bei der Polizei. Sie werden bald da sein und ihn holen kommen.« Sie drückte Else das Baby, das sie im Arm hatte, in die Hände. »Man muss das Toben unterbinden.« Die beleibte Frau krempelte die Ärmel auf, holte ein Seil aus der Schürzentasche und stürzte sich mit aller Kraft auf den sechsjährigen Jungen. Adi schlug um sich und strampelte, ein Kampf zwischen ungleichen Gegnern entbrannte.

Else stand die ganze Zeit mit dem Säugling im Arm daneben. Sie war unfähig zu denken, geschweige denn zu handeln. Sie sah nur zu, wie Adi um sich trat und auf die Frau einschlug, sodass sie zuletzt die Arme schützend vor ihr Gesicht hielt. Atemlos erhob sie sich vom Boden, zupfte ihre Bluse zurecht und richtete die Frisur.

»Werde ich alles melden!« Sie riss das Baby aus Elses Händen.

»Das ist ja gemeingefährlich hier.« Wutschnaubend verließ sie die Wohnung.

Adi tobte weiter, während Vater noch immer am Küchentisch weinte. Else rannen ebenfalls wieder die Tränen über die Wangen. Mutter, ach, Mutter … Es war schrecklich, alles so schrecklich. Sie wusste weder aus noch ein. Tiefe Verzweiflung machte sich in ihrem Inneren breit, das dumpfe Gefühl, nicht mehr zu können. Nur mehr ins Zimmer flüchten. Dort fiel sie ins Bett. Lähmende Müdigkeit überkam sie. Bald hörte sie nichts mehr.

Irgendwann weckte sie heftiges Klopfen an der Wohnungstür. Mutter ist tot, fiel ihr sofort wieder ein. Es war so furchtbar, alles so furchtbar. Sie blinzelte im Tageslicht, offenbar hatte sie die Nacht durchgeschlafen. Die Welt, die sie bisher gekannt hatte, gab's nicht mehr. Tränen stiegen wieder in ihre Augen. Sie zog die Decke über den Kopf.

Wieder klopfte es an der Eingangstür. Else horchte auf, blieb aber weiter unter der Decke. Vater … der Fels in der Familie, bestimmt würde er gleich öffnen.

Nach einer Weile klopfte es wieder, diesmal war's ein ungeduldiges Hämmern. Else fühlte sich genötigt hinzugehen. Sie warf die Decke zur Seite. Gewohnheitsmäßig wollte sie in den Morgenmantel schlüpfen, bemerkte aber, dass sie noch dieselben Kleider wie am Vortag trug. Das Chaos fiel ihr wieder ein: Adis Geplärr, sein Toben, Frau Proksch, der Klavierlehrer, die widerliche Frau aus der Mütterschulung, Vaters Tränen …

Sie ging zur Eingangstür.

Dort stand wieder die Frau aus der Mütterschulung.

»Ich hab sie gewickelt.« Sie hielt Else den Säugling im Steckkissen hin, dazu eine Dose mit Milchpulver und ein Fläschchen. »Füttern musst du alle zwei Stunden.« Dann machte sie kehrt und war schon wieder im Treppenhaus verschwunden.

Else beäugte das schlafende Kind: Wie niedlich sie war mit dem winzigen Näschen, den Ohren, den geschlossenen Äuglein. Ein kleiner Engel war sie und wusste nichts von der Katastrophe. Mit dem Baby auf dem Arm machte sie sich auf die Suche nach dem Rest der Familie.

Seltsam, dass Adi nicht in seinem Zimmer war. Hatte ihn womöglich die Polizei abgeholt?! War es tatsächlich so weit gekommen? – Else konnte sich nicht erinnern.

»Vater?«, rief sie durch die Wohnung. Er weiß bestimmt Näheres, hoffte sie. Sie bekam keine Antwort.

»Vater?!«, rief sie lauter, während sie durch alle Zimmer lief. »Vater?«

Sie öffnete die Tür zum elterlichen Schlafzimmer. Und erschrak bis auf die Knochen. Das Bett war leer, das Bettzeug abgezogen, alles geschrubbt und blitzblank geputzt. Die Utensilien, die das Zimmer noch gestern zum Kreißzimmer gemacht hatten, waren verschwunden. Mutters Leiche ebenso. Und Vater war auch nicht da.

Elses Herz pochte immer heftiger. Er wird die Wohnung doch nicht verlassen haben, ohne Bescheid zu geben? Sie lief in die Küche, wo sie ihn zuletzt gesehen hatte. Der Stuhl war leer.

Da fiel ihr Blick auf den Tisch. Ein weißes Blatt lag da, dicht beschrieben. Vaters Handschrift.

Vater schrieb nie Briefe.

Im selben Moment ahnte sie, dass etwas nicht stimmte. Das schlafende Kind in ihrem Arm gab einen Schnaufer von sich, schlief aber ruhig weiter. Sie schob einen Stuhl zurück, ließ sich nieder und zog das Blatt näher.

»Meine liebste Else«, las sie. Noch nie hatte er sie »Meine liebste Else« genannt. Elses Herz pochte bis in den Hals.

Und da, am Küchentisch, mit klopfendem Herzen und dem friedlichen Baby in schweißnassen Händen, las Else den Brief, den Vater für sie hinterlassen hatte.

Meine liebste Else!
Deine Mutter war alles für mich. Mein Schmerz ist unendlich. Ich habe meinen Lebensmenschen verloren. Das werde ich nie verwinden.
Aber das Leben geht weiter, geliebte Tochter. Ich habe jetzt drei Kinder, eins davon neugeboren. Um Euch bestmöglich zu versorgen, habe ich beschlossen, mit meinen Kollegen einzurücken. Als Polizisten werden wir bevorzugt einer Spezialeinheit der SA zugeteilt, die hinter der Kampflinie in den neueroberten Gebieten für Recht und Ordnung sorgt. Bevor ich ohnehin als gewöhnlicher Soldat eingezogen werde, mache ich mir dieses Vorrecht zunutze. Meinen Sold, der höher sein wird als jener für gewöhnliche Wehrmachtssoldaten, lasse ich auf unser Familienkonto überweisen. Eine Vollmacht, die Dir ermöglicht, frei darüber zu verfügen, habe ich bei der Bank für Dich hinterlegt.
Gestern ist Adi – verständlicherweise – durchgedreht. Ich habe mir eingestanden, dass er in mancher Hinsicht besondere Zuwendung benötigt, und bin zur Überzeugung gelangt, dass sein Aufwachsen unter den Augen von Fachpersonal besser für ihn ist. Auch um Dich, liebste Else,

zu entlasten, habe ich zugestimmt, ihn in der Heilpädagogischen Abteilung der Kinderpsychiatrie unterzubringen. Dort wird man dafür sorgen, dass er sich beruhigt. Er wird die notwendigen Therapien erfahren. Mach Dir keine Sorgen um ihn. Der Leiter der Abteilung ist ein einfühlsamer Arzt, Herr Professor Hans Asperger. Dass Adi außergewöhnlich gut rechnet und alles über Schlager weiß, hat ihn sehr interessiert. Nach einer ersten Untersuchung hat er mir versprochen, sich seiner anzunehmen, und mir bei seiner Ehre zugesagt, dass Adi nicht in die Jugendfürsorgeanstalt Am Spiegelgrund *kommen wird. Das war mir wichtig, denn darüber hört man schreckliche Geschichten. Sorge Dich also nicht um Adi. Besuche ihn auch nicht, es könnte ihn durcheinanderbringen. Ein klarer Schnitt ist das Beste für ihn, auch wenn es uns schwerfällt.*
Nun zu Dir, meine liebste, große Tochter. Dir überlasse ich das kleine Würmchen zur Pflege. Du wärst alt genug, selbst Mutter zu sein, und bist reif für Dein Alter. Deshalb vertraue ich Dir. Gib dem Mädchen einen Namen, sorge für sie und ziehe sie auf, wie es Deine Mutter gewollt hätte. Dass Adi nicht mehr zu Hause wohnt, wird Dir diese ehrenvolle Aufgabe erleichtern.
Wenn Hitler recht hat und alles gut geht, werde ich in wenigen Wochen wieder bei Euch sein. Du und ich, wir beide müssen jetzt stark sein.
In Liebe, Dein Vater

63

Ach, Mutter – warum musstest du uns verlassen? Jetzt war auch noch Vater weg. Das Leben, wie es wenige Tage zuvor selbstverständlich gewesen war, gab's nicht mehr. Warum musste das Schicksal so unbarmherzig zuschlagen? Das dumpfe Gefühl der Verzweiflung machte sich wieder breit in ihr.

Durch die Tränen fiel ihr Blick auf den Säugling, der, unberührt von allem Leid, selig in ihren Armen schlief. Knappe sechzehn, sollte sie die Verantwortung für dieses kleine Menschenleben übernehmen. Ein *Menschenleben* war jetzt abhängig von ihr! – Bisher hatte sie keine Zukunftsängste gekannt, aber angesichts des zarten Würmchens in ihren Armen bekam sie einen Schweißausbruch. Wie anfassen, dass es nicht zerbricht? Was tun, wenn es aufhört zu atmen? Wenn es aufwacht? Wenn es schreit? – Sie konnte nichts anderes denken, sogar die Trauer über Mutters Tod rückte in den Hintergrund. *Friederike*, kam es ihr auf einmal. Die Friedensreiche. Ich werde dem Würmchen den Namen Friederike geben. Frieden war's, was sie sich sehnlichst herbeiwünschte. Sobald Frieden war, würde Vater heimkehren. Ach, Vater, ich bin so allein …

Das Würmchen regte sich. Nach kurzem Aufmucksen verzog es das Gesicht und begann zu krähen. Else wiegte es in den Armen. Sie versuchte, es zu trösten, doch das Krähen wurde laut und lauter.

Alle zwei Stunden füttern, hatte die Frau aus der Mütterschulung gesagt. Else ging in die Küche, wo das Fläschchen und die Dose mit der Babynahrung auf dem Tisch standen. Aber wie das Fläschchen zubereiten, noch dazu mit dem weinenden Kind im Arm? Sie stand ratlos davor. Wie das Pulver dosieren, das Wasser aufkochen, die Flasche füllen, alles vermischen – mit nur einer freien Hand? Während in der anderen das Baby immer dringlicher schrie? Die Kleine war inzwischen puterrot angelaufen, Tränen rannen aus zusammengepressten Augen, der zahnlose Mund war weit aufgerissen. Ihr Schreien tat Else im Herzen weh. Sie musste handeln.

Sie trocknete mit dem Ärmel ihre eigenen Tränen und lief ins elterliche Schlafzimmer. Mit der freien Hand bugsierte sie die Wiege, die Mutter vor der Niederkunft hergerichtet hatte, über den Flur in die Küche. Dann legte sie das Baby Friederike in die sauberen Laken. Sie schrie zwar weiter, aber Else hatte nun beide Hände frei. Sie erhitzte Wasser auf dem Herd. Als es endlich blubberte, nahm sie die Dose mit dem Milchpulver zur Hand. Schon tauchte die nächste Frage auf: Wie viel davon nehmen? Friederike schrie immer heftiger, unglaublich, wie schrill das kleine Würmchen sein konnte. Else hatte keine Zeit, lange nachzudenken. Sie goss in einer Tasse zwei Löffel vom Pulver mit dem kochenden Wasser auf. Die Mischung war viel zu heiß. Und Baby Friederike schrie sich die Seele aus dem Leib. Else blieb keine Zeit mehr für eigene Tränen. Sie goss die heiße Flüssigkeit mehrmals um, füllte die handwarme Flüssigkeit ins Fläschchen und nahm Friederike wieder auf.

Diese schnappte gierig nach dem Sauger. Und war still.

Die erste Hürde war geschafft.

Von da an war Else rund um die Uhr mit der Pflege des

Babys beschäftigt: Bäuerchen machen, wickeln, in den Schlaf wiegen, und ein, zwei Stunden später begann die Prozedur wieder von vorn.

Es folgte eine Nacht, in der Else kaum ein Auge zutat. Sie hatte keine Zeit fürs Hadern mit dem Schicksal, keine Zeit mehr fürs Warum und Wieso und keine Energie, um Mutter, Vater und Adi nachzuweinen. Stattdessen ergaben sich Fragen über Fragen bezüglich der Babypflege. Und als die unsympathische Frau aus der Mütterschulung wieder in der Tür stand, war sie beinahe froh. Sie ließ sich zeigen, wie sie das Milchpulver dosieren, den Babypo pflegen und die Windeln anlegen sollte.

»Friederike soll das Mäderl heißen – Althochdeutsch. Sehr gut«, lobte die Frau. »Aber ist die Geburt nicht schon längst registriert?«

Else verneinte.

»Na dann, höchste Eisenbahn. Das hätte innerhalb von drei Tagen geschehen sollen.« Sie erklärte Else, wo sie hinmüsse. »Alles Gute. Morgen schau ich wieder vorbei.«

Nachdem sie gegangen war, packte Else das Baby in den bereitstehenden Kinderwagen und verließ die Wohnung. So sachte wie möglich beförderte sie den Wagen über die Stufen.

Als sie im Halbstock ankam, knarrte die Tür der Hausmeisterin. Frau Proksch streckte den Kopf heraus, die Haare in Lockenwicklern.

»Hab ich doch richtig gehört«, sagte sie grinsend. »Na, wie geht's mit dem Bauxerl?« Sie trat heraus und beugte sich über Friederike, die gerade wieder selig schlief. »Jö, so herzig is, aber so a arm's Vogerl – kein Vater, keine Mutter. Muss als Waise aufwachsen …«

»Aber sie hat ja mich!«, entfuhr es Else.

»Na ja.« Frau Proksch warf Else unter ihren Lockenwicklern einen zweifelnden Blick zu. »Kannst aber froh sein, dass Adi nicht mehr da ist. Sondern im Narrenhaus, wo er hingehört. Wenigstens haben wir wieder Ruh' im Haus.«

Adi, fiel Else siedend heiß ein. Sie liebte Adi, aber mit ihm wäre alles noch viel schwieriger. Vater, ach, Vater, wie weise du warst, ihn wegzugeben. Insgeheim war sie unendlich erleichtert. Adi war ein schwieriges Kind. Nur Vater konnte mit ihm. Insofern hatte er gut für sie alle drei gesorgt.

Else nahm sich vor, nicht mehr zu weinen. Nie mehr. Nichts könnte je so furchtbar sein wie das in den letzten Tagen Erlebte. Ab jetzt hatte sie für ein Neugeborenes zu sorgen.

DEZEMBER 1968

64

Jutta warf die Tasche mit den Skripten auf die Bank, schlüpfte aus dem warmen Mantel und den schweren Stiefeln und verstaute alles in der begehbaren Garderobe. Sie hatte einen langen Tag auf der Universität und in der Kanzlei hinter sich, dazu einen ausgiebigen Fußmarsch. Wegen der dicken Schneeschicht, die sich seit gestern über die Stadt legte, fuhren keine Straßenbahnen. Und es schneite noch immer. Von irgendwo war das Kratzen eines Schneepflugs zu hören, und vor dem Haus schaufelte der Hausmeister den Gehsteig frei. In der Wohnung war alles still. Vater war noch nicht da, Mutter offenbar bereits zu Bett gegangen.

Jutta rieb sich die kalten Finger und ging in die Küche. Der Vogelkäfig war zugedeckt, Bubi gab keinen Mucks von sich. Sie holte eine Flasche Milch aus dem Kühlschrank, füllte ein Glas, leerte es. Dann schnitt sie noch eine Scheibe Brot vom Laib, beschmierte sie mit Liptauer-Aufstrich, und noch während sie aß, beschmierte sie schon die nächste – ihr Appetit war grenzenlos dieser Tage.

Endlich fühlte sie sich gesättigt. Sie löschte das Licht und ging in ihr Zimmer. Nach den Aufregungen der letzten Tage sehnte sie sich nach der Ruhe und Geborgenheit ihrer eigenen vier Wände. Ein tiefes Seufzen entfuhr ihr – es war ein Seufzer der Dankbarkeit. Mutter hatte vor Jahren ihr Zimmer mit viel

Liebe eingerichtet, und alles war da, von dem sie als junges Mädchen geträumt hatte: Himmelbett, Schminktisch, Schreibtisch, eine Schrankwand mit viel Platz für Kleider. Die Eltern hatten sie immer auf Händen getragen, Jutta wusste es.

Sie warf sich aufs Bett und spielte gedankenverloren mit dem Ring an ihrem Finger. Die Zeit war gekommen, ihr eigenes Leben zu beginnen. Sie seufzte wieder, diesmal vor Glück. Hach, es war so schön, dass Bodo und sie wieder versöhnt waren! All die letzten Wochen hatte sie sich nichts sehnlicher gewünscht. Sie liebte ihn aus tiefstem Herzen. Das Jungmädchenzimmer würde sie bald hinter sich lassen. Ein neues Zimmer, eine neue Wohnung, ein neues Leben lagen vor ihr. Sie freute sich darauf. Und Mutter? – Sie wird sich an die neuen Umstände gewöhnen, dachte Jutta. Vielleicht tut's den beiden ja auch gut, unter sich zu sein.

Dann entdeckte sie auf dem Schminktisch die Dokumentenmappe, und deren Anblick ließ sie schmunzeln. Obwohl Mutter sich gegen den baldigen Hochzeitstermin gesträubt hatte, hatte sie sie schon rausgesucht. Jutta nahm die Mappe und warf sich damit wieder aufs Bett. Als sie so vor ihr lag, strich sie nachdenklich übers Leder. Es war brüchig, dazu hatte es Kratzspuren und Flecken. Diese Mappe sah uralt aus. Vielleicht stammte sie noch aus der Zeit vor dem Krieg. Vielleicht gar noch von Mutters Eltern? Sie sah so gar nicht nach Mutter aus, die alles immer sauber und ordentlich hielt.

Sie öffnete die Mappe und blätterte durch die Dokumente. Alles war da: ihre eigene Geburtsurkunde, die Geburtsurkunden ihrer Eltern. Es kamen auch noch andere Papiere zum Vorschein, die sie noch nie gesehen hatte. Der rote Ahnenpass einer Marie Graspointner beispielsweise. *Marie* – ihre Großmutter. Laut Mutter war sie eine pflichtbewusste, selbstlose Frau gewesen, die bei Fritzis Geburt gestorben war. Jutta besah den goldenen Reichsadler auf dem Deckel und blätterte durch das Büchlein, wohl wissend, dass solche Ahnenpässe als Nachweis der arischen Abstammung in der Nazizeit nicht nur üblich, sondern bei vielen Stellenbewerbungen und Amtswegen sogar nötig gewesen waren. Sie sah die Geburts- und Sterbedaten der Vorfahren bis ins 19. Jahrhundert. Was für eine Zumutung, dass Marie sie angeben musste! Was für eine kranke Ideologie! Dass die Menschen das mitgemacht hatten, wunderte Jutta wieder, aber es waren wohl andere Zeiten gewesen.

Ein braunes, schäbiges Blatt mit abgestempelten Stempelmarken in der rechten, oberen Ecke fiel ihr in die Hände. »Heiratsurkunde« stand darauf in altmodischer Schrift. Darunter waren vorgedruckte Rasterzeilen mit handschriftlichen Einträgen. Bei näherem Hinsehen konnte sie entziffern, dass dies die Heiratsurkunde der Eltern war: Die Namen Dr. med. Curt Kofler und Else Kofler waren in den dafür vorgesehenen Rasterzeilen mit blauer Tinte eingefügt, darunter Wohnort, Religionszugehörigkeit, Tag und Ort der Geburt. Im letzten Raster, bei Tag und Ort der Eheschließung, stand: »Wien, am 14. April 1946.«

Jetzt stutzte sie. Ihr Geburtstag war am 2. November. Weniger als sieben Monate danach. Jutta lachte laut auf. Das war's wohl, was Mutter verbergen wollte. Ach, Mutter, das ganze Theater wegen dieser Lappalie! Wenn du nur wüsstest! – Sie kicherte. Bald, sehr bald würde sie den Eltern ihr eigenes, kleines Geheimnis offenbaren.

Dann glitt ihr Blick nochmals über die handschriftlichen Tintenzeilen, und da fiel ihr ein Vermerk in Mutters Teil der Urkunde auf, den sie bisher überflogen hatte, weil er ihr so selbstverständlich war. Aber jetzt stach es ihr ins Auge wie ein Feuermal: In der Rasterzeile mit dem Eintrag: »Familienname vor der Eheschließung« stand »Elisabeth Müller«. Natürlich.

Mutter war eine geborene Müller. Jeder nannte sie Else, aber ihr Geburtsname war Elisabeth. Jutta wusste es seit jeher. Ein Allerweltsname. Aber auf einmal erschien ihr dieser Allerweltsname in einem anderen Licht, prangte fremd aus dem Dokument. Bisher hatte sie den Mädchennamen ihrer Mutter nie mit dem Alpöhi in Verbindung gebracht – aber jetzt, als er so dastand, machte ihr Herz einen kurzen Aussetzer. Wäre es denn möglich …?

Sie verwarf den Gedanken sofort. Mutter hatte keinen Bruder. Von einem Professor Adolf Müller hatte sie noch nie gehört. Dass Mutter zu jener Familie Müller gehörte, die Doktor Wolf und sie für den Nachlass des Alpöhis suchten, war demnach ausgeschlossen. Und ohnehin äußerst unwahrscheinlich. Tausende, wenn nicht Zehntausende Österreicher hießen Müller. Müller war einer der gängigsten Familiennamen. Allein im Wiener Telefonbuch gab's seitenweise Müller, auch in Verbindung mit dem Vornamen Elisabeth. Deshalb hatten Doktor Wolf und sie nicht einmal angedacht, alle Elisabeth Müllers durchzutelefonieren. Es hätte Wochen, wenn nicht Monate in Anspruch genommen.

Jutta schlug die Dokumentenmappe zu und machte sich fürs Bett bereit. Schon morgen Mittag war sie mit Bodo verabredet, um im Rathaus wegen eines Termins für die Trauung vorzusprechen. Da sie jetzt die komplette Dokumentenmappe besaß, stand ihrer Heirat nichts mehr im Wege.

65

Else verbrachte den Tag wie immer: Am Vormittag räumte sie die Wohnung auf. Anschließend kaufte sie die Ingredienzen für kleine Happen ein, die sie bei der Familienfeier zu Juttas Verlobung am Abend servieren wollte. Dazu holte sie zwei gute Flaschen Champagner aus dem Keller.

Kurz nach Mittag schaute Jutta zur Tür herein. Sie brachte die Dokumentenmappe.

»War alles in Ordnung damit?«, fragte Else.

»Alles bestens. Wir haben auch schon einen Termin. In zwei Wochen«, antwortete Jutta.

»In zwei Wochen schon?!«

»Nur standesamtlich. Ihr könnt dabei sein. Alles Weitere können wir später besprechen.« Jutta sprang schon wieder in den Schnee hinaus, um rechtzeitig zum Arbeitsbeginn bei Doktor Wolf zu sein.

Else nahm die Mappe an sich und ging damit ins Schlafzimmer. Sie holte Vaters Brief aus der Lade im Nachtkästchen, wo sie ihn versteckt hatte. Sie sollte ihn wegwerfen, dachte sie wieder, dann wäre wenigstens diese Spur in die Vergangenheit verwischt. Doch sie brachte es nicht übers Herz. Der Brief war das einzige Andenken an ihn, das sie besaß. Sie versteckte ihn wieder im Seitenfach der Mappe, aber diesmal so, dass kein Rand mehr sichtbar war.

Dann holte sie die Leiter aus der Garderobe, baute sie vor dem Wandschrank auf und verstaute die Mappe erneut im obersten Fach hinter den Sommerdecken. Nachdem sie wieder mit beiden Beinen auf dem Boden stand, war sie erleichtert. Alles war gut. Jutta hatte alle für die Hochzeit erforderlichen Dokumente vorgefunden und keine Fragen gestellt. Jetzt war die Mappe wieder dort, wo sie hingehörte, nämlich im hintersten Winkel. Die Vergangenheit war verbannt. Else musste an nichts mehr denken, konnte wieder alles vergessen. Vergessen erleichterte das Leben. Und eigentlich war's doch, alles in allem, ein recht gutes Leben, dachte sie in diesem Moment. Ja, Jutta wollte ausziehen, und Curt war nach wie vor kaum greifbar – aber im Großen und Ganzen sollte sie zufrieden sein.

Zum ersten Mal seit Langem ging sie wieder beinahe fröhlich durch den Stadtpark zum *Hawelka* für ihren Nachmittagskaffee. Inzwischen hatte es zu schneien aufgehört, und die Sonne schien – die Stadt glich einer glitzernden Zauberlandschaft. Frischer Schnee türmte sich an den Straßenrändern und war schön anzusehen.

Else trank ihren Kaffee, plauderte mit Frau Hawelka und half ein wenig mit der Kaffeemaschine. Fritzi, in einem atemberaubend kurzen Kleid, und ihre Freundinnen waren auch dort und lachten und quatschten wie immer, ebenso Herta und Herr Hawelka. Else verbrachte einen angenehmen Nachmittag.

Kurz nach 6 Uhr saßen sie zu viert im Wohnzimmer: Jutta, Bodo, Fritzi und sie. Die Häppchen standen angerichtet auf einer Platte auf dem Couchtisch neben dem Adventskranz, eine Champagnerflasche befand sich im Kühler. Fünf Gläser standen auf dem Tablett. Die Trompetenlampen verbreiteten warmes Licht, Bubi zwitscherte in der Küche. Die jungen Leute lehnten im Sofa, Fritzi einigermaßen unbequem, weil sie wohl selbst merkte, dass das Kleid eine Handbreit zu kurz war. Else lehnte im Fauteuil und kippte noch schnell den Rest des Gin Tonics, den sie kurz zuvor zubereitet hatte.

Nur Curt fehlte wieder einmal, aber Else ärgerte sich nur wenig darüber. Sie war voller positiver Gedanken wegen des schönen Schnees, wegen des angenehmen Nachmittags im *Hawelka*, wegen Juttas Verlobung und überhaupt. Dennoch, dass Curt den Termin für die Familie nicht eingehalten hatte, brachte sie kurz auf den Gedanken, wie es wäre, mit einem anderen Mann verheiratet zu sein. So einer wie Heribert, beispielsweise. Der war bestimmt immer da. Aber dann besann sie sich und wischte diese wahrlich unanständige Idee gleich wieder weg.

»Vater verspätet sich«, sagte sie möglichst neutral. »Wieder einmal«, setzte sie nach und merkte selbst, dass sie trotz aller guter Laune doch ein wenig bitter klang. »Wartet nicht. Wer weiß, wann er kommt. Wir stoßen erst mal ohne ihn an.« Sie reichte Bodo die Champagnerflasche zum Öffnen. Wenig später klirrten die Gläser.

»Schon gut. Wir haben's ja nicht eilig«, wiegelte Jutta ab – was Else wiederum reizte, denn Jutta stand immer auf Curts Seite. Wieder räsonierte sie mit sich selbst: Der Anlass des Treffens war ein glücklicher, daher sollte sie auch glücklich sein. Sie reichte die Platte mit den Häppchen herum und griff selbst nach einem.

Das Gespräch kam auf Juttas und Bodos Wohnsituation. Jutta sprach aus, wovor Else sich gefürchtet hatte:

»Eine kleine Mietwohnung im neunten Bezirk wäre ideal. Das ist nicht weit von der Kanzlei, auch nicht weit vom Gericht.«

»Und ich könnte zu Fuß zum Neuen Institutsgebäude gehen, meiner neuen Arbeitsstätte«, ergänzte Bodo.

»Im Neunten … phh.« Else spuckte das Wort aus, als wäre das die unwirtlichste aller Gegenden, obwohl es eine gute war. In den neunten Bezirk zu ziehen – von dieser Idee wollte sie das junge Paar abbringen. »So schattig und feucht, direkt am Kanal …« Viel lieber hätte sie, wenn die beiden in ihrer Gegend blieben. Am besten im selben Haus. Dann hätte sie ein Auge auf die junge Familie. Wer weiß, vielleicht gab's ja auch irgendwann einmal ein Enkelkind.

»Was meinst du, Fritzi?«

»Finde ich gut. Im Neunten gibt es schöne Altbauwohnungen.«

Else funkelte Fritzi an. Sie hätte ihr doch wahrlich zu Hilfe kommen können.

Fritzi, die schlanken Beine übereinandergeschlagen und der Saum des bunten Kleides kaum ihren Schritt bedeckend, lenkte die Konversation jetzt auf eins ihrer Lieblingsthemen, nämlich Professoren, die immer noch an der Universität unterrichteten, obwohl sie in der Hitlerzeit Nazis gewesen waren.

»Wir werden so lange protestieren, bis sie ihre Professuren verlieren. Alle diese Braunen gehören endlich aus dem öffentlichen Leben verbannt.« Sie erzählte, dass die Künstler, die an der Uni-Ferkelei beteiligt waren und im *Hawelka* aus und ein gingen, vom Gerichtspsychiater namens Doktor Heinrich Gross untersucht worden waren. »Heinrich Gross!«, echauffierte sie sich. »Ausgerechnet der! Dieser Mann ist nicht nur ein alter Nazi, sondern ein richtig schlimmer. Obwohl er 1950 wegen Beihilfe zum Totschlag von Kindern *Am Spiegelgrund* verurteilt wurde, arbeitet er wieder ganz offiziell als Gerichtsgutachter. Er hat viele Freunde an den richtigen Stellen.«

Das Wort »Spiegelgrund« irritierte Else. Hatte damals, vor Jahrzehnten, die Frau aus der Mütterschulung nicht behauptet, dass Adi wegen seiner Diagnose von der Kinderpsychiatrie auf den *Spiegelgrund* geschickt worden wäre? – Else schluckte, aber wischte den unangenehmen Gedanken gleich wieder weg und nippte am Champagner.

»Totschlag von Kindern … Grauenhaft«, sagte Jutta.

»Das Urteil war viel zu mild«, regte sich Fritzi weiter auf. »*Am Spiegelgrund* wurden Hunderte geisteskranke Kinder im Rahmen von Rassenhygiene *euthanasiert*. Dieser Doktor Gross hat mitgemacht. Angeblich hat er diese aussortierten Kinder auch für medizinische Versuche missbraucht. Viele sind daran gestorben. Er hat sie bestialisch ermordet!«

Else wollte nichts mehr hören.

»Schluss damit!«, rief sie. »Lassen wir die Vergangenheit – überhaupt heute! Kommt, wir stoßen noch einmal an.«

Die Gläser klirrten wieder.

In diesem Moment erschien Curt in der Tür. Strahlend begrüßte er alle.

»Dass du auch endlich zu uns gefunden hast«, grummelte Else, bot ihm aber gleich einlenkend die Häppchen an.

Jutta reichte Curt ein Glas. »Wir sind alle froh, dass du da bist.«

Curt nahm im zweiten Fauteuil Platz. Else sah ihm an, dass er sich anschickte, den Moment der Entspannung und die Feier im Kreise der Familie zu genießen.

Sie aßen noch ein paar Häppchen, sie schmeckten ausgezeichnet. Bubi zwitscherte laut in der Küche, und von draußen war wieder das Kratzen eines Schneepflugs zu hören.

»Übrigens, Mutter!«, hob Jutta da an. »Du hast doch keinen Bruder, von dem du uns noch nie erzählt hast, oder?«

Else erstarrte. Wie gelähmt saß sie da, das Champagnerglas in der einen, das Häppchen mit Käse in der anderen Hand.

Es war still um sie, ganz still.

Bis Curt sich aus seinem Fauteuil erhob. Mit seinem markanten, wegen der leichten Lähmung eines Beins unregelmäßigen Gang kam er auf sie zu, stellte sich beschützend neben sie und legte sanft eine Hand auf ihre Schulter.

»Einen Bruder?!«, kam es Else endlich über die Lippen. »Wie kommst du darauf?«

»Im Laufe unserer Recherchen für die Testamentsvollstreckung eines Mandanten sind wir auf einen Professor Müller gestoßen. Da ist mir die Namensgleichheit mit deinem Mädchennamen aufgefallen.«

»Wer ist er, dieser Herr Müller?« Else stützte die Hand mit dem Champagnerglas auf der Lehne des Fauteuils auf. Die anderen sollten nicht sehen, dass sie zitterte. – Konnte es sein, dass Adi noch lebte? – War er gar nicht *Am Spiegelgrund* gelandet? Obwohl Else dieser Gedanke einerseits erleichterte, hatte er auch etwas entsetzlich Bedrohliches: Sie könnte ihm begegnen. Dann müsste sie sich mit der schmerzlichen Vergangenheit konfrontieren.

»Ein Professor an der TU. Eine Koryphäe auf dem Gebiet der Quantenphysik.«

Eine Welle der Erleichterung schwappte über Else hinweg. Sie erfasste jede Faser ihres Körpers. Adi konnte unmöglich dieser geniale Professor sein. Vom Schrecken befreit, führte sie das Glas an die Lippen und trank einen großen Schluck vom Champagner. Jetzt wägte sie ab: Sollte sie's abstreiten? Oder von Adi erzählen? – Vielleicht war's ja an der Zeit … Curts Hand auf der Schulter schien sie zu bestärken. Else gab sich einen Ruck und sprang über ihren Schatten.

»Nun jaa …«, begann sie zögerlich. »Ich hatte einen Bruder.

Er war zehn Jahre jünger als ich. Leider war er behindert. Psychisch krank und zurückgeblieben. Als Mutter verstarb, war Vater gezwungen, ihn auf der Kinderpsychiatrie unterzubringen. Später hat man mir erzählt, dass er von dort in diese Anstalt *Am Spiegelgrund* gebracht wurde, von der Fritzi gerade erzählt hat. Dort ist er wohl leider verstorben. Ich habe nie mehr von ihm gehört.«

»Wie hieß er?«

»Adi – Adolf.«

Man hätte Schneeflocken fallen hören können, so still war es im Wohnzimmer.

»Er kann aber unmöglich der von dir genannte Universitätsprofessor sein«, beeilte sich Else zu sagen. »Wie ich schon sagte: Er war zurückgeblieben. Er konnte kaum sprechen und war geistig behindert. Die Diagnose war: autistischer Psychopath.«

»Hast du dich je über seinen Verbleib erkundigt?«

Else schluckte. Die Hand mit dem Champagnerglas zitterte wieder. Jutta streute Salz in genau jene Wunde, die sie nie hatte wahrhaben wollen und seit Jahrzehnten verdrängte. Die Wunde, die Adi in ihrem Herzen hinterlassen hatte, weil sie den schwierigen Bruder nur allzu gern vergessen hatte.

»Nein, leider. Das bereue ich heute«, sagte sie in einem Anflug von Ehrlichkeit, bestärkt von Curts warmer Hand. »Als Adi wegkam, war ich ein junges Mädchen, ganz auf mich allein gestellt und mit der Sorge um Fritzi ausgefüllt. Vater hatte mir den Kontakt zu Adi untersagt, um sein Fußfassen in der Kinderpsychiatrischen Klinik nicht zu stören. Heute werfe ich mir vor, dass ich mich dieser Order nicht widersetzt, sondern sie im Gegenteil allzu gern befolgt habe. Aber mit sechzehn, allein mit einem Säugling … Fritzi … Versteh mich bitte. Ehrlich gesagt, ich war erleichtert, dass ich mich nicht auch noch um Adi kümmern musste. Er war ein anstrengendes Kind. Dazu die

Nachbarn, die Behörden … Ich wäre heillos überfordert gewesen.«

Eine Weile herrschte wieder Stille. Auch Curt sagte nichts. Aber Else spürte noch immer seine Hand auf der Schulter: warm, tröstlich und ermutigend.

»Die Parallelen mit der Familie des Alpöhis sind allerdings verblüffend«, sagte Jutta schließlich, und ihre Stimme klang belegt. »Drei Geschwister, davon eine Elisabeth und ein Adolf. Dazu Professor Adolf Müller, der erzählte, dass er im Alter von sechs Jahren in die Heilpädagogische Abteilung der Universitätsklinik gebracht worden ist. Und dein Vater hieß, wenn ich nicht irre, Hans Müller. Wie der Alpöhi.«

»Alpöhi? Wer ist das denn schon wieder?«

»Der Mann, dessen Testament Doktor Wolf vollstrecken will. Der Mann, der Jahrzehnte abgeschieden auf einem Hof an einem Berghang oberhalb von Altaussee lebte und vorigen Monat einsam begraben wurde.«

»Den kenne ich nicht! Mein Vater ist im Krieg gefallen.«

»Weißt du das sicher?«

»Ganz sicher.« Else nickte zur Bekräftigung. Curts Hand strich zärtlich über ihren Nacken, bevor sie wieder auf der Schulter zu liegen kam.

»Dieser Alpöhi war an Kriegsverbrechen beteiligt. Seine Mitschuld konnte er sein ganzes Leben lang nicht verwinden. Deshalb hat er sich von der Welt zurückgezogen.«

»Was für Verbrechen?«

»Ermordungen«, sagte Jutta. »Erschießungen von jüdischen Frauen, Alten, Kindern …«

»Das ist unmöglich!«, fiel ihr Else ins Wort. Das Glas zitterte wieder in ihrer Hand. Solch schlimme Verdächtigungen – von der eigenen Tochter! »Das war nicht mein Vater. Nie und nimmer. Mein Vater hätte so etwas nie getan. Vergiss nicht: Er war

Polizist. Er hat sein Leben lang auf der richtigen Seite des Gesetzes gestanden, er hat immer Recht und Ordnung hochgehalten. Er war der liebste Familienvater, den man sich vorstellen kann. Er hätte niemals auch nur einer Fliege etwas zuleide getan.«

Else kämpfte mit sich, um sich zu beruhigen. Das war alles nicht wahr. Konnte es nicht sein. Mit all diesen Leuten, von denen Jutta erzählte, hatte sie nichts gemein. Juttas Fantasie ging mit ihr durch, all das war's nicht wert, sich aufzuregen, und schon gar nicht, deswegen aneinanderzugeraten.

»Mein liebes Kind«, sagte sie mit fester Stimme, bestärkt durch Curts Hand auf der Schulter. »Lass gut sein. Diese Person, von der du sprichst, ist nicht mein Vater, Punktum! Und ich bin nicht eine von Herrn Doktor Wolfs gesuchten Erbinnen.« Sie leerte das Glas. »Lass uns über etwas anderes sprechen. Immerhin bist du verlobt. Du und Bodo werdet demnächst heiraten.«

»Ist gut, Mutter. Aber morgen gehen wir zusammen in die Kanzlei. Das musst du alles Doktor Wolf erklären.«

»Morgen – nun gut.« Else erhob sich, holte die zweite Champagnerflasche aus dem Kühlschrank und reichte sie Curt zum Öffnen.

»Lasst uns anstoßen auf Jutta und Bodo«, sagte er feierlich, nachdem die Gläser wieder gefüllt waren. »Auf ein langes, glückliches Leben voller Liebe. So wie wir beide. Nicht wahr, Else?«

66

Am nächsten Tag ging Jutta mit Mutter zur Kanzlei. Die Gehsteige waren schwarze, kiesbestreute Pfade in der Winterlandschaft, und riesige Schneehaufen türmten sich am Straßenrand. Noch immer verkehrte die Straßenbahn nur sporadisch, weshalb sie zu Fuß unterwegs waren. Sie sprachen wenig, jede war in ihre eigenen Gedanken versunken. Jutta war inzwischen überzeugt, dass der Alpöhi ihr Großvater war. Sie hätte ihrer Mutter diesen Weg gern erspart – es musste furchtbar sein, den geliebten Vater plötzlich in einem anderen Licht zu sehen. Auch sie selbst schmerzte es schrecklich zu wissen, dass der Großvater offenbar ein Mörder gewesen war. Aber anders als Mutter musste sie sich damit auseinandersetzen, um es zu überwinden.

Doktor Wolf saß wie immer, wenn er in einen Fall vertieft war, hemdsärmelig über den Akt gebeugt an seinem schweren Schreibtisch. Erstaunt, dass Jutta mit ihrer Mutter im Schlepptau gekommen war, schaute er auf. Nachdem er sie eingeladen hatte, in den beiden Besucherstühlen gegenüber Platz zu nehmen, lehnte er sich erwartungsvoll zurück.

»Na, dann erzählen Sie mal«, sagte er und flexte mit den Daumen seine Hosenträger. Jutta berichtete, was sie im Laufe der letzten Stunden entdeckt hatte, nämlich, dass ihre Mutter vor ihrer Heirat Elisabeth Müller geheißen hatte und daher eine der gesuchten Erben des Alpöhis sein könnte. Sie setzte an zu erklären, warum ihr diese Tatsache bisher nicht aufgefallen war, konnte aber nicht ausholen, denn Mutter fiel ihr ins Wort.

»Das ist unmöglich. Wie ich schon gestern erklärt habe.« Ihre Lippen waren schmal, der Blick wie von einem gehetzten Tier. Sie erzählte die Lebensgeschichte ihres Vaters, wie sie ihn gekannt hatte: als treuen Familienvater, der seine Kinder über alles liebte und als Polizist überall angesehen gewesen war.

»Er war Polizist?!«, warf Doktor Wolf da ein.

Else nickte heftig. »Ein Mann, der Ganoven gejagt und in den Straßen für Recht und Ordnung gesorgt hat. Sein Wachzimmer war auf der Rossauer Lände. Als Kind war ich unglaublich stolz, wenn er mich von der Schule abholte. Einen Polizisten als Vater zu haben – die Uniform, die Kappe, die Pistole im Gürtel –, das galt überall. Alle hatten Respekt vor ihm.«

»Und dann ist er einem Polizeibataillon beigetreten?«, fragte Doktor Wolf.

»Weil er uns Kinder versorgen musste. Er bekam Auslandszulagen und Sonderspesen. Weit mehr, als er als gewöhnlicher Soldat verdient hätte. Die allgemeine Wehrpflicht stand ohnehin kurz bevor.«

»Wissen Sie, wo sein Bataillon gedient hat?«, fragte Doktor Wolf.

»Nicht genau. Irgendwo in Polen, in den neu eroberten Gebieten«, antwortete Mutter und lieferte auch gleich eine Erklärung: »Vater war kein Briefeschreiber, war er nie gewesen. Ich glaube auch, dass er mich verschonen wollte. Dafür bin ich ihm dankbar. Mit der Zeit verblasste tatsächlich meine Sorge um ihn.«

»Mit anderen Worten: Er war ein liebevoller Familienvater.

Ein ganz normaler Mann, der nichts als seine Kinder versorgen wollte«, bestätigte Doktor Wolf.

»Ganz genau.« Mutter fühlte sich offenbar verstanden.

Da lehnte sich Doktor Wolf vor, verschränkte die Hände auf der ledernen Arbeitsunterlage vor sich und schaute Mutter tief in die Augen.

»Leider muss ich Ihnen etwas sagen.« Er räusperte sich. »Es hat Männer gegeben, die Sadisten waren. Aber abgesehen von denen noch viele andere, die aus anderen Gründen an den Massentötungen mitgemacht haben. Das waren ganz normale Väter und Ehemänner, die glaubten, das Richtige zu tun. Hitler hat die Massaker im Holocaust nicht eigenhändig mit ein paar sadistisch veranlagten Monstern vollzogen. Er hatte unzählige Helfer in der Gestapo, der SS, in den Einsatzgruppen, bei der Polizei. Die allermeisten waren nicht psychisch krank und böse wie er, aber folgten ihm wie die Lemminge; ihm und seiner Ideologie, die im Radio, in Zeitungen, auf Plakaten verbreitet wurde. Sie folgten Vorgesetzten und Kameraden. Sie schwammen mit dem Strom – aus Gehorsam und Gruppendruck. Sich zu widersetzen, hätte Hirn und Heldenmut gebraucht.« Er atmete tief. »Die meisten Menschen haben aber nicht das Zeug zum Heldenmut.«

»Was wollen Sie mir denn damit sagen? Mein Vater … ein Mörder? – Unmöglich!« Mutters Stimme bebte.

»Beim Alpöhi – möglicherweise Ihrem Vater – ist es so geschehen: Der Tod der Gattin hat ihn aus der Bahn geworfen. Danach wollte er nichts mehr, als seiner Mannespflicht nachkommen und die Familie versorgen. Zusammen mit Kollegen aus dem Wachzimmer, denen er freundschaftlich verbunden war, schloss er sich dem Polizeibataillon an, das in den gerade erst eroberten polnischen Gebieten für Sicherheit und Ordnung sorgen sollte.« Er sah sie wieder an. »Könnte die

Geschichte bis hierher die Geschichte Ihres Vaters gewesen sein?«

Mutter nickte mit gesenktem Haupt.

Doktor Wolf fuhr fort: »Vor Ort erhielten die Männer den Auftrag, Dörfer von Juden zu ›säubern‹. Wie genau das passierte – das hat mir der Alpöhi nie erzählt. Aber aus Vernehmungsprotokollen von Hamburger Polizisten wissen wir, dass das Vorgehen grausam war: Jüdische Bewohner wurden nachts aus ihren Behausungen getrieben, arbeitsfähige Männer abgesondert und in Lager geschickt. Frauen, Greise, Kranke und Kinder wurden in den Wald getrieben und gezwungen, im Scheinwerferlicht der Lastwagen Gräben auszuheben, vor denen sie so erschossen wurden, sodass sie hineinfielen.«

»Schrecklich …«, hauchte Mutter. »Mein Vater hätte das nie getan. Er hätte sich geweigert.«

»Glauben Sie wirklich?«, warf Doktor Wolf ein. »Von 500 Mitgliedern dieses Hamburger Polizeibataillons widersetzten sich lediglich elf. Obwohl ihnen gesagt worden war, dass sie keine Nachteile zu befürchten hätten. Es fällt uns heute schwer nachzuvollziehen, was in den Köpfen dieser Männer vorgegangen ist, aber 489 von 500 machten mit. Das sind 98 Prozent. Nur zwei Prozent haben sich geweigert.«

»Ich kann mir einfach nicht vorstellen, dass mein Vater bei so etwas dabei gewesen ist«, sagte Mutter, inzwischen ganz leise.

»Der Alpöhi, Hans Müller, war nach dem Krieg angeklagt, Mitglied eines dieser Todeskommandos eines Polizeibataillons gewesen zu sein. Der Prozess war in Nürnberg.«

Mutter versank immer tiefer im Stuhl.

»Er wurde freigesprochen.«

»Na, sehen Sie!« Mutter schaute auf mit einem Hoffnungsschimmer in den Augen.

»In Bezug auf Schuld und Unschuld heißt das aber leider

nicht viel«, fuhr Doktor Wolf fort. »Viele dieser Männer wurden freigesprochen, meist mangels Beweisen oder wegen Befehlsnotstands. Außerdem deckten sich die Kameraden gegenseitig. Trotz seines Freispruchs hat sich Hans Müller zeitlebens schuldig gefühlt. Deshalb hat er sich von der Allgemeinheit zurückgezogen.« Doktor Wolf holte wieder Luft. »Liebe Frau Kofler«, sagte er jetzt sanft. »Ich glaube, Sie müssen sich mit der Tatsache konfrontieren, dass Ihr Vater ein Kriegsverbrecher gewesen ist.«

Mutter zeigte keine Reaktion.

»Frau Kofler?«, fragte er irritiert.

Mutter bewegte sich nicht.

»Frau Kofler.« Doktor Wolf klang besorgt.

Sie zeigte weiterhin keine Reaktion, sondern starrte ziellos ins Leere.

»Ich werde sie nach Hause bringen«, sagte Jutta.

»Es war wohl ein bisschen viel auf einmal für sie«, sagte Doktor Wolf. »Vielleicht möchten Sie sich diesen Nachmittag freinehmen.«

Jutta nickte, während sie Mutter aus dem Stuhl und in den Mantel half. »Ich bleibe morgen länger.«

Sie hakte sich bei Mutter unter, um sie zu stützen. Gemeinsam verließen sie die Kanzlei.

Auf der Straße schlug ihnen kalte Luft entgegen. Der Atem formte kleine Wölkchen vor dem Gesicht. Mutter hing schwer an Juttas Arm, als müsste sie alle Kraft aufwenden, einen Fuß vor den anderen zu setzen.

»Pass auf, dass du nicht ausrutschst«, warnte Jutta.

Sie gingen langsam voran, es war mehr ein vorsichtiges Trippeln auf dem vereisten Trottoir. Alle paar Schrittchen blieb Mutter stehen und legte eine Pause ein. Sie wirkte auf einmal, als wäre sie hundert Jahre alt. Jutta bedauerte, dass sie nicht daran gedacht hatte, von der Kanzlei ein Taxi zu rufen – denn wenn sie dieses Tempo beibehielten, würden sie nie zu Hause ankommen. Der nächste Standplatz war weit weg, er lag auf dem Ring bei den Museen.

»Komm, Mutter, bis zum Taxi, das schaffen wir.«

Auf dem Weg kamen sie am Beserlpark vorbei, der winzigen, verschneiten Fläche mit zwei kahlen Bäumen und drei immergrünen Büschen auf der gegenüberliegenden Straßenseite. Auf der Bank saß eine alte Frau und fütterte Tauben. Mittlerweile war die Wintersonne zwischen den Wolken hervorgebrochen. Mutter wirkte auf einmal, als hätte sie nur ein einziges Ziel vor Augen: diese Bank im Schnee, neben der Tauben fütternden Frau. Obwohl wacklig auf den Beinen, ging sie zielstrebig hin. Als sie sie erreichte, ließ sie sich mit einem Seufzen nieder.

»Wollten wir nicht nach Hause gehen?«, meinte Jutta etwas ratlos, denn unter normalen Umständen hätte Mutter sich nie auf einer Bank in einem Beserlpark niedergelassen, geschweige denn inmitten flatterndem Vogelvieh.

Mutter reagierte nicht. Sie hatte die Augen auf den Tauben, schien sie aber kaum wahrzunehmen. Dass der Alpöhi allem Anschein nach ihr Vater gewesen sein soll, war wohl schwer zu verkraften. Jutta hätte sie gern getröstet – aber wie?! Der Vater – Juttas Großvater – ein Kriegsverbrecher ... Mutter ging wohl durch die Hölle.

»Diesen Sommer hat er noch gelebt«, sagte sie auf einmal. »Wenn wir Urlaub im Salzkammergut, vielleicht sogar in Altaussee gemacht hätten, wäre ich ihm vielleicht begegnet ...«

»Ach, Mutter!«, rief Jutta, erleichtert, dass sie wieder sprach. »Er lebte wie ein Einsiedler. Er wollte niemandem begegnen.«

»Meinst du?«

»Ich weiß es.«

Die Wintersonne warf Licht auf die Tauben.

»Liab san's, net woar?«, brummte die Alte und warf eine Handvoll Brotwürfel hin.

»Lieb … ja …«

Während zu ihren Füßen Tauben gurrten, schnäbelten und girrten, hoffte Jutta inständig, dass Mutter bald wieder genug Kraft in den Beinen für den Heimweg hatte.

»Wo Tauben san, da flieg'n Tauben zu«, lachte die Alte.

Mutter starrte weiter vor sich hin.

»Es wird kalt. Lass uns nach Hause gehen«, sagte Jutta.

»Nach Hause …«, redete ihr Mutter nach wie ein Kind.

Jutta fasste sie unter, und sie spazierten durch die Kälte vorbei an den großen Museen zum Ring, wo der Taxistandplatz war.

67

Mutter ist ganz verstört«, erzählte Jutta, als sie Bodo am nächsten Tag an seinem neuen Arbeitsplatz im Rechenzentrum des Neuen Institutsgebäudes besuchte. Er war bekleidet mit einem weißen Arbeitsmantel. Entlang den Wänden reihten sich unzählige Blechkästen mit Drehknöpfen und Drähten, in der Mitte des Raums standen Arbeitstische mit Bildschirmen.

»Else die Tochter eines Kriegsverbrechers – das ist hart«, sagte Bodo nachdenklich, während er die blecherne Tür eines mannshohen Kastens öffnete. »Hoffentlich erholt sie sich bald von diesem Schock.«

Jutta ließ sich auf einem Drehstuhl vor einem der Bildschirme nieder.

»Auch mir kommt's vor, als hätte ich den Boden unter den Füßen verloren. Dass dieser Hans Müller, den ich aus lauter Mitgefühl Alpöhi genannt habe, mein *Großvater* war – ich kann's noch immer kaum glauben. Und dass dieser harmlos aussehende, bedauernswerte Greis schreckliche Verbrechen begangen haben soll …« Jutta schüttelte ratlos den Kopf. »Ich sollte ihn hassen dafür.«

»Aber für dich selbst hat sich doch nicht viel geändert, oder?«, sagte Bodo, während er die hinter der Blechtür hervorgekommenen Drehknöpfe, Drähte und Lämpchen studierte.

»Doch! Meine Wurzeln … Es fühlt sich auf einmal so an, als wären sie vergiftet. Es ist wie eine Schuld, die der Alpöhi – mein *Großvater* – auf meine Schultern gepackt hat.«

»Die Verbrechen des Nationalsozialismus wirken bis in unsere Generation hinein«, murmelte Bodo und überprüfte zwei Drähte.

»So ist es.« Jutta sah Bodo zu, wie er Blechtür für Blechtür öffnete und die dahinter liegenden Vorrichtungen studierte. »Aber hörst du mir überhaupt richtig zu?! Dieser Rechner scheint dich mehr zu interessieren als mein Seelenleben.«

»Natürlich höre ich dir zu!« Lachend schloss er die letzte Blechtür und wandte sich endlich zu Jutta. »Aber warum soll's dir anders gehen als mir? Meine Eltern waren auch keine Engel. Sie waren Mitglieder im Bund Deutscher Mädchen und in der Hitlerjungend, später in der NSDAP. Ich habe die Mitgliedsbüchlein gesehen.«

»Das kann man doch nicht vergleichen! Sie haben keine Menschenleben auf dem Gewissen!«

»Das haben sie, soweit ich weiß, nicht. Aber sie haben die Werte der Nazis unterstützt. Sie haben Hitler nach dem Anschluss am Heldenplatz begeistert zugerufen. Und von der Mitgliedschaft in der Partei haben sie bestimmt profitiert. Vaters Stelle im Ministerium, wo er halbtags für gutes Gehalt arbeitet …«

»Und das kostbare Geschirr von Juden …«, konnte Jutta sich nicht verkneifen.

Bodo nickte. »Die damals vorherrschende Denkweise über die Einteilung der Menschheit in sogenannte Herrenmenschen und Untermenschen, der Vater und Mutter anhingen, war der Nährboden für die Taten deines Großvaters. Und das Schlimme ist: Im tiefsten Inneren hängt mein Vater diesen Ideen immer noch an. Er meint, er wäre was Besseres. Ich kann's nicht ändern.« Er ergriff Juttas Hand. »Liebling, wir leben unser eigenes Leben. Für mich sehe ich den Auftrag, aus den Fehlern unserer Eltern zu lernen. Das heißt, meinem – unserem – Kind Werte mitzugeben und es zu einem kritischen Geist zu erziehen.« Er drückte Jutta einen Kuss auf den Mund.

Dann wandte er sich wieder einem Panel mit Verbindungsdrähten zu. »Ansonsten beschäftige ich mich lieber mit dieser nagelneuen IBM 360. Glaub mir: Dieses Baby hier wird unser Leben revolutionieren.«

Jutta schmunzelte. Wenn sie Bodo zuhörte, war immer alles glasklar. Sie liebte ihn dafür.

»Nächste Woche wird Doktor Wolf das Testament des Alpöhis verlesen. Er hat Mutter, Fritzi und Professor Adolf Müller vorgeladen«, sagte sie.

»Das wird der nächste Schock für Else sein: Sie wird möglicherweise ihren Bruder, dessen Existenz sie jahrzehntelang verdrängt hat, wiedersehen«, sagte Bodo.

»Ich werde sie begleiten. Außerdem werde ich darauf bestehen, dass sie das Erbe vom Alpöhi nicht annimmt. Egal wie schön oder wertvoll dieser Hof sein mag – das Erbe eines Kriegsverbrechers muss sie ablehnen.«

»Recht so.« Bodo umarmte Jutta und drückte ihr noch einen herzhaften Kuss auf den Mund. »Da spricht die Gerechtigkeitsfanatikerin in dir.«

68

Else hatte im Büro von Herrn Doktor Wolf eine Hiobsbotschaft nach der anderen erhalten. Es waren lauter niederschmetternde Nachrichten mit katastrophalem Inhalt, eine schlimmer als die andere. Da hatte sie das alte Leiden wieder überkommen: Sie war zum Häschen geworden, das zu nichts fähig war, nur reglos in der Grube verharren konnte sie.

Aber dann war da Jutta gewesen, hatte ihr gut zugeredet, ihr stützend unter die Arme gegriffen. Da hatte sie, zum ersten Mal im Leben, Juttas Kraft gespürt. Die Lebenskraft des Mädchens, das zur mutigen Frau herangewachsen war. Getrost hatte sie sich in deren Arme begeben und tragen lassen. Als sie dann auf der Bank im Beserlpark gesessen hatte, hatte sie die Tauben beobachtet, die sich im Schwarm bestärkten. Einzeln flatterten sie schreckhaft auf, aber miteinander pickten sie furchtlos von den Brosamen und ließen sich nicht verscheuchen. Da hatte sich nach und nach dieses Gefühl der lähmenden Hilflosigkeit verflüchtigt, und mit Juttas Hilfe war sie in der Lage gewesen, zum Taxistand zu gehen.

Am nächsten Morgen spürte Else nichts mehr: keine Panik, keine Angst, kein Entsetzen. Nur das Herz war schwer, zentnerschwer.

Sie erhob sich wie jeden Morgen. Nachdem sie festgestellt

hatte, dass Curt und Jutta bereits außer Haus waren, kleidete sie sich an, räumte die Wohnung auf und kaufte beim Greißler an der Ecke Milch, Brot und Schinken für das Nachtmahl. Sie führte jede Bewegung aus, als wäre sie eine Marionette, deren Fäden aus dem Jenseits gezogen wurden. Vater – er war präsent für sie wie seit Jahrzehnten nicht. Dann ging sie, wie jeden Tag, durch die Innenstadt ins *Café Hawelka*, ebenfalls wie ferngesteuert. Im tiefsten Inneren hoffte sie, im *Hawelka* das unbeschwerte Lebensgefühl wiederzufinden, wie sie es vor dem fatalen Gespräch mit Herrn Doktor Wolf gekannt hatte. Aber das war wohl müßig.

Sie würde es nie und nirgends mehr finden.

»Servus, Else«, rief Frau Hawelka von der Theke her, während sie dahinter mit schmutzigen Tassen, Tellern und Gläsern hantierte. »Heut is' ein so ein schöner Tag!« Sie lächelte ihr freudigstes Lächeln.

Else warf einen Blick aus dem Fenster. Tatsächlich, die Sonne schien. Es war ihr gar nicht aufgefallen. Der Himmel über den von Schnee bedeckten Dächern war kobaltblau, das Glas in den Fenstern der Häuser auf der gegenüberliegenden Straßenseite blitzte, die Schneehaufen im Straßengraben glitzerten im Sonnenschein. Sie äußerte Worte der Zustimmung, aber es waren leere Worte. Nichts war schön, gar nichts. Auch wenn ihr doch der Zigarettendunst, das Kaffeearoma und der Duft von Mehlspeisen vertraut entgegenwehten. Auch wenn ihr Engelbert gerade freundlich zunickte, die Blümchentapeten wie eh und je Zuversicht verbreiteten, Tassen, Gläser und Löffelchen auf den Silbertabletts klapperten und die Gäste hinter ihren Zeitungen zufriedene Gesichter machten. Auch wenn Engelbert, gerade gestolpert, ihr mit seinem leisen Fluch über den jaulenden Pudel gerade ein kleines Lächeln entlockt hatte.

Nichts war schön an diesem Tag. Gar nichts würde mehr schön sein in ihrem Leben.

Else ging hinter die Theke und wandte sich der Kaffeemaschine zu. Sie klopfte den Kaffeesatz aus dem Korb, befüllte ihn und ließ das Wasser aufkochen. Sie sah zu, wie der Mokka brodelnd in die Tasse rann. Wie von selbst griff ihre Hand nach der Milch, goss ein wenig davon dazu, rührte um. Der Duft der weiten Welt zog ihr in die Nase. Sie nippte am dampfenden Getränk in Erwartung des wohligen Aromas. Es sollte Energie geben. Tat es aber nicht, sondern schmeckte bitter.

Zu allem Übel fiel Else da auch noch Juttas Ankündigung ein: Kommenden Montag waren sie zur Verlesung von Hans Müllers Testament in die Kanzlei von Herrn Doktor Wolf geladen. Der Termin lastete auf ihr wie ein Sack Ziegel. Hatte Hans Müller – ihr Vater? – sie in Wahrheit im Stich gelassen, von Anbeginn des Krieges an? Seit Herrn Doktor Wolfs Offenbarungen sah sie ihn in einem anderen Licht: Er hatte sich seiner Verantwortung entzogen und sie mit einem Neugeborenen zurückgelassen – *seinem* Kind; hatte sie nicht aufgesucht, obwohl er heimgekehrt war. Da hatte er sie erst richtig im Stich gelassen. Dreißig Jahre lang! Das tat besonders weh. Dazu diese schrecklichen Taten. – Else wollte nichts mehr wissen von ihm, aber ausgerechnet jetzt drängte er sich in ihr Leben. Ohne Einladung und ohne Ankündigung. Dazu als Toter, dem man nicht Aug' in Aug' gegenüberstehen und seine Meinung sagen konnte. Was für eine Dreistigkeit!

Nein, Else wollte diese Erbschaft nicht. Keinesfalls. Es sollte keine Verbindung geben zwischen ihr und diesem Menschen, der ihr Vater gewesen sein soll.

Der Mann, den sie inniglich geliebt hatte, war ihr plötzlich fremd. Sie empfand nichts mehr für ihn. Nur noch Abscheu.

69

Dann kam der gefürchtete Montag. Elses Knie zitterten wie Pudding auf dem Weg in die Kanzlei. Aber sie fand sich pünktlich im Vorraum der Kanzlei ein. Fritzi und Jutta waren schon da, Jutta saß hinter ihrem Schreibtisch. Gleich würde die Tortur losgehen, dachte Else, nur Herr Doktor Wolf schien noch zu fehlen. Sie schloss die Eingangstür hinter sich, nahm den Hut ab, hing ihn auf den Garderobenständer und suchte einen Spiegel. In diesem Moment tönte abermals die Glocke. Jutta sprang hinter ihrem Schreibtisch hervor und öffnete. Durch die Tür kam – Curt, jovial wie immer.

»Meine Visite im Krankenhaus übernimmt ein Kollege«, beantwortete er Elses fragenden Blick, schlüpfte aus dem Mantel, nahm ihren Persianer ab und hing beides über den Garderobenständer. Else war baff. Er hat sich freigenommen – für mich! Ihr war, als würde sie um einige Zentimeter wachsen, und der bevorstehende Termin schien auf einmal nicht mehr so schlimm. Sie richtete ihre Frisur.

»Hier arbeitest du also, Jutta«, sagte Curt, während er sich umsah.

»Seit fast einem Jahr schon.«

Fritzi bewunderte den Adventskranz, der auf Juttas Schreibtisch stand.

Endlich war ein Knarren zu hören, dann öffnete sich die

Kassettentür, und Herr Doktor Wolf bat alle in sein Büro. Vier Stühle standen vor seinem Schreibtisch bereit. Er lud sie ein, Platz zu nehmen.

»Ich möchte auch dabei sein«, sagte Jutta und schob noch ihren Schreibtischstuhl dazu, obwohl ohnehin genügend Sitzgelegenheiten für sie alle vorhanden wären.

»Kommt noch wer?«, fragte Else.

Doktor Wolf konsultierte seine Armbanduhr.

»Diese Akademiker …« Er schüttelte den Kopf. »Immer zu spät. Das berühmte Wiener akademische Viertel.«

»Wen erwarten Sie denn noch?«, fragte Curt.

»Den dritten Erben, Professor Adolf Müller.«

Else schluckte.

»Ach ja, richtig.« Curt ergriff Elses Hand, warm spürte sie sie auf ihrer.

Adi – bisher hatte sie versucht, die Tatsache zu verdrängen, dass sie auch ihm gegenüberstehen könnte. *Adi* – die Gewissensbisse drückten mehr denn je. Else versank im Sessel. Zum Glück war da Curts Hand.

Es läutete. Jutta ging zur Tür. Stimmfetzen drangen aus dem Vorzimmer, Schritte näherten sich. Else hielt den Atem an.

Dann stand er da, linkisch, den Blick auf dem Boden: ein Mann mittleren Alters, blonde Locken bis auf die Schultern, Nickelbrille, jugendlich in kariertem Hemd und mit Schlaghose bekleidet. – Dieser schräge Vogel sollte Adi sein? – Else fand keine Gemeinsamkeit mit dem kleinen Jungen aus ihrer Kindheit. Obwohl … der Blick … die Augenform … Ein Schauer lief über ihren Rücken.

Er begrüßte Herrn Doktor Wolf mit Handschlag, die anderen alle mit einem: »Grüß Gott«, ohne ihnen in die Augen zu sehen. Else war froh darüber. Vor seinem Blick hatte sie sich gefürchtet. Erinnerungen kamen hoch, an Tobsuchtsanfälle und Schreiorgien. Jetzt aber würdigte sie dieser Mann keines Blickes und dachte vermutlich wie sie: Diese alte Frau soll meine Schwester sein? – Zwischen ihnen lagen Welten, ganze Ozeane voller Erinnerungen, Missverständnissen, unbewältigter Gefühle.

»Bitte, nehmen Sie Platz.« Herr Doktor Wolf wies dem Mann den letzten freien Sessel zu. Dann ging er zum Tresor hinter seinem Schreibtisch und drehte am Schloss. Als es klickte, öffnete er die schwere Tür, entnahm einen braunen Umschlag und ließ sich wieder in seinem Schreibtischstuhl nieder. Den Umschlag legte er vor sich ab.

»Der Letzte Wille des Hans Müller.« Behutsam strich er darüber. »Als er mir dieses Kuvert wenige Wochen vor seinem Tod übergab, erzählte er mir von drei Kindern, denen dieses Vermächtnis gilt. Von Ihnen.« Er blickte in die Runde. »Ich muss es Ihnen sagen: Als er damals von Ihnen sprach, hatte er Tränen in den Augen. Und ließ mich bei meiner Ehre schwören, dass ich alles in meiner Macht Stehende unternehmen würde, Sie zu finden.« Nachdenklich glättete er wieder das Kuvert.

»Ich bin froh, dass es mir …«, er nickte Jutta zu, »… uns gelungen ist, die Familie zu vereinen. Jetzt sitzen Sie alle da.« Zufrieden lehnte er sich zurück. »Wissen Sie, den meisten meiner Mandanten, egal wie schlimm deren Verbrechen waren, fühle ich mich nach einiger Zeit verbunden. Aber dieser Fall ist mir besonders nahegegangen. Und das nicht nur, weil die Enkelin des Erblassers in meiner Kanzlei arbeitet. Ich habe Herrn Müller sehr geschätzt.«

Else wetzte ungeduldig im Sessel. Diese lange Einleitung zum Unausweichlichen war ihr zutiefst unangenehm. Dass Herr Doktor Wolf mit Hans Müller, ihrem Vater, vor dessen Tod in Kontakt war und sie nicht, war eine Schande. Und dass sie mit Adi, inzwischen ein Wildfremder für sie, im selben Raum saß, war unerträglich.

»Ich bin erleichtert, dass ich mein Gelöbnis erfüllen kann.« Endlich griff er nach dem Brieföffner und schlitzte den Umschlag auf.

Else umklammerte Curts Hand. Egal, was zum Vorschein kommen sollte – sie würde das Erbe keinesfalls annehmen, sagte sie sich im Geiste vor.

Herr Doktor Wolf entnahm zwei handschriftlich beschriebene Papierbögen, legte sie auf der ledernen Arbeitsunterfläche vor sich ab und strich sie glatt. Er überflog das erste Blatt. Da zeigte sich eine steile Falte zwischen seinen Brauen. Er legte es zur Seite, nahm das zweite auf, überflog es ebenfalls. Die Falte zwischen den Brauen wurde tiefer.

Else war froh um Curts Hand.

»Es gibt hier einen Brief«, sagte Herr Doktor Wolf schließlich. »Eine Nachricht an Sie.« Er blickte von einem zum anderen. »Ich werde ihn zuerst vorlesen.«

Else überkam wieder ein kalter Schauer. Vater hatte zeitlebens nie Briefe geschrieben. Außer diesem einen, das dünne Papier, das sie im Seitenfach der Dokumentenmappe versteckt hatte. Nervös schlug sie ein Bein übers andere. Zum Glück war da Curts Hand, die ihre fest umschloss.

Doktor Wolf räusperte sich. Dann hob er an:

»Liebe Else, lieber Adi, liebes Töchterchen, das ich nie kennenlernen durfte!«

Er schaute auf. *»Fräulein Friederike«*, fügte er hinzu, als ob's nicht alle wüssten. *»Dreißig Jahre lang habe ich darüber nachgedacht, wie ich mich Euch erklären kann. Für mein Verhalten gibt es keine Entschuldigung, und ich erwarte keine Vergebung. Ich möchte nur, dass Ihr mich verstehen könnt. Deshalb habe ich beschlossen, diesen Brief zu schreiben.*

Als Eure Mutter, meine über alles geliebte Frau Marie, starb, war auch mein Leben zu Ende. Dennoch musste ich meiner Vaterpflicht nachkommen. Als Polizist konnte ich mich zu guten Bedingungen dem Polizeibataillon anschließen. Es sollte in den neu eroberten, polnischen Gebieten für Ordnung und Sicherheit sorgen. Für den Dienst im Ausland bekam ich ein gutes Gehalt, dazu die Zusage, nach drei Monaten zum Wachtmeister befördert zu werden – in meinen Ohren klang das damals richtig und gut. Damit wurde ich Teil einer Maschinerie, aus der ich keinen Ausweg mehr sah.«

Else wetzte unruhig in ihrem Stuhl. Das alles war nichts Neues für sie, so hatte er es auch im Abschiedsbrief geschrieben. Den Rest wollte sie nicht hören. Aber sie entkam Herrn Doktor Wolfs Stimme nicht, der weiterlas:

»In den ersten Wochen war unser Auftrag, Judentransporte zu überwachen. Zuerst wussten wir nicht, wohin die Reise dieser Menschen ging. Es war auch nicht unsere Aufgabe, uns dafür zu interessieren. Nach und nach ahnte ich es, und zuletzt wussten wir es alle. Da begannen meine schlaflosen Nächte. Ich war Polizist – auf Gehorsam eingeschworen. Täglich beim Morgenappell wurde uns gesagt, dass wir einen wertvollen Dienst am Deutschen Reich leisteten, dass wir den slawischen Völkern gegenüber als Herrenmenschen aufzutreten hatten und zeigen sollten, dass wir Deutsche waren. Wir sollten stolz sein, an der Niederringung des Weltfeindes beteiligt zu sein. Die Ausrottung des Bolschewismus wäre zum Segen Deutschlands, ja zum Segen der ganzen Welt. Anfangs glaubte ich das alles, und darüber, was mit ›Bolschewismus‹ genau gemeint war, machte ich mir keine Gedanken. Später erhielten wir den Befehl, jüdische Ghettos zu ›säubern‹ – das war ein harmlos klingender Ausdruck dafür, unschuldige Menschen aus ihren Behausungen zu treiben.«

Else sank immer tiefer in den Stuhl und wand sich. Es war

grausam, Vaters Geständnis aus seiner eignen Feder zu hören. Sie wollte nur, dass alles so schnell wie möglich vorbei wäre, und hörte kaum mehr zu.

»*Bei jeder Säuberungsaktion hoffte ich, dass es die letzte wäre. Meine Zweifel darüber, das Richtige zu tun, wurden immer stärker*«, las Doktor Wolf weiter. »*Irgendwann kam das erste Mal der Auftrag, die Menschen, die wir aus den Ghettos in die Wälder getrieben hatten, zu erschießen. Der Hauptmann gab uns den Befehl. Als mir ein Kamerad riet, nur auf Kinder zu zielen, denn diese wären ohne deren Mütter ohnehin nicht lebensfähig, schnappte ich über.*

Meine lieben Kinder, die ich in der Heimat zurückgelassen hatte, da dachte ich an Euch: an Dich, liebste Else …«

Da horchte sie wieder auf. Sie spürte Vaters Liebe.

»*… gerade nicht mehr Kind, aber noch nicht erwachsen, die nicht nur fürs eigene Leben, sondern auch das eines Säuglings zu sorgen hatte; an Dich, mein geliebter Adi, der in der Heilpädagogischen Anstalt womöglich ums Überleben kämpfte; und an Dich, Du unbekanntes Wesen, von dem ich sehnlichst erhoffte, dass es ohne Vater und Mutter durchkommen würde. Wegen Euch brachte ich den Mut auf, mich dem Allerschlimmsten zu verweigern.*«

Else schaute auf. Plötzlich hing sie an Herrn Doktor Wolfs Lippen.

»*Die Kameraden und Vorgesetzten beschimpften mich als Feigling, und bei der Essensausgabe bekam ich nur mehr Reste. Ich wurde als Schreiber eingesetzt und musste Listen der zu tötenden Menschen führen, deren Namen, Geschlecht, Geburtsdaten erfassen. Ja, ich habe niemanden eigenhändig erschossen. Aber ich war ein bürokratisches Rädchen in der Tötungsmaschinerie. Denn ich war nicht Manns genug gewesen zu desertieren.*

Im Gegensatz zu meinen Kameraden wurde ich nach dem

Krieg als ›Dienstpflichtempfänger‹ freigesprochen. Aber schreckliche Schuld lastet auf mir. Jetzt ist das Leben selbst meine Strafe. Auf dem Hof meiner Eltern lebe ich in völliger Einsamkeit, abseits jeglicher Zivilisation, asketisch und bescheiden.

Es ist mir nicht möglich, Menschen in die Augen zu schauen. Vor allem Euch, meinen Liebsten. Seid versichert, dass ich nie aufgehört habe, Euch zu lieben.

Euer Vater«

Else schossen die Tränen in die Augen. Zum Glück war da Curts starke Schulter auf der einen und Jutta auf der anderen Seite, die ihr ein Taschentuch reichte. Auch Fritzi kam und legte tröstend den Arm um sie. Else schluchzte, aber saß wieder aufrechter im Stuhl. Vater war doch ein Held gewesen.

Doktor Wolf sah vom Blatt auf.

»Deshalb also der Freispruch«, sagte er mit belegter Stimme. »Hans Müller war einer, von dessen Schicksal die Menschheit lernen könnte. Was die Gesellschaft mit ganz normalen Menschen anstellen kann …«

Er legte den Brief zur Seite und nahm das zweite Blatt auf.

»Jetzt kommen wir zum Testament.«

Er verlas das förmlich abgefasste Schriftstück. Wie erwartet, hatte Hans Müller darin den jahrhundertealten Hof in Altaussee seinen drei Kindern zu gleichen Teilen vermacht.

»Ich will dieses Erbe nicht«, sagte Adi sofort. »Ich stand zu Herrn Müller in keiner Beziehung und möchte meinen Teil so schnell wie möglich verkaufen.«

Fritzi, die die ganze Zeit still dagesessen hatte, sagte:

»Mir kommt es komisch vor, dass ich Miteigentümerin eines Hofes im tiefsten Salzkammergut sein soll, ererbt von einem Menschen, über dessen Existenz ich bis vor Kurzem noch gar nichts wusste. Else, du hast für mich gesorgt wie eine Mutter, deshalb schließe ich mich deiner Entscheidung an. Wenn du den Hof behalten willst, bin ich dabei. Wenn du ihn verkaufen willst, ebenso.«

Jutta, die zwar gestern noch unerschütterlich der Meinung gewesen war, dass Else den Hof abstoßen müsse, nickte bedächtig. »Nach diesem Brief kann ich diesen Hans Müller, meinen Großvater, besser achten. Er ist nicht mehr ein grauenhaftes Monster, das ich unter allen Umständen aus meinem Leben fernhalten will. Vielleicht willst du dir das Haus in Altaussee erst einmal ansehen, bevor du dich entscheidest?«

Else wollte nur noch nach Hause. Die Erkenntnisse der letzten Minuten verschmolzen mit ihren Erinnerungen. Es gab so viel zu ordnen und neu zu sortieren. Sie dankte Herrn Doktor Wolf für seine Bemühungen, verabschiedete sich von Adi wie von einem Fremden und verließ mit Fritzi und Curt die Kanzlei.

Als sie im Mercedes saßen, grübelte sie vor sich hin. Bei einer roten Ampel sprach sie einen der vielen Gedanken aus:

»Ich erinnere mich, dass Vater die Berge liebte und jeden Gipfel benennen konnte. Aber dass er in Altaussee aufgewachsen ist, habe ich nicht mitbekommen. Verwandtschaft war keine da, und mit den Leuten im Ort waren wir auch nicht verbunden.«

»Vielleicht lag's an deiner Mutter«, sagte Curt. »Sie ist mir immer so städtisch vorgekommen. Meine Eltern hatten wie dein Vater ein Faible fürs Gebirge und die Natur, deshalb waren sie wohl befreundet, aber mit deiner Mutter sind sie nie warm geworden.«

Da war wohl was Wahres dran. Mutter war eine selbstbewusste, vielleicht sogar hochgemute Städterin gewesen. Sie hatte dem Leben auf dem Land sicher nichts abgewonnen.

»Ob dieser Hof, den wir geerbt haben, jenes Haus ist, wo wir im Sommer immer gewohnt haben?«, formulierte Else eine weitere Idee. »Ich erinnere mich düster daran. Alles war uralt und Mutter irgendwie fremd darin.«

»Anzunehmen«, sagte Curt.

Das gab Else noch mehr zu denken.

Endlich kamen sie zu Hause an. Nach den vielen Aufregungen der letzten Stunden war Else froh, sich in ihren vertrauten vier Wänden zurückzuziehen.

70

In den Weihnachtsfeiertagen erholte sich Else von den Strapazen der vergangenen Tage. Nach und nach gewöhnte sie sich an den Gedanken, dass ihr Vater vor Kurzem noch gelebt und Schreckliches durchlebt hatte. Dass er einer jener zwei Prozent der Helden gewesen war, die sich den grausamen Aufträgen von Mördern widersetzt hatten, half. Adi war gesund und munter, allerdings fremd für sie. Das musste sie erst verdauen. In diesen Tagen war ihr Curt eine große Hilfe.

Wenige Tage nach dem Weihnachtsfest war der ganze Schnee weggeschmolzen.

»Die Straßen sind frei. Lass uns nach Altaussee fahren«, schlug er einmal vor. »Damit du besser entscheiden kannst, was mit dem Haus geschehen soll. Außerdem ist es eine gute Gelegenheit, wieder einmal nach Altaussee zu kommen.« Er zwinkerte. »Wenn auch im Winter …«

Sie wusste, woran er dachte: an die gemeinsamen Sommer der Kindheit und Jugend. Vor allem an jenen, in dem sie mehr als Freunde geworden waren. Sie stimmte zu.

Sie holten Anoraks, Wollmützen, Handschuhe und schwere Schuhe aus dem Schrank, Else zog eine Hose an. Dann stiegen sie in den Mercedes und fuhren los. Die Sonne schien, die Autobahn war trocken, und es war wenig Verkehr. Während vor dem Fenster Gestrüpp, schneebedeckte Wiesen und Tankstellen vorbeisausten, wanderten wieder ihre Gedanken. Sie fürchtete sich davor, zu sehen, wo ihr Vater die letzten drei Jahrzehnte gelebt hatte, andererseits hoffte sie, ihm dort noch einmal nahezukommen.

»Vielleicht ist es tatsächlich das Beste, Adis Wunsch nachzugeben und das Haus so schnell wie möglich zu verkaufen.«

»Dann könntest du mit diesem Thema endlich abschließen«, sagte Curt, während er den Wagen in eine Biegung lenkte.

»Dass ich mich während des Krieges nicht um Adi gekümmert habe, war falsch. Damit werde ich nie abschließen.« Sie seufzte. »Ich habe den Kopf in den Sand gesteckt. Das war ein großer Fehler. Er wird den Rest meines Lebens auf mir lasten.«

»Aber du sagtest, dein Vater hätte dir abgeraten, nach ihm zu suchen. Du hast nur seine Anweisung befolgt, also trifft dich keine Schuld.«

»Diese Anweisung stand im Abschiedsbrief. Als ich ihn las, war ich sechzehn. Aber als Erwachsene habe ich diese Anweisung immer noch befolgt, und zwar allzu gern. Ohne nachzudenken. Ich bin den Weg der geringsten Anstrengung gegangen. Das war mein Fehler. Deshalb ist Adi heute ein Fremder für mich. Ich kann's ihm nicht verdenken.«

»Wenigstens hat sich sein Schicksal zum Guten gewendet. Er war in der Obhut von Professor Asperger, der ihn vor der Abschiebung auf den *Spiegelgrund* bewahrt hat. Vielleicht war's, weil er Glück hatte. Vielleicht war's aber auch, weil dein Vater dafür gesorgt hat, dass er bei diesem Professor landete.«

Diese zweite Möglichkeit gefiel Else, dennoch bereute sie ihr Verhalten.

Die Wälder wurden lichter. Links und rechts von der Straße lagen nun schneebedeckte Äcker, dann und wann waren am Straßenrand auch ärmliche Häuser zu sehen.

»Wir werden bald da sein«, sagte Curt.

Sie passierten einige der typischen Holzhäuser mit Erker, grünen Fensterläden und Giebelschnitzereien, umgeben von hölzernen Gartenzäunen, bevor sie das Ortszentrum von Altaussee erreichten. Abgesehen von ein paar Einheimischen, wirkte der Ort, in dem es im Sommer von Urlaubern nur so wimmelte, jetzt im Winter menschenleer.

»Alles schaut aus wie früher«, sagte Else.

»Ein Segen, dass der Ort von Bombenschäden verschont geblieben ist«, stimmte Curt zu. Else dachte an die vielen zerstörten Straßenzüge in Wien.

»Wenigstens der Ort unserer Sommerfrische ist uns aus unserer Jugend erhalten geblieben.«

Curt hielt den Wagen an. Vor ihnen glänzte der dunkelblaue See in der Wintersonne, und zu beiden Seiten erhoben sich schneebedeckte Berge in den wolkenlosen Himmel.

»So schön«, entfuhr es ihr. »Es sieht aus wie auf einem Kalenderblatt.«

»Du hast recht. Aber bevor wir das Wochenende genießen, lass uns erst den Hof finden«, erinnerte Curt sie an den eigentlichen Zweck ihrer Reise.

Else überblickte die umliegenden Hänge. Irgendwo dort oben im Schnee lag er.

»Aber wie?«

Gerade als sie sich auf die Suche nach dem Meldeamt machen wollten, querte ein Mann in traditioneller Lodenjacke, Knickerbockern, wollenen Stutzen und schweren Schuhen die Straße. Curt kurbelte die Scheibe hinunter.

»Entschuldigen Sie! Wo finden wir den Hof von Hans Müller?«

»Hans Müller«, brummte der Mann mit abfälligem Unterton. Er blieb stehen, der Gamsbart im Hut wippte. »Ein seltsamer Mensch. Für den kommen S' zu spät. Der is' g'storben.«

»Sein Hof – wissen Sie, wo der liegt?«

Der Mann deutete in Richtung Loser. »Derselbe Weg wie auf die Loserhütte. Der is' geräumt. In der vierten Kehre liegt ein Bauernhof. Von dort müssen S' zu Fuß weitergehen.«

Curt wendete den Wagen und manövrierte ihn zwischen Schneehaufen und Spitzkehren den schmalen Weg bergauf. Else saß angespannt im Beifahrersitz und hoffte stark, dass kein Fahrzeug entgegenkam, denn der Mercedes nahm die gesamte Breite des Weges ein. Sie hatten Glück. Weit und breit war niemand zu sehen, und sie erreichten den Bauernhof ohne Zwischenfall. Aus dem nahen Stall ertönte Muhen, im Hof streute eine alte Frau, umgeben von gackerndem Federvieh, Futter aus. Curt kurbelte wieder das Fenster hinunter. Eine Brise Schweinedung wehte in den Wagenfond.

»Wir müssen zum Müller-Hof.« Curt deutete auf einen schmalen Fußpfad, der von der Straße abzweigte. »Dürfen wir hier kurz parken?«

»Solang' ihr uns nicht den Traktor verstellt«, murrte die Alte und streute weiter Futter.

Er ließ den Mercedes zwischen Stall und Misthaufen stehen.

»Gut, dass wir die festen Schuhe angezogen haben«, bemerkte Else, als sie einen Fuß auf den durchweichten Boden setzte.

»Landleben eben«, lachte Curt. »Dreckig werden wir jedenfalls.« Er schlüpfte in seinen Anorak und versperrte den Wagen. »Kann man nicht ändern.«

Sie gingen einen Fußweg durch dichten Nadelwald, bis eine

Lichtung auftauchte. Der unberührte Schnee glitzerte in der Sonne, weit unter ihnen lag der schwarze See, und der Himmel über ihnen leuchtete tiefblau. Der Weg kam Else vage bekannt vor.

»Es ist einfach so schön.«

»Unbeschreiblich.« Curt ergriff ihre Hand.

Auf einer Anhöhe erschien ein zweistöckiges Gebäude aus verwittertem Holz, wie es die reichen Bauern in der Gegend seit Jahrhunderten bewohnten: umrundet von Balkonen, die Fenster mit Holzläden verschlossen, umgeben von Scheune und Ställen. Aber anders als die Bauernhäuser der Umgebung erhob es sich nicht frei auf einem Hügel, sondern war umgeben von einer dichten Fichtenhecke hinter einem Lattenzaun.

»Der Zaun ist ungewöhnlich, die Fichtenhecke ebenso«, stellte Curt fest. »Passend zu einem Menschen, der abgeschirmt bleiben wollte.«

Er fand einen Schieber im Gatter und öffnete.

Als sie den Hof betraten, erkannte Else den Innenhof und den großen Brunnen in der Mitte. Hier hatte sie ein paar Sommer ihrer Kindheit verbracht. Und hier hatte Vater die letzten dreißig Jahre gelebt. Angespannt sah sie sich um. Abgesehen von einer Hasenspur im Schnee, wirkte alles unberührt. Die Tür zum Stall, den sie unbenutzt in Erinnerung hatte, Vater die letzten Jahrzehnte aber vermutlich für Ziegen und Hühner verwendet hatte, stand offen. Er war leer. In der anderen Ecke befand sich eine kleine Hütte, sie war das stille Örtchen. Beim Brunnen standen zwei Blechkübel und eine Wasserschüssel, offenbar für einen Hund. An der Hauswand lehnte sauber gestapelt Ofenholz wie schon vor Jahrzehnten. Daneben, in der Nachmittagssonne, befand sich eine ebenso alte Holzbank. Der Hof wirkte gottverlassen, aber ordentlich bis in jeden Winkel.

Elses Knie wurden weich. An Curts Hand trippelte sie durch den Schnee zur Haustür vor.

»Wir hätten uns einen Schlüssel besorgen sollen«, kam es ihr.

»Das ist bestimmt nicht nötig. Einsiedler fürchten keine Einbrecher.« Er drückte die eiserne Klinke. Tatsächlich ließ sich die Tür öffnen.

Sie starrten in ein schwarzes Loch. Die Luft, die ihnen entgegenkam, war kälter als draußen.

»Ich öffne die Läden.« Seine Schritte hallten auf Dielen, Schieben und Klacken folgte, schließlich wurde der Raum heller.

Jetzt trat Else ebenfalls ein.

Ein schmales, eisernes Federbett stand in einer Ecke, darauf lag eine grobe Wolldecke. Hier hatte Vater geschlafen, Nacht für Nacht, dreißig Jahre lang. Es war sein persönliches Refugium. War seine Seele noch da?, fragte sich Else. An der Wand gegenüber stand ein jahrhundertealter Herd, der ihm wohl auch als Ofen gedient hatte, darüber hing ein eisernes Gestell, von dem zwei Stutzen zum Trocknen hingen. Vaters Stutzen? Sie erforschte ihr Herz, ob sie dem Vater nun näher war. Sie spürte nichts.

Neben dem Herd war ein Lavoir. Es schien uralt zu sein, mit Dellen im weißen Email. Darin hatte er sich gewaschen. Und am groben Holztisch in der Mitte des Raums mit dem einzigen Stuhl hatte er wohl gegessen. Der Fetzen einer Erinnerung tauchte auf, ebendieser Tisch, aber mit vier Stühlen rundum. Die Holzwände waren kahl. Kein Bild, kein Jesuskreuz war da, das dem Raum etwas Persönliches gab. Mehr und mehr überkam Else das beklemmende Gefühl, in die Privatsphäre eines unbekannten Mannes vorzudringen.

»Es ist wie in einer Zelle«, entfuhr es ihr. »Vater hat wie in einem Gefängnis gelebt.«

Curt hatte eine schmale Stiege entdeckt.

»Ich geh da mal rauf.«

Else folgte. Im ersten Stock fanden sie zwei Zimmer vor. In einem stand ein Ehebett, im anderen stapelten sich auf zwei Seiten übereinander Bettgestelle. Alle waren ohne Leintücher oder Decken, die Zimmer ansonsten komplett leer.

»Diese Betten … ich erinnere mich nicht«, bemerkte Else.

»Vater hat sich wohl nur unten aufgehalten.« Sie fühlte sich immer unwohler und stieg die Stufen schnell wieder hinab.

Im Raum, in dem er vermutlich die letzten drei Jahrzehnte in völliger Einsamkeit verbracht hatte, versuchte sie ihn sich vorzustellen. Sie seufzte. Hätte sie nach ihm suchen sollen? Hätte sie ihn finden können? Hatte sie nicht nur bei Adi, sondern auch bei ihm etwas falsch gemacht?

»Komm!« Curt packte sie am Arm. »Ich denke, wir haben genug gesehen.«

Sie verließen das Haus und schlossen die Tür hinter sich. Als sie auf dem Weg zurück zum Bauernhof waren, atmete Else auf. Nein, in diesem Haus war sie ihrem Vater nicht nähergekommen. Der Vater, den sie gekannt hatte, war im Krieg gestorben. Und die schönsten Erinnerungen an die Sommer ihrer Kindheit verband sie nicht mit diesem Haus, sondern mit dem See.

Inzwischen pickten die Hühner die Körner, und noch immer muhte die Kuh, aber die alte Frau war verschwunden. Else sah sich ein letztes Mal um. Wieder nahm sie den fantastischen Ausblick auf die umliegenden Berge auf.

»Die Sonne ist noch nicht ganz untergegangen. Wir könnten noch um den See spazieren.« Curt hatte ihre Gedanken gelesen.

Sie folgte ihm in den Wagen. Das soeben Erlebte hatte sie sprachlos gelassen.

Im Ortszentrum angekommen, parkte Curt wieder den Mercedes. Ohne lange zu überlegen, schlugen sie automatisch den Fußweg ein. Obwohl sie seit Jahrzehnten nicht mehr hier gewesen waren, kannten sie noch immer jeden Weg, jede Straße, jedes Haus.

Dann lag der See vor ihnen. Das tiefschwarze Wasser glitzerte in der letzten Abendsonne, die umliegenden Nadelwälder, das wuchtige Felsmassiv der Trisselwand und der von der untergehenden Sonne goldgelbe Himmel spiegelten sich darin. Der Blick reichte bis zum schneebedeckten Dachsteingletscher.

Sie passierten Holzstege, Bootshäuser und von dürren Büschen und vertrockneten Gräsern verwachsene Uferabschnitte. Der Weg war ausgetreten, aber gottverlassen. Es war windstill. Ein einsames Entenpärchen, das gerade noch auf dem Holz gesessen hatte, glitt unaufgeregt ins Wasser und zog lautlose Spuren. Beim Strandkiosk, den sie ebenfalls aus alten Zeiten kannten, war der Laden heruntergelassen. Stühle und Tische waren auf die Seite geräumt. Auch das Büro der Schifffahrt war geschlossen. Die traditionellen Plätten, bunten Tretboote und das Aussichtsschiff überwinterten wohl an einem trockenen Ort. Sie kamen an einem Gasthaus vorbei, es war geschlossen. Weit ins Wasser reichende Stege, wo sich im Sommer Badende tummelten, waren ebenso menschenleer.

Die frische Luft tat gut, die Bewegung entlang des Wassers ebenso. Aus dem schlendernden Spazieren war ein schnelles Gehen geworden. Else hatte die Sprache wiedergefunden und plauderte mit Curt über Erinnerungen an gemeinsame Sommer.

Eine Wolke schob sich vor die Sonne. Der Himmel und der See verdunkelten sich, aber nur kurz. Sie zogen gleich weiter, und die Trisselwand, getaucht in warmes Goldgelb, spiegelte sich wie vorhin mit allen Farben im Wasser.

»Traumhaft«, entfuhr es Else.

»Meinst du, wir schaffen es, den See zu umrunden, bevor es dunkel wird?« Curts Augen blitzten vor Abenteuerlust.

»Komm ja nicht auf diese Idee!«, widersprach sie entrüstet. »Auf der gegenüberliegenden Seite wird's nach Sonnenuntergang pechschwarz, wie du weißt!«

Im Vorbeigehen entdeckten sie eine Zille. Um das Innere schneefrei zu halten, hatte sie jemand umgedreht. Darunter schauten die Griffe von zwei Rudern hervor.

Curt blieb stehen.

»Denkst du, was ich denke?«

»Nein!«, rief Else halbherzig. »Niemals!« Sie wusste nur zu gut, was er im Sinn hatte. »Wir können doch nicht einfach diese Zille klauen.« Sie wusste selbst, dass sie nicht gerade überzeugend geklungen hatte.

»Nur ausborgen.« Curts Augen blinzelten verschmitzt. »In Erinnerung an alte Zeiten. Es ist doch keiner da. Keiner sieht uns.«

Schon zog er das Boot mitsamt den Rudern zum Wasser. Else kletterte hinein. Er stieß sie vom Ufer ab und stieg selbst hinein.

Im Halbdunkeln der Dämmerung glitten sie über den See. Else bestaunte den herrlichen Blick auf den Dachsteingletscher, den Loser und die Trisselwand. Und sie schaute Curt zu, wie er kräftig und beständig über den See ruderte. Sie hörte das

Plätschern, wie er die Ruder ins glasklare Wasser tauchte, sowie deren regelmäßiges Quietschen in den Halterungen. Auf einmal wusste sie, was sie an ihm hatte: den tüchtigen, verlässlichen, anständigen, grundehrlichen Mann, dem sie zutiefst vertraute. Sie fühlte sich ihm verbunden wie damals. Ein Lächeln huschte über ihre Lippen. Niemals wieder wollte sie an ihm zweifeln.

Im selben Moment brachen die Wolken noch einmal auf. Ein heller Streifen leuchtete am Horizont zwischen den weißen Berggipfeln auf, bevor die Sonne schließlich gänzlich verschwand und es Nacht wurde.

71

Jutta, in einem weißen Tweedkostüm unter dem Wintermantel und mit einem Strauß dunkelroter Rosen in der Hand, schritt an Bodos Arm durch den Volksgarten, inmitten einer kleinen Gesellschaft, bestehend aus ihrer beider Familien und Doktor Wolf. Sie waren auf dem Weg zum *Café Hawelka*, wo sie nach der Eheschließung im Rathaus eine kleine Feier erwartete. Zum x-ten Mal warf sie einen Blick auf ihre Hand, wo sich der Ehering und der Ring mit dem kleinen Brillanten als kleine Wölbung durch den Handschuh drückten, und schätzte sich abermals glücklich, dass alles gut ausgegangen war.

Wenige Tage zuvor hatten Bodo und sie den Mietvertrag für eine kleine Wohnung im neunten Bezirk unterschrieben. Sie lag auf halbem Weg zwischen NIG und Juttas neuem Arbeitsplatz im Justizpalast, beides zu Fuß innerhalb weniger Minuten erreichbar. Mutter hatte nicht protestiert, sondern regen Anteil an der Wohnungswahl genommen. Dabei wusste sie noch gar nicht … Jutta grinste beim Gedanken, die Neuigkeit zu verkünden, in sich hinein. Bodo hatte ihr alle Sorge wegen des Babys genommen und versichert, ein aktiver Vater sein zu wollen und sie in allem zu unterstützen, sodass sie trotz Kind in der Lage wäre, ihre Karriere weiterzuverfolgen. Dazu hoffte sie auf Mutters Hilfe.

Die Eltern, die mit Herbert und Traudl angeregt plaudernd

hinter ihnen zwischen den in Jutesäcke verpackten Rosenstöcken bummelten, wirkten neuerdings so harmonisch wie seit Langem nicht. Mutter schien die Schreckensbotschaften, die ihre Vergangenheit betrafen, verwunden zu haben, offenbar mit Vaters Hilfe. Dazu hatte sie entschieden, Adolf Müller dessen Drittel am Bauernhaus in Altaussee abzukaufen. Sie sprachen davon, das Haus zu renovieren, um es als Ferienhaus zu nutzen.

»Meine kleine Nichte ist jetzt unter der Haube.« Fritzi packte Jutta um die Körpermitte und unterbrach ihre Gedanken. »Vielleicht wird's doch Zeit, dass ich mir auch so ein Mannsbild suche?«

Jutta lachte. Beim besten Willen konnte sie sich keinen passenden Mann für die flatterhafte Tante vorstellen. »Den Mann, der dich bändigt, gibt's nicht.«

»Sei nicht so frech!«, gab sich Fritzi entrüstet.

»Jössas na, die Jutta is' da!« Frau Hawelka schlug die Hände zusammen, als sie das Café betraten. »Gratuliere sehr herzlich!« Sie schüttelte Juttas, dann Bodos Hand. »Aber vergesst nicht …« Sie hob Stimme und Zeigefinger und intonierte krächzend den Refrain eines bekannten Wienerliedes: »*Des Glück is' a Vogerl. Es lasst sich schwer fangen, aber fortg'flogen is' glei!*«

Jutta und Bodo versprachen, sich die Warnung zu Herzen zu nehmen. Im selben Moment kam auch Herr Hawelka, gratulierte und wünschte ihnen ein langes, gemeinsames Leben. »Euch soll's so gut gehen wie der Frau Hawelka und mir«, sagte er schmunzelnd. Dann wandte er sich schon an die anderen Mitglieder der kleinen Hochzeitsgesellschaft, die gerade nach und nach das Café betraten, und begrüßte alle, als wären sie Stammgäste:

»Hab i di Ehre, der Herr Primar! Und der Herr Doktor Wolf, so eine Ehre!«

Jutta stellte ihm Heribert und Waltraud vor. Herr Hawelka ließ sie ebenso hochleben, obwohl sie noch nie im Café gewesen waren.

Inmitten fröhlichen Gelächters hingen sie Mäntel und Hüte auf den Garderobenständer, und dann gingen alle zum Logentisch, den Frau Hawelka extra für die Hochzeitsfeier frei gehalten hatte. Jutta sog den ach so vertrauten Duft von Kaffee, Tabak, Zeitungspapier und süßen Mehlspeisen ein. Das *Hawelka* war eine zweite Heimat für sie und würde es immer bleiben.

»Ich hab's mir grandioser vorgestellt«, murmelte Heribert da hinter Juttas Rücken seinem Trutscherl zu. Trotz der üblichen Geräuschkulisse von klapperndem Geschirr und Sesselrücken hatte sie die Bemerkung gehört.

»Und glamouröser«, pflichtete Traudl ihm bei.

Jutta war empört. Was hatten die beiden denn gedacht? Dass das *Hawelka* ein nobles Kaffeehaus wäre, mit Kristalllüster und Silberbesteck, wie der *Demel* am Kohlmarkt oder das *Café Central* im Palais Ferstl?! – Sie wandte sich um.

»Nicht grandios und glamourös, aber gemütlich ist es bei uns«, sagte sie bestimmt. »Deshalb kommen alle: Dichter, Maler, Literaten, Schauspieler, Studenten, genauso wie die Reichen und Mächtigen. Bei uns sind alle gleich viel wert und gleich willkommen. Und weil die Gäste so verschieden sind, wird diskutiert und ausgetauscht wie nirgends sonst.«

»Hab's ja nicht bös' gemeint«, beeilte sich Heribert zu sagen, während sein Trutscherl rot anlief.

»Schon gut.« Jutta biss sich auf die Lippen, um sich weitere Kommentare zu verkneifen. Sie würde ihre Schwiegereltern wohl nie heiß lieben, aber sie hatte sich vorgenommen, ihnen mit Gelassenheit zu begegnen.

Sie erreichten den Logentisch. Jutta rutschte auf der Plüschbank in den hintersten Winkel neben Bodo. Auf der anderen Seite kam Mutter zu sitzen. Engelbert stand schon da und nahm die Order von Kaffee und Mehlspeisen auf.

Heriberts und Traudls Blicke wanderten durch den Raum, offenbar auf der Suche nach Prominenten.

»Oskar Werner kommt öfter«, raunte Jutta ihnen zu. »Auch Friedrich Torberg. Oder der H.C. Artmann mit seiner Literatenrunde; und die Schauspieler Heinz Conrads, Hans Moser, die Liste ist endlos. Alle genießen in Ruhe ihren Kaffee, die gute Gesellschaft, lesen die Zeitung, spielen Karten, und manche, wie Maximilian und Maria Schell, spielen öfter auch eine Partie Schach. Vielleicht entdeckt ihr ja bald, was ihr sucht.«

»Wir sind doch keine Adabeis!«, rief Heribert entrüstet.

»Na, dann ist ja gut«, stimmte Jutta ihm bei – und biss sich schnell wieder auf die Lippen.

In diesem Moment servierte Engelbert die Silbertabletts mit den sorgsam angerichteten Kaffeetassen, Zuckertazzerln und Wassergläsern. Anschließend brachte er die appetitlich angezuckerten Mehlspeisen. Eine Weile war nur Rühren und Klappern am Marmortisch zu hören.

»Jutta«, sagte dann Mutter auf einmal. »Jetzt habe ich eine Frage an dich. Etwas, das ich schon länger wissen wollte: Warum hattet ihr es mit eurer Hochzeit auf einmal so eilig?«

»Ach ja …« Jutta suchte Bodos Blick. »Das wollten wir eigentlich schon länger loswerden. Wir wollten nämlich, dass alles seine Ordnung hat. Wenigstens auf dem Papier, wenn unser Baby bald da ist.«

GLOSSAR

Adabei: Gaffer, Paparazzi.

Asperger, Dr. Hans: (1906–1980) Österreichischer Kinderarzt und Heilpädagoge, Erstbeschreiber des später nach ihm benannten Asperger-Syndroms, einer Form von Autismus.

Aspergers »Kleine Professoren«: Eine Gruppe von als »Autistische Psychopathen« diagnostizierte Jungen, bei denen Dr. Asperger erstaunliches Wissen zu einem Spezialinteresse beobachtete und sie unter seine Fittiche nahm.

Bassena: Der einzige, für alle Bewohner eines Hauses (bzw. Stockwerks) zugängliche Wasserhahn befindet sich im Stiegenhaus.

Bauxerl: Wienerisch: Knirps

Beserlpark: Wienerisch: Kleinstparkanlage mit ungepflegten Sträuchern, die wie Besen aussehen.

Buchteln: Hefegebäck, mit Powidl oder Marillenmarmelade gefüllt

»Des is ma nimmer wurscht«: Wienerisch für: Das ist mir nicht mehr egal, also ist es beachtlich.

Feschak: Wienerisch: Schönling

Gfraßt: Wienerisch: Schuft

Grätzl: Teile von Wohnbezirken in Wien. Ein Grätzl umfasst meist mehrere Häuserblöcke mit einem bestimmten Lebensgefühl.

Greißler: »Tante-Emma-Laden«

Gross, Dr. Heinrich: (1915–2005) Österreichischer Psychiater und Neurologe, beteiligt am NS-Euthanasieprogramm in der Jugendfürsorgeanstalt *Am Spiegelgrund;* 1950 Verurteilung wegen Beteiligung am Totschlag eines Kindes; 1951 Aufhebung der Verurteilung; ab 1960 Gerichtsgutachter für Psychiatrie; 1975 Wiederbegegnung mit einem Überlebenden vom *Spiegelgrund* im Rahmen eines Prozesses; 1997 Einleitung eines Strafverfahrens; wegen Demenz Verhandlung auf unbestimmte Zeit vertagt.

Hausfreund: Notherd, auch Sparherd; umfunktioniertes Kochgeschirr zum Holz sparenden Kochen

Kräwägerl: Wienerisch: Schwächliches Geschöpf

Krepieren: Sterben

Lavoir: Waschschüssel

Mezzanin: Zwischengeschoss zwischen Erdgeschoss und erstem Obergeschoss

Muckefuck oder Malzkaffee: Volksmund für koffeinfreies, heißes Getränk aus Mischungen von Zichorien, Gerste, Eicheln etc. als Kaffeeersatz, z. B. Kathreiners Malzkaffee

NIG: Neues Institutsgebäude

Powidl: Mus aus Dörrpflaumen

Schlaffittchen: Hemdkragen

Spagat: Schnur

Stampiglie: Stempelaufdruck

Trafik: Tabakladen

Tram, Tramway: Straßenbahn

Tröpferlbad: Wienerisch: Öffentliches Dusch- und Wannenbad (mit wenig Wasserdruck)

Uni-Ferkelei: Kunst-Aktion »Kunst & Revolution«, am 7. Juni 1968 im NIG der Universität Wien

Wiener Aktionismus: Kunstbewegung, Aktionen mit realen

Körpern; Hauptprotagonisten: Günter Brus (1938–2024), Hermann Nitsch (1938–2022), Otto Mühl (1925–2013), Rudolf Schwarzkogler (1940–1969)

Verhütungspille, Antibabypille: Erstmalige Zulassung 1960, in den 1960er-Jahren restriktive Verschreibung nur an verheiratete Frauen ab dreißig mit Kindern, Lockerung erst in den 1970er-Jahren.

Wiener Schule des Phantastischen Realismus: Österreichische, dem Surrealismus nahestehende Kunstströmung; Hauptprotagonisten: Rudolf Hausner (1914–1995), Ernst Fuchs (1930–2015), Wolfgang Hutter (1928–2014), Fritz Janschka (1919–2016), Anton Lehmden (1929–2018), Arik Brauer (1929–2021), u. a.

Zeitungskolporteur: Zeitungsverkäufer

Zwetschkenkrampus: Teufelsfigur aus Dörrpflaumen

Zwiderwurz'n: Wienerisch: Griesgrämige Frau (zuwider im Wesen, faltig wie eine Wurzel)

NACHWORT

Als Wienerin schrieb ich dieses Buch mit großem Vergnügen, denn Kaffeehäuser gehören zu Wien wie das Salz in die Suppe. Viele sind mir vertraut, aber das *Café Hawelka* kannte ich in den späten 1960er-Jahren noch nicht. Es war nicht eine jener Kaffee-Konditoreien, in die Eltern mit einem Kind, das ich damals war, für eine süße Mehlspeise gingen, sondern der verrauchte Treffpunkt kluger Leute. Um die Atmosphäre zu begreifen, war ich daher auf die Schilderungen anderer angewiesen. Besonders danke ich an dieser Stelle Christopher Wentworth-Stanley, Hans Echnaton Schano und Edgar Bartz, die sich Zeit genommen haben, mir von ihren Erinnerungen zu erzählen.

Die Geschichten der Protagonisten sind frei erfunden, fußen aber auf wahren Biografien. Tatsächlich wurde ein Wiener Polizeibataillon nach Polen geschickt, um dort für »Sicherheit und Ordnung« zu sorgen; tatsächlich trieben Polizisten im Rahmen dieses Auftrags Juden von den Ghettos in den Wald und zwangen sie, ihre eigenen Gräber auszuheben. Und bestimmt waren die allermeisten dieser Polizisten ganz normale Männer wie von Christopher R. Browning im viel beachteten Buch *Ganz normale Männer – Das Reserve-Polizeibataillon 101 und die »Endlösung« in Polen* beschrieben. Unter ihnen könnte also durchaus unser Hans Müller gewesen sein.

Auch Adis fiktive Lebensgeschichte könnte wahr sein. Als »autistischer Psychopath« in Wien musste er zwangsläufig in der Psychiatrischen Kinderklinik landen, von dort war es nur mehr ein Katzensprung in die »Euthanasie-Klinik« *Am Spiegelgrund.* Dass unser Adi diesem grausamen Schicksal entkam, hat er dem realen Professor Hans Asperger zu verdanken, der eine Gruppe von Kindern, die er seine »Kleinen Professoren« nannte, vor der Auslieferung auf den *Spiegelgrund* bewahrte.

Viele Menschen halfen mir beim Verfassen dieses Romans, weil sie mich ermutigten, mich inspirierten oder mir vielleicht auch unwissentlich wertvolle Hinweise gaben. Allen danke ich von Herzen, vor allem jedoch meinem Mann Rainer, meinen Freundinnen und Testleserinnen Dagmar Just und Michaela Steinbichler, meiner Literaturagentin Dorothee Schmidt und last, but not least, meiner Berliner Lektorin Christine Neumann, die das Manuskript akribisch geprüft und klug verbessert hat. Ohne euch alle wär's ein schlechteres Buch.

Maria Wachter
Wien, im April 2024

LITERATURVERZEICHNIS

Laura Baldini. *Aspergers Schüler.* Piper, 2023

Christopher R. Browning. *Ganz normale Männer – Das Reserve-Polizeibataillon 101 und die »Endlösung« in Polen.* Rowohlt Taschenbuch, 1993

Otto R. Croy, Josef Haslinger. *Leben in der Asche, Trümmerjahre in Wien 1945–1948.* Kremayr & Scheriau, 1993

Johann Gross. *Spiegelgrund – Leben in NS-Erziehungsanstalten.* Ueberreuter, 2000 + 2007

Mark Haddon. *The Curious Incident of the Dog in the Night-Time.* Vintage, 2003

K. H. Hartmann/Martina Schmid. *1941–1948, Die sieben längsten Jahre meines Lebens.* Lernzeit Publishing, 2015

Gerald Hesztera. *Rot-Weiss-Rot bis in den Tod?, Die österreichische Exekutive zwischen Austrofaschismus und Nationalsozialismus.* Aumayer, 2010

Franz Hubmann. *Café Hawelka – Ein Wiener Mythos.* Edition Christian Brandstätter, 1982

Marcello La Speranza. *Wien – eine nostalgische Bilderreise in die 50er- und 60er-Jahre.* Sutton, 2023

Marcello La Speranza. *Wien 1945–1955, Zeitzeugen berichten.* ARES, 2007

Sonja Moser. *Das Hawelka – Geschichte & Legende.* Pichler Verlag, 2009

Philippe Müller. *Zusammenarbeit im Vernichtungskrieg – Einsatzgruppe B und Polizeibataillon 322 in Weißrussland 1941–42.* VDM, 2010
Robert Neumann. *Die Kinder von Wien.* Jung und Jung, 2023
Vilma Neuwirth. Glockengasse 29, Eine jüdische Arbeiterfamilie in Wien, Milena Verlag, 2008
John Elder Robison. *Schau mich an! Mein Leben mit Asperger.* Verlag Rad und Soziales, 2015
Josef Schöner. *Wiener Tagebuch 1944/1945.* Böhlau, 1992
Evelyn Steinthaler. *Wien 1945.* Milena Verlag, 2015
Karl Vocelka. *Trümmerjahre Wien 1945–1949.* Jugend & Volk, 1985